U0640159

YITIAN WANLI

XUCHANGJIAN

YITIAN WANLI
XUCHANGJIAN

杨亚爽 著

倚天万里须长剑

——辛弃疾传

敦煌文艺出版社

图书在版编目（ＣＩＰ）数据

倚天万里须长剑 : 辛弃疾传 / 杨亚爽著. -- 兰州 :
敦煌文艺出版社，2023.12
ISBN 978-7-5468-2489-5

Ⅰ. ①倚… Ⅱ. ①杨… Ⅲ. ①长篇小说－中国－当代
Ⅳ. ①I247.5

中国国家版本馆CIP数据核字(2023)第 247698 号

倚天万里须长剑 : 辛弃疾传

杨亚爽　著

责任编辑 : 马吉庆
特邀编辑 : 胡兴亮
装帧设计 : 小吉先森

敦煌文艺出版社出版、发行

地址 :（730030）兰州市城关区曹家巷 1 号新闻出版大厦

邮箱 : dunhuangwenyi1958@163.com

0931-2131906(编辑部)

0931-2131387(发行部)

河北浩润印刷有限公司印刷

开本 880 毫米×1230 毫米　1/32　印张 13.25　插页 4　字数 310 千

2024 年 3 月第 1 版　　2024 年 3 月第 1 次印刷

ISBN 978-7-5468-2489-5

定价: 68.00 元

以剑与词，绘就一代豪杰的传奇

何忠礼

  在中国传统文化璀璨斑斓的园地里，唐诗和宋词一直被誉为古典诗歌的两朵奇葩。而作为豪放词派的巨擘，历来"苏辛"并称，双峰齐峙。欣闻亚爽在继历史小说《陆游传》之后又完成了《倚天万里须长剑——辛弃疾传》的写作，这无疑是对广大文史爱好者的一份奉献。亚爽请我作序，使我有机会先睹为快。读罢掩卷而思，犹觉余音绕梁。感慨之余，管见流于书端。

  辛弃疾（1140-1207），是我国南宋杰出的爱国词人、英雄，这在文史界早有定论。他出生于金兵占领下的历城，自幼颇受祖辈民族气节之熏陶，稍长又亲见金兵对占领地人民的掠夺与奴役，从青少年时代便树立了驱逐金兵、收复失地、报效国家的远大志向。二十二岁时，他率众起义，迈出了躬行，实践抗击金兵的第一步。从此，身历戎行、只身除奸，勇擒叛贼，表现出不同寻常的大智大勇。南归后，由于南宋朝廷一味苟安求和，使他的文韬武略不得施展，曾一度苦闷彷徨，屈居下吏数载。后来，历任湖北、江西、福建、浙东安抚使等职。在职期间，召集有生力量，训练军队，奖励耕战，予民生息，颇得民望。尤其在治理滁州、平茶商军、赈灾湖南和办理江西荒政等方面，政绩卓著，赢得"能臣"之名。

时光的流逝，并不能冲淡辛弃疾的爱国赤诚。他在湖南创办"飞虎军"，在福建、镇江亦有组织义军的筹划，目的皆为恢复中原。他的这些举措遭到当权者的猜忌，落职赋闲，羁留泉林之下多年。他奔走王命，"呼而来，挥而去"却初衷不改。在这怀才不遇的境遇中，他以诗词排遣胸中苦闷，抒发一腔豪愤，创作了大量爱国词章。"亘古男儿一放翁"的陆游称赞他"大材小用古所叹，管仲萧何实流亚。"（《送辛幼安殿撰造朝》）"英雄悲慨，一付于词，"（张玉奇《稼轩人格论》），这正是辛弃疾豪放风格产生的重要原因。

亚爽作为一名历史科班出身的青年作家，先后创作了多种历史体裁的作品，且都能做到文史的有机结合，这是十分难能可贵的。目前历史人物传记文学的创作，有一种媚俗的倾向颇让人担忧，即迎合一些社会上趣味不高的猎奇心理，在作品中生拉硬扯出一些风花雪月的绯闻艳情，或是编排一些故弄玄虚的小智小慧，而对于历史事件、典章制度一物不名，读罢总让人觉得杂乱。我认为历史人物传记文学首先应该是历史，即无论如何都要写出人物所处的那个时代和社会的特征，然后才能谈到文学、文采。唯其如此，才能成功地塑造历史人物，使其再现迷人的风采。

中华民族的历史名人灿若群星，辛弃疾作为其中一颗耀眼的星辰，始终闪烁着熠熠光辉。他的爱国主义和民族主义精神，一直为后人景仰。愿亚爽这部作品能够获得广大读者的喜爱，从而激发国人的爱国热情，振奋民族精神。是为序。

何忠礼，著名宋史专家、浙江大学历史系教授、博士生导师。曾任中国宋史研究会副会长，现任杭州市社会科学院南宋史研究中心主任。著有《科举与宋代社会》《宋代政治史》《南宋政治史》《南宋科举制度研究》《南宋全史》《中国古代史史料学》《朱熹年谱》《直把杭州作汴州》《宋高宗新论》。

目 录
Contents

卷首语

南宋咸淳年间（1265—1274年），爱国诗人谢枋得因事到信州铅山县，在阳源山中的一座寺庙里夜宿。不意刚刚入睡，即闻有人在大堂上呼喊，其声呜呜焉，愤愤焉，似有无限不平之气。枋得惊起而视之，除月光如洗外，庭中并无一人。再卧之，声又如旧，如是者直至三鼓。询之老僧，方知此庙旁有辛弃疾之墓，枋得不胜骇叹，于是夜起秉烛，提笔写了一篇文辞华美的祭文，悼念这位爱国英雄、词坛领袖，然后焚而拜之。复卧时，其呼喊之声乃息。

这段佚闻，被写入《宋史》的《辛弃疾传》里，是真是假我们不必理论。不过，我想撰写者的用心，大概是以此慰藉一下著名爱国词人辛弃疾壮志难酬的千古遗恨吧。倘使辛弃疾能被南宋朝廷所大用，那么，宋金两国的历史恐怕得改写了。

辛弃疾于公元1207年9月10日去世，距今已816年。这期间，不论是官方还是民间的各类著述中如何评价他，作为一代英杰，总是值得后人为之骄傲的。

作者谨以此书祭奠伟大的爱国词人辛弃疾。

华夏之英——一代词宗辛弃疾永存！

第一章

生逢乱世

公元1140年，中原大地上并存着数个对立的封建王朝。其中两个王朝凭着武力和契约，硬生生地将好端端一块完整的土地一分为二：以淮河为界，南方是以宋高宗赵构为统治者的南宋；北方则是女真首领完颜亶统治下的金国。

金人铁蹄下的齐鲁大地，济南府辖下的历城县有一个叫作四风闸的地方，住着一个辛氏家族。

这个辛氏家族的远祖，是一个很有名的人物。据辛氏后人称，他们的远祖，是西汉时期的著名将领辛庆忌。辛庆忌少有报国大志，许身沙场，十几岁时就成了一名善骑射的军校。成人后随军去西北边陲，在乌孙国的赤谷城屯田，立过战功。汉元帝时举茂材，迁车骑将军，任边郡张掖、酒泉太守，从而成为西汉名将。西羌及匈奴各部敬其神威，史称"为国虎臣"。

从现有的史料记载看，辛弃疾的直系远祖，可以追溯到他的六世祖辛维叶。辛维叶任过北宋的大理评事，由狄道（今甘肃临洮）迁济南，从此在济南历城定居。

五世祖辛师古，读书出身，北宋时，加爵儒林郎名衔。

曾祖辛寂，任过宾州司户参军。

祖父辛赞，以读书入仕。当过北宋时期县尉、主簿一类的小官。公元1126年，金兵攻陷宋都汴梁，掠走徽钦二帝，占据了河北、河南、山东大片土地。因家族人口众多，老弱难行，辛赞没有像其他宋朝臣子那样南渡，致使沦陷北国，过起了亡国奴的生活。数年之后，金人为了长期霸占中原，千方百计地拉旧官僚为他们服务。于是，辛赞被强迫征去，当了历城县的主簿，官阶为正九品。

辛赞只生一子，名辛文郁。妻子在兵荒马乱的年头早亡，父子相依为命。

辛文郁十八岁时，辛赞为他娶王氏女为妻。

此时宋金两国时时交兵，战争不断。为了征集军粮马匹，金人拼命地对农民进行掠夺，差不多把中原大地这片本是肥沃的土地都刮了一遍，农民手里的粮食被夺得一干二净。辛家的佃农当然在劫难逃。几年下来，由于金人掠夺，佃户交不出地租，辛家的日子越过越穷，家道中落，就连原本是庄严宏阔的大院门庭，也渐渐地显现出衰老、哀愁的面容。

公元1140年，辛文郁婚后两年，妻子王氏怀了身孕。五月初十这天夜里，一道道闪电划破了夜空，接着就是几声炸雷，吓得怀有身孕的王氏把头缩进被窝里。立时，又有一股强劲的大风呼啸着，把庭院中的柳树吹得像狼嚎一样。不久，那黄豆粒大小的雨滴击向窗户，噼噼啪啪，使窗户纸发出破锣一样的声音。这破锣声就一阵紧似一阵地响了起来，最后急切地汇成一个声音，像是要击破窗户冲进屋子，让屋里的人心里一阵阵发紧。

肆虐了大约半个时辰，外面的风雨就如发够了狂的野兽一样，渐渐地失去了它初来时的雄威，雨点儿由大到小，声音由粗变细，慢慢地犹如一支催眠的曲子。

快到半夜的时候，辛文郁忽然听到大街上人声嘈杂。他一骨碌爬起来，忐忑不安地走出了正房，就听有人急切地拍打大门。辛文郁隔着门缝一问，才知道门外是他的妻弟王进。他急忙抽出门栓，王进一闪身进到门里，回头又急急地把门关严，然后上气不接下气地说："姐夫，女真人抓我的丁，我九处躲藏，才跑到你家来。"

辛文郁一听，慌忙把王进领入正房。就在这时，就听里间有女人的叫声，女佣出来告诉他，说夫人就要临产了。

辛文郁和王进一听，急忙进了屋内，但见王夫人头上冒着汗在那里呻吟。当她得知弟弟为了逃丁来到家里，就忍着疼痛，用手指了指里面的一间小屋。这一下子提醒了辛文郁，他顺手打开那个小屋的门，把王进推了进去。

刚刚安排好王进，王夫人就疼得呼天抢地起来，辛文郁知道，妻子真的要生产了。

深更半夜，又是大雨过后，上哪里去请产婆呢？好在邻里有一位老妇，稍通一点儿接生的事理，辛文郁急中抱佛脚，立刻叫家人辛安去请。

邻妇来了，又是吩咐人烧水，又是打发人准备干净被褥。谁知正在这手忙脚乱的时候，又有人敲起了大门。

当辛文郁打开大门时，猛然间来了一伙女真人。一个头目模样的女真人喝问道："刚才有一个人跑了，是否藏入你家？赶快交出来！"

"没有，没有啊！"辛文郁急忙分辩道。

"方才明明看见有人进了你家的大门。"

"那是我妻要生孩子，接来的产婆。"辛文郁分辩道。

女真人听了，哪里肯信，鱼贯而入地进了正房的客厅。辛文郁跟在后面，急切地央求道："我家娘子真的要生产了，求你们千万别惊了她呀！"

此话刚落，就听西侧的里屋传出女人那痛不欲生的惨叫，一声高过一声，女真人这才停下脚步，坐在客厅的椅子里。

辛文郁急忙让家人端茶倒水去侍候。这时，那女真头目吩咐手下的几个人说："除了那个西屋，都去给我搜一搜。"说罢，他便大模大样地坐下来，端起了茶杯，好半天没有走的意思。辛文郁的头上冒出了一层细细的汗珠。

差不多有一个时辰，几个女真人甚至把马厩菜窖都查了一遍，才回来禀告说没有找到那个逃丁。

那头目听了，突然站起来，野蛮地要向里屋走去。恰巧就在这时，门外一声马嘶，是在历城县里当差的辛赞回来了。原来，是老家人辛安多了一个心眼儿，在女真人进院不久，快马去了县里，请回了老爷。

辛赞入内，向那女真首领打了个问讯，原来在县衙里都是认识的。那头领不好意思硬来，就说："有个逃丁，可能钻入你家，特来搜查，以防他害你家人。"

"可这是在下儿媳的产房，而且马上就要生产了——"

话还没说完，就听屋内一声啼哭，那尖厉的婴儿哭声和外面的鸡鸣之声混为一体，唤得东方天际渐渐发白，这个新生儿就是辛弃疾。

女真人一看，知道辛家真的生了孩子，只得向辛赞道了一声"打扰"，然后悻悻地走了。这一夜的风波，使辛家人心惊肉跳。王氏经此一吓，久而久之，便得了一种忧郁症。

也许是年景不好营养跟不上，也许是辛母忧郁症的原因，辛弃疾出生不久，王氏的奶水就不够吃了。辛文郁本想花钱为孩了找个奶娘，可一时又寻不到合适的。再加上这一年时局正紧，南宋的岳家军已打到河南的郾城，金人正四处抓丁派饷，人心惶惶，四处逃散，哪里能寻到合适的奶娘呢？

万般无奈之际，辛文郁只得买了一只奶羊，靠着羊奶喂养新生的儿子。孩子满百日的时候，辛赞从县里归来了。他为这个孙子起了一个名字叫弃疾。他给儿子文郁解释说："汉代有一位出名的大将军叫霍去病，为国家立过大功，平定了北方的匈奴，可谓是功垂千古了。弃疾与去病相仿，但为父的意思，并不奢望他能有霍去病的本事，只希望他将来不得疾病，身体强壮就行了。"

听了父亲这席话，辛文郁说："生孩子那夜，媳妇梦见了犀牛，不知是吉是凶？"辛赞手将胡须思忖了半天，说："我历来不信这些东西，不过是福是祸由他去吧。"

话是这么说，但过后不久，辛赞还是为孙子起了一个"幼安"的乳名，希望他幼年安康。

八月，王氏夫人的小弟弟王进远道归来看望姐姐。王氏也是历城县人氏，家有一兄一弟。兄长老实厚道，在家务农。小弟十七八岁，自幼不安分，喜欢舞枪弄棒。那次躲过抓丁，王进和村里的两个少年逃进泰山。后来听说岳家军打到河南，又想投奔宋军。他俩晓行夜宿奔向河南，谁知行到半路，岳家军又被宋廷召回了。

王进气呼呼地对姐夫和姐姐说："嗨！真是空欢喜了一场。眼看着金兵就要不行了，朝中却下了十二道金牌把岳家军调了回去，已经到手的颍、昌、蔡、郑诸州，又被金人夺了回去！"原来，王进和乡里的众多青少年一样，他们目睹了金兵的烧杀抢掠，饱尝了亡国的滋味，对金人积满了仇恨。他们都热切地盼望南宋的军队早早打到中原消灭金人。

宋金两国交兵的形势随着和谈开始急转直下。宋军夺回来的安徽北部和河南南部的数十座城池又落入金人手中。渐渐地，人们才知道，原来是南宋的奸相秦桧被金人收买，在高宗面前说了岳飞的坏话，才使眼看大功告成的这次北伐前功尽弃。中原人民对此痛心疾首，赞扬岳家军的同时，又痛骂卖国贼秦桧。

金人经过这次重创，他们感到对中原汉人的统治是至关重要的。于是，金人下了一道道诏告，禁止女真人烧杀抢掠，以缓和民族之间的矛盾，同时选用一些汉人官吏去统治汉人，恢复了宋朝原有的府、州、军、县管理。也就在这时，辛弃疾的祖父辛赞被任为亳州谯县的县令，从此，开始了辛赞屈辱事金的历史。

此时的南宋皇帝赵构，本是一个苟且偷安，不思进取的皇帝，再加上他惧怕北伐成功，被金人抓走的宋钦宗归国，他的皇位就坐不成了。偏又有奸相秦桧当国，专以声色犬马取悦赵构。因此，他便偏安江南一隅。于是，经过再一次议和，宋金两国仍以淮河为界，相安无事。

春去秋来，雨雪交替，转眼间六年已经过去。生活在历城县四风闸乡间的辛弃疾已经长成一个活泼可爱的孩子。由于金人初占中原，未形成完整的科举选士制度，乡间的儿童教育也放任自流。尽管如此，辛文郁还是尽可能地教孩子认字。然而，辛弃疾的兴趣似乎是在刀枪棍棒上。闲来无事，喜欢和小舅王进一起舞刀弄棒。当然，小舅的刀是真家伙，而他的刀只是一截木头片子。有时他想动一动小舅的真刀，但每次要动时，舅舅都瞪着眼睛训斥他几句，气得他没好气地说道："我要是长大了，还不稀罕你这破玩意儿呢！"说完，一跺脚就走了。可是，过不了多久，他又缠着小舅教他"武艺"。

舅舅苦笑了一下说："我哪有什么武艺呀，拿刀吓唬人还行。"

只是王进不常在家闲待，时常出门或是耕种，偶尔做点小生意。每逢小舅不在家时，辛弃疾都感到十分无聊。

这一年的春天，多病的母亲去世了。七岁的辛弃疾突然失去了母亲，他悲痛不已，似乎一夜之间成熟了许多。父亲又患有哮喘的病，还要照顾家里的田地，无力管教辛弃疾。远在谯县的祖父听说后，急忙派人来接孙子。令辛弃疾高兴的是，小舅王进也陪他一起去谯县，到祖父所在县衙充当衙役。

看到长高了许多的孙子又聪明又伶俐，辛赞心里非常高兴。他觉得应该让孩子学些什么才好，不图将来考取个一官半职，但也得让他知书达理才行。

此时谯县城中住着一位很有名的读书人叫刘瞻，虽不是学富五车，却也是名动乡里。特别是他见金人占了家园，心里虽然恨，但也不敢表露出来。委屈之下他便写起田园诗，用美好的田园生活怀念过去那种和平安宁的生活。不承想这类诗一出，立刻引起文人们的兴趣，争相拿这种田园诗作为精神寄托。刘瞻居然独辟蹊径，但也成了当时中原一带田园诗的领袖。当地有钱的乡绅及官员们为了长远考虑，便共同集了一些银钱，收拾了一座破旧的祠堂，恭请刘瞻先生出山，教授他们的子弟。

这位刘先生年纪五十多岁。他原是北宋时期的一名秀才，原指望通过十年寒窗苦读，将来能金榜题名，博得个封妻荫子。没想到金兵南下，灭了北宋。接着就是数年的兵荒马乱，科举取仕的梦想也就随着战火硝烟而破灭了。等到金人完全占领了中原，又都是一些兵痞统治，根本不把读书的事情当作一回事，自然，他这个读书人也就没有用武之地了。后来虽然时局安稳了几年，但金朝还没有制定一套可行的科举制度，刘瞻也就只能走教书匠的这条老路了。

辛弃疾在小舅王进的带领下初到学堂，见到的是一座油漆半脱的灰黑色的破庙一样的房子。门前长着一株一半枯死一半尚有树叶的老榆树。斑驳的树皮，活像一张久经沧桑的老人的脸。二十多个高矮胖瘦不一的孩子，正围着这株老树玩耍，带着一点顽童的气息。王进带着辛弃疾来到树下时，众孩子都停止了玩耍，用好奇的目光打量着他。因为这些孩子都是十岁以上的，像辛弃疾这么小就来读书的，还是第一位。

王进向一个高个头的孩子打听先生在什么地方，那孩子十分爽快地说："走吧，跟我来。"说完，就在前带路，把辛弃疾和小舅领进了大门。

房子里虽然有些暗，但高大空旷。正堂里摆着几排黑漆漆的木桌子，辛弃疾知道，这就是课堂了。穿过课堂的后门，又进了一间小屋，在左手有一处耳房，那高个孩子敲了几下门，便有一个声音从里面传出来："谁呀？"

"先生，我是党怀英。有位新来的学生要见您。"

门开了，一个矮胖的，嘴巴上长着胡须的先生出来了。王进急忙递上辛赞给先生的信札。那先生接过一看，忙说："知县大人的孙子，刘某自当好生教习。请回禀大人，放心好了。"

王进领着辛弃疾进了屋，把手里拎的见面礼放在刘先生的桌子上，刘先生推辞了半天，最后推辞不掉只好收下。按照规矩，王进请刘先生坐下，回头叫辛弃疾给刘先生跪下磕了三个头算是拜师了。这是辛弃疾有生以来第一次给生人磕头。

拜完了师，刘瞻就向还站在门外的党怀英吩咐道："党怀英，领他去找个座位吧。"

等到上课时，辛弃疾发现，他就和党怀英坐在一起。时间一久，辛弃疾就和党怀英熟悉了起来，慢慢地也了解了党怀英的家世。

党怀英，字士杰，祖籍冯翊（今陕西大荔县）。他的十一代祖宗党进，官做到北宋的太尉，曾显赫一时。党家随着赵宋王朝的衰微也跟着家道中落。如今，党怀英父亲党纯睦以读书人的身份，在泰安军里当了一个录事参军。后来父亲病死泰安，母亲只得带着两个孩子泰安定居。党怀英的兄长党魁英，原在历城县衙里当县吏，从而结识了辛弃疾的祖父辛赞。待到辛赞当了谯县的县令，便让党魁英当了县丞，一起来到谯县定居。这时候的党家已经破落成一个中等人家了。除了兄长的些许俸禄，几乎没有什么别的收入。

一天下课，辛弃疾问党怀英："士杰兄今年年长几何？"

"虚度一十四个春秋。你呢？"

"七岁。想不到兄长都十四岁了！"辛弃疾有些惊讶。

"你才七岁呀！"党怀英有些不信，"看你的个头，我以为你有十几岁呢。"过了一会儿，党怀英又叹道："年长有什么用？这年月读书人还有什么出息，又不能做官！"

"读书就是为了做官吗？"七岁的辛弃疾不能理解。

"'书中自有黄金屋，书中自有颜如玉'嘛。这不是古往今来的一句名言吗？"党怀英说，"退一步讲，万般皆下品，唯有读书高，谁不是这么说呢。我读书的目的，就是为了出人头地，就是为了考举人，考进士，好去做官。"

辛弃疾一听，愣怔怔地看着这个比他大的孩子。

党怀英是学堂里年龄最大的学生。他人又聪明，又懂事，很得刘瞻的喜爱。

说起学堂里的课程也是参差不齐。像辛弃疾这样几个年纪小的还在学些蒙学读物，而党怀英居然连《千家诗》都能背诵下来。时下，他正跟先生学习《诗经》呢。

偏是这位刘先生爱写诗，时不时地在课堂上把那盛唐的诗歌吟上两首，引起了不少孩子读诗写诗的兴趣。好在当时教书的目的并不在于科举，因此多数家长只是希望孩子将来知书达理就心满意足了。

党怀英在刘先生的熏陶下，也学习写诗，并且还时不时地按照先生所出的韵脚写出几首绝句来。每逢这时，先生就当着其他孩子的面夸奖他几句，其他孩子便艳羡不已。

辛弃疾毕竟太小，识字不多，读的书也很少。但他从小养成了山东人特有的犟劲，拼命地要赶上别人。加上他的记忆力好，不到一年时间，就与学堂里中等孩子的学业水平拉平了，刘瞻对他刮目相看。两年下来，他脱颖而出，与党怀英并驾齐驱。渐渐地，他与党怀英成了好友。至此，在谯县城里，人们都知道党怀英和辛弃疾的名字。读书人把他俩并称"辛党"，都说他俩将来前途无量。

辛弃疾十岁的时候，已经知道很多事情了。他常常跟小舅王进在一起，缠着他讲故事。王进便给他讲岳家军的事，如"岳母刺字""枪挑小梁王""刀砍铁拐马""大战朱仙镇"，等等，辛弃疾听得津津有味。一次，王进讲完后又沉痛地说："可惜的是，岳元帅遭到了奸臣的暗算，就在你两岁那年，被人害死在风波亭了。"

辛弃疾睁着吃惊的大眼睛问道："这么有才能的人，朝廷为什么要害他呀？"

"传说是金人用钱买通了南宋的丞相秦桧，秦桧在皇帝面前说，岳飞拥兵自重，恐怕将来对朝廷不利。昏庸的宋高宗怕丢了皇位，才听信了他的话。"

辛弃疾跳起来说："要是我就不听这一套！一直领兵打下去，直到把金兵全部赶走为止。"

"这你就不懂了。君臣大义，如同父子，等你长大了就明白了。"

辛弃疾使劲捶了一下拳头，毅然说道："小舅，我不想读书了，想学武艺，你教我吧！"

望着个头眼看就要撵上自己的辛弃疾，王进拍了一下他的肩头说："我可教不了你。不过将来有机会我会领你去拜一个高人为师，学些真正的武艺。怎么样？"

"什么高人？"辛弃疾迫不及待地问，"告诉我，明天就领我去吧！"

"你这个急性子。高人是那么好求的吗？告诉你吧，这人离这有六七百里地呢，是泰山脚下灵岩寺里的一位高僧。"

"说了半天是个和尚呀！"辛弃疾有些失望。

"你可别小看这和尚。"王进小声地告诉辛弃疾，"他原是北宋时期京城里的一个教头，因得罪了奸相张邦昌才解甲归田。金兵入侵，他又隐姓埋名，入山当了和尚。"

"啊！"辛弃疾有些吃惊，"那好。小舅，以后你千万领我去，学一身万人敌的本领！"

"你先安心读书吧，否则连兵书都看不懂，还谈什么万人敌？"

晚上，辛弃疾回家的时候，祖父在衙门里还没有回来。他进了祖父的卧房兼书房，发现书案上有一卷新书。他好奇地打开一看，原来是新印的《东坡居士长短句》。他听刘瞻在课堂上讲过苏东坡，知道这是一位有名的词人。于是，他坐下来读起了苏轼的词。不想这一下可把辛弃疾迷住了。他就像一只飞了很长路程的蜜蜂，好容易找到了一簇鲜艳的花朵，便一头钻进花丛中，连头也顾不上抬，贪婪地吸吮着清香的花粉。

不知过了多长时间，他才觉着身后有人站着。回过头一看，是祖父回来了。他急忙起身为祖父请安让座。

辛赞对孙子如饥似渴的样子十分吃惊。他从容地坐了下来，拉过孙子的手问道："你喜欢苏东坡的词？"

"喜欢，尤其是那首《念奴娇·赤壁怀古》。"说完，辛弃疾找到那首词，指给爷爷看。

辛赞把那首词看了一遍，没有说什么。就听孙子又说话了，"不过，这里面沉绵绵的词还是太多太滥"。

辛赞回头看了一眼孙子，见那明亮的大眼睛里，有着一股灵气在闪烁。于是他把这卷书合上，语重心长地对这个十岁的孩子说道："词到大宋已是登峰造极了。想当初东京汴梁，歌舞升平。文人们无事可干，就为教坊的歌女们填词。一首好词，歌女们争着唱，士人们争着听。教坊里为了拉客赚钱，不惜花大价钱买词买曲。那阔绰的官员，听开心了，那赏赐之丰叫人咋舌。就连以贤声斐名的宰相寇准，歌女为他唱一支好听的曲子，他还赏给一丈的绸缎呢。至于皇上的赏赐，那就可想而知了。于是就造就了一大批词人。传到苏东坡这里，由于遭遇的坎坷太多，写出几篇动人心扉的作品外，其实多是些软绵绵的，消磨人们意志的东西。如果那时君臣上下不是醉心词曲歌舞，而是用心于富国强兵，何至于丢掉这半壁江山呢！从这一点看，词就不如诗了。所以，你以后最好少读这类东西。"

辛弃疾第一次听祖父说了这么多的话，讲了这么深奥的道理。他似懂非懂地点点头，说道："孙儿记住了。"然后道了晚安，回自己的屋里睡觉去了。

一天课间闲玩，辛弃疾想起小舅讲给他的关于岳飞的故事，就偷着问党怀英："你知道岳飞吗？"

"知道啊。"党怀英觉得辛弃疾的问话很突然。

"你听说过岳飞大战朱仙镇的故事吗？听说差一点儿没把金兀术抓住！"

"这我早就知道。"党怀英不屑一顾地说。

"我也想做岳飞那样的人！"辛弃疾突然大声地说。

党怀英一听吓了一大跳，忙向四处看了看，然后低声对辛弃疾说："小声点！这里可是金国，别让金人听了去。"他见辛弃疾无话，又说："学岳飞有什么好，出生入死，到头来却被奸臣害死了。"

"死了也是大宋的臣子，总比卖国求荣强！"辛弃疾争辩道。

党怀英一时语塞，停了好一会儿才说："古往今来，中原多次易主，难道做臣子的都要以死殉节吗？我现在所想的，就是将来恢复了科举制度，图个金榜题名，光耀我党氏门庭。至于是金是宋，那有什么关系呢！"说罢，他昂首挺胸地挟着书走了。

辛弃疾愣愣地站在原地好半天没有动，他似乎有些不认识他的好友了。

自从在祖父的书房里读了苏东坡的词，辛弃疾就像一只馋嘴猫那样，总惦记着再看一看那本书。但是，有祖父的告诫之语，他又不敢去看。

时间就好像是一种诱惑剂，越长越使辛弃疾坐不住。他还是个孩子，最后实在忍不住了，趁爷爷不在家的时候，偷偷钻入爷爷的屋里去翻那本新刻的书。不想翻开那书一看，里面夹着一张纸，是手抄的两首新词，末题：宋河北诸路招讨使岳飞作。辛弃疾"呀"的一声，"是岳飞的词？谁抄的呢？"他于是如获至宝地读了起来。是两首《满江红》，其一是：

怒发冲冠，凭栏处，潇潇雨歇。抬望眼，仰天长啸，壮怀激烈。三十功名尘与土，八千里路云和月。莫等闲白了少年头，空悲切。　靖康耻，犹未雪。臣子恨，何时灭？驾长车踏破，贺兰山缺。壮志饥餐胡虏肉，笑谈渴饮匈奴血。待从头、收拾旧山河，朝天阙。

其二是：

遥望中原，荒烟外，许多城郭。想当年，花遮柳护，凤楼龙阁。万岁山前珠翠绕，蓬壶殿里笙歌作。到而今铁骑满京畿，风尘恶。　兵安在？膏锋锷；民安在？填沟壑。叹江山如故，千村寥落。何日请缨提锐旅，一鞭直渡清河洛！却归来再续汉阳游，骑黄鹤。

辛弃疾读罢这两首词大喜过望，他万没有想到，叱咤风云的英雄岳飞，还能写出这么好的词来！"壮志饥餐胡虏肉，笑谈渴饮匈奴血。""何日请缨提锐旅，一鞭直渡清河洛。"真是声声如战鼓，多么激动人心，感人肺腑啊！

辛弃疾爱不释手，一连把这两首词读了几遍。这时，忽听庭院中有祖父的咳嗽声，吓得他急忙把岳飞的词夹好，转身溜回自己屋里。夜里，他好半天睡不着觉，沉浸在岳飞那两首词的激情里。

第二天，辛弃疾还惦记着那两首词。趁祖父走了，他又钻到祖父的屋里去看。谁知他把那书翻了个遍，也没有找到岳飞的词。后来，他索性把书橱所有的书都翻了一遍，那词也毫无踪影。一定是叫祖父带走了，辛弃疾沮丧地想。

去学堂的路上，辛弃疾还在想着岳飞那两首词。想着想着，居然还能背诵下来，于是，他心里像绽开了一朵花。"对，找时间把它写出来。"辛弃疾自言自语地说。

讲堂上，刘瞻正一字一板地为学生们讲解着《中庸》，辛弃疾却在下边开小差。他硬是凭着记忆，把岳飞的两首《满江红》一字不差地写了出来。写完后，他又忘情地品味起来。不料这时刘先生神不知鬼不觉地走到他身边，一把把他抄的词夺了过去。

辛弃疾吃了一惊。他回头一看，是刘先生，急忙站立起来，用惊恐的目光看着先生，像有什么话要说，一时又说不出来。

刘瞻不动声色地说："讲堂上不许做别的事情。这一条我说多少遍了。以后千万记住！"说完，他把辛弃疾写的东西藏到袖子里，继续讲《中庸》了。

三天过去了，刘先生既没有批评他，也没有把岳飞的词还给他，辛弃疾心里有些疑惑。一天晚上，祖父突然把他叫到屋里，从袖子里拿出一张纸来，是自己抄写的岳飞的词！

"这是你写的？"祖父严肃地问。

怎么到了祖父的手里？辛弃疾理不出个头绪来。不就是课堂上分了神，刘先生至于这么小题大做吗？

"读书就是读书，怎么能乱抄乱写这些东西！"祖父厉声地训斥说，"你不知道吗，这是犯禁的！"

辛弃疾眨眨吃惊的大眼睛看着祖父，二人僵持了好一会儿，辛弃疾才委屈地小声说道："这可是您带回家来的呀。"

"我？是吗——这？"祖父的话显得有些笨拙和不连贯。

"就在苏东坡长短句那卷书里夹着。"辛弃疾似乎有了理。

"我知道！"祖父突然暴怒了。他瞪着一双眼睛对孙子吼道，"以后不许你随便翻我的东西，听到了吗？"

辛弃疾第一次看到祖父如此发怒。他不情愿地低下了头，看着自己的脚尖嘟囔着"知道了。"

"我们生活在大金国，就要服从大金国的戒律。"祖父的语气有些缓和，"不许你传抄有损大金国的东西，特别是岳飞这两首词，属犯上之作，一旦追查出来，那是要杀头的！"

"可爷爷为什么要看呢？"辛弃疾小声地辩白道。

"我这是在工作！"祖父的声音突然又高了起来，"那是我收缴上来的东西，正准备查找抄写人呢。你懂什么，还不快给我闭嘴！"

辛弃疾一听，一下子傻了眼。几年来，他见祖父常和金人的什么百户长、千户长的来往，有时点头哈腰，一副恭顺的样子，心里就有气。他万万想不到，祖父竟是这么一个人，甘愿当金人的走狗！他猛地抬起头来，狠狠地瞪了祖父一眼，然后一扭头走了。

辛弃疾一连三天没有理祖父，祖父也不理他。可是，这几天小舅王进却对他亲热起来，常常从县衙里跑出来，陪着他出去玩。不知道为什么，只要辛弃疾一提到岳家军的事，小舅就把话题岔开往别处扯。

有一天，辛弃疾的学堂上无课，他让小舅领他出城外去玩。他们登上谯县城北的一处山岗，眺望山下滚滚东流的涡河。在涡河岸边，有一处金人的兵营隐隐可见。那高耸的木杆上挂着一串灯笼，虽然没有燃着灯火，但仍可清晰地望见。

辛弃疾一屁股坐在一块光秃秃的大石头上，双手抱膝，对着金营看了好半天。然后，他拾起一根木棍，咔嚓一声折断，又扔到了地上。

不知什么时候，小舅在他身边坐了下来。他用一只手搂住辛弃疾的肩头，语重心长地说："你以为骂金人一两声就是英雄了？你现在已经不小了，过去，我给你讲的岳家军的故事，就让它永远是故事吧。你真要是有爱国之心，就默默地把志向存在心里，然后学些真本事才行。试想，岳飞光写出一两首气壮山河的诗词而没有惊天动地的壮举，谁稀罕他呢？"

"我是不明白，爷爷他……嗨！"辛弃疾痛苦地用拳头捶了捶自己的头。

"爷爷是金朝的官，他不能不听金朝的法令。更重要的是，他要以此保护一方百姓，这里面包括你，包括我，还有你们辛家和我们王家的几十口人。这一切，你懂吗？"

辛弃疾抬起头来，迷惘地看了看小舅。

"走吧，回去吧，时候不早了。"

辛弃疾低头随小舅下山，二人默默无言地走了一段路。辛弃疾打破了沉寂，忍不住地问道："那祖父为什么要追查抄岳飞词的人呢？这不是替金人效力，出卖我们汉人吗？"

王进转过身来，用奇怪的目光看着辛弃疾，冲着那张仍带稚气的脸笑了。最后叹道："你真是个孩子！"

辛弃疾还是不明白。

"你没仔细看那词的笔体？是别人写的还是你祖父自己写的？他自己写的还要追查谁？"

辛弃疾一听，站在那里愣了半天，突然笑了起来，一把抓住小舅的手，叫道："我明白了，我明白了！祖父不是坏人。"

王进用另一只手在辛弃疾的头上摸了摸，深沉地说道："祖父怕失去你。因为你还小，还不到让你懂得更多事的时候。"

辛弃疾心里一热，就有几滴泪水夺眶而出。他狠狠地用手抹了一把眼泪，轻声地说："小舅，我们回去吧。"

进城以后，太阳已经偏西了。西部天空的晚霞，犹如光灿灿的红色锦缎，分外美丽。辛弃疾的心开朗了许多，他好像一下子长大了。

　　快到县衙的时候他突然发现，大门外有几个全副武装的金兵，还有几匹战马。辛弃疾吃了一惊，心想，坏了，是不是出事了！

第二章

立志报国

辛弃疾和小舅王进急急忙忙奔向县衙的内宅，他以为金人来找爷爷的麻烦。谁知进屋一看，祖父正和一个女真官员喝着茶，说着话呢。听了几句，他才知道，原来是爷爷为官小心，很得金主赏识。这人是来传达金主敕命的，爷爷升了开封府的知府，不日就要上任了。

辛赞升任开封知府这年是金天德三年（1151年），辛弃疾十二岁的时候。

盛夏时节，骄阳似火，通往开封的大道被太阳晒得火辣辣的，似乎要把人烤焦。辛弃疾随祖父坐在官车上，拉着随身携带的行囊和书卷。小舅王进和两名亲兵骑马相随，晓行夜宿，向开封进发。路上，不时碰到南来北往的金国信使，而行人却很少，四天的行程一晃就要结束了。

开封府原是北宋的京城汴梁，汴河、惠河的交汇处。厚实的城墙上来回游荡着金兵。一面面金兵的旗帜随风飘扬，标志着宋都易主。只有那高耸的城门楼似乎还倔强地向行人们宣称，它曾有过一段十分辉煌灿烂的历史。

这座城池最早建于何年没有人能记清。它经历了梁、唐、晋、汉、周五代的更替，饱尝了战乱的烽火是无法否认的事实。至公元960年，宋太祖赵匡胤在这里发动兵变，以宋代周，最后统一了全国，这里才成了稳固的统治中心——北宋京城。自此以后，在这里登基坐殿的北宋皇帝有九位，时间持续一百六十多年。在这一百六十多年的时间里，统治者们不惜民力物力，集天下能工巧匠于一处，把汴京建造得凤楼龙阁直冲霄汉，园池水榭花团锦簇，横街竖巷雕梁画栋，红男绿女游人如织。尤其是汴河边上长长的街市，汇集了天下特产异物，真是商贾云集，构成了一幅富裕无比的人间画图。

如今，当辛弃疾陪同祖父入城时，看到的却是行人稀少，店铺闭户，河道里商船绝迹，歌楼上鸦雀无声，一片死气沉沉的景象。

辛赞到了开封，接手了公务，着实又忙碌了几天。无非是核查仓储、户口，巡视一番城郭及各属县。因为这里曾经是宋都，为中原重镇，所以金人在城里城外驻扎了大量的军队。府衙中官吏，也都是女真人和汉人混杂。辛赞虽是知府，但在处理政事上却时时听从金人的摆布，犹如一个傀儡。每逢看到这种情况，辛弃疾不免气愤异常，背地里发些无名的牢骚。久而久之，他又对自己的祖父有了看法，认为他没有骨气。无奈六十多岁的祖父还是对金人逆来顺受，像一只温顺的羔羊。

一天，女真人在开封城内抓了几个青年，说他们与商洛山中的一支抗金队伍有联系，随后把这几个人杀头示众。杀人之前，女真人叫辛赞写了告示，告示上用了知府的大印，还让辛赞署了大名。这一事可把辛弃疾气坏了，他又开始不理祖父了。

过了一段时间，辛弃疾的心情稍稍有些缓和，小舅王进对他说："祖父很苦恼，走，我们陪他出去逛逛去。"

这是一个深秋的时节，三人随意在城内走了走，信步便来到了南城门附近。在南城门偏东，有一块杂草丛生的地方，残砖碎瓦间有一条石板路通向横生疯长的灌木深处，显得十分幽静。有一块石碑尚立在路边，上刻"繁台"两个大字，这里原来是北宋的繁台殿旧址。

三人拨开荒草，绕着繁台基石走了半圈，来到一个荒废了很久的水池边上。只见这个池子的四周都围着白玉石栏杆，如今虽是东倒西歪地藏在杂草丛中，但看那精美的雕刻工艺，仍可以想见当日的华美了。池子虽然很大，但被那无人约束的疯长的荷叶所侵占，水面却露出很小一部分。几只青蛙在残荷叶片上跳来跳去，尽情地玩耍，仿佛成了这片皇家园林昔日的主人。

有一块石头差点儿把毛手毛脚的辛弃疾绊倒。他朝下一看，又是一块石碑。石碑上还刻着字，他细一看，是工整的徽体"凝碧池"。

"凝碧池！"辛弃疾不禁惊呼道。

"对，正是凝碧池。"是辛赞的苍老声音。他接着自言自语地说道："这是仿唐代长安城中凝碧池而建，那三个字，还是徽宗皇帝的御笔呢。"

辛弃疾拨开荒草，绕着池子走了一圈。回到石碑跟前时，站在那里不动了，两眼盯着池水发呆。原来，他想起了一个发生在唐代的十分悲壮的故事：

唐天宝末年，安史之乱的叛军攻陷长安，唐明皇仓皇西奔。来不及逃跑的官员当了叛军的俘虏，其中很多人变节为安禄山所用。大诗人王维身为唐给事中，也陷入贼中，拘于禁中的菩提寺。叛军首领安禄山强使唐宫中的梨园子弟于凝碧池奏乐取乐。乐声起时，梨园旧人相对而哭。其中有一个叫雷海青的乐工，悲愤之中把手中的乐器摔到地上，然后向西而跪，大恸不止。叛党们于是缚雷海青于戏台上而肢解。王维闻之，为赋绝句一首云："万户萧条生野烟，百官何日再朝天。秋槐叶落空宫里，凝碧池头奏管弦。"后来，唐军收复了长安，那些投敌变节的官员都得到了惩罚，只有王维以此诗得免。

想到这里，辛弃疾忽然转过脸来，满眼含泪地直视辛赞，连珠炮似的质问道："祖父，您为什么不像王维那样？您为什么留下来甘心当金人的官？你为什么不辞职归田？为什么甘愿替金人效力？我为有你这样的祖父而丢脸！你让我走吧，我要回山东老家去，再也不愿意和你住在一起！"说完，他靠在一株老树干上哭泣起来。

头发几乎是全都白了的辛赞长着一张有棱有角的脸，直挺挺的胡须也像染上了霜。他看着自己年少的孙子如此激愤，一时不知说什么好。只见他那宽厚的嘴角抽动了几下，想说什么却一个字也吐不出来。这样过了好一会儿，那满是皱纹的眼角便淌出两行热泪来。

王进一见此情，冲到辛弃疾跟前，冲着他的胸猛推了一把，怒道："臭小子！你胡说些什么？还不快给祖父赔礼道歉！"

不想辛弃疾却使劲一跺脚，扭过头就走。王进急忙去追他，辛赞又把王进叫了回来。想了一下，吩咐道："你先把他送回历城吧，不然这小子早晚要惹事。"

初秋时节，辛弃疾和小舅王进从开封回到了阔别已久的家乡——四风闸。虽然体弱多病的父亲只有三十几岁，但始终没有续娶女人。他靠着族人的帮助和家里的男女两仆，过得有条不紊。历城县里住着一营金兵，不时四处骚扰，但因为辛家有人在汴封当知府，所以金兵不敢轻易闯入辛家。因此，整个辛氏家族的日子过得还算安稳。

按照辛赞在信中的嘱咐，父亲辛文郁决定把儿子送到济南府学继续读书。辛弃疾气愤地说："金人办的学堂，我宁死也不去！我要学打仗的本领。"

辛文郁拗不过自己这个倔强的儿子，便随着辛赞信中的下策，决定把辛弃疾送到泰山里的灵岩寺，让他与世隔绝，学些武功，修炼心性。

灵岩古寺建于唐代，位于泰山北麓，北距济南城三百多里。此寺规模宏大，殿阁成群。它北依卧虎山，南向长城岭，四周古木参天，到处怪石嶙峋，山间溪水潺潺，仿佛是一处世外仙境。

进了山门，入了四大天工殿，迎面便是面目狰狞的四大天工。在宏阔的大雄宝殿内，辛弃疾在小舅的引领下拜见了庙里的住持长老惠常禅师。惠常禅师六十多岁的高龄，身材矮小，瘦骨嶙峋。要不是小舅事前向他讲了这位长老的来历，他怎么也不会相信，这样一副身材也会武功。

小舅从怀里掏出一封书信，毕恭毕敬地交给了惠常禅师。辛弃疾想，这一定是爷爷写的信了。惠常把信看了一遍，然后收了起来，对辛弃疾说道："念在你祖父的情分上，老衲今天就破例收下你这个俗家弟子。只是本寺生活清苦，练功时又不免受些皮肉之苦，你可受得了？"

对此，辛弃疾早有准备，他急忙向禅师跪下，口称"弟子辛弃疾愿受教诲"，然后恭恭敬敬地磕了三个头，算是正式拜师了。于是，不足十四岁的辛弃疾只身留在了深山古寺。

辛弃疾被一个小和尚领到鲁班洞旁的一间小房里单独居住，吩咐听到钟声再去斋房与众僧一道用餐。这天夜里，由于长途奔波劳累，吃罢晚饭他便昏昏睡了过去。

第二天早晨，东方刚发白，就有一个小和尚跑来把睡得正香的辛弃疾叫醒，催促他说："惠常长老叫你练功了。"

辛弃疾揉了一下眼睛，一骨碌爬起来，急忙穿好衣服，束好腰带，随那小和尚东拐西拐，穿过了高大的千佛殿，出了寺后的小角门，来到后山坡的塔林之中。只见师傅正端坐在一株松树下闭目养神。辛弃疾惶恐地给师傅跪下，惠常方才微张双目，指着旁边的一座小石塔对辛弃疾说："看见了吧，塔下有个石杵，你先用右手把石杵拿起来，放到塔基的台阶上，再用左手把石杵拿下来放在地上。如此九次之后，再用左手往上拿，右手往下拿。什么时间能一气拿到九九八十一次再来找我，明白了吗？"

辛弃疾一听，心想，这练的是什么功呀？但是见到师傅又闭上双目在那里打坐，只得顺从地回了一个"是"字。

辛弃疾来到石塔跟前，用手一提那石杵，还不算重。于是他便把它轻轻地放在三尺来高的台阶上。接着他换了左手，又轻轻地把石杵拿下来放在地上。如此轻松自如地拿了几个回合，辛弃疾暗想，这也太轻松了！

谁知他没高兴多一会儿，大约过了二十个回合，他觉得手腕子有些发沉。过了三十个来回，便觉双臂发麻，腰也开始发酸。等到五十个来回时，连那两条不知疲倦的腿都有些发抖了。辛弃疾毕竟是一个十三四岁的孩子，渐渐地他头上冒汗，不一会儿便坚持不住了，扑通一屁股坐在了地上。

"提多少次？"惠常长老闭目问道。

"六十三……六十三回。"辛弃疾气喘吁吁地回道。

"好吧，今天早上就练到这。明天早晨接着练，什么时间提到八十一回再来找我。"长老仍闭着双目。

第二天，没等小和尚来叫，辛弃疾就早早地起来练功了。这一次他拿了六十五回。

七天过去了，他可以连续一气地拿上拿下那石杵八十一回了。于是他告诉了师傅。

"好，明天再继续练。"

可是，当辛弃疾再拿那石杵时，他才发现，那石杵被人换过了，又重了许多。但他仍不泄气，又继续练功。这一回，他用了十二天，才能一气把那石杵拿上八十一个来回。

如此过了三个月时间，辛弃疾换了五个石杵。他突然发现，自己的身体起了变化。两条臂膊粗壮了，两条腿走起路来像生了风，浑身上下有使不完的劲。在寺里过了年，他已十四岁了。

春寒料峭的早晨，师父开始教他剑法。他惊奇地发现，师父的剑术相当娴熟，舞起剑来阵阵生风，半个时辰下来，六十多岁的老人居然连长气都不喘。辛弃疾跟师父学了一个月的剑。然后，师父又叫来一个三十多岁的和尚来陪他对练。这位身材高大的和尚名叫义端，粗壮有力。义端使一根大棒，恶狠狠地竖劈横扫，样子十分吓人。辛弃疾人小身轻，来往灵活，剑法不乱。二人舞打一番十分合手。这以后，义端便成了辛弃疾的陪练师兄。时间一久，二人就由生变熟，"师兄""师弟"互称起来。辛弃疾从义端那满是络腮胡茬子的嘴巴里得知，他的这位师兄是因为杀了一个金兵的小头目，才从关中的临潼辗转逃到山东，出家当了和尚。

一天，义端小声地告诉辛弃疾说："师父有一把传寺的宝剑，削铁如泥，平时从不拿出来示人。"

"是吗？"辛弃疾对此很感兴趣。

"我看出来了，师父喜欢你，只要你向师父要求一下，师父会拿出来让你看一看。"

辛弃疾突然发现，义端与他说话时的目光有些贪婪，他打消了请求师父的念头。

这年盛夏，天气炎热。惠常长老把辛弃疾叫去，对他说："你祖父在开封病了，他很想你。"

"是吗，什么病？"辛弃疾急切地问。

"不清楚。不过年纪大了，什么病都会得。"

"我不想去，"辛弃疾喃喃地说，"他是一个没有骨气的人。"

"可他毕竟是你的祖父呀。"

"我恨他当了金人的官。"

"混话！"惠常长老突然生气了，"你小小年纪懂得什么？难道苏武牧羊是忠君爱国，卧薪尝胆就不是吗？"

辛弃疾睁着大眼睛看着师父的脸，半天才低下了自知理亏的头。只听惠常长老又轻轻地说了一句："你先下去吧，晚上掌灯后，到我禅房来，我有话对你说。"

这天夜里，月华如洗，照在古貌森严的灵岩寺里，让这座古庙显得神秘莫测。辛弃疾来到师父那间又小又幽深的禅房，轻轻地叩了几下门。

"进来吧。"是惠常长老的声音。

辛弃疾推开房门，轻步走进这间他从没有来过的禅房。只见师父坐在一个蒲团上，背后是一尊慈眉善目的泥佛像。佛像前燃着一支红蜡烛，那摇曳不定的烛光，给本来就很神秘的禅房多增了几分神秘。辛弃疾垂手立在师父面前，静候师父训导。

"不知道你对你的爷爷了解多少？"师父开始说话了，"你已经十四岁了吧，并且知道不少事了。为师今天就告诉你一些你应该知道的事情。二十七年前，你爷爷以举人的身份在京官秘书省正字。那时，你的祖母在历城老家。为了生活起居的方便，你爷爷在京纳了一个偏房，是一个十分俊俏贤惠的姑娘，很得你爷爷的喜爱。一年以后，金兵犯阙，围困汴梁，向宋廷勒要宫女三千。禁中宫女不够，金人就在京中四处抓人。可怜你爷爷的心上人也被抓了去。这些姑娘被金兵押着，行到南门口凝碧池旁边的时候，一些有气节的姑娘冲出队伍，纵身跳入凝碧池中自尽。其中，就有你爷爷纳的那个姑娘。"

一听这话，辛弃疾吃惊不小。他一下子回忆起自己和小舅陪爷爷游凝碧池的情景。他怎么也弄不懂，如此深仇，爷爷怎么会忍受到今天！

"汴京陷落之后，你爷爷追寻康王（即南宋高宗皇帝赵构）要参加军队杀敌，可惜康王南下了。他只得回到历城，在县里当了一个主簿暂时存身。那时，他来庙里找我，想拉起一伙人跟金人去拼，是我劝住了他，因为那时你的祖太奶奶们还在，需要有人赡养。你聪明的祖父终于明白过来，他要忍辱负重，等待时机，为彻底消灭金人而活着。后来金兵过了黄河，占领了济南城，你祖父在一个大雪天里，还冒死烧了一座金兵的草料场。十三年前，也就是你刚刚一周岁的时候，韩世忠、李纲、岳飞等南宋将领大败金兀术，率兵直驱河南。这时，据我所知，你爷爷已经暗中组建了一支不小的队伍，准备举义响应。谁知正要举义之时，宋金讲和，宋军都南撤了。当时，若不是因为刚生下的你和你多病母亲的拖累，说不定你祖父就举义了。我猜想，你祖父手里起码有一支一千人的队伍。一旦时机成熟，他就会揭竿而起。可是，让人痛心的是，他这一生怕没有这样的机会了，因为他年纪太大了，你的父亲又体弱多病，他多么盼望你快快长大成人啊！"

辛弃疾一听如梦初醒，眼泪大滴大滴地落了下来。他真后悔，自己当初为什么那么不懂事？是自己伤了祖父的心。他要弥补自己的过失，恨不能立刻飞到祖父身边去照顾他。他哭泣着对师父说："我错怪了祖父，让我走吧，我恨不能一步跨到开封，去照看祖父。"

"你祖父应该是有人照顾了。你的祖母去世后，他那时刚四十几岁，却拧着劲不肯续弦。他心里还装着那个跳进凝碧池里的姑娘！"

辛弃疾有些哽咽了。

"好吧，明天你就下山吧。先回四风闸，你小舅在家等你呢。"

辛弃疾满眼含泪，双膝跪下。要分别了，他又突然舍不得离开这位严厉的师父。于是喃喃地说："师父大恩，弟子无以为报。望师父保重身体，等弟子归来时再侍候您老人家。"

惠常法师仍然板着脸没有吱声。他微闭双目，双手合十，口中不知在默念着什么。

辛弃疾回到家里，父亲及小舅一见，像不认识他一般。一年多不见，个头又长出一截不算，身体也粗壮了许多。犹如一座小铁塔，一点也不像十四岁的样子。

辛弃疾忧心如焚，急急忙忙与小舅乘了快马，直奔开封。一路上晓行夜宿，不几日就进了汴梁城。

当辛弃疾赶到开封府衙的时候，爷爷已经能下地行走了。但他步履蹒跚，人也苍老了许多。辛弃疾一见爷爷，鼻子一酸，一下子跪下，双手抱住爷爷的腿哭了起来。辛赞用手摸着他的头和脸，说："孩子，你回来了，学了不少本领吧？"

辛弃疾懂事地点点头。

此时，辛赞早已几次上书金廷，请求老病退休。只是金都远在燕京，回信很慢。他只好将应办公务让属下去办，自己能不过问就不过问。

辛弃疾的归来，给辛赞以很大安慰。不久，辛赞就可以外出行走了。在一个秋高气爽的日子里，辛弃疾和小舅陪着他出去郊游散心。他们坐车出了北城门，爬上了东北隅的艮岳山。

艮岳山不高，最高处不足百尺。它是北宋政和七年在一个小土丘上用人工堆起来的，全称叫"万岁艮岳山"。

沿着山路，拨开荒草拾级而上。登上峰顶，可以一览古城开封全景。辛赞叹道："想当年，为了建造此山，几乎是倾国而动。真是竭府库之积蓄，聚天下之技艺，集国中之异木奇花、珍禽异兽于此。整整用了六年时间啊！"他又指着那些残破不堪的楼阁说道："山中还建有数十处亭台楼阁。其华美壮丽，可谓是巧夺天工了。可叹一旦强虏犯阙，好端端的一座园林便成了一片废墟，叫人怎不痛心！"说到这里，辛赞的脸上现出了十分痛苦的神色，辛弃疾急忙去扶他，想让他坐下来休息休息。他却摆了一下手，然后仰天叹道："辛赞老之将至，收复失地，重整河山，壮志难酬，岂是天意吗？真真地痛杀吾也！"辛弃疾与王进急忙上前，一左一右地握住了老人的手，但见辛赞这个轻易不落泪的老人眼眶里却闪着晶莹的泪花，两只手还在不停地颤抖。

辛弃疾昂起头来，像是安慰爷爷，又像是对天宣誓一样地说：

"祖父莫伤心，有你的孙儿在，祖父的志愿终有一天会实现！"

秋末冬初，金主降谕，准予辛赞告老还乡。于是辛弃疾和王进置办了车马，拉着这位六十五岁的老人离开了开封，顺着苍凉的中原古道，取道曹州、东平，直向济南进发。一路上，每到一处津梁渡口、关山险隘，辛赞都领着孙子驻足一会儿，指着哪里可以藏兵下寨，哪里可以布阵斗兵。辛弃疾这时才知道，自己有一个多么可敬且多谋的爷爷啊。尤其令辛弃疾吃惊的是，祖父对中原地区的地理山川，简直是了如指掌。哪里有山，哪里有水，哪条路接通哪些城池，哪处建有金人的粮草库和兵营，他都如数家珍！

辛弃疾不解地问："祖父怎么会知道这么多？"

小舅抢过来回道："这还不是因为他屈节当了金人的官。为这，你还要离开他呢！"

辛弃疾不好意思地笑了。

辛赞没有理他俩，接着惋惜地叹道："几年来，我一直想深入幽燕之地探一下金人老巢的虚实，可惜没有这种机会。要知道，领兵打仗可不能光凭一股勇气。为此，你还要继续读书，要熟知地理山川气候兵略，包括风土民情，只有这样才能百战百胜。回历城后，我打算送你去济南府学就读，明年金朝要选人，你就可以去燕京了。你不但要多读书，还要各处走一走，甚至还要当金人的进士，金人的官。一旦有了机会，你就可以率一支劲旅，直捣金都。你明白爷爷的意思吗？"

"孙儿明白了。"辛弃疾使劲地点点头。他多么希望自己快些长大呀。

回到四风闸，辛赞就把辛弃疾送入济南府学里读书。出乎意料的是，在府学里，辛弃疾又碰到了他小时的同窗，比他年长七岁的党怀英。原来，党怀英的兄长在辛赞去开封后又回到山东，在济南府里谋了一个差事，党怀英就以优异成绩考入了济南府学。

这时，金廷下了一道诏书，要求各地府州选考举人，准备来年春天在燕京策试汉人和女真人进士。辛弃疾和党怀英一道参加了济南府的乡试，以他们的才学，很顺利地考取了金朝的"随计吏"（即举人）。

转过年为金海陵王贞元二年（1154年），春二月，十五岁的辛弃疾告别了父亲和爷爷，和党怀英结伴，同赴金都燕京应试。

金国的京城最初设于上京会宁府（今黑龙江省阿城县境内）。后来，在征服了辽兵之后，又迁到了北京大定府（今内蒙古宁城附近）。公元1149年，完颜亮发动了一次宫廷政变，杀死了他的哥哥金熙宗完颜亶，自立为帝，史称海陵王。完颜亮野心很大，一直把灭掉南宋作为目标，于是，又把京城迁到燕京（今北京市）。经过三四年的修缮，燕京城中便出现了一些规模宏大的宫殿和内苑花园。公元1153年，金廷正式迁往燕京。

完颜亮在宫中时刻谋划着吞掉南宋，独霸天下。他令画工画了南宋都城临安，又画上他骑了一匹战马，立在临安的城头上，并自题一句"立马吴山第一峰"。为实现这一目标，他要想法统治汉人。于是唐宋以来的科举选官办法被他接受下来，并向全国推广。

原来金国立国之后，直到攻陷汴梁灭掉北宋，都没有固定的选官制度。只是根据需要，不定期地在京城和开封两地通过荐举和策试结合的办法选用文武进士，称为南、北选。直至海陵王天德二年（1150年），才增加了殿试之制，并规定试期为三年，并南北选为一。实际上照搬了北宋的成规。贞元元年（1153年），金正式迁都燕京之后，即颁诏天下，于次年在燕京策试进士。同时，又详细地规定了贡举程式诸法，凡年龄在十五岁以上的读书士子（不分女真、汉人），均先应府选后进京会试。

话说辛弃疾与党怀英结伴而行，一路上二人骑马，说说笑笑，欢乐无穷。一住下来，党怀英就手不离卷，把那些经史子集等文章背得滚瓜烂熟。令党怀英不解的是，每当他背书之时，辛弃疾就没了踪影，直到天黑方才回来休息。

一天，党怀英憋不住了问道："幼安贤弟，眼看大考在即，你怎么还不抓紧时间看书？"

辛弃疾一笑回道："我本想也像你一样蹲在这牢狱一样的客舍里读书。但一见外面这大好的春光，怎么能忍心辜负了它，所以就出去玩了玩。"

党怀英一听，觉得好笑，心想，他毕竟还是一个十五岁的孩子，哪里知道科举的重要性。于是劝道："幼安弟，想必尊祖父及尊父大人都教导过你了。这科举进仕一事，可是人生中最大的事情了。经过多年的战乱，方见天下承平，金国又恢复了科举取士的章法，这可是我等读书人踏入仕途的绝好机会，是万万放松不得的。所以愚兄劝你，还是要努力攻读才是，否则到老时则悔之晚矣。'少壮不努力，老大徒伤悲'啊！"

辛弃疾把手里的马鞭子使劲甩了个响，满不在乎地说："管他呢，反正我还小。"

党怀英见劝不转辛弃疾，也就随他去了。

其实，辛弃疾去燕京大考，是完成一件他祖父交给他的最重要的任务，察看沿途的地理山川，金兵的屯扎等情况，为将来抗金复宋做准备。虽然辛弃疾年纪小，却颇有计谋。行走的路上他都仔细观察，暗记道路里程。住下来时就把所经过的津梁关隘都一一记录下来，并且打马把驿站附近都观察一遍。这些东西记好后，他都秘密地藏好，防止被他的同伴发现。

一路北行，经过了德州、献州和河间府，又行了两日，便是古城雄州了。只见城南一水东流，十分湍急。辛弃疾询问土人，方知此河就是易水。

这里正是早春天气。除了河岸上那几丛淡黄色的迎春花外，别的树上都是光秃秃的，现出一片凄凉景象。隔河北望，那灰黑色的雄州古城虽然雄峙一方，行人却是很少，一点生气也没有。辛弃疾和党怀英牵着马，上了摆渡的船。船上的艄公将那长篙一点，船便顺水向斜下方的对岸驶去。河水清清，连河底那奇形怪状的石头都可以看见。辛弃疾突然想起了什么，用马鞭子抽了一下水面，无意中向艄公问了一句："老伯，这条河就是古来闻名的易水吗？"

那艄公瞅了一眼辛弃疾，问道："是啊。听这位小公子的口音，是山东人吧？"

"山东济南历城人氏。"

"一定也是一位读诗书的相公了？"

"胡乱读了几卷诗书。"

老艄公笑道："这年头兵荒马乱，能读书的后生少了。我看你二位一定都是读书人，要不怎么能对这易水感兴趣呢？"

辛弃疾纠正说："老伯差矣。应该说，凡忠义之士，都应该知道易水。"说完，他低吟了那句"风萧萧兮易水寒，壮士一去兮不复还"。然后感慨无限地说道："看到了易水，就让人想起了那视死如归的壮士荆轲。"

党怀英笑了笑，以兄长的姿态拍了拍辛弃疾的肩头，故作高深地说道："想不到幼安弟如此推崇荆轲。其实，以愚兄看来，荆轲死得未必值得。想那强秦早已灭掉了其他国家，剩下一个孤单单的燕国，又能支撑几天呢？做人，莫不如顺乎潮流，也落得清闲自得，管他天下是秦是燕呢！"

辛弃疾一听话不投机，马上转过身来，直视党怀英，正色道："如此说来，为了抗击安史之乱而阖门死节的颜真卿，倒与那卖国求荣、认贼作父的石敬瑭可以同日而语了？"

党怀英自知理亏，只得自我解嘲地辩解道："我倒没这层意思。况且改朝换代，不一定人人都得死节才算高尚。如果都死节了，天底下还会有人吗？比如说你的祖父大人，不也当了金人的知府吗？"

一句话，把辛弃疾说得哑口无言。他红了脸，想要争辩几句。但转念一想，这种话题再争论下去，就有暴露自己真正意图的危险。于是他又找了一个别的话题，与党怀英热烈地谈论起来。

进了雄州城的南门，便是一个吵闹不休的集市。人们凭着北方汉子的大嗓门，或是叫卖着大小牲畜，或是叫卖着各种山货。

靠近南门的茶馆有一个算命占卜的先生。只见这位算卦先生的面前放着一张桌子，桌子上铺着一块粗糙的白布。白布上赫然写着：能知上下五百年，可破三道生死关。算卦不准，分文不取。

辛弃疾有些口渴，便叫了党怀英，二人拴了马，坐在茶馆内喝起茶来。几口茶入肚，党怀英突然对那算卦的先生来了兴趣，说："你我二人此次入京会试，未知前景如何，不如在此算上一卦。"辛弃疾听了也觉得好玩，忙放下手中的茶碗应声说："行啊，就当随便耍耍。"

二人向那算卦先生说出了要问前程的想法。那先生便把桌子上的一个竹筒子捧了起来，在面前东摇西晃了一会儿。只听竹筒子里乱响，也不知道里面装的是什么东西。摇了一会儿，他把竹筒子放在桌子上，打开了上面的盖子，叫辛党二人各自去竹筒里摸出一枚竹片子来。那先生就问："二位客官，请看一下你们手中都抓到了什么卦象？"

辛弃疾张开手一看，自己抓的竹片上刻了一个"坎卦"的符号，知道这是八卦里的"坎"卦。党怀英一看，自己手里则是"离卦"的符号。

那先生看罢二人的卦象之后，不假思索地断言道："坎属南，离属北。得坎卦者，去南方能做高官；得离卦者，留北方可得厚禄。"

辛党二人一听，互相对望了一眼，有些似信不信的神态，但又不便多问，只得付了卦钱，牵马去寻客馆。唯有辛弃疾在寻客馆的路上寻思：莫非自己将来要归南宋？

三月初，辛弃疾和党怀英打马进了燕京。金人称为中都大兴府。

燕京城是一座刚刚竣工不久的庞大都城，故址在今北京市区的西南。它在辽代南京城的基础上，由东、南、西三面扩展而成。城垣规模宏大雄伟。城周长三十七里，四面筑有十三道城门。城南从左往右依次是景风、丰宜、端礼三门。金朝统治者们为了修筑此城，共役使民夫达八十万人，兵丁四十万，历时三年时间。筑城时，从涿州到京城，民夫们被迫排成一长列，用筐传送着土石。繁重的劳动，加上盛暑天气，使得瘟疫流行，民夫工匠死者不计其数。

辛弃疾和党怀英是从丰宜门进城的。入城来，过了雕刻精美的龙津桥，往北望去，便是长长的通向内城的御道。御道两边又有夹道和道沟。沿着道沟都有新栽的柳树，树虽不高，却放出了葱绿色的嫩叶，多少显出一些春天的气息。道的两旁有东西千步廊。廊东为文楼、来宾馆、太庙等；廊西为武楼、会同馆、尚书省等。再往前就是金国皇帝所居的内城应天门了。但见应天门紧闭，有全副武装的金兵严加把守，任何人不得靠前。内城虽比外城稍矮，但四周那高耸入云的角楼，犹如四尊高大的卫士，时刻监视着城外的一切行人。辛弃疾突然产生了这样的想象：若攻打燕京时，从丰宜门入城，直达应天门是最近也是最方便的道路，只是应该先占领两廊。

寻找到专门接待各地举人的会馆，辛弃疾偷偷地把燕京的一切都记了下来，藏到贴身的衣袋里。美美地睡了一觉，第二天醒来，党怀英就急着对辛弃疾说："幼安贤弟，临来时你祖父不是给你一封信吗，让我们去找一个叫蔡松年的人，说是他在金都当官。现在临考还有数日，不如我们先去寻访一下此人，或许有个照应。"

辛弃疾一听有理，便向会馆中的一位主事询问蔡松年的下落。那人把辛党二人上上下下地打量了半天，才告诉他们，如今这蔡松年当了金国的户部尚书。

一听说蔡松年当了金人的尚书，党怀英立刻来了兴趣。他眼里放着光，一个劲地鼓动辛弃疾，马上要去拜访。辛弃疾却说："屈节当了金人的尚书，其人品行可知，我不属于去见他！"

党怀英一听顿时无话。过了好一会儿，他才搭讪地问道："不知这位蔡尚书与你家可有什么亲谊？"

辛弃疾回道："哪有什么亲谊，他只是与我祖父认识罢了。听祖父说，其父蔡靖原是我大宋的一员武将，宣和末年奉命守燕山。后来北宋兵败，蔡靖就从燕山降金。否则的话，此地怎么能属金呢？据说蔡松年博闻强记，很有才华，靖康之变后，在开封当了几年金人的官，与我祖父相识。谁想到他如今越爬越高，居然当了金人的尚书呢。"

党怀英接口道："尚书可是一个不小的官呀，一定是门庭高贵，不好去见，要不贤弟怎么打了退堂鼓呢？"

一听这话，辛弃疾有些发急。原来他是一个吃软不吃硬的脾气，又是年少气盛，哪里能禁得住这么一激呢。于是大声说道："真是笑话，谅他一个金人的尚书，怎敌得过凛凛正气的大宋臣民呢！走，我们就去见他。"说着，他便拉了党怀英出了大门。

这一下正中党怀英下怀，他急忙写了名刺，揣在怀中，跟着辛弃疾就走。

东寻西找，终于在东城老城区的一处老宅院里找到了这位蔡尚书的家。辛弃疾和党怀英问了明白，便把那名刺向门上投去。那守门的人把名刺一看，见上面写着"山东举人党怀英、辛弃疾拜见"的字样，又见二人两手空空，连个门子的赏钱也不给，不免傲慢起来，把名刺送入门里就不管了。

只是辛、党二人在门外，足足等了一个时辰，也不见门内消息。辛弃疾不免怒火中烧，去找那门人问问。那门人见他俩既无官服，穿着又很寒酸，名刺上也没写明与主人有何亲戚乡谊，便以为又是寻常那些找门路，寻靠山，钻营官场的人，便不给他们好脸色看，还用恶言恶语训斥他俩。党怀英能忍下这口气，辛弃疾却不能忍，挽起袖子便与那人吵了起来。那门人一急，忙唤出两个家丁，要与辛、党二人动武……

第三章

率众起义

话说辛弃疾在蔡松年的家门口与守门人吵闹起来，眼看就要动起手脚。忽然从远处来了一乘官轿，正是蔡尚书从朝中归来。他一问家人，说有两个山东举人在门口吵闹，急忙吩咐，把那两个举人叫来。辛弃疾和党怀英被带到轿前，蔡松年打开轿帘，问道："你二人有何事？"

辛弃疾朝轿里一看，是一张白白胖胖的老头的脸。也不及回答，从怀里掏出爷爷的信来，送与蔡府的一个家丁。那家丁把信毕恭毕敬呈给轿内的老头儿。

蔡松年一见信封上写着"历城辛赞顿首拜书"字样，马上想起了他的老朋友。于是立刻传令，将二位举子领到府内客厅侍茶。

进入府中，蔡松年脱了官服，来客厅见过辛党二人。慢条斯理地说道："世事更替，关山阻隔，朋友多不来往了。"当他看完信后，问明辛弃疾即是老友的孙子，便喟然长叹道："我与你祖父可是数十年的好友了。想当初，我与他在汴梁初识，无话不谈，仿佛就是昨天的事情。今日你祖父以孙儿前途相托，老夫岂有推辞之理。"于是，蔡松年把辛党二人收在门下。其实，也不过是为他们讲述时下金国的科考规矩，应试范围及会试议程等事情。辛弃疾私下对党怀英说："我以为金人有什么高招，不过就是仿了宋朝的成规，也是以古经八股取士的老一套罢了！"

依照党怀英的意思，无论如何也要攀上蔡松年这个高枝。可辛弃疾却瞧不起他爷爷这位老朋友。只在蔡府待了两天，就拉着党怀英回到会馆了。党怀英埋怨他说："说不定会试的时候，蔡尚书也是考官之一。"言外之意，是想靠着蔡松年这层关系，取得一个进士的前途。

辛弃疾不屑一顾地说："有本事自己去考，靠这种人我感到耻辱！"

党怀英无奈地摇了摇头。

临近大考，党怀英埋头经卷，辛弃疾却坐不住板凳，他要把燕京城内的一切都看个遍。于是他骑了马，满京城的转了起来。这一天，他来到靠城北的一处兵营附近，正徘徊间，就被两个巡逻的金兵发现，觉得他形迹可疑，将他抓住，扯到一个将官面前审讯。那将官叫人搜身，碰巧就把辛弃疾怀中那刚画的燕京城北部的草图搜了出来。于是，辛弃疾被当成宋国人的细作关押了起来，一下子轰动了燕京。

走投无路之际，辛弃疾只得抬出爷爷的老友蔡松年尚书作保，说出自己是参加会试的举人，对京城感兴趣，随便画着玩，以作记游之用的东西。

令辛弃疾大感意外的是，不到一天，他就被人客客气气地释放了。他知道，一定是蔡尚书帮了忙。也许这位蔡松年不是一个特别坏的人，辛弃疾心里想。

在燕京待了半个月，会考过后，辛弃疾和党怀英都没有考中。党怀英一脸沮丧，而辛弃疾却还是一脸孩子气，欢欢乐乐地回到山东老家。望着孙儿记录下来的有关去燕京一路的笔记和草图，辛赞高兴得乐了。

时光飞逝，转眼又过了三年，已是金海陵王正隆二年（1157年）了。这年辛弃疾十八岁，完全成了一个粗壮的大小伙子了。

按照金代的科举制度，这一年又逢大考，辛弃疾和党怀英又将北去燕京。

此时南宋的奸相秦桧虽然死了，但继位的丞相万俟卨是秦桧的党羽，仍然奉行着秦桧的投降主义路线。金主完颜亮在完成了统一北方的计划后，又得寸进尺，图谋侵占南宋。他把女真人编为屯田军，由此逐渐向南，疯狂地霸占原先汉人的土地。他还计划，要把金都迁到开封去，以便让他的屯田军霸占更多的中原土地。

所谓"屯田军"，是指金人把原住在北方的女真人南迁，去占领、经营因为宋室官员大量南逃而留下的土地。这些土地寻常被称作"官田""逃绝户地"或"荒闲牧地"。女真人的屯田军首领被任命为千户长、万户长等。这些屯田军南迁都是携家带口，和当地的汉人杂居。一旦打仗，屯田军们便披甲上阵，成为一支支可以随时调动的军队。

最初的屯田军还是遵守占地规则，即查收那些没有主的官田官地官山，以及那些逃往南方的人家所留的田产。当然，屯田军占田，也并非自己亲自耕种，而是雇用长工或租给汉人佃户，自己坐收渔利。到后来，金人们便倚着统治者的优越地位，专门挑选那些大片的肥沃田地去占领，不管田地旧属何人。再后来，这种占田更没有了节制，屯田军竟强占有主民田，不少家占田都在数百顷左右。女真人一个个成了乡间的最大地主。从此，汉人和女真人之间的矛盾愈烈。由此，时常发生规模较小的汉人暴动。个别作恶多端的屯田军神被汉人神不知鬼不觉地杀掉。

正是在这种民族矛盾日趋激化的时候，辛弃疾和党怀英再一次结伴同行，第二次赴燕京参加会试。此时的辛弃疾早已会写诗填词，即席作赋了。

到了燕京，他遵从爷爷的嘱咐，以门生的礼节拜见了蔡松年。此时蔡松年正得金人的重用，任为参知政事，位比宰相。他看了几篇辛弃疾和党怀英的诗词文章，泛泛地夸了几句。说："吾观你二人学业大有长进，此次大考有望入选。"

辛弃疾知道这些全是老生常谈的应付之语，也没太在意。无如党怀英醉心功名，把这话记在心里，以为自己此次定会大魁天下。

听说蔡松年有位本家侄子叫蔡光很有学问，尤其工于填词，现侨居燕京，不愿为官，专以教书授徒为业。辛弃疾喜欢词曲，听说后便专门去登门拜访他。

五十多岁的蔡光颇有慧眼，他看了辛弃疾的几首诗词后，慢声慢语地说道："汝之诗虽入流，然与汝之词相比未免逊色。他日，汝当以词而名天下。"

这是辛弃疾第一次让别人评论自己的词作。谁知却让这位蔡光先生说中，到后来，辛弃疾果然成了南宋的词作名家，这是后话不提。

此次入京会试，辛弃疾突然对金人的百官设置产生了兴趣。他寻找各种机会，仔细地摸清了金国上下官僚机构的设置及百官职责。还考察了这些机构与机构之间、官员与官员之间的关系，发现金国上下也是矛盾重重。特别是金廷皇室里，尔虞我诈、互相倾轧、争名夺利的现象十分严重。他又知道，近年来由于金人大量占领中原汉人的田产，各地不断发生暴动，金国的统治并不十分稳固。只要南宋上下一心，坚决抗战，一定能够打败金国，收复失地。

令党怀英悲哀的是，这次会试又是名落孙山。辛弃疾也没有入选，但他却乐哈哈地把党怀英拉入酒馆，为他消愁解闷。谁知没喝几口酒，党怀英便面红耳热，有些醉意。他悲伤地说："想我今年已是二十有五，功名上却无尺寸进展，有何颜面回去见江东父老？"

辛弃疾哈哈一笑说："真想不到，老兄竟是这样醉心功名，实不相瞒，小弟就是考中了进士，金人封我个官当，我还不稀罕呢！"

"那你大老远地，两次到燕京干什么？"

"一个原因是出来耍耍，一个原因是争强好胜。我倒要让人们见识见识，十几岁的宋室子民也不是孬种，敢上金都！"说罢，他立起身来，把一大碗酒咕嘟咕嘟地倒进肚子里，然后打了几个饱嗝，舌头有些发硬，说出的话就有些不连贯，"人生在世，能有几个快活的春秋！小弟不才，自料也学得几许文韬武略。有朝一日，也当驰骋疆场，杀尽丑类，恢复我大宋河山！只怕到那时老兄当了金人的官，小弟在战场上相见，刀剑上就认不得人了。"

党怀英一听这话，吓得他急忙转头四下里观看，恐怕叫女真人听去。然后压低了声音说："贤弟放心，怀英就是中了金国的进士，也只充当文官，决不习武上阵与南宋为敌。"

说着话，党怀英就借口喝多了，急着要走。辛弃疾嘿嘿一笑说："你怕了吧？忙什么，看我过几天回到山东，做出几件更可怕的事情来叫你瞧瞧！"

党怀英怕他再说出什么惹麻烦的话来，忙说："山东我是不回去了。去年老母过世，我已无牵无挂，打算放情山水，四处走一走。前几天，有个朋友从太原府来，邀我去那里作馆（当教书先生）。我准备直接去太原。"

过了两天，辛弃疾与党怀英在燕京城中分手了。从此，他二人再没有见过面。据史书记载，直到十多年后的金大定十年，党怀英才考中了进士。这十多年里，他四处游学，几乎走遍了北方大部分山水风光，文才大长，成为金代的一名大学者。中了进士后，一直担任文职官员，终于承旨翰林学士。他果然实践了自己的诺言，连金军里的文官都不当，不与南宋军队对抗。这也许是他的一点民族之心未泯的缘故吧。

话说辛弃疾自燕京骑行，单枪匹马向山东家乡奔去。经过白河口的时候，他突然发现，不知从哪里来了许多金兵。白河（今河北境内的拒马河）原是北宋与金的界河。在宋、金两国的历史上，这里常发生小规模的战争。辛弃疾打马登上白河口的大堤，向西望去，金兵的营盘连着营盘，似乎有一场大战就要来临。经多方打听，辛弃疾得到一个震惊消息：金兵准备大举南侵攻宋！

辛弃疾忧心如焚，心里惦记着，南宋的君臣们是否知道这一重大军事行动的阴谋呢？他满怀心事地飞马直奔济南。当他打马进入济南城门的时候，忽然见到城门一侧的城墙上贴着官府的告示，下面有一些行人正在观看。辛弃疾凑上前去一瞧，原来是画影图形的两份通缉令。再仔细一看，两个被通缉的人一个叫耿京，一个叫李强，都是反抗金人压迫，杀了金人的在逃犯。一路上，像这样的通缉令他见得多了，便不感到奇怪了。

赶到家里的时候，年迈的爷爷哭着告诉他，父亲辛文郁不幸于数日前病故了。这位多年有病的父亲是活不了多久的，但没想到会走得这么早。辛弃疾不免又悲哭了一场。因为父亲也是读书出身，还曾得过乡荐。虽然长年卧病没有出来做过官，但在历城却也小有名气。金人为了收买人心，还追赠他为中散大夫。其实这只是个虚名，一点实惠也没有。

这一年辛赞年已七十，经此儿子大丧，不免悲从中来，渐渐地身体也不行了。唯有孙儿辛弃疾长得身强体壮，并且知情知孝，很得他老人家的欢心，他才安慰了许多。

父亲过早地去世，爷爷老病在身，十八岁的辛弃疾不得不挑起了支撑门户的担子，照顾自家的田产佃户等。生活的磨砺，一下子使辛弃疾成熟了许多，他开始接触了家乡里的众多农户，并成为他们的朋友。

一天，辛弃疾突然听到人们议论起官府通缉的耿京来了，事情发生于去年。原来，去年初，济南来了不少女真人的屯田军，在济南附近的几个富庶县里四处占田，弄得人心惶惶。有几个强悍的女真人，竟凭着武力，专挑上好的农田侵占，当地汉人对其恨之入骨。

有一个叫耿京的农民，原本有一些田产，平素又为人仗义，时常接济困苦人家，很得乡人爱戴。偏是有一个屯田军的百户长，看中了他家靠近河滩的水田，便以连片便于灌溉耕作为名，硬要用一块坡地去换。耿京气愤不过，便联络一个叫外号李铁枪的武林朋友，夜里放火烧了那个百户长的房舍，并趁乱杀了那个害人的百户长，然后逃进了济南东南泰山余脉的双凤山里。人们传说，耿京和李铁枪已经发展了几十个人入伙，时常下山为民除害。

有人说，今年正月十五，济南城禁止民间放烟火，就是怕耿京一伙进城闹事。

还有人说，长清县一名作恶多端的屯田军首领，睡着觉就丢了脑袋，一准是耿京一伙干的。

辛弃疾听到这些议论，不禁对耿京的义举十分羡慕。

这年年底，金朝各地官府突然传出号令，凡年满十六岁至四十岁的男子，都要去当兵当夫，此令一出，乡里哗然，年轻力壮的人都四处躲藏。一天辛赞问辛弃疾："泰山里的灵岩寺，你还记得吗？"

"孙儿记得，孙儿时刻想去看看惠常长老，因爷爷年迈，未敢离身。"

"你去看看他吧。"辛赞叹道，"世道这么乱，不知他现在怎样了。"

辛弃疾一听，一定是爷爷担心他被金人抓兵才把他支走。于是说："爷爷年迈多疾，孙儿不能远离。您是不是怕金人抓我？"

"不是，再怎么说我也是为他们当了多年官员的人，又这么年迈，他们总会答应让你留下来照顾我的。我是惦记着惠常，才让你去看一看。"

"可谁来照顾你呢？"

"有你小舅呢。再说还有族里的人。"

辛弃疾一想有理，于是就妥善安排了家人照顾自己的祖父，又向小舅王进嘱咐了一番，然后骑马奔向灵岩寺。二三百里的路程，不几天就进山了。到庙里一打听，辛弃疾十分痛心地知道，师父已经于去年底圆寂。如今，庙里的住持和尚，竟然是义端。更令他吃惊的是，原先庙里共有大小僧人二十多个，如今已有百十多个，而且多是一些年轻人。

辛弃疾怀着沉痛的心情，备了烧纸祭品，默默地来到埋葬师父的一座新筑的砖塔前双膝跪了下去，为师父烧起了纸钱。

刚烧一会儿，从身后传来一个声音："我们佛家是不讲究烧纸钱的，你如有心，只在庙里的菩萨前多烧几炷香，多念几遍经文，就是对师父的超度了。其实，师父的灵魂，早已去了天国的极乐世界。"

辛弃疾回头一看，原来是义端和尚。他似乎看到，义端的脸上还带有一丝笑意。

这天晚上，义端把辛弃疾拉到自己住的一个大禅房里，叫两个小和尚摆上了桌子，不一时，收拾了一桌菜肴上来。辛弃疾举目一看，不禁大吃一惊，桌子上居然有一个红烧猪头！

辛弃疾张大了嘴巴转过身来，刚要问义端为何破戒开荤，谁知还未等他开口，义端又蹲下身去，从一个供佛烧香的香案底下搬出一个大坛子来。打开坛子的封盖，顿时酒气满屋。

望着辛弃疾吃惊的大眼睛，义端抹了一把嘴巴上的胡渣子，咧开厚厚的大嘴唇说道："师弟一定是少见多怪了。方今天下大乱，人心骚然。我佛慈悲，可以允许杀人的人活在世上享福，我们吃些酒肉又有什么？"

于是辛弃疾被捺在座位上，二人杯觥交错地喝了起来。

酒喝多了，话也就多了。义端突然问道："那年你离开庙里的时候，师父是不是给了你什么东西？"

辛弃疾迟疑一下说："给了。是两卷兵书，是孙子著的，上面还有曹孟德的批语。"

"这就对了。"义端打着酒嗝说，"师父平生有两件宝物。一件是兵书，给了你。另一件就是这口削铁如泥的宝剑。"说罢，义端朝墙上指了指。

辛弃疾这才注意到，墙上挂了一把宝剑，不过，看那剑鞘却是极普通的。

"师父临终时，把剑传给了我，让我当了住持和尚，而你得了那两卷兵书。这样，我们不就是一对真正的师兄弟了吗？"

辛弃疾说了一声"对"，然后二人碰碗，又干了一碗酒。

辛弃疾不解地问道："师兄，那年我进山时，庙里不过二十几个和尚，如今怎么一下子多了这么多？"

"不出家干什么去？"义端大声地说："眼下听说金人要征兵征夫，有些青年为了逃兵，就走了出家这一步。只是庙里的香火田有限，养起这些人来颇觉困难，有时不得不让他们外出化缘。"

"这么多僧人，年景又不好，靠化缘能进多少？"

"我说的化缘，有时是带刀的。"义端狞笑了一声。

"那可是抢劫了！"辛弃疾说。

"不抢怎么活？"义端理直气壮地说。

辛弃疾默然。他万没料到，出家的和尚变成了打家劫舍的强盗。

"你放心，我们专找作恶多端的人去化缘。"义端似乎看出辛弃疾的不快，又补充了一句。

转过年为金海陵王正隆三年（1158年），辛弃疾十九岁了。过了新春，辛赞的身体又稍稍好了起来，有时，还能拄着棍子外出走动走动。

正月十五元宵节这天，辛家突然来了十几位陌生的客人。这些客人不但与爷爷认识，而且与小舅王进更熟。叫辛弃疾疑惑不解的是，这些人聚到爷爷的屋子里，背着他不知在谈论着什么。

辛弃疾出于好奇，偷偷地躲在门口去听。只听里面有人问："山里的粮食有多少了？""差不多有二百石这个数。""二百石太少了，还要多积蓄些才是。"这是爷爷的声音。

辛弃疾正听得出神，冷不防门开了，是小舅出来了，与辛弃疾正撞了个满怀。

辛弃疾急忙把王进拉到一边，央求道："小舅，你们在议论什么？这些人都是干什么的？告诉我吧。"

王进笑着摇摇头，说："现在还不能告诉你，不过，我想你快知道了。"

这年夏天，金国派了一个傲慢的使者来到宋都临安，面见宋高宗赵构，向宋朝传达了金主完颜亮的质问：一、宋人为什么在宋金边境上购买金国的鞍马？二、由金国境内南逃的北宋旧官员为什么不遣返？并要挟说，如宋朝诚心和好，可将汉中、两淮之地割给金国方显诚意。赤裸裸地露出了强盗嘴脸。

好在宋廷尚有一两位能言善辩的爱国之士，三言两语，把金使的无理要求驳得理屈词穷。金使返回燕京后，如此这般地向完颜亮述说了一回，完颜亮恼羞成怒，借了这个口实，放出风去，要与南宋决一雌雄。其实，此次派遣使臣去宋，完全是故意挑起事端，为他大举攻宋找理由。完颜亮还派出工匠，赶到开封，大修宫室，声称要把金都迁到开封，现出了一副咄咄逼人的气势。

正在这时，突然有消息传出，金国的左丞相蔡松年病逝。

没有几天，爷爷突然对辛弃疾说："你还记得蔡松年吧，就是当年你去燕京赶考，我让你去找的那个人。其侄来信说，金人攻宋，他怕宋朝没有准备，就把金人之谋全盘告诉了宋使。金主一怒，将其毒死了。"

"是吗！"辛弃疾听了十分震惊。

蔡松年一死，金人大举攻宋的打算完全暴露出来，完颜亮便无所掩饰地大张旗鼓动员全国上下，发动了一场对宋的战争。他分诸道兵马为三十二军，设左右大都督分管两淮及汉中沿边各军，自己独领中军。一时间杀气腾腾，阴云密布。

正值夏收农忙季节，金兵一动，就要动用大批车辆。金人于是贴出告示，无偿征用车辆牛马。告示刚刚贴出几日，便有那一队队如狼似虎的金兵四出乡里，见了牛马车辆就去强行夺取，不管官绅民户。就连辛家这样仕官门第，庄子里的车马也被金人统统夺去。辛赞一气之下，倚着退休知府的地位，坐了一乘轿子，伴着孙儿辛弃疾去县衙说理。哪知为虎作伥的知县与金人一个鼻孔出气，反把辛赞训斥了一回。辛赞原本是做过知府大员的人，岂能受了这口冤气，归来后就痰气填胸，气喘不止，一下子就卧床不起了。辛弃疾日夜不离地伺候，气得咬牙切齿。暗想，一旦爷爷有个三长两短，定要和金人拼命不可。

在病榻上躺了十多天，这一天爷爷突然有了精神头，他让辛弃疾去把王进叫来。等到辛弃疾和小舅回来的时候，爷爷居然自己起来了，并且穿戴整齐。他叫辛弃疾扶着他，说要到辛氏祠堂去祭祀祖宗。

老少三人挽扶着进了离家不远处的古老祠堂，这里供奉着辛氏家族的列祖列宗。

辛赞拉着孙子一同跪在祖宗牌位前，焚了香火，叩拜了几个响头。只听辛赞以沉痛的声音说道："我辛氏自汉代以来，就是忠勇门户。金人犯阙，赞以族众，未便随驾南去，因而苟活至今。然赞之所为，实欲在有生之年以图恢复。此情列祖列宗可鉴，谁知天不假年，辛赞恐不久于人世，唯以大事托付于孙儿弃疾。"

辛弃疾含泪看了一眼面色庄重的祖父，只见祖父说完，艰难地站立起来，辛弃疾急忙起身把他扶到一把椅子上坐下。辛赞喘了一会儿，然后说道："孙儿跪下听嘱！"

辛弃疾庄重地在祖父面前跪了下去。

辛赞的话慢而低沉："我辛氏数代皆为大宋臣子，岂有甘心事敌之理。我为官时，曾集铠甲若干，刀剑若干，并联络志士数百，蓄粮数百石，待机反正。今皆授予我孙弃疾，望汝勉承余志，以竟我未酬之志。汝若能遵我遗命，当向列祖列宗宣誓。"

辛弃疾听罢爷爷教诲，忙向祖宗牌位叩了一个头，发誓道："孙儿辛弃疾谨遵祖父教命，即使肝脑涂地，亦在所不辞！"

祖孙二人拜罢祠堂，辛赞就让王进带领辛弃疾去祠堂后院，在一个小园里打开一个地窖。查看了藏在里面的武器铠甲等物。辛弃疾不禁暗暗吃惊，在这个破园子底下，竟藏了这么多东西。

辛赞又勉强维持了半个月就溘然而逝了。全族人为他举办了隆重的葬礼。一切丧事完毕，辛弃疾突然感到十分孤单。一天夜里，这个性情刚强的小伙子异常悲痛，独自呜呜地哭了起来。

不知过了多久，小舅来了。小舅王进是辛弃疾唯一的亲人，他一下子扑到王进的怀里，涌出了泪水。

王进双手捧着他的脸，为他擦了擦眼泪。笑着说："眼看要二十一岁了，都该是娶妻生子的年龄了，还哭鼻子？"

辛弃疾一想，又不好意思地破涕为笑。

第二天，陆续有十几个农夫大汉来到辛家。在王进的主持下，这些人把辛弃疾推为上座，纳头而拜。辛弃疾也不推辞，一一与众位好汉见礼，并通了姓名，了解了这些人都联络了多少人马及粮草积蓄情况……仿佛已是一位成熟的将领和统帅。

过了几天，辛弃疾离开家乡，在济南附近转了一圈，然后又巡查了一下南部山区里几个联络点。他准备待机而动，大干一场。

归来的路上，他顺道又到了灵岩寺。

灵岩寺里大变了模样，不知从哪里来的许多杂七杂八的和尚，看起来有二三百人之多。令辛弃疾更加吃惊的是，这些和尚多数都佩着刀剑，而义端和尚居然成了教头，整个寺庙就如一座兵营和山寨。

辛弃疾惊问义端："师兄，这么好的一座道场，怎么动起了刀枪？"

"还谈什么道场！"义端鼓着眼珠子说，"眼见得被金人逼得没法活了。寺里有一片田地和山林，那是过去官府拨的香火田。不知金人犯了什么邪，硬要寺里也交纳军粮，否则就要问罪。实在不行的话，我们就用刀枪捍卫寺庙。再不行的话，我们就造反！"

"出家人也造反？"

"什么出家人？这些人多是逃兵逃夫的。天下这么乱，不反怎么活？你知道耿京和李铁枪吧，听说他们集了好几千人的队伍。"

"知道，他们占了双凤山。"

"我听说，他们马上就要攻打莱芜县城呢。"

"是吗？"辛弃疾听罢，心里十分兴奋。

形势急转直下，金主完颜亮便大张旗鼓地统率大军南下。

金兵号称百万，兵分四路：

第一路，以苏保衡为浙江水道统制，率水军由海道直趋南宋都城临安；

第二路，以刘萼为汉南兵马统制，率兵自蔡州进攻荆襄；

第三路，以徒单合喜为西蜀道兵马统制，由凤翔趋大散关；

第四路，以徒单贞虽为兵马统制，直出淮阴。

金主完颜亮野心极大，想一口把大宋江山全部吞掉，亲率中军，随第四路军向南进发，准备攻打扬州、建康。

一时间，中原一带烟尘滚滚，杀气腾腾，几乎是倾国而动了。

由于金人大量地在中原一带抓丁抓夫，使中原一带人心浮动。金兵倾巢而出，中原空虚，一些原属北宋的降官降将便瞅准机会，兴兵起义，配合南宋军队共同打击金兵。

最先举事的是高平人王友直。他本是金国大名府的汉人官员，少谙兵法，久怀灭金复宋大志，很早就如辛弃疾的爷爷一样，积蓄兵马，待机反正。此次金国后方空虚，他便举起反金义旗，传檄附近州县，一下子召集了数万人。然后分数路进兵，一举攻克了河北重镇大名府。他又使人兼道奔临安，奉表宋廷，使用南宋绍兴年号。

再有宿迁人魏胜，素有大志，藏而不露，被金人募为弓箭手。他暗中在军中联络志士，伺机举义。此次金兵倾巢南下，他便率三百壮士渡过黄河，一举攻克了金的沿海重镇海州（今江苏连云港市），然后又收复了附近的朐山、怀仁、沭阳诸县。接着，他实行了减免赋税的方法，发仓储、犒将士、释罪囚，传檄远近，四方响应，乘势进拔沂州（今山东临沂市）。捷报传到临安，宋廷任魏胜为海州知事。

在山东境内，早已起事的济南人耿京在双凤山招兵买马，一下子集了两万人。然后趁金兵南下，后方空虚之时，他一举攻占了莱芜和泰安两城。这时，有一个叫贾瑞的兰州人，很有韬略，率十余人归附了耿京。耿京与贾瑞一谈，发现此人很有智谋，于是收于麾下，成了一位举足轻重的谋士。贾瑞劝耿京率师西下，沿途大张反金复宋的旗帜，于是人心归复，一举攻克了山东重镇东平府，集众二十余万，声威大震，成为中原一带规模最大的起义军。耿京又听从贾瑞的劝告，自号为"天平军节度使"，以贾瑞为诸军都提领，派出联络人员，说服附近州县的小股义军联合起来，共同抗金。就连河北大名的王友直、海州的魏胜，都愿听耿京节制。一时间，耿京成了中原义军的总首领。

就在耿京占领泰安和莱芜时，辛弃疾率乡里少年揭竿而起。他们从地窖里拿出武器铠甲，装备起一支强壮的队伍，袭击了历城官衙，聚众两千人，正式打出了抗金的旗帜，然后进了南山安营扎寨，招兵买马。

历山之南，泰山北脉，一个叫金牛峰的地方，一条清澈的河流名曰符水，在山下流过。符水北岸一个叫卧牛堡的村寨，是辛弃疾领导的起义军的驻地。村寨中，一个规模不大朴实无华的山神庙，是义军的首领住所。

山神庙前，两千名义军列队站立，辛弃疾高高地站在山神庙前的台阶上，挺着健壮高大的身躯，正召集义军誓师。他慷慨激昂地向众义军战士说道："我等皆是大宋子民，金人占我土地，杀我人民，掠走徽、钦二帝，此仇不共戴天，举义旗抗暴金是我等义不容辞的天职。因此，我等与占山草寇不同。今后，凡有擅取民人一草一木者，按军法从事。"接着，他一一宣布了义军的约法，众人齐声应诺。

辛弃疾又说："我等举大义绝非占山为王。待到驱走金寇，共归朝廷管辖，我等便是名正言顺的大宋臣民。"

随着阵阵山风吹来，"驱除金虏，复我大宋！"的誓师之声在山谷中回荡。

几天之后，山中突然来了一人，说要见见义军首领，两个义军将此人带进山神庙见过辛弃疾。那人从怀里掏了一封书信来，辛弃疾打开信一看，是耿京派来的人，信中劝他率众归附，壮大力量，共同抗金。于是，就是否归附耿京的问题，义军的几位首领又发生了一场争论。

第四章

义端和尚

辛弃疾看罢来信，抬起头来看了一眼送信人，发现此人虽是三十多岁的农民打扮，但目光有神，于是问道："敢问先生大名？"

"实不相瞒，本人姓贾名瑞，现在耿大帅帐下效力。"贾瑞没有说出他的真实职务。

辛弃疾一听，立刻站起身来，忙说："原来先生就是贾都军，真是久仰久仰，怎么叫你亲自跑来了？"

"耿大帅也是久仰辛公子大名，因此特叫贾某前来相请，共图大事。"

辛弃疾急忙吩咐人请贾瑞去另一房间用茶，然后召集大小头领，商量是否归附耿京。

一个首领站起来说道："辛帅，您祖父在世时卧薪尝胆，积蓄了这些军械粮草。我等正应该借此壮大力量，扩大地盘才是，何苦去依附他人呢？"

"是啊，归附他人，就要听人摆布。这不白举义吗？"另一位也附和着说。

"我们谁也不归，自己干吧！这样，等抗金胜利那一天，向皇上讨封也有我们的本钱。"

众人你一言我一语地争论着，只有辛弃疾的小舅王进蹲在一边，双手托着下颌不吱声。辛弃疾向他投去一个征询的目光。王进站起来，用明亮的眼睛看了一眼大家，不紧不慢地说："若是各路义军都独自称王的话，金人几时可灭？"

辛弃疾听罢，会心地笑了，还是舅舅深明大义。于是他站起身来，语重心长地对众首领说："我等起事，乃是反金复宋的光明之举，与占山为王的草寇有天壤之别。现今中原上下，豪杰蜂起，联手抗金，以待王师北上，此乃千载难逢的大好时机。所以我决定，马上整理车杖粮草，准备近日内下山，加入耿京的队伍，共同抗金，共创恢复大业。"

众人见辛弃疾那方方正正的脸上，一股凛然正气，态度十分坚定，便一个个打消了独立的念头，纷纷表示愿随辛弃疾下山归附耿京。

公元1160年秋天，泰山北麓金牛峰一带秋高气爽。辛弃疾与贾瑞并辔而行，后面是长长的队伍及车辆，由东向西出了山区直下东平。

山东的东平府（今东平县）为宋金时期的重镇。它的南部，是著名的水乡泽国梁山泊，北面是北清河（后来黄河夺清河河道入海），地理位置十分重要，历来为兵家必争之地。

辛弃疾率领队伍到达东平时，耿京早已出城列队相迎了。

耿京看上去四十多岁的年纪，中等身材，体格粗壮。浓密的眉毛下是一双纯朴的大眼睛，方正的颌下长着粗硬的胡须，有棱有角的鼻子、嘴唇，透着一股果敢刚毅的性格。他的身后，是一队起义军的首领。

辛弃疾来到耿京跟前滚鞍下马，然后双手抱拳，单膝跪地见礼。耿京急忙上前把他扶起来，二人携手进了东平城门。

东平府的府衙，如今是起义军的中军帐。耿京在这里设宴为辛弃疾接风洗尘。在此，辛弃疾认识了张安国、刘震、贾思成等其他义军首领。

耿京坐在首席位置举起酒杯说道："耿某久闻辛公子大名，如雷贯耳。今公子以贵人之躯，愿与耿某为伍，共图灭金复宋大计，耿某感激不尽。闻道公子乃举人出身，又写得一手好文章，可是我军中的秀才了。耿某出身庄户人家，粗通几个文字，实不堪用，今后还望辛公子鼎力相助才是。"

辛弃疾抱拳说道："耿大帅兴义军而讨强金，乃大义之举，人心所向。辛某不才，愿效犬马之劳。"

一席接风酒，喝得诸位英雄兴高采烈。

接着，耿京与众头领商讨进兵大计。辛弃疾建议道："时下金兵南下，中原空虚，我军应该抢先占据有利地势，然后派人渡江，与宋军联络，协同作战，南北夹击，管教金兵首尾不能相顾。"

贾瑞说："辛公子之言极是，大帅应该早些谋划才是。"

"依诸位意见，应该如何进兵方好？"耿京面向所有头领问道。

于是，有人提议东下济南；有人建议西向大名府与王友直联手；还有人甚至提出北上，直捣金都燕京……

辛弃疾见众人意见不一，相持不下，便开口说道："诸位英雄的意见各有所长。不过依弃疾的见解，还是当以灭敌主力为先。莫若提兵南下，先攻下济、兖诸州，然后夺取淮上重镇徐州。这样的话，就可以与南宋军队南北策应，扼住运河要道。一旦金兵败退，我军就可以据淮河断其归路，让金兵片甲不回。只有消灭金兵主力，再直捣金都，方是万全之策。"

贾瑞听罢不住地点头赞许。最后，统一了意见，都认为辛弃疾的建议可行。于是耿京下令，先夺济、兖二州。

就在山东义军调兵遣将，从东平向南杀来的时候，金兵却在两淮全线大败宋军，突飞猛进地连下符离、楚州，接着占了扬州，直逼瓜洲渡口，与宋军隔江相望。

金兵的另一路，由金主完颜亮亲自率领，不日便攻占庐州（今安徽省合肥市）。之后不久，又陷和州，进逼长江，在采石与宋军相持。

此时形势相当严峻。扬州金兵如果攻过长江，便失京口（今江苏镇江）；采石金兵若过了长江，建康（今江苏南京市）便不可守。而建康与京口一失，宋都临安就危在旦夕。

连日来，告急的文书像雪片一样飞到临安。高宗赵构顿时慌了手脚，急急忙忙地调兵遣将前去御敌。只是多年来军不习战，将帅不相统领，粮草军械一时也聚不起来。有才能的将领又少，据守京口的张浚独力支撑，颇有经验的老将刘锜经过数战又卧病不起。赵构顿时慌得不知所措，意与大臣们商量，要像当年金兀术南犯时，渡海暂避敌锋。后来，不知听信了哪个大臣的建议，总算打消了渡海的主意，但却没头没脑地下了一道诏书，要遣散南宋朝廷的百官！

这样一道没骨气的诏书，立刻激恼了一向儒雅的宰相陈康伯。

陈康伯字长卿，弋阳人氏。他是北宋宣和年间的进士，靖康之变后随高宗南渡。此人沉静明敏。秦桧、万俟卨等死后升为平章事，拜宰相。连日来，百官纷纷齐集朝中，关注金兵动向及皇上动静。陈康伯向内使传言，请高宗临朝视事。不想从里面传出的却是遣散百官的诏书。陈康伯读罢诏书，愤然闯入内宫，长跪不起，力请高宗出来视朝。高宗赵构无奈，只得慢慢悠悠登上宝座。好个陈宰相，他居然当着皇上和百官的面，将那遣散百官的诏书点燃烧毁，然后向上奏道："皇皇正统大国，百官岂可散得！百官一散，圣上益孤。军无斗志，民无纲纪，国之安存？臣请陛下发奋亲征，号召国中仁人志士共同抗金，不怕金兵不退！"

宋高宗赵构总算在陈康伯的一激之下，稍稍振作起来，当即下诏令知枢密院事叶义问督师江淮，令中书舍人虞允文参赞军事，才算正式抗敌了。于是，便拉开了宋金两国沿长江下游一带的战争序幕。

此时山东义军在耿京指挥下，分兵东西两路南下，一举攻下了济州（今山东济宁）。耿京的帅府也从东平迁到了济州。

一天，众头领齐集中军帐议事，耿京首先向众人宣布，任命辛弃疾为天平军的掌书记，专门负责天平军及山东义军占领区中的文书工作。任命完毕，耿京双手托起一个大红绸子的包裹，郑重地对辛弃疾说道："辛公子，此乃天平军节度使的大印，虽是耿京私名，但却是义军调动、发布文告的印信，望公子代我好生保管。"

辛弃疾一听马上想到，一方帅印，犹如皇上的玉玺，关系十分重大。忙推辞说："弃疾年少，不堪此任，望大帅另择他人。"

耿京将了将下巴上不太长的胡须，然后用两只粗厚的大手向左右各一摆，哈哈笑道："辛公子请看，这二三十位头领，除了贾瑞稍通文墨外，哪一个是念过大书的呢？这掌书记一职，非公子莫属了。"说罢，他就把那颗人印放入一个描金的小匣子里，让辛弃疾前来接印。

辛弃疾向四下里扫了一眼，见众位英雄都是赞许的目光，于是离了座位，单膝跪下，双手接过大印来，当即激动地说道："大帅如此信任弃疾，弃疾定以身家性命保护此印。"

从此，辛弃疾便成了耿京帐下的掌书记，时刻在耿京左右。他不但日夜地为义军起草文告，还帮助耿京出主意，成了军中的一名秀才，越来越得到耿京的信任。在义军中，人们都亲切地称辛弃疾为"辛书记"。辛弃疾的小舅王进，便成了不离辛弃疾左右的保镖，他不但要保护辛弃疾的安全，更要保住那颗大印。

在起义军的猛烈攻势下，不到十天，兖州也被义军攻了下来。随之，郓城、汶阳、东阿、平阴、嘉祥、滕州诸郡县相继被义军占领。一时间军威大振，义军队伍达到数十万人。

一天，忽有探马来报，说是平阴北部的山区有一伙人马，约有千人，为首头领是一个叫义端的和尚。这伙人虽然打着义军的旗号，但从不上前线去和金兵作战，只在附近打家劫舍，闹得百姓不得安宁。

耿京怒道："大胆秃驴，胆敢冒充义军糟蹋百姓！吾要派出人马，先讨平了他再说。谁人领兵前往？"

话音刚落，辛弃疾出来说道："大帅息怒。这义端和尚与辛某有过一面之交。请大帅给我三天时间，我去劝他来降，免得义军之间互动刀兵，为金人所乘。"

耿京一想有理，问："此去须带多少人马？"

"些许小事，何必人马相随。辛弃疾一人足矣。"

耿京望着这位年方二十二的青年，竟有这般胆识，不禁心中暗喜，说道："好，快去快回。如有什么麻烦，速速回来，另做打算。"

于是，辛弃疾装束停当，嘱咐小舅一番，然后打马北去。

灵岩寺里的住持和尚义端，在金兵大肆抓夫抓兵的年头，收留了许多逃难的闲汉。金兵攻宋，后方各地空虚，各地豪杰纷纷起义。义端见时机成熟，便用一块蓝布，扯了一杆大旗，打造了刀枪，率众造反起来。不久，居然聚了一千多人的队伍。只是义军一多，吃饭的嘴也就多了。他一时无处筹粮，只得向附近的大户去"借"。借不来时，便只好去抢。他又没有长远打算，抢来好的猛吃一顿，抢不到时便饿着。他知道官府中有粮，因为兵少，又没有胆量去抢，久而久之，邻近百姓就遭了殃。近日来，金人统治下的济南府又扬言，要发官军来踏平灵岩寺，义端和尚方才有些着急。

这一天义端正在那里喝着闷酒，忽报有故人来访。他叫人把来访者带进来，举目一看，原来是辛弃疾。

"听说你带队伍归附了耿京,还当上了掌书记,是真的吗?"

"是啊。河流千条,终归大海。小弟起事,志在抗金,不想占山为王。"

义端请辛弃疾坐下,然后笑问道:"那么你这位掌书记单枪匹马到我这里要干什么呢?"

"劝说师兄,归附耿京,共同抗金,复我大宋河山。"辛弃疾的话直截了当。

"那么耿京打算给我一个什么头衔?"义端更是直来直去。

辛弃疾一笑说:"师兄居然还想着什么头衔?据小弟所知,济南府留守已经约会了长清、平阳两县官军,不日就要发兵前来,到那时,师兄恐怕连退路都没有了。"

义端一听,呆坐了半天,方才说道:"如此说来,难道就只有投奔天平军这一条路吗?"

"就算没有金兵前来,你的粮草还能支撑半个月吗?"辛弃疾又逼问了一句。

一句话,把义端问得张口结舌。过了好一会儿,他像泄了气的皮球一样说道:"看来只有下山了。"

"那么事不宜迟,请师兄当机立断,马上整队下山。"

义端端起大海碗来,把所剩的半碗酒一口干了,说:"师弟,我听你的,明日就下山。"

第二天一早,除了几个老弱和尚继续留在灵岩寺,剩下的人马都启程下山了。队伍出发时,中间居然有人抬了两乘轿子。辛弃疾一问,才知道轿子中抬的竟是两个女人!

辛弃疾使劲一扯马的缰绳，横在路的中间，挡住那两个轿子，厉声问道："这两个女人是干什么的？"

"是，是……压寨夫人。"抬轿子的人吞吞吐吐地说。

"什么？压寨夫人！"辛弃疾一听，顿时火冒三丈，"把这两个女人放了，让她们回家！"

几个抬轿子的人见辛弃疾铁青着脸，如凶神一般，不知如何是好。正在这时，走在队伍前面的义端骑马赶了过来，问："怎么回事？"

抬轿子的人瞅瞅义端，又瞅瞅辛弃疾，怯生生地说："这位辛头领叫我们把夫人放了。"

义端面带不快地看看横在路中央的辛弃疾，突然挤出了一点笑意："师弟何必少见多怪。在下虽曾落发，但那是万不得已而为之。如今举义，早已还俗，纳一两个女人有什么要紧？"

"不行！"辛弃疾的话没有商量的余地，"现今天下，正是宋金交兵的紧要关头，几乎每天都要行军打仗，精力岂能用在女人身上！师兄若留下这两个女人，小弟便就此告辞，你自己另寻出路去。"

义端翻了翻眼皮，迟疑了半晌，无奈地挥挥手，说："算了，就依师弟的话，把她们放了。"

轿夫得令，打开轿帘，里面出来两个穿红着绿的女人。辛弃疾从怀里掏出一串铜线扔给她们，问："你们是何方人氏？"

一个女人面带戚容地说："我二人都是长清县人。"

"北去不远就是长清县，你们回去与家人团聚吧。"原来，辛弃疾一眼就看出来了，这两个女人是义端抢来的。

那两个女人闻言，一齐跪在地上，千恩万谢地向辛弃疾叩了个响头，然后结伴走了。

辛弃疾无意中发现，义端的队伍里，不少人向他投来赞许的目光。

行军途中，一个人走到辛弃疾的身边问道："辛公子可还认得我吗？"

辛弃疾从马上朝下看，是一个二十岁左右的青年，瞅着有些面熟，但想不起来是谁。

那人说："八年前，你在庙里学武，是我常去叫你早起……"

"我想起来了！"辛弃疾叫道，"你是那位机灵的小师弟。"

"我俗姓张，法名义吉。"义吉笑着说道。过了一会儿，义吉又小声地问辛弃疾："听说惠长老临终时，留下了一份与公子有关的遗嘱，义端师兄没告诉你吗？"

"没有哇！"辛弃疾觉得很奇怪。

来到济州大营，辛弃疾把义端带入中军帐拜见耿京。耿京见没费一兵一卒，就使义端来归，心里很是高兴。于是当即封义端当首领，统领他的原班人马。

义端是由辛弃疾说服才加入义军，而且二人还是师兄弟，所以常有往来。时间一久，义端就抱怨起来，说义军中的生活太清苦，好几天才能吃上一顿酒肉。

辛弃疾劝道："眼下义军几十万，刚刚收复十几个州县，粮饷难筹。我劝师兄暂时忍耐一些，等打败金兵，收复了失地，还怕没有酒肉吃，没有高官做吗？"

"但愿如君所言吧。"义端无奈地说。

山东义军多是农民出身，中间还夹杂着一些流氓无赖和失意的金伪小吏。这些人参加义军后，既缺乏必要的军事训练，又没有严格的军纪约束。耿京采纳了辛弃疾、贾瑞的意见，在义军中实行严格的军事训练，又详细地制定了十余项军纪条例。并且让一些作风正派的人作为监军，由贾瑞任监军首领。规定凡义军中，上至主帅，下至一般士卒，不论何人犯了军纪，都要按情施法。

全体义军大练武时，耿京亲自做表率，带领所有大小头领们参加操练。遇到刮风下雨的天气，他也雷打不动。但时间一久，就有一些意志不坚者受不住苦。

首先受不了的是义端和尚。他以为，参加了义军，当了官，就可以对士兵随意发号施令，而自己可以吃香的喝辣的，无须再受苦，谁知却要和士兵一样操练、一样吃那粗菜淡饭呢。最初，他只是在背地发些牢骚，到后来胆子大了，竟然夜里偷偷溜进城里去吃喝嫖赌。

原来，起义军的大营全部驻在城外。根据军纪，所有义军包括头领在内，都不得进城嫖赌，违令者军法从事。

这一天，耿京突然召集所有义军首领到中军帐议事。等到众首领到齐，只见耿京虎着脸喝道："把义端拿下！"

话音刚落，几个如狼似虎的卫士上前，将端坐着的义端掀翻在地，狠狠揪住。

耿京怒道："义端身为义军首领，不守义军法度，夜里私入城中吃喝嫖赌，罪当不赦，速速斩讫，告示全军！"

义端初时还没在意，及至听到"斩讫"这两个字，顿时吓得屁滚尿流，跪在地上一个劲地叩头求饶。他直勾勾盯着辛弃疾，那目光就如垂死的一条狗，希望辛弃疾为他说情。谁知辛弃疾端坐在座位上，方正的大脸上正气凛然，丝毫不为所动。

"拉出辕门，斩首报来！"耿京大声吩咐。

于是，两名身材高大的卫兵，一左一右，拖起一摊泥似的义端向外就走。

就在这时，从头领席上站起一个瘦高个子的人来，高叫"且慢行刑。"

众人一看，此人是二帅张安国。

张安国原是郓城县里的门子，也就是县衙门里的看门人。只因他平时讲究些哥们义气，联络了几个官府衙役和草莽闲汉，在郓城中有点儿小名气。那年耿京亲自率兵攻打郓城，张安国见留守的金人很少，郓城实难保全，便见风使舵，在城中纠集了一伙人，打开城门迎接义军进城，耿京才不费吹灰之力攻下了这座城池。从此，张安国便成为义军的一个头领。后来，张安国靠着那股哥们义气，吹吹拍拍，又得到了一些人的支持，地位便越爬越高，居然爬到仅次于耿京的位置——天平军节度副使，人们称他为"二帅"。

一听二帅有话，义端又被拖了回来。

只见张安国站起身来，面向耿京一抱拳说道："义端之罪，固不当赦。但我军方得济州，立足未稳。且义端归附只有数月，还未与金人接仗，就先杀大将，怕要失了人心，望大帅三思。"

耿京沉吟了一会儿，然后厉声对义端说道："念在张帅求情，姑且饶你一死。死罪可免，但活罪不免。拉出去，打三十军棍！"

于是，义端又被拖出帐外。不久，帐外便传来一声声的军棍挨在皮肉上的声响，伴随着义端杀猪一样的叫声。

几天以后，耿京在中军帐与辛弃疾商议事情。他口授内容，让辛弃疾起草几个号令，其中包括惩治义端并免去他首领的文告。夜深，辛弃疾才回到自己的住处。当天晚上，辛弃疾伏案书写起来，一直到了三更，方写完那些文告。

黎明时分，辛弃疾起床，又读了一遍那些写好的文告，确认无误后，便打开身后的箱子，找大印加盖印章。不想用手一动那锁头，竟然被人扭坏了。他心知不好，急忙开箱一看，脸都吓白了：那颗红绸子包着的节度使的大印不翼而飞！

辛弃疾急忙跑到中军帐，跪地向耿京请罪。这时，忽又有人来报，说义端和尚不见了。辛弃疾回头一看，见这个报信的人原来是灵岩寺的小和尚义吉。辛弃疾终于明白了，大印一定是叫义端偷去了。

耿京一听大印丢失，已是有气。及至听说义端跑了，更是气冲斗牛。于是喝令把辛弃疾捆了，便有两名卫士七手八脚地把辛弃疾绑了起来。

此时一些头领已陆续来到中军帐点卯，一见绑了辛弃疾，都不知何事，惊疑不止。

耿京向众人宣布道："辛弃疾身为掌书记，丢了大印，是失职之罪。另外，义端那厮亦是辛弃疾所荐，入义军后屡屡违犯军规，今大印又被其窃走。辛弃疾所荐非人，此罪不小。今二罪并罚，按律当斩！"

辛弃疾听罢，面无惧色，镇定地向耿京说道："辛某有罪，自知不赦。要杀要剐，任凭大帅处置。只是义端窃走大印，万一投了金人，以此印信瓦解我各地义军，那损失可就大了。望大帅速速派人去追！"

耿京还在迟疑，贾瑞在旁说："大帅，先派人追回大印要紧。"

耿京于是问道："义端窃印逃跑，谁人能追回此印，定有重赏。"

过了半天，也没有人领命。原来义端素以强悍著称，一般人敌他不过。此外，又不知他去向，向何方去追呢？

正在这时，忽听前来报信的义吉跪下禀道："要寻义端行踪，并能敌过义端者，非辛书记不可。"

耿京于是瞅着辛弃疾，有些拿不定主意，贾瑞此时说了话："大帅，贾某愿以性命担保，让辛弃疾戴罪立功，追回大印。"

"好。就依贾监军意见，限你三日内追回大印，否则定斩不饶！"耿京板着脸对辛弃疾说道。

于是，辛弃疾身上的绳子被人解开了。他来到义吉跟前问道："义端的马还在不在？"

"还在马厩里。"义吉回道。

"太好了！我料这秃驴不能骑马走大路，定是从水路走的。"于是，他向耿京一拱手，说："大帅放心，大印三日可回。"然后走出帐外，从舅舅王进手里接过马缰绳，就要翻身上马。众首领也都跟出来相送。

不想这时张安国却笑了几声。

"你笑什么？"耿京奇怪地问。

"我笑什么？"张安国阴阳怪气地说，"恐怕辛弃疾一走，印和人都回不来了！"

此时辛弃疾已经上了马背，一听此话，他急得不知如何是好，忙向耿京发誓说："大帅放心。辛弃疾若负了大帅，天地不容！"

耿京一时没了主意，眼里闪躲着游移不定的目光。辛弃疾急得掉出了眼泪，喊道："大帅，要当机立断。否则，义端跑远了就难追了呀！"

话音刚落，只见王进扑通一声跪在耿京面前，高声说道："大帅，我是辛书记的娘舅，现在把我捆了吧。若辛书记完不成大帅的命令，王进愿以命相抵！"

耿京使劲握了一下手里的剑柄，马上吩咐辛弃疾："快去快回！"

辛弃疾感恩地看了一眼他的舅舅，然后加了一鞭，那马便扬起一片尘土，飞快地向北奔去。

众首领回到中军帐，张安国又不放心地对耿京说："辛弃疾若是食言，一个王进充其量只是一个卫士，能顶上节度使的大印和辛弃疾这样有才能的书记吗？"

耿京一摆手说道："吾观辛弃疾乃重义之人，定不会负了义军。吾记得，三国时小霸王孙策擒住了太史慈，太史慈说愿上山招还旧部来降。孙策大胆地放了他，并以次日日中为期相候。当时有人怀疑太史慈的诚意，孙策便于帐外立了一根竿子，看日影相候。到了次日中午，太史慈果然带兵归来，后来成了孙策的心腹猛将。"

张安国冷笑一声，说："恐怕辛弃疾比不了太史慈。"

贾瑞听罢，在一旁说道："若张帅不信，我等不妨以三国之例试上一试。三日后的辰时，我等在大帐相候。我坚信，辛书记定当如期归来。"

耿京听罢也来了兴趣，说："三天后来大帐时，众位头领都不要走。以辰时为限，等待辛弃疾归来。"

且说辛弃疾好不容易说服了耿京，骑马飞驰而去。路上他想，义端走了一夜，又肯定走的是水路。根据运河和北清河情况，他推算出，从济州到东阿，坐船得一天一夜。而骑马快奔，一白天即可到达东阿。另外，在东阿的船口，有义军岗口盘查甚严。所以义端在到东阿之前，就得下船走旱路。想到这里，辛弃疾马不停蹄，直奔东阿。傍晚时分，他便赶到了东阿县的清河渡口。此时已是日落西山，渡口处船只靠岸，行人下船时，都得经过仔细检查，才放行。于是辛弃疾骑马奔向前方河湾处，躲进一处茂密的树林里。他在一个僻静处拴了马，然后来到岸边，仔细盯着河面，一个可疑的人也不放过。

突然，有一条小船，像是打鱼的船，徐徐向岸边划来。船靠岸的同时，从船舱里钻出了一个头戴大草帽的人，那身材和义端一模一样，躲在树后观看的辛弃疾在心中暗叫了一声："真是好巧呀！"

但见那戴草帽的人跳上岸来，停了片刻，向四处看了看，然后背了包裹，独自一人向树林这边走来，方向正好朝着辛弃疾。

义端正边走边向四处看的时候，辛弃疾冷不防从树后跳了出来，一下子拦住了义端的去路。义端一见，顿时大惊失色。他万万没有想到，辛弃疾会如此准确地从这里冒了出来。

辛弃疾冷冷一笑，问道："义端师兄，为何不辞而别呀？"

"我，我……"义端有些支吾，"我实在受不了那份苦，想重回灵岩寺出家。"

"出家人为何还要带着大印？"辛弃疾的声调突然高了起来。

"这——"

"你想投靠金人，背叛义军，还不从实招来！"

义端说话的同时，偷着向四处看了看。当他知道只有辛弃疾一个人的时候，便满脸堆下笑来，说："算你说对了，我是打算投奔金人。有这颗大印在，不怕封不了官。我劝师弟识相点儿，随我去济南府，保管富贵唾手可得。"

辛弃疾冷笑道："好一个有情义的大师兄，富贵之事还想着小弟！不过，我手中的钢刀却不答应你！"说罢，辛弃疾抽刀在手，怒目义端，喝道："义军大印，岂能让你去换富贵？还不束手就擒，回去自首，饶你狗命！"

义端见来软得不行，便也变了脸色，说道："姓辛的，你我乃一师之徒，谁的武艺高强还没弄明白，今天咱们先较量一番再说。"说罢，唰的一声，从背后抽出一柄宝剑来，十分耀眼。辛弃疾立刻想到，这是师父留下来的那柄宝剑。

于是二人也不说话，在林中拉开架势，你来我往地厮杀起来。

只见义端恶狠狠地来了个飞鹰扑食的动作，平地跃起，单手直出宝剑，剑锋从高凌下，直朝辛弃疾的前胸刺来，辛弃疾眼疾手快，忙朝左侧一闪，躲过了剑锋，然后挥起钢刀，朝义端的头上砍去。

义端见辛弃疾的刀来得狠，也早有防备。他顺势来了个鲤鱼翻身，双手握剑，迎向对手的钢刀。刀剑相碰之时，只听"嚓"的一声，辛弃疾手中的刀尖硬被剑削去了一截。辛弃疾一惊，口中叫道："好剑！"

就在辛弃疾一惊的刹那间，义端双手一转腕，那口寒光闪闪的宝剑直朝辛弃疾的咽喉刺来。辛弃疾知道此剑厉害，不敢用刀去挡，躲又来不及。说时迟，那时快，辛弃疾猛地一歪头，那剑就在他的鼻子前面刺了过去，差一点削着他的鼻子尖。

辛弃疾躲过剑锋，不失时机地一伸左手，一下子抓住了义端那只握剑的手腕子，然后他拇指食指一较力，就如钢钳子一般，狠狠地捏了一把。这是他从小在庙里提石杵练出来的绝招，还从没有试过。义端只觉得手腕咯咯发响，就如错了位一般疼痛难忍，叫了一声"哎哟"，那口剑便"咣"的一声落在地上。与此同时，辛弃疾抬起右脚，照义端的腰猛地一端。这一脚着实有劲，将义端踹出五六步远，最后一个跟跄，趴在地上了。

义端在地上就势一滚，一下子翻过身来就要跃起。没想到辛弃疾来得更快，一下子抢了过来，用那有力的大脚踏住了他的前胸，然后把刀指向他的脖颈，喝道："秃驴，看你还有何说？"

"师弟饶命，师弟饶命！"义端顿时吓得魂飞魄散，一迭声地叫个不休。

"说！师父临终时，留下了什么话？"

义端没有想到辛弃疾此时会问出这种话来，忙说："师父说，让我把他那口青锋宝剑传给你。是我贪财，没有告诉你，自己留了下来。请师弟原谅我吧！"

"我就知道是你搞的鬼！像你这种忘恩负义、投敌变节、寻花问柳之徒，不但我佛不能收你做弟子，就是世上也不能留下你！"

"师弟莫杀我呀！"义端哭喊着哀求道，"你我可是一师之徒，念在师兄弟一场上，我一条狗命吧！"

"你这败类，就是师父在世，也要除掉你！"辛弃疾怒道。

"不，不！师父要我俩互相帮助，互相提携，永不自相拼杀。"义端忙说。他见辛弃疾不信，又说道："那不，我扔在地上的包袱里有师父给你的遗书都写着呢，你可以看嘛。"义端边说，边抬起一只手朝后边一指。

辛弃疾出于好奇，扭头去找后面的包袱，脚下没注意，义端瞅冷子一拱肚皮，将身一拧，把辛弃疾掀了个趔趄，然后爬起来就跑。

辛弃疾一惊，提刀在手马上去追。他毕竟年轻力壮，几个箭步便追了上去。在义端后胸只一刀，义端便倒在了地上，没命地叫了起来。辛弃疾也不搭话，抢上前去，把那颗和尚不和尚、俗人不俗人，方不方、圆不圆的头颅割了下来。

当辛弃疾返回身来，寻到了那包裹，打开一看，里面除那颗节度使的大印和一包铜钱，哪里有什么师父的遗嘱。他这才知道，是义端那厮哄了他。他检查了一下大印，没有任何损坏，心里才一块石头落了地。然后，他包了义端那颗人头，揣了大印，到树林里寻到了自己的坐骑，飞身上马。一看天色，还没有黑哩，索性连夜返回济州。

第二天拂晓，济州城外，起义军的中军大帐中，众头领都按例到中军点卯。这时，只听马蹄嗒嗒，从远处飞来一骑。还是贾瑞眼尖，一下子认出是辛弃疾，于是高喊道："看哪，辛书记回来了！"

帐内的耿京和众头领听到这声喊都走了出来，他们谁也没有料到，辛弃疾仅用了一天一夜的时间，就追回了大印。

只见辛弃疾骑马来到帐前，滚鞍下马，从怀里掏出尚带体温的大印，双手交给耿京。然后解开包裹，把义端的人头扔在地上，众人一见"啊"了一声。

只见辛弃疾在耿京面前跪下请求道："弃疾谨遵大帅之命，追上义端，杀了那厮，夺回大印。请大帅治我失职失荐之罪。"

众头领见大印夺回，已是面带喜色。又见辛弃疾割了义端的头，不免让人吃惊。谁也没有想到，他这个文职掌书记，竟有如此膂力。义端和尚平素是以膂力过人，武艺高强著称，所以，人人都对辛弃疾的胜利归来赞不绝口。有人提议，让辛弃疾讲述一下他杀义端夺大印的经过。不料辛弃疾此时仍跪在地上，惭愧地请求道："弃疾身为掌书记，丢失大印，是失职之罪。今侥幸追回，哪有什么功劳可言，还望大帅治罪。"

耿京一听，咧开大嘴乐了起来，他上前一把将辛弃疾扶了起来，对众人说："辛弃疾追回大印，且杀了叛贼义端，将功折罪有余。"

站起来的辛弃疾见帐外除了头领，尚有一些士兵围观，他举目四望，是在寻他的舅舅王进。当他的目光寻到帐外的大旗下面时，他的目光凝在了那里。只见王进背靠旗杆，将自己绑在了旗杆上。

辛弃疾心里一热，三步并作两步奔了过去，亲手解开绳索，便和小舅抱在一起，两对眼睛相望，四行热泪滚了出来。众头领一看，眼睛都有些湿润。贾瑞急忙走过去问道："辛书记还没吃饭吧？走，到大帐用饭。"

辛弃疾一天一夜没有吃东西，在大帐里狼吞虎咽地吃了一个饱，然后从从容容参加了头领会议。只见耿京拿起那个装着大印的红包裹，郑重地宣布道："辛弃疾仍任掌书记之职，大印还归其保管。"

众人一听，齐声叫好。辛弃疾上前，双手接过大印，不免热泪盈眶。从此，辛弃疾尽心尽力辅佐耿京，耿京也对他另眼相看，二人处得犹如亲兄弟一般。

正在山东义军蓬勃发展的时刻，从江南传来一个振奋人心的消息，说是金主完颜亮在采石矶被宋军杀得大败。而且打败金兵的将领大出人们意料，居然不是叱咤风云的武将，而是一个中书舍人出身的文弱书生。

第五章

生擒叛贼

采石矶，长江上的占战场。

东西两岸，分别是宋、金两国的水寨。大小战船桅杆林立，各色旗帜争奇斗艳。宋高宗赵构在群臣们的劝说激励下，总算摆出了抗金的架势，并亲自来到建康视师督战。皇帝御驾亲征，前方将士方才鼓起了勇气。

采石前线，宋金水军初次一战，宋军主将王权战败逃跑，帅将无人。赵构在百无一策的情况下，急令芜湖守将李显忠为帅，中书舍人虞允文为参军，前往采石拒敌。

虞允文字彬甫，少聪颖，七岁能属文。绍兴间中进士第。此人身高七尺，面色白净，性情沉稳。他受命参军之职后，急从建康奔到采石。此时新任帅李显忠尚未到任，而敌军正在操练水军，准备渡江。

宋军主帅未到，将士心中不稳。虞允文见状，急忙传令所有将领至中军帐议事。他谦恭地一一问候了诸将，然后激昂地说道："大敌当前，全仗诸公协力同心为国杀敌。现在金帛诰命，均由允文携带至此，以待诸位功成名就。李将军未至，允文不能坐视敌军过江，暂摄帅任，未知诸公愿听令否？"

众将一致表示愿听军令。

虞允文又说："允文乃一介书生，未谙战事，但国难当头，亦当执鞭在前，不敢退避。"

诸将听了这句话，一齐说道："参军文人尚且有此胆量，某等武夫何惧一死！"

虞允文听罢大喜，接着说道："某有一计，可破敌兵。"然后，他又慢条斯理地说出了一个用铁甲包住大船头的办法，称为"海鳅船"。与金人在水上相遇时，船上尽用健划水手，用海鳅船去撞敌船，然后待敌船乱了阵脚，兵船再出战。众将听了，都觉得此计可行。

不几日，金营来了战表，双方在江面上摆开阵势。好在金兵多是生于北地，不谙水性。征集来的船只不但小，而且都不坚固。驶过中游，虞允文挥动指挥旗，只见宋军战船里冲出数十艘铁甲装饰的大船，那船头如刀剑一般，十分尖利。再加上众水手都是百里挑一的好汉，两侧大桨一划，那船就如离弦的箭一般直冲金人船只，刹那间，便撞沉了敌船十余只。金兵一见此船厉害，纷纷逃避。虞允文见金兵已乱，于是下令击鼓，顿时宋营中鼓声震天，全部战船齐出，杀得金兵急忙调转船头逃跑。

此时金主完颜亮正在一艘大船上指挥，他见金兵纷纷败退，仍在那里喝令阻止。突然有一条海鳅船直向他的大船驶来，吓得他忙把进攻的红旗改为黄旗。金兵望见退兵信号，更无斗志，一个个争着后退。忙乱中，不少船只因为拥挤碰撞而翻沉江中。到了岸边，金兵一个个跳到岸上，夺路而逃。等到逃回和州，完颜亮一检点人马，丧失兵马几近一半，不禁恼羞成怒，然而无处发泄，杀了几个先退的将士方才罢休。

到了晚间，金兵营中灯火通明，吃了败仗的完颜亮闷坐帐中吃酒。忽有人报，说燕京有信使到来，完颜亮急忙传人。那信使从怀里掏出蜡丸一枚，双手递给金主。完颜亮剥开蜡丸，里面是密信一封。他不看此信犹可，一看便大叫一声："真是气死我也！"原来正在完颜亮南征的时候，金国内部却发生了一起另立新主的篡位政变。

金国另立的新主名叫完颜雍，是完颜亮的皇族兄弟，袭封曹国公，治镇东京辽阳府（今辽宁辽阳市）。绍兴三十一年（1161年）十月，他在辽阳受金国臣民拥戴自立为帝，改年号为大定。同时，向金国臣民宣布了完颜亮的昏庸残暴罪状，很得国人响应。

原来完颜亮本名迪古，是金太祖阿骨打的裔孙。他从十八岁开始，就以王子的身份被封为奉国上将军。因为他勇猛善战，累迁龙虎卫上将军，中京留守，光禄大夫等。他为人狡诈，残忍狠毒，一步一步地爬上高位，最后当了金国的丞相兼都元帅。公元1149年，他的野心膨胀到了极点，居然残忍地杀了他的族兄完颜亶而自立为帝。

穿上龙袍后的完颜亮疑神疑鬼，生怕有人推翻他。因此，他对内实行一套高压政策，凡是反对自己的人一律镇压，甚至株连九族。对外，他大肆扩张，几乎征用了全国的人力和物力去攻打南宋，搞得金国上下民生凋敝，怨声载道。统治阶级内部也是分崩离析，离心离德。许多文武臣僚虽然当面不敢言语，背地里却一片怨言。完颜亮已经坐在了火山口上。

被人拥戴的完颜雍仁孝沉静，明达有智勇，他对完颜亮弑兄篡位等残暴行径早已是心怀不满。趁其与宋在南方交战的关键时刻，周围一些臣僚劝他早定大计，以拯救危难的金国。于是他顺应民心，举大事于辽阳，并派人四处发出文告，历数完颜亮的罪恶，果然各地响应，一致拥戴他为国主。他便置办了皇上用的御辇，从从容容地坐了上去，从辽阳列队出发，直奔金都燕京。沿途军民护送，不日就进了京城，稳稳地当了皇帝，史称其为金世宗。

燕京出了个金世宗，完颜亮又兵败采石。他怕此消息被前方打仗的将士知道后对自己不利，就收拾了残兵败将，逃到扬州，把两淮南侵的金兵合为一处。

完颜亮面对的局势是北归无法称帝继续统治金国，而且还性命难保。于是，他便像一个输昏了头的赌棍一样，决定孤注一掷，集中所有兵力，在瓜洲强渡长江，灭掉南宋，或可有生机。

金世宗篡位进了燕京的消息传到山东义军，义军首领们在惊异的同时，也受到了鼓舞。因为金国的内乱正是他们抗金的绝好机会。这天，耿京召集义军首领们聚议，商讨对策。

辛弃疾在聚会上指出："金国内乱，正是我们收复失地的大好时机，但仅靠我等新集起来的义军难成大事。为今之计，应赶快遣使至南宋面见君王，请求朝廷发兵北进的同时，也请皇上为我们正式下个封诰，以此号召各路义军协同进兵，先将金兵主力消灭在扬州一带，然后与南宋官军一起，挥师北上，不怕中原不定。"

辛弃疾的方案很得众好汉响应。贾瑞对耿京说道："辛书记之言极是，我等应立刻派人面见皇上，求得封号，以其名正言顺，大张旗鼓地收复失地而没有后顾之忧。否则的话，官军不是官军，草寇不是草寇，士卒之心也难以稳定。"

耿京听了多时，点头说道："求得朝廷封诰，吾久有此意，今诸位之言甚是。贾瑞，就由你在义军里挑选会办事的人员，择日去临安面见高宗皇上如何？"

"贾瑞愿当此任。"贾瑞应声道。

谁知贾瑞挑来选去，加上自己共是十位。回头一想，又都不很满意。原来义军当中，多是些目不识丁的庄稼汉，平日里别说见到皇上，就连见州府大员也都是屈指可数。至于如何写奏本，如何行陛见大礼，一应规矩更是一窍不通。于是，他只得对耿京请求道："大帅，面见皇上求封，可非同儿戏，若是言语差池，礼数不周，惹了圣怒，可就误了大事。所以，我请求大帅将一名得力干员派去，必可无虞。"

"得力干员？谁？"耿京问道。

"只有辛书记能担当此任。"贾瑞说道："他不但胆大心细，而且办事沉稳，又饱读诗书。只有派他与我同行，方能大功告成。"

耿京思忖了一会儿，无可奈何地道："说实话，开始我也想让他去。但他是义军的掌书记，有他在我左右，起草文告，安抚上下，我才放心。现在想来，面见君王是件大事，看来也只有他和你一道去不可了。"

贾瑞听耿京答应下来，心里十分高兴。

辛弃疾应耿京相召来到中军帐，耿京劈头一句就问："派你与贾都军去临安见驾，你意下如何？"

辛弃疾没有思想准备，一时愕然。耿京笑道："贾端说，没有你同他去，他怕完不成使命。"

辛弃疾说："大帅信任，敢不从命，只是这掌书记之事甚多……"

"我想好了，时下又没有太多的事要办，就让你舅王进带着大印，同我住在一起就是了。"

辛弃疾一听，没有什么话可说了。

耿京于是决定说："那好，你与贾瑞抓紧准备，事不宜迟，明天就动身吧。"

绍兴三十一年（1161年）十一月的一个早晨，一轮鲜红鲜红的太阳从东方升起，晨风还带着凄凄寒意。贾瑞、辛弃疾等十一位好汉披挂整齐，骑着战马，带着拉贡品的车辆，迎着火红的霞光出了济州城南门。义军大帅耿京及众头领列队将他们送出城外。耿京一手拉着贾瑞，一手拉着辛弃疾，动情地说："你俩犹如我耿某的左右手，我真是舍不得你们离开呀！望你们见驾之后，不管使命完成得好坏，速速归来，免我挂念。"

听了此话，辛弃疾心里热乎乎的。他望着耿京那张略显苍老的脸，心里无由得产生了一种不祥的预兆。于是深情地说道："时下完颜亮龟缩扬州，北边新君刚立，无暇顾及山东义军。因此，战事无多，望大帅谨守已得城池，严加巡查，防止奸邪小人作恶。我等完成大帅使命，必将兼程归来。"

这时，舅舅王进走到辛弃疾面前，张口想要嘱咐什么事情。辛弃疾没等他开口，且先嘱咐他说："舅舅，我走之后，您老要常在耿大帅左右，保管好大印。"

王进说："放心吧，只要我在，大印就会在的。"

望着刚刚四十岁就已经有了白发的舅舅，辛弃疾的心里有些发涩。他还想说什么，但见众人都上了马，他也满怀深情地看了耿京和舅舅两眼，然后飞身上马向南而去。

辛弃疾和贾瑞等十一人冒着冬季的严寒向南进发，不日到了楚州（今江苏淮安）。楚州未被金人占领，仍是南宋管辖。南宋的淮南转运副使杨抗在这里接待了他们。在楚州盘桓两天，杨抗又派出几员军士护送，取道扬州。

当辛弃疾一众人快到扬州附近的时候，突然听到一个十分惊人的消息：金主完颜亮在扬州被哗变的将士所杀。在燕京继位的金世宗完颜雍派出使节到达南宋，已与南宋讲和，双方正式罢兵。目前，扬州一带金兵正在收拾军马车辆，准备撤回淮北去。

当辛弃疾他们渡过长江，来到京口时，当地官员告诉他们，说皇上正在建康行宫。于是，他们又取道建康。这年的腊月十二，山东义军的一行人进了建康城。

建康的天子行宫虽不算是雄伟壮观，却也不同凡响。但见行宫四周戒备森严，旌旗如林。随驾的百官僚属时刻不离左右，禁兵卫士更是布满内外，把万人之上的君主重重保卫起来。

辛弃疾他们第一次踏上南宋的疆土，就有了回家的感觉。可是，到了建康行宫，却被人寸步不离地指点、接待着，并客客气气地安排在客馆住下，反倒使他们有了一种异国做客的感觉。此时，中原一带不少起义的军队都派人见驾，还有一些起义首领或北宋反正旧官携家带口归了南宋。而这些人也都要在建康等候见驾，于是便与辛弃疾他们凑到一起。因为这一年是农历辛巳年，所以史称这次归南宋的人叫"辛巳归人"。对于这些新归来的人，因为大部分人不知道宫廷礼节，所以，在见驾之前，都要由赞礼官教他们见驾时的那些繁文缛节。

在建康待了五天，到第六天的清晨，高宗皇帝才下诏，在行宫召见山东义军的见驾使。一大清早，辛弃疾等人都穿戴整齐，在宫中礼官的引导下，一步一步进了宫中。接着，又在赞礼官的指导下，众人依次下拜，行了三拜九叩大礼，才立起身来，站到一边。辛弃疾朝上一看，只见龙床上坐着一位身穿黄袍，六十多岁的样子，养得白白净净、头戴纱帽的人，就知道这是宋高宗了。

按照事先安排好的程序，由贾瑞捧了几天前辛弃疾写好的奏表，毕恭毕敬地举过头顶，由内侍接了过去，高声宣读后递给皇上。皇上装模作样地看了几眼，然后降下诏书，又由内侍宣读起来。有旨封耿京为天平军节度使兼东平知府，待到南归后另行封官。其下如张安国等众大小头领二百余人皆补为统制、副统制等官。面授贾瑞为天平军都统领、敦教郎，辛弃疾为天平军掌书记、承务郎。所有补官都给了封诰，并令枢密院差使臣二人随贾瑞等人去义军中当面册封，以示皇恩浩荡。

朝堂上宣罢诏书，辛弃疾等人一齐跪下，高呼"谢主隆恩"之后，便随着礼官退了出去，见驾完毕。

出了行宫大门，辛弃疾十分不解地问贾瑞："陛下召见我们，除了封官外，未闻有一词事关宋金两国和战事宜，不知何故？方今金兵无帅，国内动荡，不趁此时兴兵收复失地，更待何时？"

贾瑞说道："如此军国大事，圣上只能与宰辅之臣相商。况且宋金已经讲和，恐怕从此没有战事了。"

"此次宋金之战，理在南宋，曲在金国。金人求和，是畏因败而亡，此机若失，恐怕收复失地很难了！"

二人正在说话，忽见有几个随从，簇拥着一位年纪不太大的官员骑马来到行宫大门前下马。就听行宫门前的礼官高叫："江淮荆襄路宣抚副使虞允文到！"

辛弃疾一听，心中一动，立刻想起来，此人便是采石大战中大败完颜亮的那位儒将，不免认真看了几眼。

只见此人身材高挑，面容沉静，眉清目朗，鼻直口方。因为采石一战，崭露头角，很得高宗青睐，一下子把他从中书舍人的小官提到江淮荆襄路宣抚副使。

虞允文也看到了这伙山东义军的人，他见辛弃疾身材高大魁伟，浓眉大眼，隆鼻厚唇，气宇不凡，在十多个人里如鹤立鸡群，也定睛看了两眼，然后微微一笑，招手向这边致意，就随礼官进了行宫。

辛弃疾回过神来，对贾瑞叹道："果然是名不虚传的一位儒将！"

回到客馆，众人就开始准备北归的事情。忙里忙外的时候，辛弃疾与客馆的另一套院子里的人打了一个照面。那人三十多岁年纪，河南口音。辛弃疾向那人见了礼，打了一句问询，方知道此人姓范，名如山，字南伯。其父范邦彦，在金举进士，任蔡州新息县知县。金兵南犯时，举县反正抗金。完颜亮被杀，宋金讲和，邦彦举家南归，亦即"辛巳归人"一类。

由于都是抗金举义之人，二人谈得很是投机。辛弃疾叹息地说："此次南来见驾，一路可见金主完颜亮一死后，金兵全无斗志，而我军士气正盛。此乃天赐良机，正应该兴兵北伐，收复失地，无奈上下无动于衷啊！"

范如山也叹了一口气说："辛公子有所不知，此前家父大人拜见过虞允文大帅，亦微露收复失地的主张，虞帅似有难言之隐。后来一打听，原来朝中仍是主和人物居多，一味迎合皇上苟且偷安的心理。有了此次的小胜，便与金人议和起来。只把金兵占据的淮河以南及荆襄之地要了回来，便不再有大的举动了，着实可惜也。"

"那么这位虞帅的主张呢？"

"说起来这也是朝廷一忧呢。抗金老将，现今首推张浚尚有些影响和骨气。可惜他年迈多病，早已不能临阵指挥了。虞允文倒是一位举足轻重的将才，只可惜他刚刚步入高位，根基尚浅，纵有主见，无法与那些位高权重的主和人物抗争。况且当今圣上年事渐高，只求安稳，颐养天年，哪有什么心思北伐呢？"停了片刻，范如山又压低了声音说："近日，家父不知从哪里得到一个消息，说是当今圣上想要效仿当年徽宗皇上的做法，厌倦了理朝政，要把皇位传给太子呢。"

"是吗？"辛弃疾听罢很是诧异。过了一会儿，辛弃疾又问道："不知令尊大人此次南归，朝中如何使用？"

"前几天朝见万岁时，蒙圣上赐了绯衣银鱼袋，却只添差湖州长兴县丞。亏得陈康伯相国一句话，才又改授镇江军节度使判官，总算抵了一个县令的职位。"

二人正说得来劲儿，就见贾瑞领了两个官员进了客馆。贾瑞向辛弃疾介绍说："这二位是枢密院差下的使臣，与我们同去济州宣布敕命。"

辛弃疾闻言，忙与二人见礼，并自我介绍了一番。那二人也分别自报家门，辛弃疾才知道，这二人一个叫吴革，一个叫李彪。于是贾、辛、吴、李四人进了屋里，共商北归的行期和路线。

次日早晨，辛弃疾、贾瑞等人，会同朝使吴革、李彪，共计十三人，各自骑马。吴李二人携了皇上圣旨，马车上装了皇上赐的衣袋节钺等物，列队出了建康北门，直奔京口，然后连人带马及车辆上了渡船，过了长江。

当辛弃疾他们路过瓜洲、扬州的时候，见到的是金兵撤走之后，满目萧条的残破景象。此时正是早春时节，可是到处都见不到一丝春节喜庆的气息。有的只是残垣断壁的村庄，听到的只是祭奠亡灵的哭声，不时还可以遇到仨一伙俩一串的讨饭之人。

一行人走到淮河南岸的楚州，再往北过了淮河就是金国的土地了。不想还没有过淮河，朝使吴革和李彪却胆怯起来，生怕过淮河后遇到金兵。气得辛弃疾私下里对贾瑞说："堂堂枢密院的朝使，怎么连一点胆略也没有。若是南宋的官员都这样畏敌如虎的话，真不知道能不能收复失地！"

最后贾瑞和辛弃疾与吴李二人好说歹说，总算达成一致意见：先顺淮而下，去宋军占领下的海州。由吴李在海州等候，贾瑞和辛弃疾去济州传命，叫耿京等人到海州接受诏命封诰。

顺水顺风，不数日便进了海州城里。海州城守将宋京和东路招讨使李宝迎接了朝使及辛弃疾一行。当进了城内军府坐下来后，李宝怀着沉痛的心情告诉辛弃疾一行说，四五天前，义军副统领张安国投敌叛变，大帅耿京被杀了！

辛弃疾、贾瑞一听，顿时五内俱焚，失声痛哭起来。

原来完颜亮被杀，宋金讲和之后，继位的金世宗马上连连派出使节去了南宋，主动把金兵侵占的淮南还给宋朝。南宋也急于求和，于是双方和使往来不绝于道，中原各地义军又奉了朝命，停止作战，观望起来，泄了斗志。金世宗看准时机，着力安抚人心，向中原各地下了道诏命，大赦曰：凡起义之人，不管过去有罪无罪，只要下山，即为良民。不下山者，即为盗贼。一些起义军本是普通的农民百姓，连年战乱已使他们不堪于命，硬着头皮抛妻弃子参加了义军。此时见到宋金议和，可以息兵，金人又减了赋税，便一个个放下刀枪，归乡种地去了。因此，一些小股义军基本上全都解散回乡了。就连耿京统带下的天平军，也有三分之二的人马偷偷地散去了。唯有耿京铁了心地要与金人斗争到底，尚带领众头领及一些坚强的中军守着济州、兖州，等着贾瑞、辛弃疾归来。

谁知义军的副帅张安国，他本是一个以投机方式进入义军当中的人。时下见形势急转，金人又以招抚为主，不免动摇起来。他有个朋友叫邵进，也在义军里当个小头目，事先被金人收买。邵进便与张安国说："何不趁此良机投金，金人会优待你。"

张安国是一个见利忘义的人，一听此言正中下怀，便向邵进说道："我有心反正，但无人与金人牵线呐。"

邵进说："这有何难？只要我去一趟济南，万事皆成。"

于是，邵进偷偷地到了济南，与金人讨价还价，最后金人提出了一个赤裸裸的条件，以耿京的人头，换一个济州知州的官当。张安国一听大喜，便在义军中联络起旧哥们来。那些钻到义军中的地痞流氓、旧官史们大多是见风使舵的人，和张安国串通一气，在一个漆黑的夜晚，包围了中军大帐，将耿京杀害。同时遇害的还有几个义军首领和辛弃疾的舅舅王进。

害死耿京后，张安国向全体义军公开宣布降金。有愿回家者一律遣散，不愿归者仍可留用，但必须为他效劳。于是，几天之间，便把耿京等人经过多少日夜聚集起来的义军瓦解了。张安国这个卖主求荣的恶徒，摇身一变成了金国的济州知州。毫无疑问，被义军收复的几十个州县又恢复了金人的管辖。

辛弃疾和贾瑞得知消息后悲痛万分。

朝使吴革、李彪立刻提出中道而回，归报圣上。

面对皇上的封诰节钺，辛弃疾焦急万分。他对两个朝使说："如此归朝，如何报命？"

吴革说："不如此，难道能把耿京救活不成？"

"纵不能救活大帅，也应该擒住叛贼归报陛下！"

"真是笑话！"李彪鄙夷地说，"现今济州已经属金，凭尔等十余人，即使带去海州兵马，恐怕也难以成功。"

辛弃疾气得把眼一瞪，斩钉截铁地说："辛某纵然粉身碎骨，也要报此大仇！若无人肯助，弃疾愿单枪匹马，去取张安国首级！"

辛弃疾的气概，令招讨使李宝大为撼动，于是他令人击鼓升帐，传令部下将士齐集，然后高声问道："谁人敢与辛弃疾驰往济州，去擒叛贼张安国？"

一声未了，帐下便有两位将领站了出来，其中一人应声道："末将愿往！"辛弃疾一看，其中一位是耿京帐下的头领马全福。不禁大喜，急忙上前握住了这位粗壮黑红的山东汉子的手。

马全福向辛弃疾哭道："出事那天，全福驻兵兖州。本想率兵去攻济州，奈何张安国、邵进的亲信在义军中散布谣言，鼓动叛降，许多义军因此散去。全福无奈，才奔海州来投李帅。辛书记欲复此仇，忠肝义胆，可昭日月，全福愿以命相从！"

李宝听了辛弃疾与马全福的一席话，大受感动，忙对辛弃疾说："海州三千军马，任你带去复仇。如何？"

"何用许多，魏胜愿以二百骑，去济州取张安国首级！"与马全福同时站出来的那个将领说。

众人一听，不免面面相觑。朝使吴革、李彪更是睁大了眼睛。他们在南方，从来没见过前方将士有这样的胆略和勇气。

正在这时，辛弃疾却不慌不忙地说出了更让人吃惊的话："弃疾不才，愿以精兵五十骑，生擒张安国归报皇上！"

大帐中顿时鸦雀无声，不少人在那里摇头。沉默多时，帐下又恼了一将。只见此人青色脸膛，络腮胡须，挺身说道："末将王世隆，愿随辛弃疾以五十骑入济州。"

此语一出，马全福、魏胜二人也不示弱，齐说："末将也愿前往！"

辛弃疾心中一热，立即上前抓住这三个人的手，紧紧地握在一起。

李宝一见此景，大为感动，便宣布："海州城内，任你四人挑选人马。"

当天，辛弃疾等四人选足了五十骑精兵。这五十个人都是善骑善射、武艺高强、胆略过人的好汉。第二天，这一队人马飞速地踏上征程，直向济州奔去。

说来也是机会难得。自宋金讲和以来，淮北山东一带义军散布各地，处于欲散未散阶段，常有小股人马流动，人们习以为常。就是金人的军兵，也都遵了金世宗之命，驻在原地，停止了与宋军及义军的交战。所以，此时正是敌友不分的时刻。辛弃疾他们正好利用这个机会，一路上打着济州兵的旗号，长驱直进，毫无阻拦。马全福突然对辛弃疾说："我明白了，若多带兵马，反而会受阻。五十骑不多不少，正好！"

辛弃疾会心地一笑，没有说话。

三百里的路程，翻山越岭，涉水过河，三天就到了济州境内。辛弃疾对马、魏、王三人说道："五十人同时进城过于显眼。莫不如先留一些人在城外等候接应。"

王世隆觉得有理，说："如此甚好。不如从这里开始，每过五里路置一骑。这样的话，我们出城后一边南奔，一边不时有人接应。"

王世隆的建议立刻得到大家的赞成。当行到济州城外时，魏胜被留在了城外接应，辛弃疾、王世隆、马全福和另两名骑士等五人进了济州。

守城的士兵上前盘查时，辛弃疾喝道："怎么连我都不认识了？"

那守门的一看，忙说："是辛书记呀，几时回来的？"

"刚刚归来，我们准备去拜见张帅。"

守门的士兵知道辛弃疾是原来义军掌书记，并不知他与张安国有什么关系，不好盘问阻拦，只得恭恭敬敬地把他们五人放进城去。

此时正是中午时分，济州知州的衙署内，张安国正陪着两个金人官员吃酒取乐。自打他杀了耿京，当了济州知州，解散了大部分义军，便开始享乐起来。他料想，辛弃疾等人知道事变，一定会留在南宋不归。他万万想不到，辛弃疾还敢回来。

衙内客厅正在推杯换盏，醉醺醺的宾主正搂着几个浓妆艳抹的女子取乐。冷不防有几个不速之客闯了进来，张安国及两个金人都愣在那里不知所措。

辛弃疾大步上前，来到张安国的身边，张安国一见，立刻吃了一惊，吓得就要动手抽挂在身后墙上的宝剑。辛弃疾说了一声"且慢"，张安国立刻缩了手。辛弃疾自己倒了一大碗酒，一扬脖子，喝了个精光。接着，他又扯着酒坛子倒了一碗。张安国还要去抽剑，见辛弃疾只是喝酒，反倒没了主意。

正在张安国没主意的时候，辛弃疾把新倒的这碗酒向张安国送去。张安国想接又不敢接的时候，只见辛弃疾突然把酒碗狠狠地朝张安国的脸上扣去，趁张安国"啊"的一声，双手捂脸的时候，辛弃疾双手抓过张安国的脖子，一下子把他从里面拽了出来，头朝下，脚朝天地隔着桌子掼到地上，张安国没命地叫了一声，一个嘴啃泥趴在地上。辛弃疾一脚踏上他的后背，抽出了师父留下的那口青锋剑，逼住张安国的后脖颈，吼道："张安国，你这个卖主求荣的叛贼，如今还有何话说？"

张安国顿时发出狼嚎一样的声音一个劲地求饶。那两个金人见事发突然，纷纷拔出刀来。进到屋里来的王世隆、马全福大叫一声，震得人心发颤。然后一人一刀，两个金人顿时毙命。

门口本有几个卫兵，一见事发突然，张安国被抓，金人被杀，早已吓得魂飞魄散，连腰刀都抽不出来。马全福、王世隆二人提着带血的刀出来时，吓得他们急忙跪地求饶。

不一会儿，辛弃疾押着五花大绑的张安国走出州衙大门。前面有两个凶神一样的大汉，后面又有两个如恶魔一般的人物，谁人还敢上前拼命。

此时街上来了不少过去的义军将士，他们见是辛书记来抓了张安国，都站在一边看热闹，于是辛弃疾向众人喊道："大宋军队十万已到济州城外，只抓叛贼张安国一人，余不问罪。有抗王命者，杀不赦！"

众义军及百姓一听，本来就对张安国的不义之举不满，哪个还能上前救他，有的人甚至叫起好来。

于是，辛弃疾将张安国死死地绑在一匹马背上，然后五个人一起，生生地当着全城人的面，把张安国押出了济州城。

出城不远，辛弃疾突然想起一件事来。他一把把张安国揪下马来，用剑尖指着他的鼻子，喝问道："我舅王进是怎么死的？说！不说我就杀了你！"

张安国吓得已经筛了糠，断断续续地说："王进，王进是邵进杀的。可与我无关呀！"

辛弃疾听罢，也不搭话，飞身上马，提了那口剑又返身冲向城中。几个英雄见拦他不住，便由王世隆、魏胜押着张安国前行，马全福带了另一名壮士回城去接应辛弃疾。

张安国被抓走，济州城内群龙无首乱作一团。有些人听说宋军就在城外，有仗要打，还纷纷藏了起来。辛弃疾入城时，街上几乎没有了行人。快到州衙的时候，从胡同里突然走出一个和尚来。辛弃疾瞅着眼熟，下马拉住他。那和尚急忙说："辛书记，我是义吉呀。"

"义吉？"辛弃疾突然想起在灵岩寺里，一个小和尚叫他起床练功，义端窃印逃跑时，义吉去中军帐报信等情节。便问道："你这身打扮，又要出家吗？"

"回灵岩寺去，永不出山了！"

"告诉我，邵进在哪？然后你再走！"

"去城北大营了。"

辛弃疾放开义吉，义吉立即双手合十，口中念了一声"阿弥陀佛"，然后低头走了。辛弃疾似乎有些怅然，但他马上翻身上马，急向城北奔去。

济州城北，原义军的大营，如今尚有上万人马。邵进是听到张安国被抓走才跑到城北的，他在义军中活动，企图把这支军队拉去追回张安国。但此时义军当中也有很多人知道张安国被抓的事。他们都知道张安国、邵进不是好人，不愿再为他们卖命。

正当人们私下里议论纷纷的时候，辛弃疾突然进了城北大营，人们呼啦一下围了过来，他们都景仰辛弃疾的英雄壮举。辛弃疾于是骑在马上，对众义军等呼道："张安国、邵进投敌变节，杀我大帅，认贼作父，已是千古罪人。难道诸位也要做那不忠不义之人吗？辛弃疾此次从圣朝归来，带有皇上加封有功义军的诰命。如今，有愿意随我南归者，立刻回去收拾行装，我代圣上欢迎诸位。有不愿南归的，我劝你们解甲归田，不要为金人卖力。"

"我们要南归！我们要南归！"人群顿时欢叫起来。

谁知就在这时，邵进却冒了出来。他站在一个高坡上声嘶力竭地喊道："不要听他在这里鼓动。在这里有吃有喝有福享，何必要走呢？再说大金国也没有亏待大伙呀！"

邵进的话还没有说完，就有几个气愤的士兵把他揪住，质问道："有吃有喝有福享就不要廉耻了吗？"

邵进见形势不妙，刚要溜走，辛弃疾便神速地来到他跟前，用手指着他的鼻子厉声问道："邵进，你罪大恶极，神人共愤，尚在这里摇唇鼓舌，妄图陷弟兄们于不仁不义，我岂能容你！"

一见铁塔似的辛弃疾站在他面前，邵进先自矮了三分。又见辛弃疾的两眼冒着怒火，含着杀机，邵进顿时吓得三魂走了七窍。急忙前言不搭后语地辩解道："谋杀大帅，全是张安国所为……"

辛弃疾一把扯住他的前胸，吼道："死到临头，还在这里胡言。难道你以为我不知内情吗？是你先去济南与金人勾结，是你，夜里打开中军大门，亲率叛贼杀死大帅。又是你，亲手杀了怀抱大印的王进——我的舅舅。……"

辛弃疾越说越气，抽出宝剑，一下子划开邵进的衣服，剑尖直指邵进的胸膛，邵进顿时吓得脸上没了血色，连话都说不出来了。

辛弃疾一咬牙说："我倒要看看你的心肝，都黑到什么样了！"边说边把那剑刺了进去。邵进惨叫一声，立刻如一摊泥倒在地上。

正在这时，马全福陪着两个人赶了来。辛弃疾一看，原来是义军中的首领贾思成和董昭。贾、董二人下马与辛弃疾见礼罢，忙说："听说你来捉张安国，我们就从大营出发追你，想一块南归。谁知你又回来了呢。"

辛弃疾握住二人的手，说："事不宜迟，你二人号令全营人马跟我们一起走吧！对了，我们还带了皇上给你二人的封诰呢。"

于是贾、董二人在营中召集大小头目，宣布随辛弃疾南归的决定。于是军营沸腾，人人欢欣，收拾车辆帐篷，装载粮草，几乎忙了一个通宵。

南宋绍兴三十二年二月十日清晨，上万名起义军在辛弃疾、马全福和统领贾思成、董昭的率领下离开济州，浩浩荡荡向南进发。七天以后，他们渡过淮河，到达了南宋辖下的北边军镇楚州。辛弃疾马上派人与海州的贾瑞联系，刚好张安国被王世隆等人押着也回了海州。于是，贾瑞会同朝使等人将张安国押到楚州与辛弃疾相会。辛弃疾等人以五十骑人马，三百里奔袭济州，活捉叛首张安国，杀死邵进，以及带回上万名义军的壮举立刻传遍了沿淮各镇。辛弃疾、马全福、王世隆、魏胜，这四个人立刻成了人们交口称颂的英雄人物。

贾瑞、辛弃疾等将生擒张安国并带回上万兵马的事情写了一道奏表，请朝使带回上奏给皇上。不久，朝廷有旨，令贾瑞、辛弃疾等人将张安国押赴京口行宫，山东归来义军在楚州待命。

当辛弃疾他们押着张安国奔赴京口行宫，路过扬州时，这座残破的古城正在恢复正常秩序。此时，虞允文正率军驻节扬州，着手整顿金兵撤走后的淮南。辛弃疾他们在扬州住了一天，专门去拜见了这位南宋的儒帅。虞允文举目看了一眼众人，开口问道："哪位是辛弃疾？"

众人见问，都用目光看向身材高大的辛弃疾。辛弃疾急忙向前一步，抱拳施礼回道："在下便是，不知大人有何吩咐？"

虞允文打量一下这位高大的青年，笑道："是你啊，我们在建康见过一面。"

"大人果然好记性，去年底在建康见驾时，于行宫门前见过大人。"辛弃疾回道。

虞允文见辛弃疾年纪只有二十多岁，长得却是虎背熊腰，浓眉大眼，典型一个山东大汉。不禁开口问道："你今年年纪几何？"

"回大人，二十三岁。"

虞允文欣然一笑说："后生可畏，后生可畏也。听说你曾只身杀了叛贼义端和尚，夺回大印。此次又以五十骑生擒张安国，诛杀邵进。此举实可与西汉李广相媲美了。"

"大人谬奖了。"辛弃疾说，"弃疾等南来见驾，疏于安排济州事情，致使张安国等人害了主帅，有负圣恩，至今想起来悔恨异常。"

虞允文又一一问过了贾瑞、贾思成、董昭等人，然后说道："天子驻跸京口，汝等即可前去见驾。吾这里修书一封，表奏汝等功绩，亦遣使随汝等同去见驾。"于是众人一叠声地谢过了虞大人。

闰二月初五，辛弃疾一行在京口行宫见驾。高宗皇帝张开龙目，看了新任兵部尚书虞允文写来的奏表，不禁龙颜大悦。面谕道："卿等忠义可嘉，勇猛异常，朕当量材而用。所献俘张安国，可押赴京口市曹处以斩刑。"

第二天，张安国被押赴刑场，遵旨处以斩刑。这个抗金队伍里的败类，终于得到了应有的惩罚。而辛弃疾的胆略和大智大勇，却给人们留下了深刻的印象，成为南宋那些青年们的效仿的楷模，许多青年都以能结识他而感到自豪。

不久，朝中下旨，将贾瑞、王世隆、马全福、魏胜、贾思成、董昭等人加官，分往各地任职。山东所归忠义军万余人由虞允文调配安置于淮南各镇。辛弃疾实授为江阴签判，即日上任。

从此辛弃疾便踏上了南宋的官场。

第六章

三 年 漫 游

　　宋代的江阴军归两浙西路管辖，治所即今江苏的江阴市。其地北面濒临长江，是一处重要的江防要塞。南宋地方行政区划，最大的是路，相当于今天的省。其下辖府、州、军、县。军的单位比县略大，其下可辖数县，也有仅辖一县者，江阴军就仅辖一个江阴县。军的最高行政长官为知军，其僚属为签判。县的最高行政长官为知县，其僚属有典史县丞等。辛弃疾到任江阴时，他的上司是吕令问知军。江阴知县叫曹绍。

　　辛弃疾所任的江阴军签判，全称为"签书判官厅公事"，是一个从八品的幕僚性质的小官。其职责是帮助知军总理诸案文移，斟酌可否告于长官，提出或行或罢等参谋性建议。平时的主要任务是受理上司的来往文书及起草本衙门的文牍等事宜。如此简单的文职工作，对于二十三岁的辛弃疾来说，太轻松不过了。他精力旺盛，文笔又好，到任不久，就把各种案牍整理得有条不紊。

　　只是辛弃疾南归，本是抱着极大的抗战热情，希望南宋朝廷能把他派到前方的军队中去。更希望朝廷能趁金国新君初立，国势不稳时兴兵北上，收复失地。谁知却把他派到这么一个小地方整日和笔墨文书打交道，心里感到很是别扭。无奈他一个小小的从八品的芝麻官，纵使喊破喉咙也没有人会听他的建议。于是，时间一久，他便把那一腔大志暂时放了下来，开始在这弹丸小城里，与几个咬文嚼字的教书先生或读书的小家子弟们舞文弄墨。被他冷落多年的笔墨，又被他重新捡了起来，趁着那酒席宴舞之际，填写几首不疼不痒的清词丽句来消磨时光。

光阴似箭，转眼就到了这年夏天的六月，临安突然传来消息，要各地庆贺新君登基。原来，宋高宗赵构在当了三十五年的皇帝之后，对朝政十分厌倦，一心想禅位给他的儿子。初时大臣们劝阻几次，还算勉强又当了几天皇帝。到后来就铁了心，非要退下来当太上皇不可。群臣拗不过皇上，于是，他过继的儿子，三十岁的太子赵眘继位当了皇帝，庙号宋孝宗。

宋孝宗一登大宝，主战派便扬眉吐气。原来这位太子年轻气盛，一直对朝廷的求和政策有异议。当完颜亮出兵南犯时，他曾向高宗慷慨陈词，要求亲自带兵御敌。完颜亮被杀时，他还建议过趁机兴兵北伐。只是当时高宗一力主和，他不便多言。此次龙袍加身，成为一言九鼎的南宋皇帝，不免起了勃勃雄心，准备启用抗战派人物，打算与金人争个高下。

此时主战派人物首推张浚。当其病体稍愈之时，孝宗就把他召入朝中，加少傅，封魏国公，代虞允文去宣抚江淮。另一位后起之秀虞允文，孝宗则把他派到四川，令其会同四川宣抚使吴璘出屯汉中，收复被金兵侵占的商、虢诸州。

朝中的宰辅大臣，陈康伯故去后任了史浩与汤思退。这二人都是模棱两可的伴食宰相，没有多少主见。孝宗皇帝凭着刚上台的一点锐气，在没有充分准备的情况下就要兴师北伐，终于酿成了一场悲剧。

这年七月，宋军在刚刚集结不久的情况下分数路渡过淮河开始向北进军了。数日内，分别占领了灵璧、虹县、泗州和宿州等州县。

宋军初胜，朝野上下且也欢欣鼓舞了一气。满以为从此可以长驱直进，收复失地有望了。谁知道刚刚占了几座城池，前线的两位主帅李显忠和邵宏渊就发生了矛盾，他们各自统率的军队起了摩擦。士兵又因为犒赏不均而失去了斗志，将帅之间也不能上下统领。这样，就给金兵造成了喘息的机会。不久，金兵集结成一股强劲兵力，在符离与宋军决战。由于宋军几支军队互不相协，几次失去战机，结果被金兵打得大败。刚刚集结不久的十三万士兵及民夫，丢盔弃甲，粮草车队尽失，使宋朝多年来所积蓄的军械物资丧失殆尽。

符离之败犹如一阵狂风，把孝宗皇帝的一点抗战锐气吹得精光。剩下来的，只有畏敌如虎的懦弱性格了。皇帝一退缩，主和派就抬了头。本来对抗战就没有信心的汤思退便向皇上提出了议和的主张。孝宗此时求和心切，只得任命了几个号称能言善辩的使臣前往金国。经过几个来回讨价还价，总算订了一个议和的条款。隆兴元年（1163年）底，宋金议和乃成。主要内容有三大条款：

一、两国仍以淮河为界，但南宋须将海、泗、邓、唐四州及大散关新占之地一律割给金国。

二、宋主可以自称皇帝，但必须以叔父之礼事金。

三、宋每年要向金国纳银二十万两，绢二十万匹。

这就是南宋历史中有名的"隆兴和议"。

盲目抗战的宋孝宗，匆匆发起的不到一年的北伐，换来的却是比他父亲在位时还屈辱的一纸议和书。为此，海内仁人志士痛心疾首，都从不同角度分析总结失败的原因。

从符离之败到隆兴议和之成，辛弃疾作为最低级的小官僚，一直在江阴的弹丸小城里任职。但他却时时刻刻关心前方的战事及议和的进程，心系国家的命运。

隆兴议和之后，宰相汤思退等主和派极力排斥张浚，直到把张浚挤出朝廷。接着，他们又撤了两淮的兵马，真的与金人"和好"起来。

辛弃疾对汤思退这种自撤藩篱的愚蠢做法十分气愤，他实在忍不下这口气，便以一个小签判的身份，向朝廷写了两道奏疏。一道是《阻江为险，须籍两淮》，一道是《议练民兵守淮疏》。在这两道奏疏中，辛弃疾针对求和派人物那种以江为险的主张，提出了要与金人抗衡，光凭长江是不行的，必须借助两淮。他建议在淮河上下操练民兵，使之成为一道坚固的壁垒，这样才能真正地保证长江天险的作用。辛弃疾清楚地知道，南宋的官军多年失于操练，从官到兵都腐败得不成样子，是靠不住的一支军队。

辛弃疾的这两道奏疏，是史籍所载的他作为南宋官场上一员第一次所写的奏疏。可惜当时他的官太小了，小到他的奏疏上去之后，就如一粒小米掉进汪洋大海里，连一点儿回音也没有。不用说是皇上看了，就是宰相们能不能看上一看都大可怀疑。因此，辛弃疾的心情是相当苦闷的。

这年初冬的一天，辛弃疾百无聊赖地步出江阴城到长江边上散步。阵阵江风吹来，给人带来几缕不可名状的寒意。辛弃疾独立江边，望着那滚滚东去的江水，心中也跟着泛起了层层波澜。难道就如此混混沌沌地活下去，蝇营狗苟地在官场上一个台阶一个台阶向上爬吗？什么时候能够带领千军万马杀回老家去……

回到城里的时候已经是掌灯时分了。听着那十字街头酒楼勾栏里笑语连声、笙歌管鸣，辛弃疾的心里无比的酸楚。回到自己的寝处，到处是冷冷清清，别的同僚们一准是钻进了酒楼。一个看门的衙役进来回道："签判老爷，适才京口来了一位范先生要找您。"

"京口的范先生？"

"是啊。他给大人留下话，说他夜里住在南关客栈。请您回来后到那里相见。"

这时，辛弃疾才想起来，此人定是那年在建康时有过一面之交的范如山。想不到此人如此重交情，时隔三年还没有忘记我。想到这里，辛弃疾便三步并作两步，直向南关客栈奔去。

范如山见了辛弃疾，犹如多年不见的老朋友一样热情地问候道："幼安贤弟一向可好？"

辛弃疾答道："有什么好与不好，还不是马马虎虎混日子。南归以来，补了这个签判，整天地文书案牍。环顾四周，无一旧识，真真地闷杀我也！"

范如山听了笑道："我知道贤弟郁闷的症结了，一定是有了求偶之心。想来贤弟已经是二十有五的人了，早该是娶妻生子的岁数了。怎么样，我来作伐，为贤弟物色一位端庄贤淑的姑娘如何？”

"真是笑话！"辛弃疾快言快语地说道："范兄真是不了解我了，辛弃疾是那种儿女情长的人吗？"于是，他便把自己如何写了奏疏，如何不见回音之事说了一遍。末了说："本来，辛某是准备率领南归的山东义军屯驻淮上，操练兵马，以备抗金的，谁知朝中却委了我这么一个闲官？江阴又是一个小军县，骑上马，一挥鞭就能在全境兜上一圈。嗨，还有一事，尤其令弃疾悲伤。听说去年的符离一战，官军四处奔逃，我的好兄弟贾瑞却带着旧部下孤军奋战，最后活活战死，真让人痛心呀！"

"是吗？贾瑞没了，确实可惜。"

"要是我不离开旧部就好了。"

范如山思忖了一下说："算了，南归的人都这样待遇，让你当官，给你俸银，却不叫你带兵。比如说家父吧，虽然也带回一些能征善战的兵马，后来也让朝廷分调开了，最后给家父委了一个镇江通判。这里面恐怕有点儿原因，我猜想大概是怕我们这些归来人结成帮党吧。这样也好，省得叫人猜忌。至于说到你写奏疏一节，那也不算什么事情。大宋虽有读书士子都可上疏的规矩，但哪能一一全顾到呢。听说在你上疏之前，永康有个读书人叫陈亮字同甫的，也上了一疏，名叫《中兴五论》。他在奏疏中反对议和，主张抗战到底。有人见过此疏，说是写得慷慨激昂，文辞相当华美，不也是没有下文吗？"

辛弃疾把右手握成了拳头，使劲捶了一下左手掌，无奈地说道："看来只有静待天时了。不知范兄此次东来做何公干？"

"我是无官一身轻，哪有什么'公干'？只是做些小本生意。南归以后，我本想读书科举，后来一想自己已是三十四五岁的人了，还奔那举子业有什么意思。因此，家父打发我做些茶叶丝绸的生意。"

"如此说来，你可是发财了。"

"发什么财呀？你不知道，现在的买卖很难做。尤其是茶叶，课税之多，让人咋舌。据说荆襄一带的私茶相当便宜，赚钱又多，但分布在各地的关卡查禁相当严格，弄不好要丢脑袋呢。不过，借着这生意的机会，一些名山大川我可走了不少。"

辛弃疾羡慕不已地说："看起来还是无官一身轻的好。"

"这你就说对了，不像你们当官的人，一纸诰书给了你，横竖都得守在这里。"

"是啊，这两年可把我憋坏了。年初时虽然为了公务去了趟临安，也只是匆匆而去，匆匆而回，连西子湖都没有很好地逛上一逛。"

宋孝宗隆兴二年（1164年）春，辛弃疾在江阴签判任满三年。按照当时官制，需要经吏部考绩，根据考绩结果，或是升迁，或是降级，另委他任。四月，新补签判吴一能到任，辛弃疾向他交割完了手里的公务便闲呆起来，等候吏部考绩与转官。

谁知南宋官场的办事效率竟如老牛拉破车一样拖拖拉拉，辛弃疾在江阴待了十多天也没有什么结果。他一打听，说是三五个月能有个头绪就不错了。有人劝他说，反正俸钱是一分不少给的，闲呆又有什么亏吃呢。

可是辛弃疾是一个活泼好动的人，正是二十五六岁的年纪，又没有家庭田产之累，哪里能管住自己。好容易又熬了两天，就背起了行囊，骑了一匹白马，携着师父传下来的那口宝剑，开始了他吴越间的漫游。他打算用半个月的时间一路向南，到临安后直接去吏部等候补官。

辛弃疾先是打马游览了无锡太湖风光，接着就进了古城苏州（宋代平江府治所）。苏州是春秋时期吴国的国都。城北有埋葬春秋五霸之一的吴王阖闾的虎丘；城西灵岩山上还有住过美女西施的馆娃宫遗址；阊门外的寒山寺，以唐代诗人张继的《枫桥夜泊》而闻名……这一切，都使辛弃疾流连忘返。他在苏州一连盘桓了十余天。

绿色的松林。林中行人绝少，显得十分肃穆沉寂。辛弃疾索性下了马背，牵着马穿行于这片树林当中。走着走着，他发现前面有一块不大不小的空地，一个不太高的墓碑映入眼帘。墓碑下，一簇簇山花竞相开放，分外引人注目。辛弃疾上前仔细一看，但见那孤寂的墓碑上赫然刻着"宋已故大将军韩世忠之墓"。辛弃疾"啊"了一声，心里叫道，原来这位功盖当世的将军埋在这里！

韩世忠字良臣，陕西延安人氏。他十八岁从军，因勇冠三军，屡立奇功，北宋建炎初拜为平寇左将军。建炎三年，金兀术率金兵十万南下，铁蹄所至，大有一举灭宋之势。在金兵下扬州、破杭州、掠宁波之际，宋高宗赵构仓皇出逃，由宁波坐船下东海。巧得岳飞率劲旅勤王，在牛首山大挫金兵，金兀术才被迫退兵镇江。在镇江，韩世忠率领精兵八千拦江阻击。金山江面一战，韩世忠在夫人梁红玉的帮助下，将金兵诱入鲶鱼套芦苇荡中，采用火攻之计，把十万金兵烧得焦头烂额。金兀术被困四十八天险些被宋军活捉。从此，金兵主力损失大半，无力南犯，才奠定了宋金两国南北对峙的相对稳定局面。然而，宋高宗定都杭州后，却重用以秦桧为首的投降派，又以莫须有的罪名害死了抗金名将岳飞。对此，韩世忠气愤异常，自请解职归田，闭门谢客，不愿与奸臣为伍。绍兴二十一年（1151年）八月，韩世忠终于郁闷而死。死后仍得不到朝廷的敕封，只有乡人为他立了这么一块不起眼的墓碑。如今十三年过去了，岳飞的冤案还没有完全昭雪，秦桧的余党仍在逍遥法外。看来，韩世忠这位有功之臣的忠魂，也只能在这荒树野草间游荡了。

辛弃疾踟蹰在韩世忠墓前久久不能离去。他心潮起伏，似有无限胸臆想要抒发，但又说不出一句话来。出了这片松林是一处山村小镇，小镇依在吴江边上。靠近江边有一处客栈，看看日已偏西，辛弃疾顺路住进了这家客栈。

店主提了一壶老酒，烹了一篓河蟹，又端来一大盘牛肉，辛弃疾便自顾闷头喝了起来。想到朝中自符离一败之后，朝野上下，人人谈金兵色变，皇上由盲目北伐转向一味求和，心中很不是滋味。想到大片国土不能收复，自己的家乡仍在金人的铁蹄下践踏，环顾四周，没有一个亲人或知心的朋友去诉说，不免忧郁异常。俗话说"心中有事莫喝酒"，他这喝起来便是一发不可收。本来一个膀大腰圆的山东大汉就十分扎眼，吃起酒来又是嘴咬着壶咕嘟咕嘟地灌。不一会儿，一大盘牛肉被他风卷残云般地吃了个精光，那篓螃蟹也早就变成一堆支离破碎的躯壳。店主人和顾客都惊得呆若木鸡。待到酒壶肉盘蟹篓都见了底，辛弃疾才恋恋不舍地站立起来。走了几步，只觉得如腾云驾雾一般。他喷着酒气出了客栈的大门，没头没脑地朝江边走去。说是江，其实只是一条大一点的小溪。只见江岸边一丛丛黄花开放，在夕阳的映照下分外迷人。一阵江风吹来，辛弃疾顿觉头脑发胀，踉跄了几步，最后便一个跟头跌在一片黄花丛中……

三天以后，当辛弃疾醒来的时候，发现自己躺在床上。爬起来一看，不是住的那家客栈，不禁疑惑起来。正在这时门开了，从门外走进一个人来，是一个五十多岁的和尚。

那和尚双手合十，口中念道："阿弥陀佛，施主总算醒转来也！"

辛弃疾忙问："这是什么地方？"

和尚说："此是吴江县的庆善庵。施主在小庵里已经昏睡三日了。"

辛弃疾一听，才想起自己在一家客栈里喝酒的事情。他心里十分吃惊，怎么也想不到，自己竟昏睡了三天。于是忙问："我是怎么到庵里来的？"

"是贫僧化缘归来，路过你醉倒的地方。你这条大汉，我怎么也弄不动你。多亏夏大官人经商从那里路过，是他用车把你拉到小庵的。"

辛弃疾此时已下了床，连忙施礼相谢。那和尚却问道："听施主的口音，是山东人氏吧？"

"在下济南历城人士，姓辛双名弃疾，字幼安。敢问师父法名？"

那和尚先是"阿弥陀佛"地叫了一声，然后说道："原来是辛公子呀！贫僧成鉴，人称成上人，原在开封大相国寺落发，曾与尊祖父辛赞有过一面之交呢。"

"是吗？"辛弃疾惊喜道，真是巧遇了！"不知师父几时南归的？"

"和你一样，也是辛巳年完颜亮兵败时南归的。算起来已有四五年了。"

辛弃疾听说这和尚也是辛巳南归之人，一下子像见到了亲人一样，话也就多了起来，渐渐唠起了近况。辛弃疾先把自己归来后的经历告诉了成上人，然后又把自己那种渴望北伐，收复失地的强烈愿望也讲了出来。

成上人沉思片刻说："公子有此大志自是难能可贵，但要想真有作为还须一步步做起。既然公子步入了官场，那么不妨在政绩上有所成就，多联络一些有志之士，待到时机一到，然后一鼓作气，不怕壮志不酬。"说完，他转过身去，朝门外喊进一个小和尚，吩咐道："去请夏员外到庵里来。"

不一刻，一位身穿万字服的员外走了进来。辛弃疾知道这位便是用车子把自己拉到这里的夏员外，连忙打躬相谢。夏员外问起辛弃疾住的是哪家客栈，然后又打发家人去那店里，把辛弃疾的马匹行李全部取到了庙里，还代辛弃疾付了那家的客房钱。

原来这位夏员外是吴江县内有名的财主，广有田产，还做着蚕丝的生意。早年，他曾是一名南宋的水军头领，驻在太湖。后来见朝中一力主和，军队里上下官军均不习武，而且还干些投机倒把的生意，就无心军旅。解甲归乡后便自己做起买卖来，索性不问时事。他听成上人介绍了辛弃疾的情况，不禁肃然起敬："辛公子有所不知，别看在下是寻常百姓，可南来北往地，也早听过你在山东单人匹马，勇斗义端的故事。至今，江南的许多地方还都在传说你那一个个传奇的事迹呢。"

辛弃疾一听，反倒不好意思起来。

当成上人知道辛弃疾还没有娶妻成家时，便诚恳地说道："辛公子，你我还算有些缘分。在你未成家之前，若公子不弃，权把小庵当成你的家吧。"

辛弃疾心里一热说："多谢上人美意。弃疾湖海漂泊，正愁没一个落脚点呢。"

辛弃疾住在庆善庵仅一两天，就有不少吴江县的少年前来访他。这些青少年都是血气方刚、仰慕辛弃疾的人。辛弃疾无意之中结识了一些朋友。直到老年时，辛弃疾还怀念他结识的这些人。

在庆善庵住了数日，辛弃疾告别成上人，打马奔临安。他来到吏部的考功司一问，方知道自己转官的文早已发到江阴军，因为找不到他本人，另委了其他人到别处上任去了。辛弃疾这样的小官，按例是不能随到随补，最短也得等到来年三月再考绩时去补实缺。这样的话，他还有十个月的空闲时间。

辛弃疾一想，反正这等小官当起来也腻人，不如趁此机会痛痛快快地游玩一番。好在他既无家口拖累，又有三年所积的俸钱足够他的游资。于是，秀丽的江浙风景名胜便成了他三年壮游的第一个好去处。据辛弃疾早年词作可知，他在吴中、东阳、湖州、嘉兴和

会稽（今浙江绍兴）都留下了足迹。这期间他除了漫游山水风光就
是交朋好友，有时还与青楼歌女打交道。而他与陈亮的初识及与周
孚的定交，是这年中最大的两件事情。

这年盛夏，辛弃疾单人匹马游罢西施故里的诸暨，就又南上东
阳。进了这座其貌不扬的古城，但见古街深巷，淳朴自然。行到一
处十字路口，就听临街的一个酒店里传出吆五喝六的叫喊声。或许
是为这叫声所吸引，或许是真的有些饥饿，辛弃疾跳下马背，店里
的伙计出来接了缰绳。走进屋里打眼一看，方见靠窗的一个大桌子
四周，围了五六位青年正在吃酒。

辛弃疾坐在附近的一个小桌前，胡乱要了两盘菜肴，独自喝起
酒来。他个头高，身材又粗壮，很是显眼。顿时那桌子上的两人朝
他看了看，还窃窃私语了几声，辛弃疾心里颇不痛快。

忽见那桌子中间坐着的一位官吏模样的青年站了起来，向他的
酒肉朋友高叫道："唐代大诗人王维有诗云：'新丰美酒斗十千，
咸阳游侠多少年。相逢义气对君饮，系马高楼垂柳边。'来，都满
了此杯，难得一聚，干了！"

此话刚落下，便听众人有叫他陈提干的，有叫他同甫兄的，五
花八门不一而足。那个被叫作"陈提干"的首先带头，一扬脖子，
那杯酒便进了他的肚子里。辛弃疾仔细一看那人，脑袋似乎有些方
方正正，个头不高，但是目光炯炯有神。

一个文绉绉的青年站立起来，对着方脑袋的陈提干问道："同
甫先生，我与你碰上一杯，你能赐我一样东西吗？"

"什么东西？"

"把你那年上书皇帝的《中兴五论》抄给我一份作为书房墨宝藏起来。"

"什么大事，还值得你这么郑重？"

辛弃疾听到"中兴五论"四字，猛然想起来这位陈提干，莫不就是陈亮吧？据说他给皇帝上书时，还不满二十呢。想不到能在这里遇到此人。于是，他站了起来，端着酒杯，来到这伙人跟前，对着陈亮问道："先生莫不是陈亮陈同甫吧？"

陈亮见这个铁塔似的汉子带着北方口音，居然知道自己的名讳，心中诧异，开口说道："在下便是，先生有何见教？"

"久仰大名，期以一见，不意竟在此巧遇。在下辛弃疾，字幼安，山东人氏。愿与先生干了此杯叙话。"

陈亮听罢，马上自己倒了一杯酒奉陪，口里叫道："幸会幸会！原来先生便是山东忠义军的掌书记，你这铁塔一样的个头，要不那义端和尚怎么会丢了性命呢？"

辛弃疾听罢，与陈亮都大笑起来，双双把杯中酒干了下去。陈亮的酒友不明白这二位为何一两句话就熟得不能再熟，都用好奇的目光看着他俩。陈亮于是请辛弃疾坐下，向众人介绍道："这位便是只身杀了义端和尚，夺回义军大印，后来又带领五十骑奔袭济州，活捉叛贼张安国的山东英雄辛弃疾。"

一听这话，诸位都一一立起身来与辛弃疾问候，并互道仰慕之情。有酒为媒，十句话八句话便把各自的近况与行踪都说了出来。原来这位陈亮家住离此不远的永康，时下正任着浙东茶盐提举手下的一个干办，人们俗称他为"陈干办"，实际上也如辛弃疾任过的签判一类的八九品的小官，为了一桩公事来到东阳，便与东阳城里的几个诗酒朋友凑到一起喝起酒来。

辛弃疾巧遇陈亮，陈亮作为一方地主岂能放他就走，于是硬是把他留在东阳住了五六日。一叙年龄，陈亮小辛弃疾三岁，于是他二人便辛兄陈弟的互相称呼起来。几日相处，无非饮酒赋诗及青楼听曲。辛弃疾试探着以文韬武略与陈亮交谈，发现此君除了写诗填词而外，于行军布阵一窍不通。试他枪棒刀剑上的功夫，却也是大家公子哥式的花架子一个。于是，在一次没有外人的时候，辛弃疾真心实意地点拨他道："为人立于当世，仅诗书文章不足恃也，贤弟应学些刀剑上的真功夫，不图沙场立功，也得考虑自卫其身。"

陈亮闻言，张目大言道："兄长之言，小弟久已有数。我四处奔走，就是想寻一名师，学些武林绝招。过个三年五载你我再相会时，管叫你大开眼界。"

辛弃疾听罢信以为真。

一日阴雨连绵，辛弃疾早早回了单身住的客馆。陈亮突然随后而来，身后居然带着一个姑娘。辛弃疾打眼一看，是白天在一个酒楼喝酒时，那个弹弦唱曲的女子，十分愕然。

陈亮笑道："孤馆阴雨，正是旅途寂寞的时候。因此小弟便把这位姑娘请来陪你过上一夜。"

"这？"辛弃疾看着那位羞答答的姑娘颇不好意思起来。

"别不好意思了，白天我见兄长多看了此女子几眼，就知道兄长中意她了。"说完，嬉笑着把那姑娘往屋里一推，就自顾地下楼走了。

辛弃疾虽也是沾过几个青楼女人的汉子，但多数是酒醉耳热之时。像这样头脑清清白白地接纳一个姑娘，还是第一回。谁知那姑娘却不怕羞，忙着为辛弃疾烧了炭炉，沏了香茶，并用那柔软的手替辛弃疾捶捏了一番筋骨。说实话，辛弃疾自打成人以来，还是第一次在女人身上真正地动情。这大概是因为他孤身一人远游，又是阴雨天气，独寓客馆的缘故吧。为了此女，辛弃疾还写了一首《眼儿媚·妓》的词，也是他作品中最早的一首艳词，词云：

烟花丛里不宜她，绝似好人家。淡妆娇面，轻注朱唇，一朵梅花。

相逢比着年时节，顾意又争些。来朝去也，莫因别个，忘了人咱。

和陈亮相别的头天晚上，他二人又在小楼上秉烛长谈了半夜，也填了一两首惜别的词曲。才有辛弃疾的一首《鹧鸪天》"剪独西窗夜未阑，酒豪诗兴两联绵""明朝再作东阳游，肯把鸾胶续断弦？"的词句流传至今。

一直到了这年年底，两浙的名山胜水几乎让辛弃疾逛了个遍之后，他又来到临安。这一回，他住进了西湖南边南屏山下的光孝寺。

光孝寺（即今天的净慈寺），它是五代后周显德元年所建，是吴越王为了供奉当时有名的永明禅师而建的寺院。寺内有大钟一口，每到僧房开饭之时，僧人便敲击这口大钟。尤其是遇上法会，那一百零八下大钟的轰鸣声在苍烟暮霭中回荡，就连那临安城都能听得清清楚楚。久而久之，这便成了西湖八景之一的"南屏晚钟"。

傍晚无事，辛弃疾在寺院内漫步，无意间在一个小亭子里撞见一位秀才正潜心攻读。听到脚步声，那秀才抬起头来，与辛弃疾打了个照面。但见此人眉目清秀，三十多岁年纪，一脸善相。辛弃疾歉意道："不知先生在此读书，多有打扰了。"

那人规规矩矩地回了一揖，然后放下书，与辛弃疾互通了姓名。辛弃疾才知道此人姓周名孚，字信道，家住鄂州汉阳县，是一个进京准备大考在此寄读的举人。进一步深谈之后，辛弃疾又惊喜地知道，这位周孚还是自己的同乡，山东济北（今山东济阳）人。其祖父原是北宋一个将领，靖康之变时举家南渡，才定居汉阳。

由于有了同乡之谊，二人谈得很是投机，后来居然到了相见恨晚的程度。过了两天，这两个岁数相差不多的人，一个文质彬彬，一个粗犷豪放，竟然要结为异姓兄弟。庙里有位和尚也好事，马上为他俩摆了香案，书了庚帖，焚了香火，互相行了礼，算是拜了兄弟。从此，辛弃疾有了一位异姓兄长。

结拜后，周孚向辛弃疾讲了一句他认为最有用的话："幼安弟，朝中有一位枢密大员，可是你的同族呀。"

"谁？"辛弃疾问。

"山东莱阳的辛次庸啊。此人政和年间中的进士，靖康之变时随康王南渡。据愚兄所知，此人亦是甘肃狄道的辛氏，是你们辛家的同谱一族。我想，你若写个帖子，投到他的门下，认了这个同宗，不怕将来没有高官做。"

转了半天，周孚说的竟是这层意思。辛弃疾一笑说："我知道此公，是一个正派的人。南渡后因为与秦桧不相容，流落下僚二十余年，现今恐怕也有七十岁了吧。说实话吧，小弟不想凭什么关系去升官，况且今日我游兴正浓呢。不过，待到辛老退归之日，我倒想去拜望拜望他。"

一听这话，周孚略觉自己的话说得有些唐突，不免又转了话题，问起了辛弃疾的学业志向。

辛弃疾说："小弟在北方时中过济南乡举，归来后授了个签判小官。本想跟你一样再去科举，但转念一想，纵是中了进士，也得从小官做起，何苦熬那时光呢。有那工夫，还不如徜徉于山水之间，写几首诗词消遣消遣。"

"贤弟一定是写了不少诗词，有什么大作，叫愚兄也看一看。"

"我写东西，不拘时间景物，只是兴有所至，随便诌那么几句，哪敢称什么'大作'。兄长要看，我给你全拿出来就是，不过烦请兄长多加指教。"说罢，辛弃疾在行囊里掏出一卷大小不一的纸张来，上面便是他旅途中写的诗词。

周孚一一看了一遍。其中有一首《鹧鸪天·东阳道中》的词，他很是欣赏：

扑面征尘去路遥，香篝渐觉水沉销。山无重数周遭碧，花不知名分外娇。　　人历历，马萧萧，旌旗又过小红桥。愁边剩有相思句，摇断吟鞭碧玉梢。

周孚说："贤弟的词有清真（周邦彦）的意味，亦有苏东坡的风韵。若勤于吟咏，老来定可与苏、周比肩了。"

辛弃疾又谦逊了几句，便说道近日要远游江汉。周孚说："若贤弟到了汉阳，一定到家中做客。"

辛弃疾说："那是一定要去的。"

辛弃疾在江浙一游回到吴江的庆善庵已经是年底了。在庆善庵过了新年之后，他又骑马北上京口、建康。在建康游了数日，接着在长江坐了船，溯江而上。在采石矶他凭吊了一回据说是李白醉酒沉江的地方，观看了一回几年前虞允文大败金兵的江面战场。他一路坐船而上，沿着长江两岸，看不尽的名胜古迹和秀丽的自然风光。在黄州，他还游览了周瑜、诸葛亮火烧赤壁的地方和先辈词人苏东坡当过团练副使的古城黄州。

一直到了这年的四月，辛弃疾到了汉阳，按照周孚告诉他的地址，果然在汉阳城中找到了周宅，看到门院气势，是一个很富有的家庭。

辛弃疾到周家的时候，只见周家门口张灯结彩，一片喜庆气氛。一打听，原来是周孚中了一名进士，昨天捷报传到家中。

周家听说周孚在临安的结义兄弟来访，急忙把辛弃疾请入府中款待。原来周孚中进士后，正在京中侯官未归。辛弃疾未见到周孚，心中怅然，不便久留，便告别周家，在辽阔的江汉地方游览起来。

丰富的楚文化遗址，让辛弃疾大开了眼界。荆襄之地，有战国时期的屈原、宋玉，三国时期的关羽、周瑜、陆逊，唐代的李白、杜甫，北宋时的范仲淹等人或是留下游踪，或是留下诗篇。因此，辛弃疾就像一株久渴的禾苗一样，吸吮着甘甜的雨露，为他的文学创作打下了坚实的基础。

　　花开花谢，转眼到了乾道二年的年底。辛弃疾又到汉阳，刚好周孚从京中归家，二人相见分外高兴。原来周孚被任为四川的一个判官，来春新正就要赴任去。

　　辛弃疾欢天喜地在周家过了一个新年。正月里，周孚就要动身入川。辛弃疾陪他沿江而上，一直把他送到江陵，才依依惜别。

　　别了结义兄弟，辛弃疾突发奇想，何不趁此机会潜入金国看上一看。

　　此时宋金两国的边境比较安稳。特别是襄阳府与金国交界的地方，是宋金茶马交易的重要关口。两国百姓有时私下里偷着买卖茶盐牛马，官府防范也很差。于是辛弃疾隐姓埋名，单人匹马越过边界，进入了金国所属的河南境内。

　　一踏上金国的土地，辛弃疾就想起了自己的祖父。祖父让他去燕京大考，嘱咐他搜集地理山川民情的苍老声音又回响在他的耳边。辛弃疾知道，能在金国四处走走，这机会千载难逢。为了将来能率师北伐，他要仔细地观察一番。

　　暮春时节，辛弃疾到了号称关中咽喉的潼关。接着，他又东下洛阳，登上了中岳嵩山。故地重游了开封。

　　在开封逗留数日，他又打马北去，沿着驿道奔大名府。这一时期，辛弃疾蓬头垢面，不修边幅，犹如一个四处流浪的江湖艺人。他又一次到了燕京，令他吃惊的是，燕京大变了样子，城内街巷齐整有致，商贾云集，歌楼酒肆林立，不比临安逊色。他油然地生出一种感慨和忧虑，似此，几时能收复失地呢？

　　辛弃疾马不停蹄在金国境内走了大半年的时间。

这一次漫游使辛疾收集了很多金国军事、政治、经济情报。为他归国后写出《美芹十论》和《九议》提供了十分珍贵的资料。

乾道三年（1167年），辛弃疾从徐州南下奔符离，他要实地考察一下当年符离之败的原因。谁知刚刚过了宋金边界，就有一伙巡逻的宋军追来，不容分说，便把辛弃疾抓住，七手八脚地用绳子捆了起来，声言要送安丰军处置，口口声声骂他是金人的奸细……

第七章

巧结连理

南宋的安丰军（即今天的安徽省寿县）的知军接到军士报告，说在淮河边上，抓住了一个由金国潜来的黑大汉奸细。知军一听，马上升堂，吩咐：带上堂来审问。只见几个兵弁推进一个人来。知军举目一看，但见此人黑黑的脸膛，好像几个月没洗脸。一顶金人常戴的毡帽背在脑后，头发蓬松丰长犹如一团乱草。大粗布的衣服裤子沾满了泥土和油污，好像一个屠夫。再看此人的神色，却是乐哈哈地不恼不吵，更不反抗。知军又叫了一声"搜身"，于是几个士兵上前摘下背囊。不一时，就从那背囊里搜出了辛弃疾在金国截获的蜡丸（金人官府间的密信），居然还有一份金国两河南北驿站交通图。

知军把手中的惊堂木使劲一拍，高声叫道："大胆奸细，缘何潜入我国？还不从实招来！"

辛弃疾哈哈一笑，反问道："金国奸细，如何把金国驿图带出境来？"

一句话，反把那知军问得哑口无言。这时，在一旁站着的两个差役突然走了过来，向辛弃疾问道："你莫非是辛书记吧？"

辛弃疾看着那两个人，笑着说："正是辛某。"原来他二人是山东义军旧部。

那两个人一听大喜过望，一个为辛弃疾解去绑绳，另一个向知军介绍。那知军早就听说过辛弃疾的大名，只是无缘相见。今天竟让自己的部下给抓了来，不免慌忙离座，向辛弃疾道歉。辛弃疾方把自己三年漫游，潜入金国的经历说了个大概。那知军听了，一边赞赏辛弃疾的胆略，一边张罗着摆酒接风。

辛弃疾在安丰待了数日，如同到了家一样，骑马悠然自得地向建康奔去。

过了清流关便是滁州。辛弃疾忽然想起了欧阳修的名篇《醉翁亭记》，现在到了滁州，怎能不看一看这位太守修的亭子呢。可是当他在城内城外走了个遍，不免大失所望。自金兵南犯至今，滁州城的城墙东塌一块，西倒一块，民房也多毁于战火。街道上行人寥寥，商铺更是少得可怜。但见人人面黄肌瘦，无精打采的样子。辛弃疾一打听，原来这里连年灾荒所致，又加上此地地处宋金交战的缓冲地带，朝廷一些人认为此地弃之可惜，修固亦无大用，便出现了这种破败不堪的景象。等到辛弃疾出了城东门，进了滁山，寻那旧时的亭子时，那亭子的石基都被人挖走了，哪还有一点当年欧阳修"与民同乐"的样子！不免叹惜了一回。

九月底，辛弃疾过江进了建康。刚进城门不远，猛然间看见了范如山穿着一身官服打城内往城外走，辛弃疾急忙上前打招呼。范如山一见辛弃疾一下子扑了过来，如获至宝地抓住了他，叫道："这几年你是上天了还是入地了？"

辛弃疾咧开大嘴一乐："我哪有什么上天入地的本领，不过就是东西南北地瞎逛了三年。"

"不对吧？江南这十路二十八府几乎都叫我打听遍了，也没有你的影子。"

"我就不兴往北去了？"辛弃疾反问道，然后，他简要地把自己金国之行的经过说了一遍。范如山听到他竟一个人把金国跑了个遍，惊得半天合不拢嘴。

辛弃疾打量了一下范如山，笑问道："你什么时间钻到官场的？家迁到建康了吗？"

范如山回道："家父告退，非让我补个官。现今在建康留守史正志大人手下当个干办，家还住京口。"说罢，不容分说，就把辛弃疾拉到他的住处-建康留守衙门的一处公馆。

住下来后，范如山问："往后你总不能这么闲逛呀，你是有官阶的人，是不是先起复了官，再干点什么？"

辛弃疾说："是啊，这几年我走得也厌倦了，也想找个地方喘喘气。不过先在这休息几天再去临安，好在我孤身一人无牵无挂。"

"怎么，你还未娶妻呀？"范如山很是吃惊，"你都二十八岁了！"

"当了几年小官，有了几串铜钱，结果都花在东游西逛上了，哪有钱娶媳妇呀？"辛弃疾笑回道。

"也罢，像你这样的人，找个娘子还难吗？不过我劝你还是早点儿成个家，否则你这匹野马，什么也拴不住你。"

范如山热情地陪同辛弃疾在建康城内城外游玩了几天。几天来，令辛弃疾吃惊的是，凡是听范如山介绍，知道辛弃疾孤身入金的人都不以为意。人们都在奔忙着粮米金帛，谋划着升官发财，而把虎视眈眈的强金忘得一干二净。

这一天，辛弃疾和范如山在古秦淮游览了一回，见那淤塞不通的秦淮河及岸边丛生的荒草，心情很不痛快。接着，他们在上水门登上了城楼，城门楼之东，有一建在城墙上的高台，台上有一座亭子，有匾题为"赏心亭"。辛弃疾便与范如山信步上了这个亭子。此亭由于高居于城墙之上，往西远眺，可以看到烟波浩渺的大江；往下看去，则俯视秦淮；往东，与苍翠的群山相对；北望，则将建康城的横街竖巷尽收眼底。

在赏心亭上流连多时，但见夕阳西下，秋风习习，略带几丝寒意。辛弃疾回首往事，浮想联翩，歌思泉涌，即景吟了一首《水龙吟·登建康赏心亭》的词：

楚天千里清秋，水随天去秋无际。遥岑远目，献愁共恨，玉簪螺髻。落日楼头，断鸿声里，江南游子。把吴钩看了，栏杆拍遍，无人会，登临意。

休道鲈鱼堪鲙，尽西风，季鹰归未？求田问舍，怕应羞见，刘郎才气。可惜流年，忧愁风雨，树犹如此！倩何人、唤取红巾翠袖，揾英雄泪？

范如山听了辛弃疾的吟唱，不好意思地问道："幼安弟，此歌咏起来却是抑扬顿挫，颇有功夫。但有两个出典，愚兄读书甚少，尚不明白。一个是'季鹰归来'，一个是'求田问舍'，烦请贤弟解说一二。"

辛弃疾笑道："'季鹰'一句出自《世说新语》。说是生在江南吴中的张季鹰，南北朝时在洛阳做官。他见秋风一起，就想到了家乡那可口的莼羹和鲈鱼，便驾车回了家乡，连官都不做了。'求田问舍'语出《三国志》。下邳陈登，有忧国忧民之心。友人许汜来访，初谈几句，许氏所云尽是买田修房之类的话。陈登索性闭口不与之言，并自卧大床，而让友人卧其地下。"

听了辛弃疾的解释，范如山似乎恍然大悟。忙说："贤弟是一个胸有大志的英雄，而我却一个劲地劝你成家娶妻，这不是贪恋鲈鱼、求田问舍一类的人吗？"

辛弃疾赶忙打躬作揖，歉意说："兄长休要多心。求田问舍与娶妻生子可不能同日而语。想当年刘玄德天下三分之时，尚且娶了孙权之妹孙尚香，魏文帝曹丕胸有大志，戎马倥偬时纳了美人甄氏。说实话，小弟多年奔波，尚未娶妻，实未遇贤淑之佳人耳。"

一句话，把范如山说笑了，忙说："那么我可要当你的大媒了。"

第二天，范如山从衙中归来，真心实意地对辛弃疾说道："现今建康行宫留守史正志大人，还兼着沿江水军制置使和建康知府的两个职务。此人惜贤求才，颇有作为。贤弟若有意，愚兄为你引见引见。倘若能在建康补个官，就强似去临安吏部，再把你天南地北地分派了。"

"如此甚好，那就有烦兄长了。"

过了一天，由范如山引见，辛弃疾到知府衙门拜望了这位史大人。先由范如山向史正志作了一回介绍。史正志却快言快语地说："辛幼安此人吾早知道，你休开口，快请他到书房用茶。"

在史正志的书房里，辛弃疾向他叙述了自己的履历和志向。史正志本是一个爱才之人，又是主战派人物，自然对辛弃疾刮目相看。于是满口答应说："补官之事全由本官做主，眼下建康府通判出缺，本官即日就写个荐表，你就先补了这个官吧。"

乾道四年，辛弃疾在弃官三年之后，在史正志的举荐下，终于在建康府补了一个通判的缺，官阶为七品。

辛弃疾补的是南厅通判，到任后自然是先去拜会同僚。东厅通判严焕，西厅通判何几先，以及江南东路转运判官韩元吉，建康府观察推官丘崟等几位官阶和辛弃疾差不多的人都拜过了。另外，他还结识了驻在建康的淮西军马钱粮总管叶衡，江南东路转运副使赵彦端等几位职位高一些的官员。

史正志是建康的最高长官，此人风流文雅，能诗能文，又懂音律，善吹笛，极爱结交文人名士。闲来无事，常常邀请僚属聚饮，招几个歌伎舞女，即席吟诗作赋。辛弃疾喜欢填词，又极讲义气，自然便成了聚饮的常客。僚友吃喝，又讲究个你来我往。凡婚丧嫁娶、生日庆寿、迁官送友等情，都是请宴的好名目。于是乎这伙人便请来请去，三天两头地聚到一起猜拳行令，笙歌曼舞起来。初时辛弃疾有些看不惯，就偷着问他的同僚严焕（字子文）道："子文兄，似我等这种吃喝法，要是传到皇上的耳朵里，可不是耍子。哪有官府大员整日里吃喝玩乐的呢？"

严焕一笑说："幼安可是少见多怪了。这吃喝玩乐可是我大宋从古来传下的规矩，也是皇上对臣下的恩典。"

"此话怎讲？"

"我朝太祖皇帝杯酒释兵权的事你知道吧？太祖曾叫功臣石守信多积金帛田产以遗子孙，歌儿舞女以终天年。平定江南时，他还偷偷地了大将曹彬五十万钱让他养老享乐，条件是功臣们交出兵权。不想此头一开，久而久之便成了一条不成文的规矩。只要大臣们没有反心，都可以尽情地吃喝玩乐，皇上不但不加怪罪，有时也加入进来以示与民同乐呢。"

"怪不得我朝大臣士子都安于享乐而不图进取呢，原来是这么个原因。"

"管他呢。"严焕说，"反正把自己的官当好，别的少操心就是了。"

俗话说酒多人情厚，一来二去，辛弃疾便和这些大大小小的官僚们熟了起来。有时他也找个缘由，请这些酒友们一席。

这年七月，严焕五十寿辰，照例需要庆贺，众人不能不去。于是辛弃疾约了范如山，带了几盒时兴礼品到严焕住处祝寿。

这位严焕是宋高宗绍兴十二年以二十四岁登进士第，为人风流倜傥。初时任了几年小京官，后调为新安教授，去年初才来建康任通判。此人不求进取当大官，但求保养，所以白白胖胖倒像个老年娃娃。平日里喜欢书法，字写得十分圆滑，人称他的字如他的人一样"柔若无骨"。平日里不管是上司还是下属，都愿和他开玩笑，即使过了头他也不恼不怒。

辛弃疾来到的时候，一看屋里已有十几位先来了，众人说说笑笑便入了席。

席上的珍味佳肴自不必说了，吃得人人叫好。偏是又有几个唱曲的小女子，一个个浓妆艳抹，香气馥馥，叫人瞅着心热眼醉。刚开始时众人还是斯斯文文地边品着美酒，边听着歌曲边说着话，到后来便是土语笑谈，尽情地调笑起来。辛弃疾无意地发觉，除了自己以外，几乎所有的人身边都来了一个姑娘。这些姑娘一个个打扮得花枝招展，时常与人挤眉弄眼。

因为今天是给严焕祝寿，严焕便成了主角。在严焕两侧，一边一个姑娘相陪。辛弃疾发现，这两个姑娘不但长得娇美，而且她们的打扮也不像其他姑娘那么粗俗，颇有些素妆淡雅之气。因此，辛弃疾不禁多看了几眼。

眼看着喝酒的人说话都走了板儿。皇室出身的转运副使（俗称"副漕"）赵彦端大声说道："子文，今天诸人为你祝寿，你该按席为在座诸人敬酒才是。"

此语一出，有人就应声说："赵副漕此言有理。"

严子文听罢也不吱声，只端了一杯酒笑嘻嘻地出了座席，要依次敬酒。不想赵彦端又说话了："不行，你敬的酒不好吃，得笑笑姑娘来敬方才喝得香甜。诸位说此话对不对？"

众人一听，齐声叫好。原来，站在严焕左侧的那个长得十分俊俏的姑娘叫笑笑，是严焕的一个小妾。

严焕听罢又没吱声，笑了笑坐回了原座。于是众人的眼睛都去看笑笑。严焕一看此景，忙把手里的酒杯交给了笑笑，然后笑对众人说："那好，就让笑笑代我敬酒，我为她提壶如何？"

众人齐声叫好。

只见笑笑整理一下淡黄色的纱裙，抿嘴一笑，不知打哪里寻到一只大杯子，捏在手里走了出来，严焕则提壶在后相随。笑笑从左首席开始劝酒，每人都是一杯。

轮到赵彦端的时候，此君却有一个特殊要求，要笑笑先对着酒杯喝上一口之后，他才能干了这杯酒。笑笑听了不气不恼，张开嘴唇就抿了一小口。赵彦端把杯接过来一饮而尽，然后对众人说："笑笑长得又美又甜，赵某久有亲一嘴之念。但她是子文侍人，怎敢造次。今天我饮此酒，也同亲了嘴一样吧？你说是不是，笑笑？"

此话刚落，又是一阵大笑。笑笑脸上微泛红晕，也跟着笑了起来。笑声还没有结束，她又倒了一大杯，又抿了一小口，对赵彦端说："赵大人如此看得起我笑笑，那该多'亲'几口才是。来，这是第二口。"

赵彦端此时不能装熊，只得接过杯子。但他瞅着这一大杯酒有些胆怯，怎么也不敢一口干了。在笑笑的催促下，最后他总算一点一点地喝了下去。

"赵大人，这第二口亲出点味了吧？"笑笑问道，"怎么样？再来第三口？"

赵彦端一听，吓得他一把夺过那杯子，说："不必了，此杯子笑笑姑娘亲过，下官要拿回家去亲热呢。"

笑笑说："这可不行，别的大人还未亲过呢。等一会儿我给其他各位敬完酒，我再给你一个我专用的东西，你拿回去亲热吧。"

说罢，一下子又把那杯子夺了过来。

"是什么东西？"赵彦端迫不及待地问。

笑笑马上回过身来，冲后面叫了一声："梅香。"于是，一个小丫头应声走了出来。笑笑郑重其事地吩咐："去，到我屋里把我专用的夜壶（尿壶）拿来，赵大人要拿回家去亲热亲热。"

一听这话，全屋人都笑得前仰后合。

笑笑敬酒来到辛弃疾跟前，严焕却有了新发现，怪道："呦，怎么没注意呢？你们看，辛幼安一个人形单影只，没人陪。"

说罢就要叫人去找姑娘。

辛弃疾连忙摆手说不用不用。

赵彦端不知什么时候挤了过来，说："子文，你一个人就有两个姑娘相陪，我看你就大方点儿，叫笑笑去陪幼安。"

严焕听了也不搭话，回手把笑笑扯过来，一下子捺在辛弃疾身边坐下，说："今晚你就陪辛幼安喝酒。"

笑笑明知道这是赵彦端故意拿她开心，脸上却面带微笑，稳稳地坐了下来。不想这一下辛弃疾如坐针毡。因为笑笑是严焕的侍妾，非是一般歌女妓女，急得他坐也不是，走也不是。再加上天热，不免有些汗流浃背，坐在那里一动不动，眼睛直勾勾地看着面前的杯子，不敢正眼去看活泼可爱的笑笑。

笑笑故意凑上前去问道："辛大人，您的目光就不兴往别处看看？"

"我，我这是看书看惯了。"

笑笑拍了一下手乐了，对众人说："我看辛大人这样，就想起了古代的一个书呆子，诸位大人要不要听？"

众人一听笑笑要讲故事，哪有不听之理，就一致拍手叫好。

从前有一位书生，新婚宴尔之夜仍手不释卷，新娘不无炉忌地说："但愿我能变成一本书就好了！"书生不解地问："为什么？"新娘说："那样官人就会整夜把我捧在手上了。"书生想了片刻回道："那不可能，要知道，我每看完一卷书，都要去换新的，而你只有一个。"妻子听了哭笑不得。

辛弃疾听了，不禁哑然失笑起来，拘谨的气氛顿时缓和了许多。

这时，颇好风雅的韩元吉说了话："都知道幼安善填词，不妨即席为笑笑填上一词如何？"

辛弃疾此时也大方起来，说"敢不遵命。"

韩元吉说："不过得有个要求，你的词里，每句当中必须有一个'笑'字。"

"行。拿笔墨来。"辛弃疾大手一挥。

不一时，严家的一个书童捧过了笔墨纸张。笑笑亲手为辛弃疾研墨。

第一句写了出来，是"侬是嶔崎可笑人"。站过来作监督的韩元吉点头说："行，有'笑'字。"

接着，辛弃疾又写了第二句："不妨开口笑时频。"韩元吉又点了点头。

不一会儿，辛弃疾也不停笔，连着写出了后面四句："有人一笑坐生春。歌欲颦时还浅笑，醉逢笑处却轻颦，宜颦宜笑越精神。"

众人凑过来一看，齐声叫好。

末了，辛弃疾又提笔写了一句：调寄浣溪沙，词赠子文侍人，名笑笑。

笑笑顿时脸上乐开了花，把那首词珍重地拿了过去。严焕赞道："好词，佳句！幼安的词才，可叫我等大开了眼界！"于是又添美酒，再上佳肴，重唤歌女。这一夜，把辛弃疾喝得心胸舒畅。

不知是谁说了一句："听说辛幼安今年都二十九了，还未娶亲呢。"

"是吗，这为什么？"有人深感惊奇地问。

"还不是因为他这几年行踪不定所致。"

"非也。据在下所知，幼安乃孑然一身自北归来，既非富豪之门，又非仕宦子弟。所以江南大姓，谁肯招他为婿，而蓬门荜户之女，幼安又不肯屈就。因此，他的婚事耽误了多年。"范如山接口说道。

"好了，诸位若有心，帮他说个亲才是，我看就找一个像笑笑这样的姑娘吧。"赵彦端临散席时，半认真半开玩笑地对众人说。

说者无心，闻者有意。自从那次酒后，范如山就把辛弃疾的婚事放在了心上。谁知两三个月过去了，他在偌大的建康城里，几乎寻遍了所有的仕宦之家，人们一听说辛弃疾既无父母兄弟，又无田产庄园，便一个个地婉言回绝了他。

范如山为辛弃疾的婚事着急，可辛弃疾却稳如泰山。公务之暇，他把自己关在屋里，整日都在写着什么东西，别人也不知道他在搞什么名堂。一天，范如山好奇地来到他的屋里，才发现他正在写奏疏，名唤《御戎十论》。

原来近年来朝中正气有所上升，岳飞的冤案得到了昭雪。朝中有旨，在西湖岸边为岳飞建墓。另外，又将死去多年的秦桧恶谥为"傻丑"，凡秦桧的党羽也都逐出了朝廷。孝宗皇帝又下旨，为抗金名将韩世忠重新下葬，并命人为他撰写了一道长达一万余言的碑文，刻了一通硕大无朋的石碑立在墓前（此碑至今尚存）。一时抗战派的势力强大起来。

辛弃疾深受鼓舞，他把远涉金国所得的材料细心整理，条理清晰地为南宋朝廷写了这道奏疏。

疏中所论十事。前三事，辛弃疾以其在金国的所见所闻，翔实地阐述了金国内部金人与汉人之间的矛盾，贵族之间互相争斗等矛盾。又论述了金兵调集困难、辎重不足、不耐久战的弱点，指出金国外强中干，完全可以战胜。后七事，辛弃疾逐一论述了宋朝应做的事情。首先，他提出必须批驳士大夫间的那种"南北有定势，吴楚脆弱不足以抗衡中原"的谬论。其次，他主张从上到下鼓足三军士气，提出迁都建康，停止为金人纳币纳绢，造成进取气势以破敌人之心。在战略部署上，他主张北伐时，先驱兵北上直取山东。然后用山东强悍之民兵，直下河朔，则中原垂手可定。一直忙了半个月，一道一万七千字的奏疏写完了。辛弃疾为了概要说明此疏的内容，又写了一道进呈的札子。末了，他端详了半天题目，觉得有些问题，就又拿起笔来，改为《美芹十论》。

所谓"美芹"，原来是采用南北朝时期的文人嵇康《与山巨源绝交书》中的一个典故，说是山野之人以为芹菜这种东西是一种美味而把它献给君王，以表达山民的区区爱君之心。

范如山仔细把辛弃疾所写的《美芹十论》看了一遍，不禁喟然叹道："此疏可与当年诸葛孔明的'隆中对'相媲美，但不知幼安今日是否可遇明主？"

辛弃疾急说："弃疾哪敢与先贤相比，仅陈一己之见而已。"他把此疏恭恭敬敬抄写一遍，决定先呈给史正志一阅，然后再进呈给朝廷，供孝宗皇帝御览。

转眼到了这年的年底，各衙署放了几日年假。因为辛弃疾无家可去，范如山便把他拉到京口家中过年。七十二岁的范邦彦十分热情地接待了辛弃疾。当他知道辛弃疾年近三十还未娶妻室时很是吃惊，老人说："辛公子放心，此事老夫定当帮忙。"

晚上，范如山与妻子谈起老父对辛弃疾婚姻之事非常着急的话，妻子立刻说道："夫君何必舍近求远，咱家玉妹子年已二九，尚待字闺中。两年来问亲者虽多，但玉妹终不应允。你何不把辛弃疾给她提上一提。"

范如山一听马上摇起头来，说玉妹比辛弃疾小十二岁，年龄相差过于悬殊。又因为玉妹乃后母所生，自己无法去提。

妻子听了此话却不以为然地说道："年龄之差算得了什么，关键是玉妹是否愿意。这样吧，此事叫我安排就是了。"接着，她便把自己的计划如此这般地对丈夫说了一遍。范如山一听，不禁乐了起来。

第二天，辛弃疾吃罢早饭，坐在范如山的书房里看书，范如山领进一个姑娘来，看那装束就知是个丫鬟。辛弃疾无意中打眼一看，见这丫鬟比较面生。只见她身材高挑，两道柳叶眉细长，宽阔的脑门透着一股聪慧的灵气，两只明亮的大眼睛闪烁着摄魂夺魄的光芒。辛弃疾一时不知怎么称呼，范如山说了话："这是家父书房中的小玉丫鬟。今天我要与你嫂回她娘家一趟，明日就可归来。这一天，就由小玉侍候你的起居笔墨。"

辛弃疾忙说不用，可范如山仍把小玉打发在书房，然后一走了之。

小玉打扫了辛弃疾所住的书房兼客房的床铺，然后又擦拭了书橱桌椅。辛弃疾看着，心里说道，倒是大户丫鬟，长得俊俏不说，干活也是利利索索，不同俗流。

小玉收拾停当，对辛弃疾一笑说："有事大人尽管吩咐，奴家就在外间侍候。"说完，她转过身出去来到外间，捧着一卷书自顾看了起来。

书房的门外坐着一个如花似玉的姑娘，辛弃疾有些心神不宁。他信手拿出一函书来，打开一看是新刻的本朝词人柳永的《乐章集》。他知道这是一位专力填词的人，其词多写男女闺情，软语柔声溢满书中。看了几篇觉得没有什么头绪，便放下书站了起来，准备出去走走。快到门口时，他见小玉手里捧着的那卷书竟然是苏东坡的长短句，不禁心里一怔。心想，这丫鬟可非同一般。

辛弃疾刚要整衣出门，小玉却打了一盆水说："请大人净手。"

辛弃疾一见，知道自己读过书后还没有洗手，就走了过去，把手伸到水盆里洗了一回。擦手时，辛弃疾突然发现，在那盛水的铜盆里，有小玉微笑的面影，不禁抬起头来，对小玉也笑了笑，这一下，他才感到，小玉的目光里闪着一股柔情。他不敢再看了，急忙放下毛巾，信步走出了范家，登了一回长江边上的北固山。在北固山上他想，也许这姑娘犯了思春的毛病，富室之家的丫鬟常有此类事情发生。

晚上睡觉之前，小玉丫鬟又殷勤地为辛弃疾铺被，有时还露出一丝调皮的目光。辛弃疾立刻命令自己，要守住自己的心性可不能惹出勾引人家丫鬟的丑事来。好在一宿无话，小玉再也没有来打扰他。

下午，范如山夫妇归来了。吃罢晚饭，没有人的时候，他问辛弃疾："幼安先生，愚兄有一幼妹，年已十八，待字未许人。自料人品相貌还算齐整，愿许字贤弟以供洒扫，不知你意下如何？"

辛弃疾感到很突然，说："年龄相差如此之大，不知令妹能否愿意？"

"令妹已经首肯，就看贤弟之意。"

辛弃疾思忖片刻，吞吞吐吐地说道："能否叫小弟偷看一眼令妹？"

范如山一笑说："贤弟已经看过了。"

"是吗，什么时候？"辛弃疾很吃惊。

"就是昨天为你伺候笔墨的小玉姑娘。"

"啊！"辛弃疾顿时恍然大悟。过了一会儿又大笑起来，不无埋怨地说："好呀，你们兄妹合伙来算计我，看我不到老伯那里告状去。"

“告什么状呀，这可是征得家父同意的。”范如山笑着说，“实不相瞒，小妹自小任性得很，她要看不中的男人，横竖她都不嫁。尤其是到了江南，她总嫌这里的男人小家子气。”

辛弃疾“噢”了一声说：“这倒没想到呢。”

过了新年就是乾道五年（1169年），建康留守兼建康知府史正志召集各僚属商议大兴土木之事。前一年，他曾购得蔡氏老宅一区，创建了建康贡院。今年，他要修浚青溪，在青溪边上建阁，还要修镇淮、饮虹二桥，兴建几座亭子。据《建康志》记载，史正志在任时所兴工役最多，为一时所称道。

核算完用工用料及所需钱粮之后，辛弃疾私下里把自己所写的《美芹十论》呈给史正志，请其过目指正。

史正志把这篇洋洋洒洒一万多言的奏疏看了一遍，立即赞扬道：“此疏之言，恰合本官之意。你先把它留在我这，等我慢慢看来，过几日我去临安面君，定要当面呈上去。”

辛弃疾一听分外高兴，心想总算有了知音。原来这位史大人是绍兴二十一年中的进士，由宰相陈康伯荐于朝中，用为枢密院编修。一次高宗巡视江上，史正志呈上一道《恢复要览》的奏疏，一力主张收复失地。后来，高宗驻跸建康，他又面君上言，指出宋金形势与三国六朝不同，应该奋发有为，早日恢复。史正志是一个很有头脑很有作为的人物，所以辛弃疾很崇拜他。

过了一会儿，史正志突然眯起眼睛问辛弃疾：“对了，听说最近你要娶亲。新娘子是谁？谁的大媒？婚期定在哪天？怎么不告诉我！”

辛弃疾回道："大人莫要见怪。我本打算临成亲时再告诉您的。这新娘子不是别人，乃是范如山的幼妹。大媒请的是韩元吉。婚期嘛，听说订在五月。"

史正志惊问道："什么，你的婚期，怎么还'听说'呢？真是怪了！"

辛弃疾稍显窘态地说："因为弃疾孑然一身，岳家叫我去镇江完婚，一切都是范家张罗，所以我只有听命了。"

"上镇江完婚？"史正志捋着胡须说道："那怎么行？又不是入赘，这不是丢我们建康府人的脸吗！这样吧，由本官做主，就在建康完婚。结婚大礼在未来的青溪阁上举行。"

辛弃疾听罢十分吃惊，青溪阁到现在还仅是一张图纸，连砖瓦木石都没着落呢！

史正志似乎看出了辛弃疾的疑惑心情，坚决地说："这你只管放心，我史某说一不二，到时，管叫你在青溪阁上成亲！"

青溪是三国时期东吴孙权开凿的一条人工河渠。它北通玄武湖，南通秦淮河，暴雨季节，可使玄武湖之水通过秦淮河泄入长江。到了宋代，青溪渐渐地淤塞不通，玄武湖常有水患，人民不堪其苦。史正志为民着想，动员民工修浚了青溪，又决定在这条通浚好的溪流上建几座楼亭供人观赏。

令人惊奇的是，不到三天，就有数条船载着大木从秦淮河运到了青溪河口。辛弃疾一打听，原来是一个木材商的木材被史大人扣用了。他背地里十分担心地问范如山："史帅此举可有些过分了，无故扣留合法商人的财物，若人家进京告起御状，可不是耍子呀。"

范如山笑道："保证没事。这批木材缺少江南西路转运使的一道批文，待到货主回到南昌办完再返回来，咱们办的木头也来了，还给他就是了。"

真是事在人为。不久，砖瓦石料也如期运到青溪。两个月后，镇淮、饮虹二桥告竣，十几间的青溪阁在两桥之间也堂宏宇阔地竖起了屋架。

五月初五端午节那天，辛弃疾和范玉的婚礼正式在青溪阁上举行。这一天建康府的大小官员都齐集青溪阁，一是为了祝贺辛弃疾的大婚，一是为了庆祝青溪阁的落成。

喜宴由史正志主持，一时间才子名流齐集。兴高采烈之时，史正志竟亲自抄起了竹笛，吹奏了一段《春江花月夜》。几个妙龄歌女，张开如莺的婉转歌喉，唱了几支时兴的喜庆小曲，越发使人着迷。

辛弃疾背地里问范如山："想不到史大人如此多才多艺，笛子吹得这么在行！"

范如山笑道："现今我朝官员中，史大人的笛子可是首屈一指了。据说他家有一支祖传的笛子，还是徽宗皇上亲赐的呢。我还听说，微宗吹的那支笛子，还给李师师伴过唱呢。"

"是啊！"辛弃疾略感惊异。

突然，范如山低声说："只是有句'才大者多遭嫉'我背地里听说，朝中有不少人猜忌史大人呢。唉，这世道，真不知道做好人好呢还是做坏人好？"

辛弃疾不假思索地说："到什么时候也是做好人好呀！"

范如山刚想说什么，严焕却走了过来，说："把客人冷落一边，你们郎舅俩躲在一边说悄悄话成什么礼？走，为史大人敬酒去。"

深夜，酒阑席散之后，辛弃疾偕新娘入了洞房。揭下新人的盖头，范玉不好意思地掩着嘴，红着脸低下了头。

辛弃疾拉起了她那双纤细的小手，悄声地问她："小玉姑娘，这以后，你可就要侍候我一辈子笔墨啦。你可愿意？"

范玉一下子把头投进辛弃疾的怀里，笑嗔道："还说呢，都怨你！"

第八章

治理滁州

史正志把辛弃疾的《美芹十论》进呈给了宋孝宗，他又写了一个推荐的札子。宋孝宗此时正锐意革新朝政，以作恢复的打算。他对辛弃疾的见解十分欣赏，将他这道洋洋一万八千言的奏疏发往枢密院让大臣们妥议。刚好此时在外地任职的虞允文入了枢密院，他便建议朝廷重用辛弃疾。

乾道六年三月，宋孝宗下旨，将辛弃疾召回延和殿。这是辛弃疾南归后首次独自面君。他陈述了自己关于固守两淮、富国强兵、选贤任能、以图恢复的见解。召对称旨，孝宗龙颜大悦，当即降旨，将辛弃疾留在朝中，任司农寺主簿。这虽是一个执掌皇家供田园林蔬果鸡豕一类的小官，但官阶却升了一级。而且据说可有大把的油水可捞，所以很多人瞅着眼热。不过，这一官职对辛弃疾来说并不遂心，他的志向是抗金。

几个月之后，辛弃疾又向枢密使虞允文上了一道《九议》，阐述自己的抗金主张。这道九千多字的奏疏，与他此前所奏的《美芹十论》，是辛弃疾为后世留下的两道著名奏疏。也是我国古代优秀奏章之一，被后人屡屡称道。在《九议》中，辛弃疾大声疾呼要鼓舞南宋的军民斗志，倡导"宽民力""惜费用"，在力图恢复时还要"勿欲速"，办事情要"知所先后"，"能任败"，他劝皇上及朝中大臣们，不要因为上次的符离之败就气馁，就向金人低头。他还提出要向金国派出细作以摸清敌情等等。在奏疏的最后，这位山东大汉甚至向虞允文说出了这样斩钉截铁的话：如果采纳了他的建议而不能制胜，他都甘心"就诛殛以谢天下之妄言者"。

虞允文看罢辛弃疾的《九议》微微而笑，尤其是后面那句类似打赌的话，他史觉得此人有趣且真诚坦率。原来，虞允文向以处事沉稳著称。宋高宗退位之前召见他，他说了这样一句话："士以文章进者必抑其轻浮；以言语进必黜其巧伪；以政事进必去其苛刻，庶可任重道远。"因此，他当政之时，许多猾巧之徒企图以言语进身者都避而远之。因此，朝中任用了一大批务实的文臣武将。

不久，虞允文被宋孝宗任为宰相，南宋朝廷出现了"中兴"的局面。乾道八年，滁州旱情严重，百姓纷纷逃避，乡间为之一空，就连滁州的知州都提前告病退归。在此时刻，还差一年未满任的辛弃疾被虞允文看中，破格提升他为滁州知州。这样，一副沉重的担子便压在了刚刚三十三岁的辛弃疾的肩上。

南宋的滁州（今安徽滁县）因为地处长江之北，淮河之南，地理位置十分重要。宋金两国的军事冲突，十次有八次都波及滁州。由于战乱频繁，这里民生凋敝，城垣倒塌。再加上近两年的水旱灾害，结果是十室九空，饿殍遍地。

辛弃疾离京赴任之前专门拜访了宰相虞允文。虞允文说："前任滁州知州老病乞休已有两月，现今滁州之民翘首以待先生，望先生去后扶困安民，把滁州治理好。"

"相国厚望，辛弃疾不敢不尽心尽力！"辛弃疾保证说，"卑职到任后定当竭尽全力，首先是安抚流民，接下来是恢复民生。恐怕到时候有难办的事情要麻烦相国呢。"

"好，有难事你尽管奏来。"虞允文爽快地答应了他。

辛弃疾回到建康的家里，妻子范玉听说丈夫被委了滁州的知州，心里头老大不愿意。因为当时谁都知道滁州的灾情相当严重，稍有一点门路的人都不想去那里当官。于是埋怨他说："没有人愿意去的穷地方，你可倒好，还乐哈哈地接了印，就像是拣了什么宝贝似的！"

辛弃疾一笑说："能当这样的官那才是本事，你要不愿去就留在建康好了。"

范玉一听这话有些不对味，忙说："我几时说不去了？嫁鸡随鸡，嫁狗随狗的古训，为妻还是记住的。"

"可你嫁的既不是鸡，也不是狗，而是一头宁死不松劲的犟驴。这样吧，我先去滁州，等过一两个月情况好转再来接你。"

于是，这年春二月，辛弃疾只带了两名差人上路了。

南宋的滁州属淮南东路，下辖清流、来安、全椒三县。按常理，新知州上任，需要大轿伺候，还要有八对兵丁鸣锣开道。而辛弃疾去时，为了更好地摸清滁州的灾情，他只身简从，换了便装，坐了一乘马车进了滁州境内。

辛弃疾举目四望，但见四野萧条，满目凄凉，他的心被马蹄声敲得一阵紧似一阵。这是他自南宋入仕以来，第一次独当一面地任地方官，而且是一个穷得不能再穷的地方。就连自己带来的两名仆从张广和李才，也是硬逼着才跟来的。

到了清流河口，本来应该是坐船过河的，可是因为干旱，这条河已经见了底。连辛弃疾坐的马车，都可以晃晃当当地碾着河底的石子过河。河口处，有不少逃荒的难民在休息，辛弃疾与几个难民唠了起来。

一个老汉问辛弃疾："看先生这样，像是做生意的？"

辛弃疾顺水推舟地回道："对，老汉好眼力。"

"上滁州做生意？"另一个问。

"是啊。滁州生意不好做吗？"辛弃疾故意问。

"信我话你就别去了。"一个老年人插话劝道，"在滁州，除了粮食的生意什么也做不来。没钱的穷人跑光了，剩下几个有钱的人不愿意舍弃家业，就在那里守着，有几吊钱，都用来买粮糊口。粮价再高也得买，总得活命啊。"

"那州官、县官都干什么去了？"

"哪有知州呀，知州早跑了。听说朝廷近日新任了一个知州，谁知道他敢不敢来呢。反正谁来了都得坐冷衙门。这两年，滁州的买卖人因为年景不好，欠了官府不少赋税，当官的老爷们就一个劲地追屁股要，早把买卖人要跑了。现在滁州城里做粮米生意的买卖人，都是外地人。因为粮缺，价钱就高得吓人。滁州越穷，钱还越让外地人赚。咳，看来滁州是没指望了！"

上岸没多远就是一处小村镇，因为天晚，辛弃疾在这个镇子找了个客栈住了下来。不一会儿，来了一个粮贩子吸引了辛弃疾，只见此人带了十几个伙计，拉了七八车粮食住在店里。

辛弃疾主动凑过去问那粮贩子："敢问先生何方人氏？"

那粮贩子打量一下身材高大的辛弃疾，见他穿着体面，便一拱手回道："在下和州人氏，姓郭单名富。请问先生大名？"

辛弃疾也一拱手说："在下京口人氏，姓吴单名恭。看样子，先生的粮食生意做得不错吧？"

"马马虎虎。"郭富说道。这时，店家招呼他说酒菜备齐了。郭富便要拉辛弃疾同吃，辛弃疾也不客气，随同店主进了屋里。

几杯酒下肚话就多了起来。郭富问："吴先生也是买卖人？"

"是啊。听说往滁州贩粮很赚钱，所以就打算先去看看。"

郭富一听此话，说道："我看兄弟你这是光看河里有鱼没往里插脚，不知道河水深浅吧？我是吃够了苦头的。比如说贩粮少了吧，没啥赚头。多了吧，没有地方存，有时还叫饥民抢了。"

"是吗？那先生是怎么存的粮呢？"

"老弟，我看你是实在人就不瞒你了。"郭富喷了一下酒气故作神秘地说，"在下在滁州认识了一个何通判，此君将州里的一处仓库给我放米，还派了几个兵弁日夜看守才做成了这粮米的买卖。只是这何某人贪得很，居然要我三成赚头。你想我千里迢迢把米运来，又要四处去卖，他却坐收渔利。"

辛弃疾听了思忖片刻，说："郭兄何不找我？在下认识新任的知州，只要吴某一句话，就是把州学的文庙倒出来为你放米都行，而且一文不收。"

"你这不是在说大话吧？"郭富吃惊地问。

"说什么大话呢！"辛弃疾一拍大腿说，"没有门路，我敢往滁州贩米呀？"

郭富一听眼睛一亮，连连为辛弃疾添酒。二人喝到高兴处，郭富又说了话："我见先生是爽快人，不若吾二人联手做买卖。你坐滁州卖米，我专门贩运，咱们对半分成如何？"

辛弃疾马上说："行，咱们一言为定！"

于是，辛弃疾与郭富一起同行进了滁州。

走到滁州城门前的时候，辛弃疾抬头一看，门楼上两扇窗子已七零八落地歪掉一边，门楼脊瓦上长着几丛蒿草在风中摇晃，城墙上的砖石花花搭搭或半块或整块地掉下来，只有城楼上那根破旗杆仍在那里挺着高傲的身躯，远处有一堵城墙坍成了行人的通道，城门也早已损坏，只有两名忠于职守的守城卫兵仍在城门口站着，一边晒着太阳一边捉着衣服里的虱子。

城内，街面上的店铺都紧紧地关上了门板，讨饭的人却三五成群地拍打着一个个总也叫不开的门。

西行不远就到了州学的文庙。文庙里有一个衣衫不整的老先生自称是州学的教授。因为没有知州的允许，这位老学究死活也不让辛弃疾他们放粮，郭富就怀疑辛弃疾说他认识知州的话不是真的。辛弃疾只得钻到马车里打开箱子取出纸笔，写了一纸文书，然后加盖了知州的印信，让李才揣着在街上胡乱转了一圈，回来后将文书交给那个教授，教授才诚惶诚恐地打开了文庙的大门，于是文庙就成了粮仓。

辛弃疾同郭富在文庙里住了一宿，郭富便把辛弃疾看作是手眼通天的人物，从而更坚定了与他合伙做生意的信心。第二天，郭富留下一名亲信伙同辛弃疾一起卖粮，自己又押着大车上路了。

这一天早上，正是滁州断米三天的时候，街上突然贴出了卖米的告示，说是文庙有米，以平价出售，每人只限两升。顿时文庙热闹起来，买米的人蜂拥而至。郭富的家人一看不好，急忙骑上马去追主人。下午，郭富气呼呼地回来质问他的合伙人，辛弃疾却笑着说："我们不是讲好对半分成吗，我那一半不要总成了吧。"

"可是这样我也亏了许多。"

"放心吧，我会让官府补给你，保证让你那一半利一分不少总行了吧。"

郭富哪里肯信："你以为你是金口玉牙的皇帝呀，知州能听你的话吗？咱们空口无凭，现在就随我去州衙，面见知州讲明再说。"

辛弃疾笑笑说："好吧，那我们即刻就去。"

于是一行十几个人直奔州衙。来到州衙大门外，当辛弃疾让家人李才张广往衙门里抬那只大箱子时，郭富却不叫抬，他以为箱子里一定都是做生意的本钱。

正在吵闹的时候，大堂内走出十几位通判、主簿、知县、县丞一类的官员来。他们是接到通知，从昨天起就在这里迎候新任知州的。听到外面有人说话，这些人以为知州一定是到了，可是这几个一看外面的人，一个穿官服的也没有，又大失所望。

唯有辛弃疾不管好歹，挺着高大的身躯径直朝大堂走去，几个衙役上前阻拦的时候，张广李才方大声叫道："钦命宣教郎新任滁州知州辛大人到！”

众位官员及衙役人等一听面面相觑。辛弃疾这才抱起拳头向诸位通判、主簿、县丞等人致意。于是人们才知道，这位身材高大的年轻人就是知州辛弃疾。

张广李才回过身去，从郭富家人们守着的大箱子里拿出知州衣冠、皇帝敕命封诰及知州大印时，郭富顿时待在那里如木鸡一般。

不一会儿，就听大堂里传出话来，说辛知州有请米商郭富。于是，郭富忐忑不安地进了州衙，跪在地上，口称“小人有眼无珠”。

辛弃疾吩咐赐座，然后说道：“本官说话向来算数，我这里就给你出具官保，保你利钱一分不少总可以了吧。”

郭富连忙打躬，说：“那是，那是。辛大人爱民如子，小人情愿再让利一分。”

“那我就代表滁州的百姓多谢先生了。”辛弃疾笑说道。接着，他突然把脸一沉，向着那些州署里的官员问道：“在座的哪位是何通判？”

何通判马上进前参拜，口称“何其年拜见辛大人”。

辛弃疾正色地问道：“身为滁民父母官，大发不义之财，你可知罪？”

何其年一听，吓得满头冒汗，浑身抖作一团。

辛弃疾却笑了起来，一挥手说：“算了，本官以宽大为怀，只要你把赚的黑心钱如数交出来充公，过去的事情既往不咎。”

何其年连忙跪下，叩了两个响头。然后吓得屁滚尿流，抱头鼠审，忙把为郭富存粮得来的赃款全数交到州里。

辛弃疾用这笔新缴来的赃款又买了一些粮米，然后在滁州南北二门放赈。一些赤贫如洗的百姓终于有了可以充饥几天的粮食。

接着，辛弃疾又贴出告示，让饥民去滁山砍伐竹木，按价以现钱收购，然后让郭富的大车运到长江边上，贩往建康、镇江、扬州等地。不几天，整个滁州便现出了一片生机。

辛弃疾带着一州三县的所有官员僚属巡视一遍州城及三县城郭街巷，只见多数乡镇民房成了废墟，不少破衣烂衫的人寄身于瓦砾茅草搭起的窝棚里。他痛心地对众人说："为官一任，造福一方，我想诸位都明白这个理。如今滁州百姓处于水深火热之中，为官者何以安心呢？"

众官员听了后唯唯点头。归来后，有何通判的例子，便纷纷解囊捐钱。一些富户见新任的知州有手段，哪个还敢落后，都主动地捐钱。辛弃疾叫书吏把捐来的钱按数笔笔记账，并宣布一年之内足数返还。

在繁忙了一阵之后，辛弃疾又给虞允文宰相上了一道《请免滁州历年租赋疏》。原来辛弃疾到滁州后核查州里的账簿，才知道州民所欠朝廷赋税共计五百八十万贯之多。这些州民因为没有钱交纳，官府逼迫又紧，都吓得逃往外地，致使家中的土地荒芜，买卖关门，市集萧条，房屋失修。

经过辛弃疾的再三陈请，朝廷终于批准了他的免赋之请。于是，欠赋之民纷纷从外地迁回，辛弃疾正式贴出告示，宣布：一、郡民历年所欠租赋全部免除。二、一切商贩均减税七成。三、回归灾民官府贷钱耕种。四、外郡富户愿来滁者，官府量数划给荒田耕种。

告示一出，人们奔走相告。不几天，滁州城内城外就是炊烟缭绕，鸡犬之声相闻了。并有好多外地富户还纷纷来书询问情况。

有一封来自山阳（今江苏淮安）的直接写给辛弃疾的书信，辛弃疾打开一看，竟是他分别多年的结义兄长周孚的来书。原来周孚在四川任满后转任了山阳的法曹。山阳与滁州同属淮南东路，相距仅一百余里。辛弃疾喜出望外，连忙回了一书，邀请他的朋友来滁州相会。

说来也怪，辛弃疾到滁州不到半个月，干旱多少天的老天爷居然下起了甘雨。老百姓的脸上终于绽出了笑容。

外地商人见滁州税赋轻，纷纷来做生意。为了接待这些买卖人，辛弃疾又在城北修了一处房舍，取名叫"繁雄馆"。繁雄馆规模宏大，建筑考究，在接待外地客商的同时可以收取一笔可观的租金，真乃一举两得。

到了仲夏时节，由于治理有方，再加上风调雨顺，滁州居然出现了数年不见的夏麦丰收。百姓手里有了钱粮，便争着修房盖房。于是辛弃疾招募民夫办起了砖瓦窑，砖瓦的生意又红火起来。

当地的官员们凑到一起的时候，都纷纷向辛弃疾祝贺。有人说："自前辈欧阳修守滁以来，还没见有今日之繁荣呢。可惜当年的醉翁亭早已荡然无存了，至今连个游玩的地方都没有。"

辛弃疾说："修个亭子还难吗？诸君有此意，我们今日不妨也建上一个。不过修亭子未免有点小家子气，干脆建上一座楼。"

人们一听说要建楼都来了兴致，于是都积极地参与选楼址。有人说选在城西，有的说选在城南，有的说不如选在城里，以免再遇战争被毁等等，就是没有人说选在城北。原因是金兵每每到此，都是从城北而来。

唯有辛弃疾高声说道："辛某自从来守滁州，就是下了决心要在此地与金人抗衡。诸位可知道我为什么为新建的驿馆取个'繁雄馆'的名字吗？'繁'者，繁衍生殖也。'雄'者，强悍有力也。吾欲使滁州之民从此养成不畏强金、勇于抗敌的胆力，当然更包括诸位同僚了。"

众官员一听，这才恍然大悟。

"滁之城北有一小山，虽不比海内名岳，但夏宜雨、冬宜雪。且登山远眺，尽览滁城景色。故我欲在此山之腰建一楼，使州之民农闲暇日，可以登山登楼而乐之。诸君以为如何？"

众人听了一致赞成。

待到仲秋，此楼落成之日，辛弃疾约了滁上的仕宦名流齐集楼上，设宴庆祝。他挥笔为此楼题写了"奠枕楼"三个大字，命匠人去刻成一匾，挂于楼上。

正在诗酒流连的时候，忽有门人进来禀报，说楼下有故人来访。辛弃疾从楼上凭栏往下一看，是周孚来了。于是他三步并作两步，飞快地奔到楼下，一把拉住周孚的双手，把这位结义兄弟看了半天，然后把他拉上楼，与诸人一一见面。

周孚说："八年一别，恍如隔世。你看我的白发已添了许多。而贤弟仍如此年轻，精力旺盛，还如二十七八岁的样子。"

　　辛弃疾这才注意，刚刚过了四十的周孚却显得十分苍老。他知道，周孚虽然中了进士，但官场上却不顺得很。在四川，他与上司闹得很不和，他曾写信劝过周孚一两次。后来虽然转官，却连个知县都没混上。辛弃疾知道周孚有一股不会变通的书呆子脾气，而且生性耿直，干什么又很胆小，这在官场上是吃不开的。因而问道："贤弟数月以来，公事繁忙，未去拜望兄长，不知你近况如何？"

　　周孚说："一言难尽，法曹的事实在为难，好容易求了个同年保举，刚改了一个真州教授。才到几日，便听说贤弟在滁州有奠枕楼庆会，便特地赶来了。"

　　原来南宋的真州，即今天江苏省的仪征，与滁州相邻，相去百里左右。周孚来访，辛弃疾十分高兴，不免把他多留了几日。见辛弃疾大刀阔斧地治理滁州，政绩卓著，周孚在欣喜之余，内心不免沮丧。他本是正途进士出身，现今，作为弟弟的辛弃疾，已经做了一州的知州，而他才混了一个州里的管州学的小官。辛弃疾似乎看出了周孚的不快，劝慰了几句。周孚便自嘲地说："我知道自己的脾气，是当不了大官，干不了大事的，只能是蹲在书斋里去啃几本破书。因此，我为我的书斋取了一个蠹斋的名字，自号蠹斋先生。"临别时，周孚把他写的一篇《奠枕楼记》送给了辛弃疾。

　　送走周孚不久，辛弃疾在建康结识的严焕也来了一封书信，告诉辛弃疾说他已经迁官福建了。到福建不久，即听到辛弃疾治理滁州的卓越功绩及兴建繁雄馆、奠枕楼的事情，并把他写的一篇《奠枕楼记》的文章寄来（今天，辛弃疾在滁中修建的繁雄馆和奠枕楼早已无迹可寻了，但是，严焕和周孚所写的两篇文章却在史籍中流传下来，它真实地记载了辛弃疾初任地方官时的不朽功绩）。周孚的文中有云："辛侯幼安至之日，周视郛郭，荡然成墟。其民编茅籍苇，寄于瓦砾之场。庐宿不修，行者露盖，市无鸡豕。"不出半载，便"商旅毕集，人情愉愉，上下绥泰，乐生兴事，民用富庶。"

再说辛弃疾的妻子范玉，自打丈夫去了滁州，不免时时挂念。不到一个月，她就去信要求来滁州团聚。正值辛弃疾忙得焦头烂额，哪有什么心思顾到家小，便写信告诉她说等秋后再来。又过了一个月的光景，范玉随嫁的丫头雪儿却有些心急了，在闺房中偷偷对范玉说："官人准在滁州纳了小，要不怎么也不回来看看，还不准我们去呢？记得他在临安那两年，时常回来，还常把夫人接去的。"

范玉听了心里一怔，说："我可了解他，他这个人要在什么事上用上劲，就是十条老牛也拉不动他，家事上却没心没肺，如不是那种专在女人身上用心的人。"

眼看到了重阳节，百花日见凋零，辛弃疾还没有书信来，范玉就有些坐立不宁、茶饭不思。终于有一天，她突然发话，叫家人收拾行装，要动身去滁州。

正在这时，范玉的哥哥范如山来了。他升了知县，准备去湖北就任。范玉一听大喜，于是哥哥成了他的公差，帮助她收拾家什细软，雇了车马伙计。三天后，这兄妹俩及男女仆从就登程上路了。

路上，范玉把自己担心丈夫在外纳小的心情告诉了兄长，范如山听了哈哈大笑起来，说："妹妹好没度量，像辛幼安这种人是海阔天空翔雄鹰，大漠千里走野马一类的英雄，你能看得住他吗？再说男子汉有一两个小，在这个年月还算是怪事吗？往后日子长了，酒宴歌舞场上，难免他要刮上一两个粉黛，到那时，难道你就不活了？"

几句话把范玉说得哑口无言，过了好一阵，她才绷着红红的小脸，气呼呼地说："偏是这世间的道理都向着你们男人！"

一路上晓行夜宿，路又不远，不几日就进了滁州境内。只见老百姓都安居乐业，市集也很繁荣。人们都奔走相告，说是滁州来了一位敢作敢为的辛大老爷，硬是把多年病秧子一样的鬼地方治理得富强起来。范玉听了，脸上才绽出开心的笑容。

家小的突然到来，使辛弃疾措手不及。自打他到滁州后，专事治理饥荒流民、兴修城垣市井街道，却把他吃住的州衙忘在脑后，到了秋后仍是残破不堪。尤其是衙署后宅那专供知州家小住的院落，更是残破得叫人惨不忍睹。偌大的八间正房，门窗上不是这里坏了窗棂，就是那里掉了合叶。就连那灶上做饭的锅台，也都长出了茂盛的蒿草。屋子里到处结着蜘蛛网，不时有三五个大蜘蛛东游西逛。原是佣人们栖息之所的东厢房，如今因为没带家小，这位知州便和衙署中的几位外地僚属挤住在一起。入秋滁州丰收，一些乡绅纷纷表示愿意出钱，让他们的知州修缮衙署。辛弃疾却说："此时民力方舒，仍有大片荒田无人耕种。应该多置办些牛马犁具，选些青壮劳力，屯田习武，以备战事才对。至于衙署的事，等到来年开春再说吧。"

宋代的官员都讲究坐轿。前任官员留下的轿子本来很旧，辛弃疾嫌轿子慢，总是骑马，这顶官轿便成了废物而置于破仓库里。轿子放得一久，那布帘就糟得不成样子。待到范玉到了滁州，守城士兵一听知州太太驾到，马上飞奔州衙送信。州吏们于是打发一人骑马去给知州报信，另外几人去接官太太。他们一想，总不能让知州夫人坐着马车在街道上行走吧。就有人想到了仓库中的那顶轿子。谁知打开门来往出一抬，那轿顶四周已经褪了色的穗子都一绺一绺地掉了下来。用手一掀轿门帘，那布帘子竟出了一个大口子。往轿里一看，那座位上居然有一个老鼠的窝，几只小老鼠还闭着眼睛在那里做着甜甜的美梦。这一下可把州吏们急得抓耳挠腮起来。不知是谁脑瓜子快，说了一声"借"，于是几个人飞跑到一个富绅家里，抬出一顶轿子急忙就跑。到了南城门，找到了正在茶肆喝茶的知州夫人一伙，才把范玉请进轿子，抬着向州衙而去。

到了衙署，州吏们又为难了，无处安顿知州太太。最后无奈，只得把她和几个女眷安顿在前厅正堂的耳房-辛弃疾办公时休息的地方。

过了两个时辰，辛弃疾方才骑马归来。他乐哈哈地对妻子说："事先也不来个信，好收拾收拾房子安顿你。"

范玉一见丈夫那变得黑瘦的脸，不禁心头一热，说："我要再不来，怕是你就把我给忘了。至于说到收拾房子，那有何难，我和雪儿及几个仆从不都是人手吗？"

范玉一边收拾房子，一边对丈夫说："亏你还是管着三个县的一州之长，老婆来了，连个放梳妆台的地方都没有。我听说，我进城时坐的那顶轿子还是借的呢，这要是传出去有多丢人啊！"

"有什么丢人？我朝有个宰相吕蒙正，当年他的娘子还住寒窑呢，我也没叫你住寒窑吧？"

一句话，说得范玉只顾在那里抿嘴乐。

辛弃疾是个说干就干的人。这年一入冬，他就带人勘查荒地荒山，规划沟渠水道，兴建营舍，置办车马耕具，招集年轻力壮的单身流民，编伍集营，兴办屯田。有些外地单身汉一见有吃有住有活干，也纷纷赶到滁州入伙。一时间聚集了两三千民兵。这些民兵平时务农，早晚练武，战时就可以上阵当兵。

辛弃疾把自己的这套计划写信告诉了史正志和叶衡。他在信中说，过去防金，多数人都依赖长江天堑，其实这是一种下下之策。长江乃有形屏障，而有形屏障多不足恃。他认为，在两淮兴民屯垦，使土地肥沃，民皆习战，虽是无形屏障，却胜过有形屏障多少倍。两淮之中正是滁州，他建议在滁州设一堡垒，战时用于策应两淮，确保江南长治久安。

友人们听了他的见解都很赞成，但辛弃疾毕竟仅是一个知州，管理的只是区区三县之地，无法展现他的宏图。况且朝中又没有得力的人去支持他，所以他的屯田规模很小。

十一月初的一天，有一个老和尚到滁州拜见辛弃疾。辛弃疾以为是自己三年漫游时认识的朋友，连忙出门相迎。可是一见面却愣住了，这和尚面生得很。

让入客厅之后，那老和尚小心翼翼地打开腰间的包裹，从里面捧出一卷发黄的丝纶纸来，递给辛弃疾说："贫僧是本州全椒县的智淳和尚，此帖乃敝寺传寺之宝。今见辛侯爱民如子，治滁有方，愿将此宝献出。"

辛弃疾将这卷纸小心地铺展在大案上，认真看了一遍，虽然墨迹有些浅淡昏暗，可字迹却是看得明明白白。但见写的是：

淮南道营左厢排阵使帖王岩：

防虞寨将缺，合差补王岩充寨将勾当者。右具如

前事。须贴补王岩，准此指挥勾当者。

显德四年十二月三十日贴。使、检校太尉赵押。

辛弃疾看了一会儿，像是自言自语地说道："显德四年，这是五代时后周的年号呀。"

智淳和尚忙说："正是后周的帖子，到现在此帖传世已经二百一十五年了！"

"啊！"辛弃疾突然惊叫一声，"这帖子可是我朝太祖皇帝的亲笔呀！"

"正是正是！"智淳和尚对辛弃疾的博学多识十分赞赏，"辛侯所云一点儿不差！"

辛弃疾迫不及待地问："师傅可晓得此帖的来历吗？"

智淳和尚清了清嗓子说道："王岩与太祖皇帝为同时人。当时太祖任后周世宗的指挥使兼检校太尉，带兵伐南唐于淮泗间。此帖即太祖皇帝任命王岩为排阵使时的手令。此帖原本藏于王家，后来曾仿太祖手迹刻于天庆观中。至于后来如何流落江淮，进了敝寺，贫僧就不得而知了。"

辛弃疾谢过和尚，然后说道："此帖本官不敢擅留滁州。作为太祖御笔亲书，世间绝少。所以本官打算将此帖贡献给当今圣上，

归于禁中才是正理。为此，下官就此代圣上酬劳师父了。"说罢，他叫手下人封钱千贯，赏给智淳和尚回去修缮庙宇。

无巧不成书，不久，辛弃疾在他所辖的滁州境内，居然寻到了王岩六世孙，年近古稀的王大亨。王大亨是进士出身，因不满张邦昌、秦桧之流而弃官，流落江湖数十年之久。据王大亨说，此帖原件在政和八年已经献入禁中。靖康之变，二帝蒙尘，禁中之物多被金兵掠去，不知此帖反流到淮上。而淮上正是当年王岩南征南唐的战场，真是一件巧事。

辛弃疾终于把此帖的来龙去脉访得明白了。十一月初十，他将此帖用绸子包好，封进了一个木匣子里，准备献给皇上。刚好这时周孚来访，他便请周孚代笔，为此帖写一跋文。没想到跋文写好后，辛弃疾看了很不满意，又动起笔来，刷刷点点改得一塌糊涂。末了，此跋改完，文中有云：

臣以周史考之，世宗攻楚、泗岁月，与帖所载合。臣窃惟滁虽僻郡，而司马光尝以谓太祖皇帝擒获奸桀，肇开王迹者，实在此土。较其难易，与周之伐崇，唐之下霍邑等。当此之时，凡执羁绁走从命者，皆一时之杰。岩行事虽不可考，然以其时侪辈推之，盖亦材选者。臣惧其湮没，故备载于下，且使岩得托以不朽也。

辛弃疾望着周孚，见他有些内疚的样子，急忙为他解释说："其实兄长的原跋相当不错。我之所以如此去写，是企望当今圣上了解我的一点区区为国之心。让圣上明白，滁州虽小，乃上下两淮之枢也。但愿陛下能重视滁州，选贤任能，不忘武备，以图收复失地。至于一纸书帖，虽是太祖皇帝的御笔，也只能是一件藏品而已。"

周孚听了，心中暗暗吃惊。他万没有想到，辛弃疾的抗金之念，几乎深入了他的骨头里，任什么时候，什么事情，他都惦记在心上。

这天夜里，辛弃疾辗转反侧地失眠了。

他想到时下南宋朝中，多是些安于富贵，保守禄位，偏安江南的人物。真心实意去考虑富国强兵、收复失地的人却寥寥无几。长此下去，不亡国才怪！时下，金国与南宋对垒，朝中尚能任用几位正直大臣。可一旦金国灭亡，能臣便没了地位，国家的前途可就令人担忧了。

想到这里，辛弃疾霍地坐了起来，鬼使神差地点燃蜡烛，连夜动笔为孝宗皇帝写了一道奏章。在奏章中，辛弃疾简论了金国形势，再一次提出富国强兵，加强武备的主张。并警告皇上和宰辅大臣，若一味地苟且偷安，后果不堪设想。

如今，辛弃疾当年写的奏疏久已失传。但宋末有个叫周密的人写了一本叫《浩然斋意抄》的书，载道："犹记乾道壬辰，辛幼安告君相曰：'仇虏六十年必亡，虏亡则中国之忧方大。'绍定足验矣。惜斯人不用于乱世也。诸君有意气如幼安者，百尺楼上岂不能分半席乎。"

对于这条佚文，笔者细查宋金元三史，竟是十分的准确。辛弃疾写奏章于乾道壬辰为公元1172年，金被元太宗窝阔台灭于1234年，而实际上到公元1232年金兵主力多被消灭，大片土地都被元所吞占，金国名存实亡，正是六十年的事情。元灭金后，元兵南下渡江，南宋政权四处流窜，最后一个皇帝赵昺被杀于海岛，公元1279年，赵宋王朝彻底灭亡。

这也许是历史的巧合吧。

第九章

灭茶商军

宋孝宗淳熙元年（1174年）正月，刚刚三十五岁的辛弃疾在滁州任了整整两年的知州，大得民心上意。全滁之民正欢欢乐乐庆贺新春，人们对未来生活充满信心。

正在这时，从朝廷下来一纸诏书，迁辛弃疾为江东安抚司参议官。这一下全州哗然，人们都愤愤不平：为什么我们的知州在任三年未满就要调走？是不是有什么奸臣在捣乱？应该联名向朝廷请愿！

连日来州衙前都是人山人海，人们在挽留辛弃疾，准备联络起来向朝廷写请愿表。辛弃疾则口干舌燥地劝阻诸人。

一天下午，辛弃疾在衙中正与几个乡绅谈话，忽有建康信使到来，送给辛弃疾书信一封。辛弃疾打开一看，才明了这次迁官的原因。

原来五年前，辛弃疾在建康通判任上时，与淮西军马钱粮总领叶衡（字梦锡）有过一面之交。辛弃疾敢作敢为的性格以及少有的为政治民才能，给叶衡留下了深刻的印象。特别是辛弃疾仅用两年时间，就把一个几乎废弃的滁州治理成了富裕之区，更使他觉得此人是个少有的人才。十天前，叶衡受命任建康留守、江东安抚使兼建康知府，他便向朝中上了一本，要求把辛弃疾调到建康任江东安抚司参议，协助他治理地方。孝宗皇帝此时正信任叶衡，便立即批复，准其所奏。

叶衡在给辛弃疾的来书中云："江南东路所辖区域广大，有两府五州之地，又是两淮倚屏之藩，地位十分重要。以君之才，不应仅局于区区一州之地而用之。"

辛弃疾一想有理，于是好说歹说，总算告别了滁州父老，携家带口又迁回了建康。

早春二月，辛弃疾刚到建康不久，从临安传来噩耗，六十五岁的宰相虞允文去世了。

听到虞允文死讯，辛弃疾不免掉了几行惋惜的热泪。这是他南归以来遇到了最具知遇之恩的宰辅之臣。不是虞允文，他可能仍然充当幕僚之类的小官。是滁州的灾情及虞允文的大胆任用，才使辛弃疾脱颖而出，成为南宋统治集团中一名不可多得的地方好官。

虞允文一死，朝中佐命大臣乏人。二月末，仅任一个多月江东安抚使的叶衡便被宋孝宗召入朝中，任了户部尚书签书枢密院事。六月，又改叶衡为参知政事。十一月，正式任为右丞相兼枢密使。九个月之间，叶衡连连升迁，从一个安抚使几步便升到了宰相的位置，这在当时破了例。

叶衡入相秉政，又极力向孝宗皇帝推荐辛弃疾慷慨有大略。孝宗皇帝也知道辛弃疾治理滁州有方，是位能员，于是下旨召见。这是辛弃疾入仕南宋以来的第二次面君。辛弃疾召对称旨，当即迁为仓部郎官，这是这年年底的事情。

仓部郎官是南宋朝廷负责物资储备的官员。这一职务可以使辛弃疾了解全国的货物存储、调剂、分配及物价等许多经济现状。到任不久，他便听到同僚及属下们纷纷议论会子和现钱之间的矛盾。

所谓"会子"是南宋时期的一个专有货币名词。南宋初年，为了货币流通方便，朝廷决定用纸印制"会子"，以代替大宗铜钱。初时会子与铜钱是等值的，相当于今天的支票或兑换券。因为会子携带、支付都很方便，用起来减少了用车船运载铜钱既费力又不安全的麻烦，所以支付官军廪给等钱多用会子。谁知会子使用一久，却出现了会子贱、现钱贵的毛病。

原来南宋统治集团素来以巧取豪夺著称。庞大的统治集团，为了他们的私利，变着法地刮取民脂民膏。他们用会子作为支付手段，而在征收赋税时却不收会子而收现钱。久而久之，会子与现钱的比值就急剧下跌。到辛弃疾任仓部郎官时，会子一贯，只兑钱六百多一点。于是军民嗷嗷，怨声不断。

一天，辛弃疾与一个同僚闲谈，特意问道："会子之弊已有多久？"

那人说："说起来已有十数年了。不过各地情况不一，只是近两年比价趋于悬殊。"

"那为何无人向朝中上言纠偏？"

"纠什么偏呀，都是睁只眼闭只眼的事，反正这样下去对朝廷有利。"

"可长此下去，军民人等不是太吃亏吗？如此下去，前方将士谁还有心思打仗？百姓谁还愿意交租交赋？"

　　僚属们见辛弃疾为此事动了气，不禁都愣了起来。因为这一问题是当时的老大难，谁也不便向皇上奏闻。况且奏上去了也不会有下文，只在下边议论议论罢了。

　　辛弃疾初入南宋朝廷为官，怀着一颗匡世济民的雄心，认真查询了会子使用的历史和现状，结结实实地给孝宗皇帝写了一道《论行用会子疏》。在奏疏中，辛弃疾写道："今诸军请领微薄，不可复令亏折。故愿陛卜重会子，使之贵于现钱。"他甚至建议皇上，用会子一贯，可以兑现钱一贯以上。而且强调，朝廷收取民间输纳时，也可以用会子交纳或会子与现钱混交。

　　辛弃疾将此章进呈朝中，好久也不见下文，也便不了了之。

　　年底，辛弃疾把家眷接到了临安。此时范玉已经生了一子一女。她不无抱怨地对丈夫说："这几年我们可像浮萍一样了。建康两年，滁州又两年。这不，回到建康一年不到，又迁家临安了，几时才能有个固定的家呀？"

　　一句话触动了辛弃疾的心事。原来南宋时期，官僚们都讲究田产庄园世家门第。一人在外为官，家要有房有地有庄园，并要选个好地方。像辛弃疾这样只身南归的人，一直没有选地建宅，哪里是他固定的家呢？想到这里，辛弃疾顿觉自己仍像一只失群的孤雁，四处游荡不定。

　　"那谁说得上呢？说不定哪天我还要走呢？"辛弃疾无奈地对妻子说，"官身不由己嘛。"

　　夫妻二人正说着，就听家人来报，说是大舅爷来访。辛弃疾和范玉慌忙出门去迎，果然是范如山来了。

辛弃疾看了一眼身着民服的妻兄，惊问道："你不是在湖北当知县吗，怎么跑回来了？官也不当了吗？"

范如山说："嗨！一言难尽，我们慢慢说吧。"

在接风的酒席上，范如山才说出他这次来临安的原因，原来湖北闹起了一伙茶商军，他是随湖北提刑入京面君详陈的。

辛弃疾忙问："什么叫茶商军？"

范如山说："说起茶商军话就长了。我朝茶叶，一向官收官卖。南宋之初，茶价收、卖尚可，茶民有利可得。后来官方收茶渐渐压等压价，茶民叫苦连天，于是就有少数茶商背着官府，以高价收买私茶，自己长途贩运。为此朝廷几次严禁，但屡禁不止。尤其是湖北荆襄一带，与金交界。金地不产茶，而金民却嗜茶成癖。不法茶商便从湘赣贩茶至荆襄北界与金人交易，竟然以刀枪与官军对抗，拒不服从官府查禁。"

"竟有这等事？那知县知府都干什么呢？官军都是白拿粮饷的吗？"

"你是不知道实情，现今的官军，对付手无寸铁的百姓还行，一有真刀真枪的人与他们对抗，他们就避重就轻地躲了起来。这不，有个叫赖文政的人，纠集了数百人的队伍，号称茶商军，在荆湖北路连败官军，官军死了百十个人呢。"

辛弃疾吃了一惊："是吗？我怎么没听说！"

"现在的事你还不明白吗，都是报喜不报忧。初时因为茶商军势小，地方上还可以隐瞒过去，后来越闹越大，纸里包不住火，到底还是被皇上知道了，有旨令湖北派员入京详陈，我是奉命与湖水提刑同来临安，打算先找门路，疏通一下两位宰相，免得圣上动怒。"

"你说的赖文政是何许人也？"辛弃疾突然对茶商军的头领来了兴趣。

"说起这赖文政却是一个讲义气的人。那些年我做生意时，还与他打过交道呢。"

"你与赖文政有过交往？"

"都是买卖人嘛。"范如山于是说道，"他是荆南人氏，五十多岁，身高七尺，有勇有谋，一直做着茶叶生意，平时很有人缘。自他贩卖私茶以来，以高出官府一倍的价钱向茶农收买茶叶，茶民对他感恩戴德，渐渐地远近闻名，荆、汉一带的茶农都护着他，他便胆大起来，居然雇了不少民间的散兵游勇，明火执仗地打出了茶商军的旗号。刚一开始，江陵知府不把这伙人放在眼里，调动了几百名官军捕快前去拘捕。谁知官军一动，就有人把消息报告了茶商军。赖文政又是一个足智多谋的人，他根据官军的行军路线，在险要处设下埋伏，一举把江陵军杀得大败，官军扔下数十具尸体狼狈地逃了回去。"

"怪不得几天前朝中有人私下里议论，说是湖北闹了盗匪呢，原来是这么回事。"

"后来无法，江陵知府求助边军帅守，好歹背着朝廷，发来两千边境上的营兵，方才把茶商军赶走了，听说如今向湖南江西窜去了。"

就在辛弃疾与他的妻兄议论茶商军，湖北官员入京陈奏的时候，茶商军却如火如荼地把湖南、江西闹翻了天。

原来赖文政见江汉地区多是平原，无法与为数众多的官军抗衡，就带了四五百人的队伍向南，穿过湖南而入江西，并越过大庾岭，进入广东。一时间湘、赣、粤三路不宁。接着，茶商军在多次挫败官军之后，选择了湘赣交界处的安福、永新、萍乡一带，把罗霄山作为根据地，在山里选了几座庙宇安营扎寨，作与官府长期抗争的打算。

此事越闹越大，终于惊动了朝廷。

宋孝宗淳熙二年（1175年）六月，朝廷降旨，令江西兵马总管贾和仲节制诸军，专门讨伐茶商军。贾和仲接旨后不敢怠慢，马不停蹄地从隆兴府（今江西南昌市）赶到吉州（今江西吉安市）。他手下两员战将，一员叫王琪，一员叫皇甫倜，又把各地乡军招来，再加上地方团练，总计人马不下万人。这些兵马气势汹汹地逼向罗霄山区，企图一举消灭茶商军。贾和仲又在各府州县及关卡路口贴出告示，标出赏格：凡捕获或杀贼首一名，特补进武校尉；捕获或杀贼二人，封承信郎；杀三人封承节郎……

贾和仲坐镇吉州指挥，王琪、皇甫倜率兵二千分两路入山围剿。岂知此时正是雨季，军队一进入山区，便如一群懒猪入了泥潭，行动特别迟缓。再加上这些兵将都是过安宁日子过惯了的，哪里能受得了这份苦。不久，就有不少人掉队逃跑了。而茶商军熟悉地形，通风报信的人又多，与官军周旋了几个来回，没等打仗，就把官军拖得丢盔卸甲。又设了几个埋伏，早把王琪、皇甫倜二将杀得大败而回。检点人马，损失大半，而粮草军械全被茶商军掠去，弄得主帅贾和仲焦头烂额，一筹莫展，只得挨了皇上一顿臭骂，然后撤职了事。

接着，有人推荐江西安抚使汪大猷。孝宗降旨，令汪大猷节制诸军，并给金字牌一块，可以便宜行事，还可调动湖南诸军，可谓是深得皇上重用了。

谁知汪大猷也是一个无能之辈，他坐在南昌城里，远离前线六七百里指挥军队避重就轻。主帅无能，上行下效，手下诸将们只把军队屯在山寨村镇里，即使有一两次出巡，也只是在大路上耀武扬威地走上那么一趟，结果连茶商军的汗毛都没碰上一根，而官军却耗去了大量钱粮。

消息传到朝中，群臣鼎沸，议论纷纷，统说贾和仲、汪大猷无用。谏臣周必大上言云："四百辈无纪律之夫，无坚甲利兵，又无奇谋秘划，不过陆梁山谷间转剽求生者。自湖北入湖南，又自湖南入江西，今更睥睨两广，经涉累月，出入数路，使帅守监司路分将官稍有方略，用其所部之卒，自可殄灭。顾乃上烦朝廷远调江鄂之师，益以赣吉将兵，又汇合诸邑土军弓手，几至万人，犹未有胜之军。但闻总管失律，帅臣拱手，提点刑狱连易三人，其他副将巡尉夷伤不暇。小寇尚尔，倘临大敌，则将若何？"

这天早朝，为了平定茶商军一事，南宋君臣又开了一次御前会议。孝宗张开龙目朝下一看，但见衣冠楚楚，文武毕集，不禁开口问道："茶商军如此横行，哪位爱卿可为朕解忧，前去领兵剿灭？"

谁知皇上金口开了好半天，也没有人敢于出来接旨。孝宗不免有些失望，就拿眼睛去看宰相叶衡。

叶衡踌躇了一下，然后上前一步，出班奏道："启奏陛下，臣保举一人，可灭茶商军。"

"不知爱卿保举何人？"

"乃新任仓部郎中辛弃疾。"

众大臣一听，叶衡保举的人竟是一个管仓储的无名小官，都不住地摇头。因为辛弃疾除了治理滁州有点小名气外，别的什么建树也没有。而且辛弃疾入朝不久，朝中有些大员甚至连他的面都未见过呢。

翰林学士王淮听罢，出班谏道："平定茶商之寇，需要节制赣、湘等诸路兵马。此前两帅皆是久经军旅之人，尚且败北，辛弃疾年不足四十，只是一个宣教郎，从未大用，倘有差池，失莫大焉，望陛下三思。"

叶衡坚持奏道："陛下用人，应唯才是举。辛弃疾自幼习武，少壮时率众抗金，斩凶僧，擒叛贼，有胆有谋。臣保辛弃疾为帅，定不负陛下。"

王淮还想再说什么，不料孝宗皇帝一摆手说道："朕意已决，宣辛弃疾上殿。"

于是赞礼官朝外朝高声叫道："宣仓部郎中辛弃疾上殿！"

辛弃疾面见孝宗，大礼参拜，诚惶诚恐地接了圣旨。皇上望着身材魁伟高大而且年纪又轻的辛弃疾，脸上微微露出笑意，当即授他为江西提点刑狱之职，节制诸军，平定茶商军。

辛弃疾接旨后意气风发，匆匆回到家中辞别妻小。带了几名亲兵，佩了那口削铁如泥的青锋宝剑，跨上战马，奔江西大道而去。这是淳熙二年秋七月的事情。

话说辛弃疾马不停蹄，日夜兼程，自临安启程，取道严州、信州，仅用了十天时间便赶到吉州大营。他稍稍休息了一夜，次日一早，便在吉州中军帐传令，叫各路军将齐集中军帐议事。两天后，分散在各地的军将到齐。

辛弃疾举目朝帐下一看，黑压压地有数十位将军、统领、提辖之类的军官，而且每人的脸色都很傲慢，似乎不把辛弃疾放在眼里。原来这些人多是年久资深的将痞，最年轻的也有四十几岁，论官阶资历都比辛弃疾大出一截。今见辛弃疾不过三十六七岁年纪，而且久不在军，不免心中不服。一个个交头接耳起来……

辛弃疾见了此情，微微一笑，慢条斯理地说道："诸位都是久领军饷的将官，辛某才疏学浅，受此大命，实非所愿。但国家有难，圣旨如山，军令无情，紧要时刻，辛某怕是顾不了许多。望诸位能听从调遣，奋力杀贼。若迟息不进，误了军机，休怪军法无情！"

一听这软中带硬的话，众将才停止了私下里的议论，都拿眼光去看这位年轻的统帅。

辛弃疾慢慢地用锐利的目光扫视了一遍他的部下，然后拿过一份名册，开始高声按册点名，被点到的人都依次出班见礼。当叫到江南西路兵马副统制王琪时，只见从西边班首走出一位将官来，向辛弃疾拱手见礼。辛弃疾举目一看，差点儿笑出声来。原来此人身体胖得很，下巴上的肥肉和脖子连在一起，分不清哪是下巴，哪是脖子。再看那肚皮，两只手去摸他自己的肚脐都很困难。

辛弃疾突然停止了点名，对身旁的亲兵吩咐道："去，把我的战马牵到帐外。"

王琪站在帐中央见辛弃疾吩咐人牵马不知何意，正在那里纳闷。忽听辛弃疾向他说道："王统制，请到帐外，骑上我的战马走一圈。"

王琪一听这是主帅客客气气的命令不能不去，只得一步一步向帐外挪去，不时还为难地向左右看上一看，两边站立的将官不免笑了起来。开始众人还是压低声音小声地笑。等到王琪到了马前，别说是骑了，就是抬脚够那马镫子都够不到。够了好几次，最后突然一失脚，一屁股坐在地上，老半天才喘着粗气爬起来，顿时惹得帐中之人哄堂大笑起来。于是王琪涨红着脸，十分尴尬地来到辛弃疾跟前，勉强说道："末将身体过胖，骑马并非所长。"

辛弃疾笑问："不知王统制所长是甚？"

"末将长于乘车。"王琪说，"每次临阵，末将都是乘兵车指挥作战。"

不想辛弃疾突然变了脸色，怒问道："想那强贼都在深山密林中出没，似你这等身躯，休说骑马，就是乘车，上下都不方便，更莫说是持剑操戈了。果真临阵，不知是你去打敌人，还是敌人打你！"

王琪一听，顿时羞愧满面，嗫嚅地说道："这许多年来，我朝将官有几个骑马临阵呢？难道唯独末将一人吗？"

　　于是辛弃疾板着面孔向帐下宣布道："本帅第一号军令如下：所有将官，不论官阶高低，均须在帐前骑马驰走五里。凡不能骑马上阵者，概回原地原任，本帅俱不留用。所贴军饷一律留下，不得带走分毫！"

　　原来南宋军队，平时都有定饷。遇有战事，朝中又加贴饷。待到战事完了，还要请功请赏，有人因此升官晋级。所以茶商军一起，一些没有本事的将官也都请命去平寇，以图得饷升官。故而军中能战者少，而滥竽充数者多。

　　众将听了这第一号军令，才知道辛帅厉害，一个一个都依次到帐外骑马。那多年不骑马，身体又肥胖的人，或是多年不习战阵，自知一上前线就要丢命的，都先自悄悄地溜了。最后只剩下七八个人尚能骑在马上跑一圈，辛弃疾喟然长叹了一声，总算留用了他们。

　　第二天，辛弃疾带着几位选好的将官去巡视安福军营。安福离敌最近，称为前敌之军。辛弃疾来到大营，江州都统制皇甫偶迎接了他。进了大营，又有李川、解彦祥等将佐参见。辛弃疾当即传令："全营将士列队，本帅亲自阅兵。"

　　咚咚地战鼓响了数通，军士兵丁才稀稀拉拉地到军营前的练兵场集合。约莫过了半个时辰，总算把这支军队集合完毕了。

　　辛弃疾骑马在这两千多人的队伍前走了两个来回，但见这些兵的号衣都不统一，知道并非一处招来。仔细一看这些士兵，才发现有不少是老弱之兵。

　　辛弃疾回头问跟在身后的皇甫偶："国家拨出军饷，难道就养这样的兵吗？"

皇甫倜一时语塞。

"老弱之兵为什么不淘汰掉？难道青壮之人招募不来吗？"

皇甫倜欲言又止，辛弃疾追问道："你怎么不回话？"

"这，这，有些青壮之兵被借往他处，因此才……"

"真是笑谈！剿灭茶寇，乃当务之急，怎么能当成儿戏！"辛弃疾气愤地说道。不过他心里明白，由于长期的和平环境，一些高官显贵往往"借"走营里的兵丁，或为其运货，或为其修房修路，无偿地使用这些吃官饷的劳动力，此弊相沿已久，与皇甫倜无关。于是他向在场的将官们大声宣布说："在场之兵，任你们挑选，但必须选身强力壮、以一当十者，能选多少就选多少，概不勉强。剩下的老弱之兵一律汰减。"

此令一出，众将都回到自己队伍里挑人。选来选去，最后一统计，仅选出四百余人。四百人的队伍怎么去打仗？将官们不禁面面相觑。

辛弃疾似乎看出了诸人的为难情绪，于是对他们说道："自古用兵用智而不用勇，用精而不用众。胜败在智而不在兵士之多寡。官渡一战，曹操仅以两万兵破袁绍十五万众；赤壁一役，吴蜀以三万人破曹操四十万众。至于小战中以少胜众者则不胜枚举。望诸位即日起抓紧操练兵马，破贼只有旬月之内。"

众人一见辛帅如此自信，不安的心情也都镇定下来了。

回到吉州帅府，辛弃疾检选所有军将士兵，然后把这些将士全部带到安福，合计得精兵千人。其余两三千未被选中但也未被淘汰者，辛弃疾则委派数名将官，分领他们守住山口要道，只许坚守，不放茶商军出山，即为立功。

八月末，一场秋雨过后，天还没有放晴，辛弃疾传令，以解彦祥、黄倬为先锋，带精兵三百，携带数日干粮，由山民当向导，直向茶商军藏匿的高峰寺扑去。辛弃疾自率四百人相继。另有三百人由皇甫倜带领殿后，收容伤病。

第三天拂晓，先锋部队接近高峰寺。辛弃疾立即布置人马守住各路口，然后选出百名死士，手持大刀，步行直奔高峰寺杀将过去。

经过一场秋雨，茶商军以为官军不会进山，都在高卧而睡。不想一伙手持大刀的官军从天而降，杀得茶商军猝不及防，一个个抱头鼠窜，忙于奔命。还是赖文政多勇多智，听说官军冲入山门，他急命身边的数名亲兵手持长枪守住中殿大门，然后召集逃亡散兵齐聚后殿。趁官军在中殿大门与几个守门的长枪手相持的机会，赖文政组织败卒收拾行囊，装束停当，打开寺后小门夺路而逃。半路上碰到官军混战一场，总算扔下数十具尸体，打退了官军的阻截，带着所剩不足二百人向南窜去。

辛弃疾留下解彦祥率军在高峰寺收拾残敌，自己与黄倬等骑上快马，率精兵紧追赖文政。赖文政好容易冲出重围，带着他的残部直向永新、兴国方向奔去。最后总算甩掉了官军，钻入兴国县境内的方岩岭藏了起来。

方岩岭不足百里，辛弃疾派出兵丁牢牢守住出山的三处隘口，把茶商军如铁桶一般围了起来。然后他扎下大营，在中军帐摆下酒席，召手下将领吃酒。

几个军将见胜利在望，一个个摩拳擦掌，向辛弃疾请令，要率死士冲进山中杀敌立功。辛弃疾笑道："在高峰寺，贼人藏有大批粮草，还有寺庙可以避雨，所以吾采用速战速决之策。而今方岩山中无粮无庙，又是晚秋季节，贼人必不耐久，诸位尽管守住山口饮酒取乐。十日后，吾派一能言之士入山，管叫他束手来降。"

众人一听，都不住点头称是。

正在辛弃疾围困方岩岭的时刻，突然有一天，一个长行的客人在帐外求见辛弃疾，辛弃疾马上传见。此人身穿长衫，头带儒巾，自称从信州的鹅湖寺而来。说罢，从怀里掏出书信一封，毕恭毕敬送给辛弃疾。辛弃疾打开书信一看，原来是朱熹、陆九渊、吕祖谦等人在鹅湖寺集了数百名儒生，要办讲学大会。

原来南宋时期儒学盛行，以朱熹、陆九渊、张栻、吕祖谦为首，提倡学习孔孟的儒家经典，提出"存天理""灭人欲""克己复礼"等主张，另外讲说一些"阴阳五行""天人合一"等理学。一些儒生还对此趋之若鹜。朱熹等人经过数日筹划，总算办了这次盛会，竟欲将国中知名学者邀去，辛弃疾素有才名，所以也在邀请之列。

辛弃疾看罢来书，抬头对那儒者说："烦先生归告朱、陆诸人，辛弃疾时下军务繁忙，无法参与大会，实在抱歉。"

那儒生却执着地相请说："信州去此，骑马二日即到。辛大人在此围困茶商军，十天半月未必能下，奈何错过这次机会呢？况且，朱、陆等先生正翘首以待大人呢。"

辛弃疾不耐烦的眉头一皱说："他朱晦翁有闲情逸致地在那里和风细雨地讲说《易》《礼》，可在下却没有那样的工夫。真不知道，靠着你们这套理学和虚无缥缈的易理，是能平了乱寇还是能收复中原失地。送客！"

一声"送客"，那儒者顿时满面羞愧而去。

且说方岩岭上，此时正是九月初的天气，秋雨连绵不断。山中只有几个临时支起来的破草棚子可以躲雨，茶商军士气低落，一个个垂头丧气。

一天，赖文政正同两名头领商议对策，忽有军卒来报，说官军派了一名信使要见他。赖文政略一怔，传令带上来。于是那军卒出去，带了一个眼睛蒙着布的官军进来。解开头上的蒙布后，赖文政问："你是辛弃疾派来的？"

"辛帅帐前行军参议黄倬。"

"是来招安我军？"

"不是招安，而是敦促投降。"

"降不降在我！"赖文政强硬地说，接着又补了一句："降如何？不降又如何？"

黄倬正色地说："此言差矣。应该说降不降在你，而允不允降则不在你，而在辛帅。试想今日你所剩残卒不足二百，方岩一山不足百里，四周又铁桶一般围住，纵是给你插上翅膀，你又能飞出此山吗？"

赖文政嘿嘿一笑："那么请问，官军还敢进山吗？上次是赖某大意，才让你们钻了空子。"

"官军何苦要进山呢？"黄倬说："辛帅下令，让我们围困半个月后，再上山拣你们的尸首！"

赖文政一听哑然无声，因为他们现在一粒可以充饥的粮食也没有，只靠野菜填肚皮，有些人开始拉肚子了。

"辛帅念尔等穷途末路，恐二百生灵涂炭，才令黄某进山。若尔等肯降，辛帅可保汝等不死。"

旁边的几个头目一听，都拿眼光去看赖文政。黄倬看出，这是一种期盼的目光。于是他又追问道："行与不行，赖头领应当机立断，黄某好下山回禀辛帅。"

赖文政眼睛里闪着灼热的光芒，盯了一下黄倬，突然问道："辛弃疾若能保住我等性命，赖某愿降。但我这里应先使一人随你下山去见辛弃疾，讨到确实口信方好率众出降。"

"可以。"黄倬说，"事不宜迟，你现在就可以使人随我去见辛帅。"

赖文政与几个头目私下里嘀咕了几句，然后一个身材矮小的头目走了过来，说他要与黄倬下山。

那小个子头目下山叩见了辛弃疾，表示茶商军愿意下山投降，问辛弃疾给他们什么保证。

辛弃疾冷冷一笑说："本帅保证你们全体不死，但个别人恐怕要坐几年牢，就这些。你上山告诉赖文政，他若肯降，即整队下山；若不肯降，即可决一死战。"

那小头目眨了眨眼睛，说："此话小人定能转达赖头领，不过降与不降，小人不敢保证。"

"所以最好是赖文政本人来谈！"辛弃疾冷笑道。

那小个子头目回山见了赖文政，把辛弃疾的话复述了一遍。赖文政思忖了半天，方说："看来只有下山请降了。"

"可是我见辛某目光如电，看人时四顾不定，降后我等必将见杀。"

五十多岁的赖文政慢慢地站立起来，他挺着高大的身躯，望着云雾茫茫的远山，眼里含着泪水说道："总不能让弟兄们都困死在山上，吾意已决。下山后，纵是将我赖某千刀万剐，只要能保住众位兄弟，吾一死何憾！"

几个头目一听，都一齐跪倒相劝。赖文政抽出腰刀，吼道："立即传命，整队下山，不从者，杀不赦！"

夕阳的余晖给远山近树抹上了血红色。转战湘鄂赣半年之久的茶商军残部一百八十余人在赖文政的带领下，拖着疲惫不堪的身子列队走下了方岩岭，在辛弃疾的大营前缴了枪械，从而宣告了这次平定茶商军的胜利。

不久，从朝廷来了圣旨：所有受招抚的茶商军押赴江州编管。军中有功人员，责成辛弃疾具列名单，朝中另有封赏，各军将仍回原驻地候封。

于是辛弃疾遵旨遣散了兵将，只带百余名军士押着俘虏到赣江边坐船，准备押往江州。当这些被捆着的茶商军一个接一个上船的时候，辛弃疾突然决定，将赖文政及几个主要头目在江边的一个僻静处斩首。

这一决定令黄倬十分吃惊，他急忙对辛弃疾说："辛帅，是你亲口许诺不杀一人，我才上山劝降的。如今出尔反尔，恐失人望。况且处死赖文政，未有皇上谕旨，怕有不妥吧。"

辛弃疾以不容商量的口吻说："吾见赖文政秉性刚毅，狡诈异常，此次赦之，久后必反，与其留有后患，不如及早除之。"

"若是圣上怪罪？"

"除一匪首何罪之有？吾意已决，休勿多言。"

"可其他头目为何也要处死？"

"敢为头领与朝廷作对，皆当处斩，此所谓斩草除根也。"说罢，辛弃疾立即指挥几个军士，将赖文政等头领推到一个山坳里，挥刀斩首，然后将尸体掩埋了事。

当押解俘虏的船行到赣水中流的时候，赖文政被处死的消息终于让茶商军知道了。有些人在船中偷偷地哭泣着，但没有一个人敢于反抗。

行到江州，这里有编管罪犯的监狱和罪犯开荒的农场。辛弃疾把这些人交割完毕就进了江州城等待朝廷诏命。

一切军务处理完毕，辛弃疾赋闲江州。江州副都统皇甫倜和另一名将官黄倬陪同辛弃疾游览了这座古城。

他们三人在城内走了一遍之后，他们三人又出了城门，步行来到江边，便见那长江之水浩浩荡荡向东流去。此时正是深秋，天高气爽，江水清澈。向南望去，那青色的庐山依稀可见。向东望去，但见江天一色，十分开阔。

黄倬顺着江边一指，说："前边不远就是浔阳楼，我们不妨去楼上喝一杯。"

一说喝酒，辛弃疾与皇甫偶当然赞成。他们又走了一二里路，果然有一座三层的砖楼立在江边。那楼虽不十分华美，但却古朴自然。三楼的屋檐下有一块匾，题着"浔阳楼"三个苍劲有力的大字。据说这三个字是出自苏东坡的手笔。辛弃疾站在楼下仰头品味了一番，方才抬腿向楼上走去。三人落座之后，辛弃疾发现，楼的正壁上，是一块木雕的屏风，上面刻着唐代大诗人白居易的《琵琶行》全诗。他便对两位同伴笑道："想当年白乐天浔阳江头夜送客，未闻有此楼呢。后人附会如此，真是出人意料。"

黄倬说："据说此地自白居易《琵琶行》问世以后，就有好事者在江边建了一亭，取名为'琵琶亭'。到了北宋之初，才又有好事者在此地修了这座酒楼，以'浔阳'为名，招揽游客。总归是诗以地而传，地以诗而名吧。"

皇甫偶说："听说辛帅诗词上很有功夫，不妨也在此楼咏上一曲，他年或可传之千古。"

辛弃疾笑道："弃疾之才，怎可与先贤相比。这几年宦海漫游，又戎马倥偬，无有刻瑕，笔墨有些生疏了。"说罢，他举起酒杯向二人劝酒。几杯酒下肚，话就多了起来。辛弃疾问："对了，听说这浔阳楼与宋江有些关系，不知是真是假？"

"怎么不是真的，"黄倬说，"据说宋江被发配江州，在此楼喝醉了酒，题了反诗，官军追捕他，才把他逼上梁山的。后来他带领三十六个英雄横行河朔，官军莫敢与敌。"

皇甫偶说："这就叫官逼民反了。"

也许是喝多了的缘故，黄倬对辛弃疾说："辛帅，有句话不知末将当说不当说？我是行伍出身，说错话你二位莫怪。"

"我等吃酒闲聊，除了骂祖宗骂皇上的话，什么话不可以说呢？"辛弃疾笑道。

"其实嘛，"黄倬顿了顿，向四下看了看，接着说道："其实茶商军里未必都是坏人。末将有个亲属就是茶农，经管着几十座茶山。自打官府低价强购以来，不但无钱可赚，反倒亏了许多。所以茶农都向着茶商军，希望卖个好价钱也是情理之中的事情。再者，听说这茶商军自起事以来，除了对抗官府，不抢不夺，不杀戮百姓，虽四五百人，仍能横行湘鄂赣。我是在两湖一带常走的人，深知官员贪鄙，百姓已苦得不能再苦。长此下去，不反才怪哩！"

"是吗？"辛弃疾听了十分愕然。

"辛大人年轻有为，往后为官的路还长着呢。等到大人哪天到湘赣做官，恐怕就知道一些实情了。"

第十章

宦海飘零

辛弃疾只用了两个月的时间就剿灭了横行一时的茶商军，朝野上下不得不对他刮目相看。爱惜人才的大臣认为朝中得人，而那些嫉贤妒能的大员则十分忌恨他，生怕将来自己的位置被辛弃疾夺去，王淮就是其中的一位。

王淮是浙东路金华人氏，字秀海，绍兴十五年中进士。初为台州临海尉，入朝举为监察御史，除翰林学士承旨，知制诰。关于辛弃疾平定茶商寇如何转官的问题，是王淮在孝宗前说了一句话。称："辛弃疾以仓部郎官的低微职务权用为江西提点刑狱，已经是升迁了。此次平茶商寇有功，不妨就让他实授此官。"孝宗听罢觉得有理，当即下旨，命辛弃疾不必回朝，实任江西提点刑狱，另外又任除为秘阁修撰。其他有功人员则依辛弃疾所奏，分别情况加以升迁或褒奖自不必说。

所谓"除为秘阁修撰"，是一种贴职的虚衔。原来在宋代，官名和实际职务是完全分离的。每一个较高的文官大都具有三种头衔：第一种称为"官"，凡什么"郎""大夫""侍郎""尚书"之类的都是一种虚衔。但能作为分别等级、划定薪俸的作用，不是实职。第二种称为"贴职"，凡"秘阁修撰""右文殿修撰""待制""龙图阁学士"之类都是。这只是一种清高标志，也并非实际职务。第三种叫作"差遣"，这才是实职。凡"知县""知州""知府""安抚使""转运使""提点刑狱"之类都是。由于有了诸多名目的官名及贴职，所以，宋朝在用人时往往显出他的灵活性。即等级或薪俸高的人未必能"差遣"到高的权力，而权力大的官未必报酬就多。辛弃疾的实际"差遣"为提点刑狱，权力相当于知府，虽给了一个"秘阁修撰"的贴职，但"官"却没升，即没有普级或加俸。

当朝廷的敕命使到达江西向辛弃疾宣布圣旨后，辛弃疾问朝使说："时下叶相可好？"

朝使说："叶衡已经罢相，差知建宁府去了。"

"什么，叶衡罢相了！"辛弃疾很是吃惊。在朝中，叶衡可称得上是辛弃疾最具知遇之恩的靠山了。他不明白，叶衡为什么会被罢官。当着朝使，他不好去打听。直到后来，他才知道事情的原委。

原来自从宋金隆兴议和以来，南宋朝廷总想征得金国的同意，把位于河南境内的一块陵寝之地（北宋皇陵）要归南宋管辖，以便按时祭拜。这年八月，朝中就遣谁为使去金谈判的问题，在御前开了一会。宰相叶衡上言，说左司谏官汤邦彦能言善辩，可以使金。孝宗于是下旨，让汤邦彦以翰林学士知制诰的身份奉使金国。说起这位汤邦彦，辛弃疾也知道此人。还是在虞允文在世时，辛弃疾去拜见，正遇此人要拜见虞相。但见他侃侃而谈，尽是些收复失地、不畏强金的慷慨之辞，因此在朝中给人一种能言善辩的才名。谁知汤邦彦却是一个能说大话，胆子很小的人。他本不愿使金，因此恨叶衡举荐他，是挤他出朝。便对叶衡怀恨在心。临行时，他绞尽脑汁，竟然给叶衡捏造了一条罪状，说他背地里说了对皇上大不敬的话。当这道弹劾叶衡的奏本递上去之后，孝宗皇帝尚且疑信参半。无奈此时王淮正任着翰林学士承旨、知制诰的职务，常在皇帝左右，也添油加醋地说了几句坏话。于是孝宗震怒，将叶衡罢相。不几日，孝宗又降旨，升王淮为知枢密院事，位比宰相。工于心计的王淮一下子爬上了高位。辛弃疾知道，王淮这人善于左右逢源，排除异己，还嫉贤妒能。最主要的是，此人在对待金国上一力主和，对抗战派人士百般压制。王淮上台，使辛弃疾的心头蒙上了一层阴影。

也许是现世现报吧。汤邦彦诬陷叶衡后奉旨使金，他初到金都，金人把他拒之门外不接待他达半月之久。后来引见他时，又在夹道两边列满了刀枪剑戟，要给这位素以能言善辩之士一点脸色。不想这一下汤邦彦可露了馅，好容易在刀枪下亦步亦趋地进了金宫，见到金主时连一句话也说不出来，更不要说索要陵寝之地了。归来后，孝宗皇帝大怒，立即将汤邦彦逐出朝去，这是后话。

且说辛弃疾得知叶衡被罢相，心中怏怏不快，只得在南昌就任江南西路提点刑狱。所谓"提点刑狱"，是负责一路（相当于今天的省）司法的官员。其职责是查核各府州县所判刑狱是否准确，有无冤枉等情，并根据情况确定判处意见。是江西最高的司法长官。

在南昌过了新春，然后辛弃疾带了几名僚属差役，出巡吉赣。

这已是淳熙三年（1176年）辛弃疾三十七岁的时候了。

春三月，辛弃疾一行到达江西南部的赣州。

去年九月，辛弃疾平茶商军围困方岩岭时，赣州知府陈天麟奉旨负责调拨粮草，给辛弃疾以很大帮助。数月刚过，辛弃疾再到赣州，陈天麟却已离任他去。回想当时扑灭茶商军后，于赣州拜会陈天麟时，陈曾设宴款待辛弃疾。酒后，辛弃疾曾无端地想起家来。因写了一首《满江红》的词，有"落日苍茫，风才定，片帆无力。还记得，眉来眼去，水光山色。倦客不知身远近，佳人已卜归消息。"如今自己离家将近一载，不知妻子儿子安否，朝中又没了叶相，僻郡旧友又无一人，辛弃疾的心中不禁有些郁闷。

一天闲来无事，他着了便装，只带了两个随从，打马出了赣州北门，沿着赣江信马由缰地走去。太阳偏西的时候，在赣江的一个拐弯处，突出一块巨石立于岸边。那巨石上刻着两个醒目的大字：造口。辛弃疾心里一震，心里叫了一下"这就是造口呀！"

辛弃疾跳下马背，顺着造口旁的一条小路进了一个村庄，这村庄称作"造口镇"。几个白发老汉正坐在村头一块大石头旁边喝着茶边聊天，显得野趣十足。

辛弃疾把马交给一个随从，然后迈着方步来到这几位老者中间，捡了一块平整的石头也坐了下来。那几位老汉见这个高大的陌生人走也不是，不走也不是。辛弃疾却双手抱拳向诸位见礼，说："诸位老伯请便，晚生随便坐坐，多有打扰。"

一个老汉忙说："不妨不妨，官人请自便。"

另一个微胖一点的老者却提过一只又破又脏的茶壶，向那粗瓷大碗里倒了一碗不黑不黄的茶水，递给了辛弃疾。辛弃疾憨厚地一笑，说了声"谢谢"，然后一仰脖，将那碗茶喝了下去。

放下茶碗，辛弃疾发现几位老汉的脸上都现出亲和的神色。便问道："敢问老伯，此处便是当年隆佑太后逃难的地方吗？"

那几位老汉互相对望了一下，连说"正是，正是。"

造口，四十八年前，这里曾演出了让大宋臣民们深感耻辱的一幕。

那是在建炎二年（1129年）八月，金兀术率金兵攻打南宋进薄建康。为了分散金人兵力，宋高宗决定，让隆祐太后（高宗的伯母，哲宗的孟皇后）带着他的几个妃嫔宫女及所有文臣奔江西避难。宋高宗则带着武臣走临安、宁波入海逃难。

十月，在金兵的追迫下，隆祐太后一行溯赣江而上，一路哭喊着进入造口。眼看着金兵的船只从后面追了过来。太后无奈，只得领着这些手无缚鸡之力的宫廷女眷及文臣们在造口弃舟登岸而奔赣州。由于情况紧急，不少人落水而亡。这里，留下了不少屈辱的血泪。

辛弃疾又问道："动问老伯，还能记得当时的情景吗？"

一个老汉说："怎么记不得？那时我才十几岁，就站在那座山上砍柴。"老汉指了指不远处的一座山梁，"那天也是这个时候，打下游来了许多船，船上坐着许多红男绿女，后面还有几船士兵护送。走到造口的渡口，众人下船登岸。船上的人还没有下完，就听鼓角齐鸣，下游又来了不少金兵的船。双方军兵在江上杀了一阵，扔下了不少尸体。后来才听说，是隆祐太后的鸾驾从此经过。金兵是在追太后打到了这里的，太后险些被金兵掠去。四十八年过去了，这事好像就在昨天一样呢！"

"是啊，老人们记忆犹新，可青年人却把这些忘得一干二净！"辛弃疾似乎是自言自语地说道。

一个老汉似乎看出了辛弃疾的身份不凡，于是问道："敢问官人高姓大名？"

"晚生姓辛名弃疾，山东人氏。"

几个老汉互相看了看，不知道辛弃疾是何许人也。这时，辛弃疾带来的一个随从却憋不住了，大声向几位老汉介绍说："这是钦命提刑辛大人，还不赶快见礼。"

众老汉一听，才知道眼前这位年轻人是管着一路刑狱的大官。接着他们马上又想起，去年平定茶商军的，也正是这位辛大人。于是一个个吓得不知所措，慌忙跪地叩头见礼。辛弃疾急忙上前把他们一个个扶了起来。

唯有那个胖老头颇知事理，跪地不起，一定要请辛大人到家中做客，辛弃疾爽快地答应了他。

穷乡僻壤，一听说来了一位大官，不管男女老幼都来观看。那个请他到家的老汉粗通一些文墨，知道辛弃疾是一个大文人，不知打哪里搞来了笔墨，跪在地下，一定要请辛弃疾留下墨宝不可。辛弃疾推却不得，他来到街口，站在一堵粉墙前沉思了一会儿，拿过笔来，挥挥洒洒地在那堵粉墙上写了一词，这便是千古传唱的名篇《菩萨蛮·书江西造口壁》：

郁孤台下清江水，中间多少行人泪，西北望长安，可怜无数山。青山遮不住，毕竟东流去！江晚正愁余，山深闻鹧鸪。

题罢此词，辛弃疾将笔还给了老者，然后拱手向村民们告辞。归来的路上，他心里久久不能平静。北望中原，那美丽的河山，仍在金人的铁蹄下践踏。南归已经十五年了，自己那颗收复失地的雄心迟迟实现不了。而朝中，却有一些猜忌自己的人，使自己的主张无法实现。听到那一声声鹧鸪的鸣叫，他的心里十分惆怅。

秋八月，辛弃疾在江西还没有把要巡察的州县走完，便从朝中下来一旨，迁他为京西转运判官。

南宋时期的货物运输主要依靠江河湖泊里的船只，因此十分重视漕运，设有专门的转运衙门。其长官是转运使、转运副使和判官等。尤其是京城临安，是一座消费量很大的城市。每天从浙江（今新安江）、钱塘江、大运河进出的船队络绎不绝。没有漕运，南宋的最高统治者们就无法生存。

辛弃疾回到临安的时候，得知已经贬为建宁知府的叶衡又被谪放郴州，给了一个团练副使的名号，实际上是把他流放到偏远的湖南南部去了。而当初弹劾叶衡的汤邦彦，因为出使北国有辱使命，也被孝宗发往新州编管。新州即今广东省的新兴县，也属偏远地区。辛弃疾不免替二人惋惜了一回。说起来，这二人都是辛弃疾的好友，不过这次辛弃疾尤其对叶衡的被贬鸣不平。八月十六这天是钱塘江大潮，辛弃疾与京中的几个官僚来到钱塘江观潮。但见那潮水如山似岭，吼叫着从下游直向上游涌来，那气势叫人惊心动魄。由此，他忽然想到，这宦海沉浮不也如这江潮一样吗？归家后，他填了一阕《摸鱼儿》的词，专门描写钱塘江观潮的感受。写完后，他把这阕词寄给了远在郴州的叶衡。词中有云："凭谁问，万里长鲸吞吐，人间儿戏千弩。滔天力倦知何事，白马素车东去。""功名自误，谩教得陶朱，五湖西子，一舸弄烟雨。"字里行间，极力为叶衡鸣不平，同时也流露出了官场失意的隐居思想。

不管辛弃疾的心情如何沉重，可妻子范玉的脸上总是乐呵呵的。原来这两年丈夫一直在外奔波，这回不管他官场如何，总算可以在家厮守了。快到年底的时候，她兴高采烈地打发家人置办年货，整日里都是笑逐颜开。

谁料越到年底，越抓不住辛弃疾的影子。原来是在京的一些同僚互相宴请吃酒，连日里使辛弃疾应接不暇，气得范玉整天噘个小嘴。

话说此时临安城内住着两位转运使，而且这两个转运使都姓吕：一个叫吕擢，一个叫吕正己，二吕同是辛弃疾的同僚。吕擢、吕正己二人都好客，但却分别娶了性情不同的妻子。

吕擢的妻子性情温和，家里养了几个歌妓舞女，每宴客时都将诸女盛装打扮，陪客人作通宵饮。

吕正己的妻子却性情妒悍，家里不但一个像样的侍女都没有，而且丈夫外出赴宴，她还要监视其行为，怕他在外纳小。

这一天，吕正己的妻子又听说吕擢家摆酒设宴请丈夫去吃酒，还有一些歌女相陪，不禁怒从心头起，急急忙忙坐了软轿赶到吕擢家，堵住人家的大门把丈夫没头没脑地骂了一回。吓得吕正己魂飞天外，抱头鼠窜离席，乖乖地陪着悍妻归家去了。

过了几日，吕正已觉得此事丢人，总算劝动了妻子，在家里摆了一席，专门宴请吕揾和辛弃疾这两个同僚，也算是挽回面子的意思。

美酒佳肴地吃喝了数口，一没了歌妓舞女，吕揾便觉得扫兴，就当着吕正己悍妻之面开玩笑说："嫂夫人真真是治夫有方，家里面连个唱曲的侍女都没有。老兄能忍，可叫小弟与辛判官有些扫兴了。"

吕正己的妻子一听，忙说："这有何难。家里虽无歌女，但自家所生小女一人，名唤巧巧，颇识音律，唤出来为二位大人唱上一曲解解闷何妨。"

吕正己一听妻子要叫女儿出来唱曲，心想这成何体统，忙去劝阻。不料妻子向他一瞪眼睛说："二位大人是你同僚，不是外人，叫小女出来唱上一曲祝酒又有何不妥！"于是不容分说，入内拉出一个十七八岁的姑娘来。

辛弃疾抬头一看，但见此女长得体态丰盈，面如满月，樱桃小口微露笑意，两道柳眉，一双杏眼，眉宇间有一股聪颖的英气。而且唱起歌来声音婉转，动人心魄。辛弃疾不免多看了几眼。

也许是年满四十的辛弃疾显得年轻英俊，又长得魁伟挺拔的缘故吧，吕正己的女儿巧巧一见便坠入情网。酒宴过后，便诅咒发誓地要嫁给辛弃疾。吕正己一听，死活不允，并说辛弃疾已有妻室。无奈此女性情过于其母，死活要嫁给辛弃疾，即使是做二房小妾之类也心甘情愿。其母知道后竟然也站在女儿一边，不容分说，亲自找到吕求其向辛弃疾提亲。吕揾虽觉得此事可笑，但一想也算是一件仕林中的风韵之事。于是此君一拍胸脯，表示愿意玉成此事。

　　说着吕摺便找了辛弃疾，笑问他是用什么手段勾引了吕正己的黄花女，使得其女寻死觅活要嫁给他。辛弃疾一听也很愕然，方想起那天在吕正己家吃酒时，那姑娘的眼睛有些火辣辣的，确是有些先兆了。说实话，辛弃疾初见吕女便觉得容貌娇美可爱，但哪里敢往纳其作小的上面考虑。听说此女居然对自己情有独钟，并以死相从，真是大感意外的同时又觉得真是喜从天降，哪有不允之理。只是家有正妻范玉，不能不回去商量。十天八天过后，辛弃疾磨了几天的嘴皮子，总算把范玉说动，答应他纳了一小。于是，转过年的新正十五，一乘小轿，便把吕家那个如花似玉的巧巧娶到家来。新婚宴尔，几夜风情，辛弃疾喜不自胜，想不到人到中年，却凭空撞着这么一件艳事。唯有妻子范玉却像灌了一缸老醋，脸色总是酸溜溜的。

　　不想吕巧巧过门不久，辛弃疾正与她打得火热的时候，其父吕正己和吕摺同时被朝廷罢官。说起罢官的原因来可算是南宋士大夫私生活的一件趣事了。据张端义《贵耳集》中的记载：说有一天，吕正己又去吕摺家宴饮欢娱，正己的悍妻竟越过墙去，闯入吕摺家中诟骂，还把吕摺的官帽失手打坏。此事传入宫中，孝宗皇帝觉得有失官绅体统，十分震怒，当即下旨，将二吕同时罢官放归原籍，从而成为南宋官场的笑谈。

　　又过了数日，朝中下了一旨，将辛弃疾放为江陵知府湖北安抚使，并令他火速上任，转运使衙门来了个大换班。

　　半年多的京城生活，多是在吃吃喝喝、吹吹拍拍中度过的，辛弃疾也有些腻了，也想去走一走。于是便骑上马，带着随从去湖北上任去了。

只是辛弃疾一走，把心里一团爱火的吕巧闪了一下。私下里对范玉说："官人也真怪，不好在家多待几天，就好像湖北有人勾魂似的，说走就走了，这被窝都没睡热呢！"

范玉一笑说："他这人，长了你就知道了，热的时候恨不得天天捧着你。可一旦他有了什么事干，把你扔到一边就不理睬你了。那年去滁州，说好了一个月后派人来家接我，可是一顾起他的救灾事，把家都忘得一干二净，要不是我主动去，过年都不会想到我！"

吕巧一听眼睛就有些发胀。

且说辛弃疾走马上任，不日到了江陵。辛弃疾初到之日，就接手了一桩盗窃案。两个惯盗，从潜江盗得耕牛两头，打算坐船送到公安去销赃，中途被捕快抓获。辛弃疾审得实情，按律将他们流放到江州。没想到这两个家伙半路上扬言："用不了多久就回来重操旧业。"此话传到辛弃疾的耳朵里，这一气非同小可，他立刻写了一纸公文，又打发公人把二犯提回，在江陵的闹市当众斩首示众。这一下可把江陵城都震动了，别的盗贼也吓得销声匿迹，不敢在江陵附近作案。并且相传曰：新来的知府是个杀人不眨眼的恶魔。

只是江陵府有两个年岁比较大，资历比较深的通判，背地里嘀咕说辛弃疾杀人太滥，有失法度。于是就联络湖北提刑等人，一齐劝告辛弃疾。辛弃疾一见，这些人都是好意相劝，只得谢过，并满口应承下来不再轻易杀人。

可是不久，又有几个惯盗，居然在夜里捆了一家布店的伙计，把布匹窃走，用船运走时被辛弃疾派人查获。辛弃疾经过审讯，知道这几个人是几进几出江州大营了，便心里有了谱。

原来南宋时期，江州罪犯大营管理也很黑暗，有的罪犯使个什么贿赂的法子，时间不久就可以放出来逍遥法外。

辛弃疾将一干人犯审完，当堂发落，仍是发配江州。那几个犯人听罢宣判，互相看了看，一点戚容也没有。

当差役人等将这几个犯人押送上船的时候，辛弃疾秘密嘱咐了差人几句话。其中有一句话却是清清楚楚：行到长江中没人的地方，将这几个惯犯处决抛尸江中，回来复命！

差人一听，吓得目瞪口呆。辛弃疾立刻把府里的一纸处决犯人的公文给他们看了看，这几个差人也是抓犯人早就烦透了。见有官府大印，也乐得斩草除根了事。于是，这几个盗贼没等到达江州便上了西天。

可是纸里包不住火，辛弃疾杀人之名便传了出去。一时间江陵盗贼敛迹，境内安然，有时甚至夜不闭户，百姓欢颜。同时，官衙里的事情也少了许多。

八月的一天，辛弃疾正在府署中无事高卧，忽有门人来报，说有友人范成大自四川来访。辛弃疾一听，连忙起身，倒屣相迎。

范成大，字致能，号石湖居士，苏州人士。绍兴二十四年举进士。此人很有才气，其诗在南宋文坛颇负盛名。辛弃疾南归不久，曾在临安与他谋过一面，当时范成大在朝中任中书舍人。范成大比辛弃疾年长十岁。此次是他在四川制置使上任满归京，乘船路过江陵，听说辛弃疾任知府，便特意停舟探望。

辛弃疾崇拜范成大，不单是因为他的诗名和才气，还因为他与辛弃疾同是抗战派中的人物。七年前，范成大奉命使金，大义凛然，不辱君命，赢得朝野人士的赞誉。他在使金途中，路过原北宋都城汴梁，写了一首《州桥》的诗，歌咏的是金人占领下汴梁城中最繁华的商业区"州桥"一景。诗云：州桥南北是天街，父老年年等驾回。忍泪失声询使者，几时真有六军来？一时被主战派人士推为绝唱。

范成大与辛弃疾相会，老友重逢，自然十分投机，他一连在古城江陵待了三天。两个人都是好古之人，便结伴游览了这座千古名城。

辛弃疾先陪同范成大游览了渚宫。但见败荷残水，虽有野意，但故时楼观无一存者，只是后人盖了一个小小的草堂聊作纪念罢了。古时传有绛账台，据说是关羽点兵的地方。范成大和辛弃疾寻来寻去，在江陵军大营的营地里终于找到了它的遗迹，但也只是几块断石残基而已。听说城南有章华台，辛弃疾与范成大又打马出了南门，找了半天，方在一座破庙里找到它的残基。南门子城外又有息壤，传说是一种能无限生长的土壤。范成大笑着说："据史书记载，唐元和中，裴迪为江陵牧，掘之六尺，于地下得石楼如江陵城楼状，结果那一年暴雨成灾。用方士之说又将石楼掩埋，其水便止。不知今日是否灵验？"辛弃疾回道："说来也是奇事，我来此地也试过一次，果然灵验。其法是先在息壤前祭祀一回，然后掘至石楼出檐，那天上就真的下起雨来呢。后来我一想，可能是凑巧那天有雨，要不怎么会那么灵呢？"范成大听了也对此不置可否。

　　三天之后，辛弃疾置酒为范成大饯行，不禁想起一人，问道："有位叫陆游字务观的在四川当幕僚，大人可曾相识？"

　　"你说的是他呀！我怎么会不认识？"范成大立刻说道："此人和我年纪相仿佛，是三十岁那年中的进士，因遭到秦桧的忌恨，进士也被黜免了。秦桧死后才复了功名。还是我去四川任职时，聘他当的参议官。我与他在蜀中的交往还很深呢。只是这次我一归来，他的幕僚也不干了，在成都盖了几间茅草屋居住，自己起了个别号叫"放翁"。我本让他一起东归，他说囊中羞涩，不好回家。我打算在京中转了官之后，再举荐他任个一官半职。"

　　辛弃疾叹道："当初孝宗皇帝刚继大统时，我曾在临安见过他一面。此人真真是有些才气，可惜却生就了一个放旷的性格，听说还有些呆气，不然的话，一定能官至高位呢。"

　　"不过陆放翁的诗在我朝可称得上是第一呢。"范成大赞道，"尤其是那些抗金报国之作，叫人不忍卒读！"

　　"是吗？"辛弃疾很感兴趣地问道，"他早些年的诗，弃疾还读过一些，近些年的，特别是他入蜀以来的，几乎一概不知，范大人可否介绍一二。"

　　范成大说："我也只能记几首而已。乾道九年，他初入川在嘉州时，写了一首歌行体的诗，叫《金错刀行》。末句写道'呜呼，楚虽三户能亡秦，岂有堂堂中国空无人！'你说，谁读到这里不激奋呢？"

　　辛弃疾说："说起来我朝真正有骨气、一心想着恢复大业的人本不在少数，可是在朝中总没有形成势力。初时，弃疾知滁州，曾屯田训练过乡勇，效仿曹孟德当年防匈奴的方法，想到紧急时可用。弃疾还梦想招募一支像岳家军那样的军队，为将来收复失地做准备。说句实在话，我朝今日之兵有几个可用呢？那年平定茶商军时，实实在在地叫我领教过了。这支军队拿来吓唬手无寸铁的百姓还可以，可用来抗金却是一点儿用处也没有，更别说是收复失地了。

范成大说："是啊，当今主战大员，唯有叶衡，那年此君入相，着实让人高兴一阵，谁想到这么快就卜台了。否则的话，我们这些主张恢复大业的人还能多进入朝廷几个。"

辛弃疾怀着复杂的心情送走范成大之后，悉心处理政务。几天以后，有一件棘手的事情令他大伤了脑筋。

原来江陵城北驻着一营军队，由都统制率逢原统领。此人生得五大三粗，满脸横肉，且吃得脑满肠肥，是一个兵痞出身不学无术的家伙。平日里他不是聚赌就是吃酒，就是以操练为名外出走马打猎，整日里不务正业。因为此人凶狠异常、狡诈多变，朝中又有人，几任地方官对他都是敬而远之，哪个敢去管他的事情。

偏是这位率都统手下养了九个得力的亲兵，人们称他们为"四虎五狗"。平日里这些虎狗走街串巷，人人见了都远远躲着，唯恐招惹他们。其中又有二狗特别嘴馋，在街市上见到什么好吃的东西都索要一点儿尝尝，名为"索要"，实则是抢。

江陵县有一个姓黄的士绅，家中老父亡故，指使家人上街买了一篮子果品点心之类的东西，准备回家当作供品，谁知走在街上偏巧被那二位馋狗碰上。这两个家伙一见好吃得顿时涎水横流，凑上前去无理索要。因为是上供祭品，黄家人如何肯给，便与他俩理论起来。登时惹恼了二狗，将那篮子供品抛了一地，然后扬长而去。黄家忍无可忍，就写了状子，告到江陵县里。县里也知道虎狗乃是率都统的爪牙，不敢受理，还去劝说黄家息事宁人。黄家正值大丧，又遭此侮，心中不平，便告到江陵府里。辛弃疾详细问了情由，虽说事情不大，但事关军纪，不便直接去拿，便差了一个府吏，持了一角公文向率逢原说明。岂知率逢原只用鼻子哼了一声，说"知道了"，便再也不理辛弃疾的人了。

辛弃疾窝了一肚子火，仔细一打听，才知道率逢原的为人及他手下的九个无赖罪恶。于是气得他咬牙切齿，非要整治一下这个兵痞不可。

一天，辛弃疾对他两个亲信的衙役如此这般地交代了一番，两个衙役一听大喜，出了府衙行事去了。

此时正是九月，四川的川橘刚刚上市，就有船只从上游下来贩卖。那两个差人来到江边，寻到一条运橘子的船只，给了船主几吊钱，便用一张大红纸，写上一个"贡"字帖在船舱上。然后选出了一筐又大又好的橘子，在筐底下放了一张写好"贡"字的红纸，便大摇大摆地抬着在街上行走。且把筐盖打开，一时间，这筐橘子便成了人们争看的对象。

此招果然灵验，正赶上那两个馋狗走在街上撞见，不容分说用手去抓。两个差人一见时机成熟，放下筐就与那两狗争吵起来。厮闹当中，那筐橘子洒了一地，筐底的大红纸写着的"贡"字就露了出来。正在此时，不知从哪里冒出几名府里的捕快，三下五除二就把那两个抢橘子的人捆了起来，推推搡搡拥到府衙。辛弃疾当即升堂，审问结果，当然是那两个家伙抢了四川给皇上的贡品，按律当斩。辛弃疾雷厉风行，当即张出榜文，宣布他二人罪状，并择日斩首示众。此一招果然奏效，全城人心大快，剩下的四虎三狗方知道有些害怕，只有那率逢原背地里叫骂"晦气"。

辛弃疾正想着除去其他虎狗的计划，不料没过几天，忽有江陵县民来报，说率逢原纵容军士无理殴打百姓，已经伤了十几位乡民。原来是率逢原带了一队军士出去"操练"，说是操练，实则是打猎。为了追赶野兽，兵卒骑马冲进田里，把那长得正旺的秋麦糟蹋了一大片。刚好这片麦田的主人又是当地有名的乡绅，于是招来上百乡民与士卒讲理。两下里言来语往，不知怎么惹怒了率逢原，一气之下纵令士兵大打出手，把老百姓打得鼻青脸肿，有几个人还断了胳膊腿，然后这帮人骑上马，没事人一样地走了。

老百姓忍无可忍，便抬了重伤号到江陵府衙击鼓喊冤。作为一郡知府，辛弃疾不能不管。他问清缘由，知道又是率逢原所为，不禁气冲斗牛，坐上轿子直奔都军府。

率逢原听说辛知府亲自驾到，不得不出门相迎。二人落座后，辛弃疾单刀直入，提出要惩办打人凶手，并赔偿乡民的禾苗损失及医药钱。

率逢原干咳了几声，无可奈何地说："我朝的军队饷钱向来很少，辛知府自是知道的，让他们拿什么赔呢？至于说到要惩办凶手，下官自会处理，不劳知府大驾。"

辛弃疾一听话不投机，于是掷地有声地说："如此说来，本府可要将此事据实上奏给皇上，只能静候圣裁了。"

率逢原一听这是要告御状，竟也不甘示弱地说："那么率某就只好在此恭候了。"

辛弃疾二话不说，起身回了府衙，连夜将率逢原的恶行归结数条，又把几年来乡民状告军士不法事例附上，结结实实向朝中奏了一本。第二天打发两名干办，以最快速度送往京城。

且说此时的朝中，主事的宰相是史浩，枢密使（相当于副宰相）是王淮。新归朝的范成大也升了枢密副使。寻常执政都是这三人。

三人当中，史浩资历最深。他是浙江鄞县（今宁波）人，绍兴年间举进士第。此人为南方宿族大姓，对后来从中原南去的人士一直持歧视态度。曾与主战派人物张浚辩论过，说"中原绝无豪杰。若有之，何不起而亡金？"张浚极不同意他的看法，反驳说："中原之民手无寸铁，当与王师合而行之方成大事。"史浩又强词夺理地说："那么陈涉、吴广，用木棒锄镐之类亦起事以亡秦。必待王师配合，那算什么豪杰呢？"因此，此君把凡是中原归来的义军都称为"归正人"，并极力主张不重用他们。辛弃疾当然也在"归正人"之列。

话说辛弃疾弹劾率逢原纵容军士殴打百姓的奏章到了朝中的时候，率逢原弹劾辛弃疾乱杀无辜、草菅人命的奏章也到了京师。这位史大人一看，也不分曲直，便将两道奏章全都进呈给了孝宗皇帝。孝宗看罢，不能不问宰臣们的意见。

史浩貌似公允地奏道："臣以为辛、率二臣俱属性情刚烈之人，同官一郡难免不相容，这正所谓'一山不能藏二虎'也。"

王淮趁机又奏了一本："史相所言甚是。但以臣所见，辛弃疾之性情比之率逢原尤烈。尝闻人言，他每官一地都独断专行，因此难免同僚之间龃龉。"

范成大觉得他二人所说很不对味。如果再这样说下去的话，辛弃疾就有被免官的可能。于是他出班奏道："陛下，臣以为事情总有个是非曲直才是，辛弃疾办事干练，刚正不阿，每至一地都政绩斐然。如何处置，还望陛下三思。"

孝宗皇帝一笑说："一槽难拴二驴。那么就把辛弃疾转官吧。刚好江西安抚出缺，就让他去吧！"

就这样，辛弃疾在江陵任职未满一载，就被朝中迁官江西安抚兼隆兴知府，这是淳熙四年（1177年）底的事情。

在江陵临行时，辛弃疾收拾行囊，发现有一道奏折还没有上报朝廷。原来辛弃疾在湖北任职期间，发现屡屡有不法之人，将耕牛战马贩卖给金人以获取高利。他深知，长此下去必将增敌之力而削弱南宋，于是他才写了一道《禁沿边州县耕牛战马出境疏》。如今人要离职，此疏还上奏不上奏？辛弃疾马上想到，万事应以国事为重，不管自己在任不在任，还是照常上奏才是。于是他把原疏封好，仍以湖北安抚使的身份将此疏上奏。

令人欣喜的是，此疏在第二年的六月，也就是辛弃疾离开湖北半年有余，孝宗皇帝终于批答了此疏，并下旨在沿边各地执行。知道内情的人无不为辛弃疾的宽容大度的一片报国赤心所感动。

中书舍人程大仓，对辛、率二人互告，朝廷不分曲直，只将辛弃疾迁官江西了事的做法很是不满。于是他满怀义愤上言道："若陛下姑息率逢原之罪，则自此屯戍州郡不可为矣！"孝宗皇帝一想也对，这才下旨，把率逢原降了两级，用为本军副将，才算平息了朝野上下正士的一腔怒气。

第十一章

长路行吟

　　淳熙四年底，辛弃疾来到隆兴府的府城南昌任隆兴知府兼江南西路安抚使。这是他第二次到江西做官。

　　在江西路辖下有个兴国军，治所为今湖北省的阳新县，濒临长江。兴国军的知军黄茂材，是一个贪得无厌的贪官污吏。

　　辛弃疾未到任之前，黄茂材在他的境内捉到一伙盗贼，没收赃物甚巨。黄茂材见钱眼开，百般谋划，竟欲将这些财物据为己有。谁知隔墙有耳，消息走漏出去，被江西转运副使兼江西提刑王次张风闻去了。岂知这个王次张也是一个贪得无厌之徒，见到肥肉落入黄茂材之口，哪里能善罢甘休。于是他脑袋瓜子一转，用了一个私人信件向黄茂材询问这批赃物，企图让黄茂材分肥与他。黄茂材一见事情败露，索性谁也别得好处，便向朝廷奏了一本，说王次张不合用私札催留公事，涉嫌以此为盗贼解脱等情。朝廷于是派下人来一查，方知事情原委，二人皆是一丘之貉。孝宗怒下诏书，将黄茂材、王次张各降一级罢归。

　　就在黄茂材垂头丧气，欲归之时，辛弃疾到了江西。兴国县老百姓像是见到了青天大老爷，又联名具状，控告知军黄茂材私自没收百姓苗米、贪赃枉法等情。辛弃疾是个疾恶如仇的人，立刻查得实情，又向朝中奏了一本，弹劾黄茂材的贪赃枉法之罪。接着，朝廷又下一旨，将黄茂材追削一官。于是民心大快，辛弃疾也雄心勃勃，准备在江西一展身手，好好把江西治理一番。谁知刚刚到任三个月，又有朝旨到来，迁他回朝任大理寺少卿。

原来辛弃疾所劾奏的黄茂材，是枢密使王淮的一个亲戚。此人正是仗着王淮在朝才横行不法，又常常将贪来的财物给王淮上贡。辛弃疾不知此人背景，实打实地劾奏，黄茂材对此怀恨在心，跑回临安向王淮哭诉了一回。刚好这时大理寺少卿出缺，王淮挟着私怨，奏请将辛弃疾补进。宰相史浩也不愿让辛弃疾久在外郡，当即同意王淮所奏。

如此频繁的调动，使辛弃疾心灰意冷。临别江西之时，几个知心朋友为他饯行，酒酣耳热之际，人们不约而同地议论起了朝政，对朝中门户派别之弊痛心疾首。辛弃疾即席填了一阕《水调歌头》的词，词中有云："我饮不须劝，正怕酒樽空。别离亦复何恨，此别恨匆匆。头上貂蝉贵客，苑外麒麟高冢，人世竟谁雄，一笑出门去，千里落花风。""但觉平生湖海，除了醉吟风月，此外百无功。"这一次他喝得酩酊大醉，回到住处睡了一天一夜方醒。

听说辛弃疾醉了一天一夜，江西京西湖北路总领司马倬亲自登门拜望。

司马倬字汉章，平时以字行，人们都叫他司马汉章，乃是西晋司马氏后人。南宋时期，为了官官制约和监督，又在数路之上设一总领，监督各路长官的政务，所以，时人管"总领"又称为"大监"。自辛弃疾在湖北任安抚使时，即与司马汉章相识，这次到江西，亦在司马汉章总领之下。二人俱是有胆有识之人，相处颇融洽。又因为司马汉章也是北方人的缘故，辛弃疾更是一见如故，常常与他说些肺腑之言。

司马汉章对辛弃疾说："你恐怕还不了解当今宰相史浩吧？此人不能只用主战派、主和派去划分，他是历来都瞧不起北方人的一类。你还没看出来吧，土生土长的南方士族，与我们北方来的这些人始终有着一道鸿沟。尤其是你们这些后归之人，他称你们叫'归正人'，好像你们原先就不正似的。让你们这些人在外独当一面地任封疆大吏，他始终不放心，因此才匆匆地把你调回朝中。"

"啊！是吗？"辛弃疾是第一次听到这一消息，他显得很吃惊。过了好一会儿，他才叹道："说起来真是扫兴。弃疾此次任官江西，原想有所作为。听说东湖常有水患，本打算在我任期内好生治理一回，这一下却成了泡影！"

"此次召回朝中者非止你一人，还有庐州知府兼淮西安抚使王希吕呢。"司马汉章补充说。

"王希吕在庐州数年，不是治理有方，修城池招流民，功绩不小吗？"

"嗨！越是如此，越要召回呢。"司马汉章叹道，"就因为王希吕也是什么归正人。几时才能泯除这门户之见呢！"

两人长谈之后，司马汉章问了一下辛弃疾的行期就拜别了。

辛弃疾离开南昌之时，司马汉章一直把他送到十里长亭。辛弃疾怀着十分复杂的心情填了一阕《鹧鸪天》的词，题作"别司马汉章大监"，词云：

聚散匆匆不偶然，二年遍历楚山川，但将痛饮酬风月，莫教离歌入管弦。　　　萦绿带，点青钱。东湖春水碧连天。明朝放我东归去，后夜相思月满船。

淳熙五年春三月，三十九岁的辛弃疾在湖北江西仅当了一年多的官便被朝中匆匆召回，任了大理寺的少卿。

大理寺是南宋朝廷最高的司法机关。其最高长官是大理寺卿一人，下设少卿二人。

辛弃疾初到大理寺不能不拜见大理寺卿。一问同僚，方知现任大理寺卿吴交如（字亨会）卧病在家，久不到任视事。及至一检案牍，又令辛弃疾大吃一惊：临安狱中空无一人，政简民便，市无盗贼。辛弃疾不禁对这位未谋面的上司十分羡佩。再一细询，方知这位吴交如乃丹徒人士，绍兴十五年举进士。自任官大理寺以来，治乱有方，囹圄一空。为此，皇上特下帛书褒奖。会刑部侍郎虚位，孝宗有意用吴交如，谁知令下之时，吴交如却卧病不起了。

过了两天，辛弃疾携了佳果礼品，前去吴府探望。到了吴府，又令辛弃疾吃了一惊。原想大理寺卿并非小官，其府上一定是华贵无比。可辛弃疾一看，那门面却和寻常百姓家没有什么两样。一堵剥落的粉墙，两扇黑漆漆的旧门，一点儿装饰也没有。进得院来，便见旧屋数间，十分普通。妻妾几人都不事铅华，不着罗绮，一如寻常百姓家妇人。两个侍女又老又丑，与农妇相似。六十一岁的吴交如卧在病榻上接待了新来的同僚。辛弃疾仔细一看，这位上司的脸上就如干涸许久的地皮一样，横七竖八地布满了皱纹。一个侍女递给辛弃疾一盏茶，辛弃疾呷了一口，又涩又苦，竟是市上的寻常茶叶……

从吴府归来，辛弃疾把吴交如的窘况说与同僚，同僚说："说起吴大人可是一个少见的长厚君子，否则，何至于如此穷困呢。"

辛弃疾一听很感兴趣，忙问下文。同僚便给他讲了吴交如因何而贫的轶事。

原来吴交如也任过地方官，也发过财。那年他从邵州迁官归来，检点行囊，有钱二十贯。他想做点儿什么生意，便与他的门生朱某商议。朱某言，他的同乡丹阳孙某善治财，可以任事。于是，吴交如便把这三千贯钱一股脑地交给孙某去做买卖。不想没过多久，孙某经营不善，把这三千贯钱赔了个精光。因为是自己所荐，朱某知道后十分忧愁。一次，赶上吴交如过丹阳，朱某便拉了他去见孙某，孙某摆酒款待吴交如。其间，朱某要过账簿，示意吴交如看簿。吴交如却只顾喝酒闲谈，对账簿不屑一顾。朱某连连让了三次，吴交如三次都没有去接那账簿。归来时，朱某问吴交如是否忘了看簿，吴交如却说："难道你忍心把人逼死吗？"朱某问："何至于此？"吴交如说："适才与孙某座席中，吾见其色穷情沮，故料其甚虑吾看簿。若果看簿追问，孙某不忧死而何？其家人数口何以为活？钱财乃身外之物，何至穷追呢？"后来，此事渐渐地传了出去，为世人所知，人皆服吴交如有长者之风。

辛弃疾听了同僚的介绍，竖起大拇指赞道："雅量雅量，真君子也！"

转眼到了这年的闰六月，忽报吴交如病故。辛弃疾急急忙忙赶到吴府，但见阖府上下哭作一团。一问方知家无余资，连为吴交如治丧之钱都没有着落。辛弃疾二话没说，匆忙返回家中，翻箱倒柜，寻出一千贯现钱，叫仆人背了送去。妻子范玉颇有些不愿意，辛弃疾说："要赚钱还不容易，只要有我在，还怕你穷了不成！"为吴交如办过丧事后，辛弃疾又来了侠肝义胆，向朝中奏了一疏，把吴家穷困之状说了一遍。朝廷于是又颁下旨意，给吴家赏钱若干，方算了结了吴家之事。

过后，辛弃疾和同僚谈起吴交如的事情，不免深有感触地说："吾慕吴大人之为人，但不慕其治家。夫人，不能齐家，焉能治国？"

有人笑问道："辛大人年届四十，尚未置田产家业，敢问这也叫齐家吗？"

辛弃疾胸有成竹地说："辛某并非治不起家，而是多年宦游，没有定处。待到有了定处，辛某定当筑屋买田，绝不照别人逊色。"

大理寺少卿一职本属副职，公务清闲。一个无事的暇日，辛弃疾突然心血来潮，穿了便装，打马奔南屏山的静慈寺。静慈寺为他早年的旧游之地，在那里他结识了好友周孚。如今十载已过，不免有些人去楼空的慨叹。

步入山门，忽见一人倒背双手在院中散步。打眼一看，有棱有角的脑门和下颏，辛弃疾觉得面熟，于是走上前去，叫了一声："此非陈亮陈同甫先生？"

"你是？"陈亮有些愕然。

"在下姓辛名弃疾字幼安。那年在东阳"

"啊！是辛幼安呀。想起来了！"陈亮高声叫道，"听说你如今当了大理寺的少卿，怎么这身打扮？"

"闲着无事，来游寺庙。官服碍事，改了民装。你也是来逛庙呀？"

"我呀，是来听朱先生讲经的。因为屋里热，出来凉快凉快。"

"朱先生，哪个朱先生？"

"朱熹呀。"陈亮回道，"你没见这庙里这么静吗，要是在平日，早就是香客摩肩，钟磬之声不绝了。"

"原来是这位夫子呀。听说他前几天奉召来到临安。因为他有名气，宰相史浩硬要委以官爵。据说这老先生还挺孤傲，死活不肯出山。怎么躲到这里讲经来了？"

"京中学子向来慕他大名，听说他来了临安，便千敦万请，方才请动他的大驾，在这里为众生讲解《周易》，因此我也来了。"

"走，我也听听去。"辛弃疾突然来了好奇之心。

来到大雄宝殿东侧的讲经禅房，辛陈二人从开着的窗子向里一看，只见朱熹身穿粗布长衫，端坐在讲台之上，手挥着扇子，口中念念有词，声音抑扬顿挫，四五十位生徒在下听得津津有味。辛弃疾与陈亮悄声进了室内，寻了一空位各自坐下。听了一会儿，讲的内容都是些天象太极两仪、八卦阴阳相生相克一类的东西，不免有些生腻。好在不一会儿就讲完了，众人渐渐散去。

陈亮一把拉过辛弃疾，说："走，我引你认识认识这位朱老夫子。"

辛弃疾本想不去，但陈亮扯着他，又不好意思脱身，就跟着他走到讲台前。陈亮对朱熹介绍说："朱先生，此位便是现任大理寺少卿的辛弃疾先生。"

朱熹的眼睛虽不太大，却闪烁着明亮的光，从上到下打量了一遍身材高大的辛弃疾，然后抱拳见礼，说："久仰久仰。今日相见，甚是幸会。"

说着话，朱熹就把辛弃疾和陈亮引入一间雅静的僧房。落座之后，朱熹向辛弃疾问候了一番。并未提那年邀请他去鹅湖之事。辛弃疾也觉得那事重提有些尴尬，便也缄口不语。

朱熹好像与陈亮很熟，转过脸问道："数日前，有人给孝宗皇上上了一道奏章，署名陈同，想必就是你了。"

陈亮一怔，只得说："不错，正是小弟。不知先生何以知晓？"

"如今这临安城里，除了你，谁还能写出那样慷慨激昂的文字来？此外，谁会做出那么出人意料的举动来？"

辛弃疾一听，方才想了起来，在数日之前，有一陈同上了一疏，陈述国富兵强、明君有为以及收复失地诸大略，引起朝中大臣为之争论。孝宗皇帝被此疏所感，要召见上疏之人，委以官爵。偏是朝中有一位新贵叫曾觌，原是孝宗皇上当太子时的随从，为人卑猥。当他知道皇上想召见陈同时，便多了一个心眼，私下里出了皇宫，到客馆中求见陈同，想以通风报信结交。陈同知道后，不知为什么，竟越过客馆的后窗避去了。大臣们知道此事后，纷纷说这陈同是一个没有本事的人，否则逃跑干什么？

辛弃疾于是问陈亮道："原来陈同就是贤弟呀！听说曾觌要去见你，你为何越窗而遁呢？"

"吾鄙其人。像他这样没有什么本事，就靠着太子时潜邸的关系当了皇上的宠臣，与这样的人为伍，吾甚觉可耻。"陈亮理直气壮地说。

朱熹闻言赞道："同甫真乃贤士也，为人就应该有些骨气才是！"

辛弃疾要请朱熹去城中吃酒，朱熹却说他不愿入城，于是三人在庙里用了一餐。只是庙里的斋饭不合辛弃疾的口味，觉得甚是扫兴，用罢饭，又与朱、陈二人应酬几句，便告辞回城。

这年的春天十分闷热，众官员士大夫之流都争着到西湖上纳凉。连日来西湖上都是画舫游船不断，笙歌之声不绝于耳。南宋时期一直保持着北宋那种歌儿舞女、诗酒笙歌的冶游习气，而且大都是些官员们携带侍妾集会取乐。辛弃疾也不例外，他也常带着侍妾吕巧参加宴会。吕巧能歌善舞，每次集会都能给辛弃疾的脸上增光。可是近几日来却惹了几次辛弃疾的不高兴。几次都是强劝她才来，而且要她唱歌时，她偏使性子不肯一展歌喉。终于有一天，辛弃疾一赌气，没有带她去西湖。

这一天辛弃疾归来很晚，却发现吕巧不在家里。直到半夜才听到有人叫门，辛弃疾出外一看，见一个粉面书生把她送了回来。辛弃疾这一气非同小可，急问此生是谁？没想到吕巧毫不在意地说是她表兄，说罢倒头就睡，再也不理辛弃疾。

第二天一早醒来，辛弃疾问吕巧："看样子你喜欢你表兄？"

"我没说我喜欢他，可表兄说他喜欢我。怎么了？"吕巧理直气壮地问。

"那好，我成全你表兄。"辛弃疾斩钉截铁地说。

一听此话，吕巧顿时傻了眼。谁料辛弃疾却真的叫了一乘轿子，叫人把吕巧送到她舅舅家寻她表兄过活。吕巧一见，也来了性子，一扭身上了轿子就走了。辛弃疾无缘由地跟着来到大门口，突然听到轿子里传出了呜呜地哭泣声，方才有些后悔。但凭着辛弃疾的刚烈性格，无论如何也不肯再把吕巧劝回来。就这样，辛弃疾纳了刚刚两年的爱妾被他一怒之下逐出门去。

只是爱妾走后，数夜来，辛弃疾都是辗转反侧，彻夜难眠。回想此女，也觉得与她耳鬓厮磨，恩爱无比。一腔悔恨与情思，居然令这位刚烈大汉动了柔情，提起笔来，填了几阕情词，其中不乏缠绵悱恻之句。有一阕《祝英台近·晚春》写得情意绵绵，使那些专写情词的高手也自叹弗如。词云：

宝钗分，桃叶渡，烟柳暗南浦。怕上层楼，十日九风雨。断肠片片飞红，都无人管；更谁劝、啼莺声住。

鬓边觑，试把花卜归期，才簪又重数。罗帐灯昏，哽咽梦中语：是他春带愁来，春归何处，却不解、带将愁去。

同僚中有人知道辛弃疾赶走爱妾后颇怏怏不快，便怂恿他再纳一二小妾。辛弃疾说："必得才艺胜过吕巧者方可。"那人说："此易事耳，想这偌大的杭州城里，歌女粉黛成群的地方，岂能选不出一两个绝色女子？"

于是就有好事者为辛弃疾物色人选。忽有人说湖滨燕春楼上有两个唱曲的小女子甚是可人，便拉了辛弃疾去听，辛弃疾就脱了官服，着上民装去了燕春楼。他一见这两个女子果然是面似桃花，发似乌云，体态修长，娉娉婷婷，心中不免高兴起来。及至听她二人开口一唱，那婉转歌喉，更是令人销魂。仔细一听那歌词，辛弃疾吃了一惊，是他自己早年时的旅途秋思之作《一剪梅·尘酒衣裾客路长》：

尘酒衣裾客路长。霜林已晚，秋蕊犹香。别离触处是悲凉。梦里青楼，不忍思量。　　天宇沉沉落日黄，云遮望眼，山割愁肠。满怀珠玉泪浪浪。欲倩西风，吹到兰房。

辛弃疾回忆起来，这是他青年时漫游吴楚各地，于一个青楼上结识了一个妓女写的一首情词。后来他曾把这些词送给朋友，真不知道什么时候这词竟传到青楼里来了。

辛弃疾见这两个小女子十分可心，便找到燕春楼的店主要买此二女。经过讨价还价，双方争执不下。不想陪同辛弃疾来的那个同僚一着急，把辛弃疾的大名说了出来。那店主一听吃了一惊，原来这位竟然是大理寺的官，哪里还敢再争。辛弃疾总算没有多花钱，欢天喜地地把这两个女子领回家去。

两个如花似玉的歌女到了家中，辛弃疾才想起问这两个女子的姓氏。原来这两位一个姓田，一个姓钱。辛弃疾听了不禁大笑起来，眉飞色舞地对妻子范玉说："看来我们要发财了。田和钱都进了家门，这可是好兆头呵！"

"你那几吊钱置办田产还差得远呢。如今什么都没有影，你却买了这两位，高兴什么呢？"范玉酸溜溜地泼了他一瓢凉水。

"别着急，说不定哪天我做生意赚了大钱呢。"辛弃疾十分自信地说。

接着，辛弃疾就为这两个侍人重新取了名字，一个名叫田田，一个名叫钱钱。据载，这两个侍妾一直陪伴辛弃疾到终年，这是后话。

初秋，正当辛弃疾与爱妻美妾过着甜蜜日子的时候，又有朝命下来，叫辛弃疾去做湖北的转运副使。原来近几个月来，湖北湖南相继出现了不少盗贼，结伙抢劫官船，官军防不胜防。原转运官调度无方，且胆小如鼠，不能胜任，朝中大员斟酌再三，不得不重新启用辛弃疾。

辛弃疾入朝陛辞时，孝宗皇帝又勉励一番。辛弃疾借机奏道："臣为陛下驱使，虽肝脑涂地亦在所不辞。然数年来频繁转官，使臣应接不暇，臣甚苦之。臣此次出任，望陛下能稍延时日，臣不胜盛激。"

孝宗皇帝听罢，当即答应了他。

辛弃疾估计此次出任湖北副漕时间会很长，于是便聘了两位得力的僚属，一位叫杨炎正，字济翁，是诗人杨万里的族弟。另一位姓周，字显先。这二人都通翰墨，解音律，而且年岁都不太大。

辛弃疾离家之时，妻子范玉及钱、田二侍妾都老大不愿意，自然又抹了几许惜别的热泪。范玉怨道："才归来半载又要长行，几时能有个固定的家呀！"

辛弃疾劝慰道："别着急，此次出去，我定当选一佳处置田筑宅，到时候，一准把你们接去就是。"

说着，辛弃疾与杨、周二位僚属坐上官船溯江而上。

远山碧水，白帆轻舟，不数日便到了长江的一狭窄处。但见两岸青山虽不太高峻，却是秀美异常。听船夫讲，这就是著名的采石矶。辛弃疾一时来了游兴，便叫人将船靠岸，拉了杨济翁、周显先登上了采石矶。此时正是傍晚，一轮红彤彤的太阳向西沉去，把长江里的水都染红了一大片。

采石矶在今安徽省当涂县附近，这里积淀了丰厚的历史文化。东汉兴平二年，孙策渡江攻刘繇而奠定东吴；晋咸宁五年王浑帅师取东吴从此三国归晋；梁太清二年侯景渡江攻建康酿成天下大乱；隋开皇九年韩擒虎渡江破陈天下一统；宋开宝七年曹彬渡江取南唐，这些著名的战事都发生在这里。最近一次是辛弃疾在山东义军时的绍兴三十一年，虞允文大破完颜亮的金兵。所以，辛弃疾登采石，心里便激动不已。

三个人在矶上盘桓了一会儿，互相谈论着古今兴亡之事，不免有些口干舌燥，肚中饥渴。刚好船夫在江边喊他们几人，说是从渔翁那里买了几尾鲜鲤，叫他们下来吃鱼。辛弃疾与杨、周二人朝矶下一看，果然见那浩浩的江面上，有一叶小舟，舟上的渔翁正摇橹而行，飘然若仙。辛弃疾不禁赞道："好自在也！"

回到船上，鲜鱼刚好烹好。辛弃疾临着江风，品了几口酒，对着眼前的美景诗兴大发，即兴填了一词给二位幕友看，说："在下戏填了一阕渔父词，请二位品评品评。"

杨济翁、周显先接过来一看，但见填的是一阕《西江月·渔父词》：

千丈悬崖削翠，一川落日熔金。白鸥来往本无心，选甚风波一任。

别浦鱼肥堪鲙，前村美酒重斟。千年往事已沉沉，闲管兴亡则甚？

看了此词，杨济翁赞道："好一个'千丈悬崖削翠，一川落日熔金'！除了'削翠'和'熔金'这四个字，再没有什么词可以描写眼前的景色了。而且一看这几个字，就觉得心胸开阔，天地都大得无边。我敢说，东坡居士的文笔也不过如此罢了。"

辛弃疾笑说："哪里话呢，我这是无拘无束惯了才随口吟出来的。别说是苏东坡，就是周邦彦、柳永和李易安的词，我辛某也不敢与之相比呢。"

周显先接过话来："幼安先生真是太自谦了，学生向来不会说恭维话。先生的词得自于自然，实属上乘之作。在下虽无大才，但却喜阅诗词。我朝词家之作几乎都浏览了一遍，虽不能说是了如指掌，但整体的脉络经纬尚能分辨一二。"

辛弃疾一听十分感兴趣地问道："这些年来弃疾光晓得写词谱曲以作乐，聊以寄情兴怀。况且官场漂萍，戎马倥偬，没有心思去讨论词坛词作之得失高下。今听先生一语，方知个中有个学问，弃疾愿听其详。"

周显先说："词与曲同兴于世久已。它肇于两晋，盛于南唐。其大旨不过酒席宴上伴着丝竹板眼，唱些儿女深闺情话而已。不出'香''软'范畴。自我朝东坡居士一曲'大江东去'才见词的开阔魅力，总算冲出闺房酒宴的牢笼了。至若周、柳等人之作，不过延承前人旧路而已，怎能和先生的大作相比。学生观先生之作，长此下去，定当继东坡之韵而独领风骚，崛起一个高冠大履、怒马横空的词风来！"

辛弃疾笑说道："照此说来，弃疾往后若动笔的话，只得往这条路上走了。"

杨济翁说："其实先生的情词也并不逊色。"

辛弃疾接口道："不过词风之变，非人力所为，实乃靖康之变，家国存亡之耻之愤，荡击词人之心胸所致。仅以李易安就可见一斑。她的'红藕香残'与'人杰鬼雄'就前后判若两人了。"

"至论，真是至人之论也！"杨济翁叹道，"词与诗皆为言志，乃有感而发才成佳作。"

这天夜里，辛弃疾等人泊舟采石岸边睡了一宿好觉。次日醒来，但见旭日升起，红霞满天，向东望去，远远一抹青山十分壮美。周显先说："那就是马鞍山，李白的墓就建在那座山下，后人建有凭吊的小亭，学生还曾去过一次呢。"

辛弃疾惋惜地叹道："可惜官命在身不得久留。否则，弃疾定当凭吊一回这位诗仙。"

船只继续扬帆前行，两天后到了池州境内，江面豁然开阔起来，地势也渐渐平坦。站在船头向南望去，远远地只见青山如嶂。杨济翁一指那青山说："那是九华山。山北是青阳县，去年学生到过一次。说起来可供人一笑，青阳县里至今有一个石牌坊，古貌森森，原来却是青阳公宋齐丘的牌坊。"

辛弃疾一听愤然道："宋齐丘也配有牌坊吗？以弃疾所见，此人可是古来少有的无耻之徒了。他名为'齐丘'，谓自己可与孔圣人比肩，字'超回'，是超过亚圣颜回的意思，真是不自量力了！甫读《十国春秋》，颇知此人底细。他原为吴臣，李升专吴之政，齐丘时为吴的平章事，却极力帮助李升篡吴。李升代吴改国号为南唐，齐丘当了司徒。周世宗伐南唐，是他墨守成规误了战机，后来寿阳一战，失了淮南，士大夫无不骂他。因此，齐丘自觉无颜活在世上，自缢而死，后人还以为他为南唐捐躯了呢。所以，以愚之见，应当将他的牌坊砸碎才是！"说着，辛弃疾口占七绝一首，题为《江行吊宋齐丘》。末两句有云"可怜千古长江水，不与渠侬洗厚颜。"

杨济翁说："是啊，人无骨气，卖主求荣，将遗臭万年。"

几个人一路上谈古论今，却也其乐融融，减去了不少旅途寂寞。不知行了几天几夜之后的一个中午，船的前方江右岸边，远远地出现了一座古城。走近时，但见城门楼上飞檐翘起，更显得古貌森严。及至近处一看，城门上的匾额上写着"黄州"两个大字。辛弃疾说："上次辛某路过此地，因为公务太忙，不及入城。这次有幸路过，可不能错过了游览的机会了。"

杨、周二人一听要游览黄州，当然赞成。

黄州知州马叔度久闻辛弃疾的大名，因此热情款待自不必说了。他们先是坐了大船，寻到了当年吴蜀联军火烧赤壁的地方。只见赤壁矶立于岸边，岩石呈红色，犹如被火烧过了一般。在那里，众人又领略了一回当年苏东坡被贬为黄州团练副使时，游赤壁时写诗作赋的复杂心情。

第二天的傍晚，马叔度在黄州城西门楼上摆宴，款待辛弃疾一行。众人拾阶上了城墙，当时正是七月十五，天虽然没有全黑，但东方的圆月已经露出了半边脸来。

进了城楼，摆上酒席，众人便连说带笑地喝起酒来。不知不觉中便是月上中天了，但见城外长江水面上波光粼粼，似碎玉一般美妙。有时微风一吹，水映月光，反射到城楼顶上，别有一番风韵，辛弃疾见了不禁开口叫绝。

马叔度指着楼檐上映着的月光，向众人说道："诸位还不知道吧，别看此楼又旧又小，说起来还是一座不出名的名楼呢。"

"此话怎讲？"杨济翁好奇地问道。

"我只把此楼的名字告诉你们，你们就会明白了。"

"那么此楼何名？"

"月波楼。"

"好一个月波楼！"辛弃疾叫道，"果然名不虚传。我想起来了，王禹偁在他的《黄冈竹楼记》上说，他造了一个竹楼，与月波楼通，不就是这里吗。"

马叔度忙说："正是此楼。"

周显先听罢来了兴趣。他离席走到楼前，抬头向上一看，楼檐下果然有匾，题着"月波"两个大字。于是，众人的话题又回到北宋，议论起王禹偁来了。

王禹偁是北宋名臣，因品性刚直，屡次得罪要人，屡次被贬官。辛弃疾举杯对众人说道："王禹偁当年被贬黄州，曾建一竹楼，叹道'竹之为瓦仅十稔。若重复之，得二十稔。'他自翰林遭贬后，历仕滁州、广陵，回朝仅一年，又谪居黄州，四年之间奔走不暇。因对竹楼而叹曰'未知明年又在何处，岂惧斯楼之易朽手！'想不到今日辛某与王禹偁的境遇却十分相似。他是四年之间三个朝命，而辛某却是三年之间四次迁官。奔走不暇，之语，吾是深知矣。想弃疾年届不惑，不知还有多少官途需要奔波呢！"

马叔度听了此言，十分同情辛弃疾的境遇。他深知，辛弃疾本是抱着一颗杀敌立功，收复失地的雄心奔归南宋的。可是进入官场以来，却四处奔波，谁人能体谅他的一腔报国激情呢，因劝说道："曹孟德有诗云'对酒当歌，人生几何？譬如朝露，去日苦多。'何苦为官场上的事烦恼呢？来，我们写诗填词赏月光罢。"说着，他便命人摆上了笔墨，自己先自迈着方步，填了一阕《水调歌头》的词。辛弃疾一看，无非是那咏叹时光短暂及时行乐的意境。于是笑了一笑，提起笔来，用马叔度的韵脚，也填了一阕《水调歌头》，题作"和马叔度游月波楼"，词云：

客子久不到，好景为君留。西楼着意吟赏，何必问更筹。唤起一天明月，照我满怀冰雪，浩荡百川流。鲸饮未吞海，剑气已横秋。　野光浮，天宇迥，物华幽。中州遗恨，不知今夜几人愁。谁念英雄老矣，不道功名蕨尔，决策尚悠悠。此事费分说，来日且扶头。

马叔度看罢此词，喟然说道："'鲸饮未吞海，剑气已横秋'，和'谁念英雄老矣'，这可是叹息得太早了。不见曹孟德'老骥伏枥，志在千里。烈士暮年，壮心不已'是何等心情！幼安先生刚到中年，就安抚了数郡，政绩斐然。将来前途不可限量，高官厚禄定是垂手之事了。"

辛弃疾听了仰天长叹道："叔度不知吾心也！"说罢，他直起身来，用手往北方一指说道："八百里秦川，中原大地，物华天宝，人杰地灵，如今仍在金人的铁蹄下践踏，辛某何忍消磨这大好年华！委屈这江南一隅，纵是高官厚禄，难道就能让辛弃疾开怀吗？"

一听这话，众人无不唏嘘，齐声安慰辛弃疾一番。

在黄州待了数日，辛弃疾又溯江奔鄂州上任。他接任后，便拣选了能员壮勇，一路巡行归、荆、兵、沣诸州，收拾了数伙专门打劫船只的强贼，杀了几个巨魁，湖北的漕运总算畅通了。

转过年的春三月，湖南一路盗贼又起，也是以抢劫漕运船只为主，地方官无能为力，便一个劲地向朝廷告急。朝廷见辛弃疾办事干练可任，于是又降下旨意，让他任湖南转运副使，去疏通湖南的漕运。辛弃疾无奈地对杨、周二位僚属说："几时才能让我安稳呢？"

杨济翁笑道："还是先生治乱有方才得君王重用。若是吾辈，就是把板凳坐穿了也没甚成就呢。"

辛弃疾离开鄂州（今湖北武昌）时，同僚王正之在小山亭置酒为其饯行，鄂州知州赵善括（字无咎）也在座。席间，不禁谈起朝政和两湖盗贼蜂起的现实，几个人不免对形势忧心忡忡。此时辛弃疾心中不快，几杯酒入肚便有些醉意，席中，他悲吟了一曲《摸鱼儿》的词：

更能消、几番风雨，匆匆春又归去。惜春长怕花开早，何况落红无数。春却住。见说道、天涯芳草无归路。怨春不语。算只有殷勤，画檐蛛网，尽日惹飞絮。　　　　长门事，准拟佳期又误。蛾眉曾有人妒。千金纵买相如赋，脉脉此情谁诉？君莫舞。君不见、玉环飞燕皆尘土！闲愁最苦。休去倚危栏，斜阳正在，烟柳断肠处。

杨济翁笑问道："幼安词里说的长门事，不是汉武帝的妃子陈阿娇吗？"周显先也笑问道："末后又加上杨玉环和赵飞燕，幼安今天怎么专咏古代美女？"

辛弃疾提着酒杯微微一笑没有开口。宴席的主人王正之却说了话："幼安此词是极有讲究的。他明里是咏美人，但细一想，这些美人哪一个不是极工献媚，争着向君王邀宠，又红极一时，可到头来哪一个不是尘土一堆！"

杨济翁恍然大悟道："幼安鄙视邀宠伎俩，甘守淡泊。此词可是婉约与豪放兼而有之了。"

就这样，辛弃疾犹如一匹高大耐劳的骏马一样，任朝廷牵着缰绳四处奔走为统治集团卖力。好在湖北湖南疆界相连，舟行数日便到了湖南路的首府潭州（今长沙市）。

辛弃疾初到湖南当官便尝到了苦头。原来湖南地方多山多水，高山大泽之中乡民依山结寨，民风强悍。且又山高皇帝远，一些官吏还贪脏枉法，逼得百姓没有活路便去为盗。并且多数村寨都是同姓同族聚居，结成为数众多的"乡社"。这些乡社名为护卫家园，实则对抗官府。个别的又干些抢劫勾当。不光是漕运的船只，就是官府的粮仓，也常常遭到劫掠。甚至有些富绅宅院，也时时被洗劫。待到官军一到，这些盗贼全都没了踪影，搞得各府州县疲于奔命，防不胜防，一道道奏章上达朝廷。辛弃疾经过初步了解，深知盗贼之病非关漕运一事，乃是地方一大祸患，而且其根源是官吏贪求所致。于是他先向朝中奏了十六个字："官吏贪求，民去为盗。乞先申饬，续具按奏。"

朝中接了辛弃疾所奏，知道事情颇重。不知哪位大员向皇上进了一言，力保辛弃疾可安抚湖南。孝宗皇帝也觉得辛弃疾可任，立即降旨，命刚到湖南未久的辛弃疾任潭州知府兼湖南安抚使，令其剿灭湖南盗贼。

辛弃疾接到诏命后不敢怠慢，急忙带了杨、周二位僚属走马上任，来到湖南的潭州。前任知府王佐正卷起铺盖等待离任，及见到辛弃疾后寒暄几句便急急地溜之大吉，庆幸自己总算离开了这是非之地。

辛弃疾接了印信，也不见任何府中旧属，便把自己的官服脱下，穿了一身皂吏捕快的衣服，向杨济翁、周显先交代数句，杨、周二人一听大惊失色，原来这位新任的安抚使要乔装扮作一名捕快亲自去衡州捉贼……

第十二章

为民请命

辛弃疾来到潭州后，换了捕快衣服，充作提辖官，嘱咐杨济翁、周显先二位，对外声言知府未到。然后便亲选二十名精悍皂吏，打马直奔衡州。

衡州知州听说府里只派了一名提辖官领了二十骑人马心里很不高兴，便打发一个黄都监领了三十人会同辛弃疾连夜去了耒阳。这黄都监的官阶虽然比提辖高出一级，但因为提辖是府上差来，所以行动时不得不与辛弃疾相商。

以往府州派兵搜剿盗匪，多是把兵员驻在县里或大的城镇，地方酒肉伺候，然后再寻访盗贼踪迹，前去抓捕，但收效甚微。此弊辛弃疾了如指掌，因此，他对黄都监说："五十骑人马入了耒阳县城未免招摇，不如选个险要路口隐蔽在山里埋伏下来，然后派出细作在四处巡行，一有盗贼出现，快马来报，我等再堵截抓捕，则万无一失。"

黄都监一听这位大个子提辖颇有心计，便与辛弃疾妥善安排了一番。

不出辛弃疾所料，刚刚过了两天，就有细作来报，说是十里之内的邵家集有贼人抢劫官仓稻谷。于是辛弃疾指挥人马飞速向邵家集奔去。赶到邵家集时，那伙强人正赶着大车向山里逃去。辛弃疾就和黄都监各带一伙捕快分两路包抄过去。在进山的路口，这伙二十几个强人被捕快们团团围住，全部成了俘虏。

辛弃疾一看这伙垂头丧气的强盗，身上穿的全都是破衣烂衫。手中的武器，也都是粗劣的刀枪棍棒，不免心中疑惑。这伙人被押到耒阳县大堂，知县不能不审。一审时，这伙盗贼倒先喊起冤来。

一个四十多岁的汉子跪在堂上向知县哭喊道："大老爷明鉴，容小民细细禀来。"说罢，他又一把鼻涕一把泪地哀求道："小民知道，朝中有明令下来，一季稻谷一收赋税，不许提前收取。可是今年我县的早稻刚刚收完，县里就叫小民把全年赋税交齐。此外还有学捐、路捐、户帖、由子之类，全数交齐，家中便颗粒全无，小民等一想反正也要饿死，不抢何为？"

"大胆刁民，抢粮就是犯法，应当问斩！"知县大声喝道，"来人呀，把他们全数打入大牢，待申报府上从重施刑！"

辛弃疾和黄都监此时也在大堂上听审，他见此情心中不免一怔，刚想要出来说什么，忽听县衙门外人声嘈杂，原来又来了一伙请愿的百姓，多是些妇女老幼，跪了一地，哭声不断。辛弃疾老大不忍，忙对那刚要退堂的知县大声说道"且慢！"

知县一见府里来的提辖官要说话，忙说道："请提辖后堂看茶。"

"请将此案交由本官审理！"辛弃疾一字一板地说道。

知县一听目瞪口呆，他想一个提辖只是一介武夫，充其量其官阶也只顶个县尉、主簿，居然要代我审理案子，岂不是越俎代庖。但他眼珠子一转想，人家毕竟是府上下来的人，不能顶撞。于是皮笑肉不笑地说道："愚昧草民，难以理喻，提辖何必生气。本县后堂已办了酒饭，请提辖与黄都监后堂用饭休息。"说罢，这位知县一撩官袍，走下座位就要退堂。

辛弃疾嘿嘿一笑，把手中的宝剑递给身边的亲兵，然后两大步跨到方才知县坐的太师椅前，四平八稳地坐了下去。顿时，知县、黄都监、衙役及一干人犯都惊奇地看着他。

辛弃疾将惊堂木重重一拍，自报家门地说道："本官乃新任潭州知府兼荆湖南路安抚使辛弃疾是也。"

此话刚落，辛弃疾的亲兵捧上一颗大印放于大案上，对知县等人高叫道："钦命安抚使辛大人在此，还不大礼参拜，更待何时？"

知县和黄都监等人听了，惊得张大了嘴巴，一时不知所措。及至见了知府大印，方才带了所有衙役，战战兢兢地跪了一地。辛弃疾叫众人平身，并让知县与黄都监就座。之后，他传命，将所有抢粮人犯全数带上堂来。

不一会儿，二十几个犯人全都拉了进来。

辛弃疾一拍惊堂木，朝所有犯人叫道："本府初到湖南，对尔等一律宽大。每人自打十个掌嘴，然后开释，概不追究。"

此语一出，顿时堂上堂下鸦雀无声。知县及衙役人等都惊得张大了嘴巴：自己打自己的嘴巴，完事就放人，这是什么刑罚？怎么来了这么一位糊涂知府。

此时，所有的犯人也都惊异不止，睁着眼睛直愣愣地看着这位凭空掉下来的知府。

"怎么还不打？难道让本官亲自为你们施刑不成？"辛弃疾又拍了一下惊堂木。

人犯们一听，这才反应过来。于是一个个站在堂上，挥起了手掌，边打边数地抽起了自家的嘴巴。霎时只听堂上噼噼啪啪地响起了一片打嘴巴声。两边的差役们一看这种施刑方法实在叫人哭笑不得，有几个人实在憋不住，笑得腰都直不起来。

就在众人犯打掌嘴的时候，其中有一位青年直挺挺地立在那里就是不打，还拿眼光火辣辣地看着辛弃疾。耒阳知县见了，探过身去对辛弃疾悄声说道："辛大人，此人名叫高怀青，读过几天诗书，因家道败落便与官府作对。据本县所知，此次抢粮，就是这人主使。大人非要好好治他不可！"

"行。"辛弃疾应了一声。然后吩咐，把那个没打嘴巴的青年抓起来，其余人全部放归。众犯人一听，一个个争先恐后地跪地叩头，谢恩不止，然后起身向外就走。

辛弃疾突然说道："众人且慢！"两边衙役一声吼，又把众犯人截住。

众犯人吓得又止住脚步，回过头来，惊恐地望着辛弃疾。

只听辛弃疾笑对众人说道："本府有令，限你们明日交来一份清单，把今年以来官府所收的各种赋税数额一一列清，据实报来。若有差池，概不轻饶。"

众人一听，连忙齐喊"遵命"。

夜里，辛弃疾单独召见了那个叫高怀青的青年。高怀青开始时一言不发，直用疑惑不定的目光看着辛弃疾。辛弃疾和颜悦色地说："本府奉旨安抚湖南，并非抓人杀人了事，实欲使境内上下安和。你有何冤屈自管道来，本府自有主张。"

高怀青听罢此言，打开那件裹得紧紧的破衣衫，从怀里掏出一张纸来，递给辛弃疾，说道："辛大人请看，此簿乃学生所列，是今年以来官府强行多收的稻谷数。我等去粮仓所抢，亦是此数，分毫并未多取，官仓守吏亦未伤及一人。原想完事后将此簿交到州府作为凭据，谁知大人督兵神速，半路被捉，粮食颗粒未获。学生向大人进一真言：耕者无粮，必反无疑。"

"不过，据本府所知，即使官府提前收了下半年的赋税，乡民手中尚有一半粮食可以过活呀。"

"有什么呀！"高怀青道，"乡民多数租种富人土地，除了向官府交税，还得向地主交租。去了地租，便所剩无几了。此外，还有许多杂捐杂税等等。"接着，高怀青又把什么迟交时日，成倍扣罚等情由仔细说了一遍，至此，辛弃疾方才明白农民们为何如此贫困，以至于铤而走险。

高怀青又说道："还有一层原因大人不甚明了。都道是丰年好过，其实丰年灾年都难。一到丰年，米价下跌，而每到这时，官府都规定，所有赋税均以现米现价折算，折来折去，却要交出平常年份的三四倍稻谷呢！因此，乡民往往都惧怕丰年。"

"是啊！"辛弃疾这才恍然大悟起来。过了片刻，他说道，"那么，你说说自己吧。"

"学生姓高名怀青，字兴汉。因慕西汉大将军卫青而取名怀青。兴汉之意，是想杀尽金寇，复我中原。不想五年前二老相继去世，家道中落，田产渐渐被人算计去了，以至中断学业，贫穷至此，无法再去科举成名。至今眼看年届而立，尚未娶妻室。"高怀青的话有些哽咽。

"好！"辛弃疾脱口叫了一声，高怀青却莫名其妙地愣住了。只听辛弃疾突然问道："叫你随我去潭州当差，你可愿意？"

高怀青听罢愣了片刻，他不相信这是真的。等他反应过来后，方才给辛弃疾叩头致谢，并表示愿随辛弃疾左右。辛弃疾一把将他扶了起来，命人为他换了衣裳，高怀青感激涕零不止。

第二天，所有抢粮乡民都来交了清单。辛弃疾叫人一核，与高怀青所列无一出入。于是下一令，命耒阳知县，速将多收赋税原数返还乡民。一时间耒阳全县沸腾，都争着相传，说湖南来了一位青天大老爷。

辛弃疾告别耒阳知县，带了高怀青等一干捕快回潭州。刚出耒阳县城的时候，就见一个五十多岁的老者牵着一头毛驴立在城门外的路旁，向辛弃疾打躬作揖，口称："幼安先生别来无恙。"

辛弃疾驻足一看，辨认了好半天方才想起，此人是他刚从山东归来时在建康认识的朋友张守初（字处父），于是赶紧奔了过去见礼。

张守初说："想不到建康一别近二十年了！斗转星移，世事沧桑，令人感慨万千！如今先生任了一路帅守，而在下却鬓发染霜，沉于下僚。"

听了这话，辛弃疾这才注意到，张守初确实苍老了许多，而且腰弯了，背也驼了，身上的衣服是破旧的，不禁十分愕然。他回忆起来，当年在建康初识于一处酒楼。那时此人年不过三十，身强体壮，谈吐不凡，大有叱咤风云，驰骋沙场之意。想不到如今却是这种模样！因问道："张兄何至潦倒至此？"

张守初说："说起来一言难尽。初时我游于临安、建康、扬州，本欲投身军旅抗击金兵。后宋金议和，杀敌无望，便埋头书斋以图科举成名。后虽中了乡举，因无得力人相荐，只当了几年推官。数年前从朱晦庵研经，如今仅以授书教徒为业，老此一生也就算了。"

"如此说来，四年前鹅湖之会，张兄也去了？"

"当然去了，听说也邀了贤弟，因你正平定茶商军未到，否则我们倒是能会上一面。"

辛弃疾一笑说："那时确是没空儿，不过，有空儿我也不会去。儒家经义用它修身养性还行，用它治国安邦却要误大事。"

"那是，那是。"张守初嗫嚅地附和说，"不过愚兄也只能如此了，任凭潦倒，何敢大用呢。"

辛弃疾知道张守初过得很艰难，于是说："张兄莫灰心，待我归府后，差人送些银两与你。"

张守初听了，连连打躬，千恩万谢地把辛弃疾送出好远，一直送到湘江边上，待辛弃疾上了船方才回去。

坐在船上，辛弃疾望着那滔滔的江水，不禁发出了一声声的慨叹。高怀青不解地问："大人何故叹息？"

辛弃疾说:"二十年一别,张处父判若两人,时耶?事耶?"叹罢,他即兴吟了一词,名为《阮郎归·耒阳道中为张处父推官赋》:

> 山前灯火欲黄昏,山头来去云。鹧鸪声里数家村。潇湘逢故人。 挥羽扇,整纶巾。少年鞍马尘。如今憔悴赋招魂,儒冠多误身。

回到潭州,辛弃疾急忙派出几名精明属吏,走访穷乡僻壤,了解民苦盗情。不出半月,辛弃疾便把下情了解清楚,实情令人触目惊心。他看到,自四年前茶商军以来,又有陈峒、李接、陈子明等大盗,动辄百人千人相聚,势成燎原之势。他又突然忆起,那年平了茶商军,杀了赖文政之后,于江州浔阳楼上,黄倬对他说的"这几年百姓已是苦得不能再苦了,长此下去,不反才怪"这句话。数日来他夜不能寐,最后提起笔来,给朝廷孝宗皇帝写了一道很有分量的奏章,名为《论盗贼札子》。在奏文中,辛弃疾分析了湖南盗贼蜂起的原因,指出"民者国之根本,而贪浊之吏迫使为盗。"罪过并非在于百姓。他还详陈了贪官污吏的各种贪婪丑行,以及官府收赋收税的种种弊端。最后,他向孝宗进言道:"望陛下深思致盗之由,讲究弭盗之术,无恃其有平盗之兵也。"

写完这道奏疏,辛弃疾好像卸去了一副重担,他长长地嘘了一口气。第二天,就郑重地把奏疏封好,派驿使直送南宋朝廷。

辛弃疾这道《论盗贼札子》犹如一声惊雷,在朝中立刻引起震动。以往，孝宗皇帝整日里都是过着锦衣玉食的生活；朝中大员多是贪图禄位之辈；地方帅臣又尽是些捞一把就走的手；谁也无心深虑治乱之道。特别是一些地方官员，尽管也对贪污之弊看得一清二楚，但一想为官一任，多则三年，短则一年半载，何苦把它捅到皇上那里，得罪那么多人呢？何况两宋相沿成习，对罪臣不杀，顶多罢官为民。

且说孝宗皇帝看了辛弃疾的奏疏之后，方知道盗贼不灭的根源乃是各地官员贪婪搜刮、民不聊生，于是龙颜震怒，立刻把正副宰相叫去训斥一顿。当时的宰臣是赵雄、史浩和王淮，这三人都以模棱两可，处事圆滑而著称。一见龙颜不悦，都吓得不敢出声。最后还是首辅宰相赵雄小心翼翼地说了一句"臣等失职不察，罪该万死，陛下息怒。容臣等从速整饬吏治"云云，方才使孝宗平静下来。

此时史浩见圣怒平息，方才干咳了几声，出班徐徐奏道："臣等失察之罪固当不赦，但下情不达，亦是情有可原。倘若各路监司帅守及时按律整饬，何至酿成民去为盗？纵不能及时整饬，若及早奏报，臣等亦能达于圣听。惟望陛下息怒，臣等妥议章法，急令各路从速整饬就是。"

几句话，便把天大的事情都推到下边去了。

孝宗皇帝思忖片刻，抓过御笔，亲自给辛弃疾写了一道诏谕，全文如下：

卿所言在已病之后，而不能防患于未然之前，其原因盖有三焉：官吏贪求，而帅臣监司不能按察，一也。方盗贼窃发，其初甚微，而帅臣监司漫不知之，坐待猖獗，二也。当无事时，武备不修，务为因循，将兵不练，例皆占破，才闻啸聚，而帅臣监司仓皇失措，三也。夫国家张官置吏，当如是乎？且官吏贪求，自有常宪，无贤不肖，皆共知之，亦岂待喋喋申谕之耶？今已除卿帅湖南，宜体此意，行其所知，无惮豪强之吏，当具以闻，朕言不再。

孝宗写罢，放下御笔，对赵雄说："卿等可将朕之诏谕连同辛弃疾奏章抄送各路帅守监司，妥议施行。"

赵雄等人于是口呼"遵旨"，叩头谢恩出朝去了。

在中国历史上，皇帝批答奏章，一般多是三言两语。更多的则是亲信大臣代笔。像宋孝宗这样亲笔为辛弃疾的奏章批了这么多的文字，却是少有的事情。从中既可看出辛弃疾所言切中时弊，又可看出辛弃疾的坦荡心胸和为国为民的一片赤诚之心。然而，就是这样一道奏章，却给辛弃疾种下了无穷的后患，使他成为嫉贤妒能者和奸佞小人的众矢之的，几乎折磨了他的整个后半生。

且说辛弃疾接到孝宗皇帝御批回来的奏章后，发现御批中的三点都是责问地方各路帅臣的，心中不禁一怔。他隐约地感到，朝中的宰臣仍在左右着皇上，自己仍是"孤危一身"。及至阅到后面那句"宜体此意，行其所知，无惮豪强之吏"之后方觉得有些安慰。因为这不啻于一方金字牌，叫他大胆去干就是。

与圣谕同时送达的还有一封家书，辛弃疾拆开一看，原来是临安家中的爱妻美妾齐声吁请，要随夫迁居湖南。信中的字句，仿佛是用那女性特有的相思的泪水写成，叫辛弃疾不忍卒读！刚好此时的辛弃疾有一股不可名状的孤独感，他也希望家小的到来，能给他以感情的慰藉。于是便提起笔来，给妻子写了一书，嘱咐她如何处置临安房宅之事，告诉她马上会派人接取家小来潭州。然后，他便打发了几名亲信家丁，水陆兼程赶到临安接取家小。辛弃疾在潭州又忙里偷闲，招了几名工匠，把府厅后宅收拾一番，准备家小来时居住。

淳熙六年（1179年）九月初，范玉及田、钱二妾，一对小儿女，还有男女仆从等十余口人从临安赶到潭州，与辛弃疾团聚了。此时辛弃疾年已四十，合家相聚，使他的心情宽慰了许多。从此，他就一门心思用在治理湖南上。

淳熙七年春节刚过，南部的永州、邵州、郴州和桂阳诸州县又陆续发来告急文书，说是因去年水灾严重，许多坡塘坝堰等水利设施被毁。而目前乡民无粮，嗷嗷待哺，无力修复不说，有些地方已经饿死了人。

于是有人向辛弃疾建议，赶紧向朝廷奏报，发官仓之米赈济。

有人说："救其一时，不能救其长久。眼下还是应该趁农闲之时修复坡塘堤堰才是，否则今年也将收获无望。"

辛弃疾思索了好半天，方才慢慢地问道："若是以工放赈不知可行与否？"

"何谓'以工放赈？'"有人不解地问。

"凡患水灾州县，由府里派员与当地吏目共同核准修复坡塘工日及担土数额，然后按工按量定出赈米数额。多修多赈，少修少赈。对惰情之人则不修不赈。如此下来，则坡塘亦修，灾民亦赈，岂不两全其美。"辛弃疾提出了这样一个大胆设想。

众僚属一听，觉得此法可行，于是异口同声表示赞成。过了一会儿，又有人提出一家当中，若无强壮劳力可以修塘，领不到赈米，岂不饿死不成。

辛弃疾说："此情辛某也已料到，反正这等人家不多，不妨由地方派人按户核实，免除劳役，无偿赈济就是。"

此议定妥，辛弃疾急忙给朝廷写了一道紧急赈济的奏章，派人飞报朝廷。孝宗皇帝且也爽快，当即批复，准其在湖南的常平仓支米十万石赈济灾民。

辛弃疾接到朝中可以放赈的旨意，急忙召集府路僚属，分四路奔赴灾区州县去核查灾情。此时从耒阳带来的高怀青已被辛弃疾用为府里的押司，因为桂阳与耒阳邻近，高怀青较熟，便被辛弃疾派去了桂阳。

高怀青领命，带了几个干办人员水陆兼程，不数日到了桂阳境内。这里山岭纵横，河溪湍急，又加上交通闭塞，所以民风质朴而愚昧。由于去年水灾严重，山洪频发，许多良田被毁，坡塘堤坝无一幸存。桂阳军下辖的平阳县内有几个寨子还被大水冲没，老百姓只得在半山腰的高地上编竹为屋。入冬来寒风刺骨，再加上没有粮食，已经死了不少老弱病残者。

桂阳知军赵善玉为当地最高官员，他接到辛弃疾的赈灾公文，令属县派员，陪同高怀青逐一查看核准，编了册簿，拟了请赈粮米数额。一切办完，高怀青便出了桂阳城回潭州复命。

几个人走出城门的时候，忽见桂阳城门外集了一堆人。高怀青等挤上前去一看，原来是几个卖儿卖女的百姓站在城墙根儿。自打高怀青到桂阳以来，此种情形见了很多，但却很少有如此多的人围观。他心中纳闷儿：今日何以围了许多人呢？

忽听身旁有位老者叹道："多俊俏的小女子，好可怜哟！可这年月，谁有那么多钱呢？"

高怀青觉得奇怪，急忙抬头向那几个卖儿卖女的人看去。本来卖儿卖女应由大人带着所卖孩子站在那里，可在这几个人中间，却有一位瘦弱的姑娘，胸前挂着一个牌子，牌子上赫然写着"为葬慈父，自卖自身，现钱百贯"十二个字。

再看那姑娘，却是梳着整齐的头发，头发上插着自卖自身的草标。一看那脸面，却是一个极清秀俊俏的女子，约有十七八岁的样子。一双美丽的大眼睛，长着长长的睫毛，楚楚动人。看人时总是低着眉眼，眼里始终含着一汪水，一副可怜人的样子。高怀青不免驻足多看了一会儿。

谁知就在这时，从后面挤过来两个兵弁，穿着破旧的军服，嘴里嚼着不知从哪里弄来的红薯，大大咧咧地走到那姑娘跟前。一个家伙还伸出手来捏了一下那姑娘的下巴，吓得那姑娘惊恐万状地直往后躲。那家伙却淫笑道："一百贯，就是卖到勾栏里也不值这么多呀！看样子倒是个美人胚子。这样吧，跟大爷到营里去，一宿十吊钱，只是营里的兵多了点儿，怕你这小身子受不住。嘿嘿……"

高怀青一见顿时动了气，冲上前去向那两个兵弁怒道："朗朗乾坤，不得无理，还不住手！"

那两个兵弁见高怀青穿着不俗，知道并非寻常百姓，先自矮了三分。有人出头，众百姓也上前齐声质问，那两个兵弁方才胆怯地向后退去。

一个人嘲笑道："看他俩这身打扮，哪像军人，倒与那乞丐相似！"

一个兵弁不服气，说："别小看老子，新军服有的是，都在军库里存着呢。"

"别听他胡扯了。"一个青年鄙夷地说道："还新军服呢？都让你们当官的给卖了。听说，他们的刀剑都让乡社的团丁抢去了。要不，你俩拿出刀来让我们开开眼！"

两个兵弁一听顿时无言以对。众人这才注意到，他们的腰里竟然没有必备的腰刀，不免哄笑了一回。

高怀青见那两个兵弁被百姓嘲笑得无地自容而远去也不理睬，又回头看那自卖自身的姑娘。只见她已经把脸背了过去，两手高举，扶在城墙上大哭起来，哭得悲悲切切，不少人跟着落泪。

高怀青此时突然想起，范夫人曾嘱咐他，让他去外地时帮着买个容貌好一点儿的姑娘当丫鬟，这不正是好机会吗。虽然贵了点儿，但救人一命，胜造七级浮屠，何不就此买去此女。想到这，他走上前去问道："姑娘莫哭，我家主人要买一侍女，家住潭州，你可愿意？"

那姑娘慢慢转过脸来，看了看高怀青是一副诚恳的样子，于是点了点头。

高怀青回过身去，从一个随从的口袋里拿出百贯铜钱递了过去。那姑娘没有接，只小声地说："客官能随小女子到家，托人葬了父亲，然后再随客官去吗？"

"不知姑娘家住何处？"

"城北十里的何家坪，去潭州是顺路的。"

"那太好了。"高怀青十分高兴。于是他就和随行的几个干办，带着那姑娘上路了。途中，高怀青粗略地问了她几句话，方知道此女姓何名梅，年方十七。其母是因为去秋水灾时，因房屋倒塌而亡。父亲是冬末春初时染了风寒不治而故。

待到高怀青等人到了何家坪那姑娘家里一看，这哪里是个家呀！仅是两堵未倒的墙，支了几根木棍，搭了些柴草避避风雨而已。何梅哭泣着请了村里的几个长辈主持，买了口棺木，算是草草葬了老父。剩下一点钱，又还了为父亲看病的债。

高怀青请了何梅的一个同族长辈出面，书写了何梅的卖身契约，然后登程直奔潭州。

不想高怀青一行没有走出多远，就听后面喊声大起，一伙青年山民手持棍棒追了上来，把高怀青一伙团团围住。一个领头的人出来高声叫道："未经本社同意，不准带走何家族里的姑娘！"原来，这是何家坪里的一伙乡社。

所谓"乡社"，是当时湖南农村里的一种民间武装组织。有的叫"弹压社"、有的叫"缉捕社"、有的叫"卫乡社"。这种组织多以同族同姓的大村寨为基础，参加乡社的民户少则有二三百户，多者可达千户。其统领多是一乡的族长豪酋，最初的目的是防卫盗匪，保卫家园。后来乡社多了，难免又出现乡社与乡社之间的矛盾。于是防止他乡侵扰也成了乡社一大任务。再后来，由于各类苛捐杂税太多，乡社又成为对付官府抗捐抗税的民团。不过，参加乡社的人大多是一些穷苦百姓。因为当时的官府无力保护他们，来了盗匪，请官军来剿，不但没用，还要向乡民们派饷。所以，乡民们便自发地武装自己、自己保卫自己，来了强盗也不去找官军。

一见乡社干涉，何梅出面向那头领哭诉她卖身是出于自愿。无奈这伙人只是不听，非要高怀青把人留下不可。

高怀青见相持不下，不免来了火气，他站到一块高处，从怀里掏出书契示与众人，大声说道："买此女者并非他人，而是现任湖南安抚使兼潭州知府辛大帅。诸位若不信，请看契约。"

众乡民一听，顿时像泄了气的皮球，都无声地退了回去。因为他们知道，辛大人是好官，买一两个姑娘当丫鬟又算什么呢。况且此女若没人收领，说不上哪天就要填身沟壑呢。于是，那领头的青年不好意思地向高怀青拱手致歉。高怀青也不多说，带着何梅等上路而行，不日便到了潭州。范玉见此女果然长得体面又伶俐，心里也很高兴，便把她留在身边当了使女。

且说当日晚上，辛弃疾回了后宅，见妻子身边多了一个侍女，十分眼生，就开口问道："此女是谁？"

范玉一把拉过何梅说："过来拜见老爷。"

何梅参拜完了。辛弃疾忙问："怎么回事？"

范玉说："到了潭州，当地话不好懂，早想买个丫鬟。前几天高怀青去桂阳，我叫他在那里买来的。不敢在潭州买，还不是怕你怪罪。"

辛弃疾一听火冒三丈："真是乱弹琴，买个丫鬟什么地方不行，偏偏去受灾州县买？若是传出去，准有人说我趁水灾强买人口不可，那可如何解释？还不把她给我退回去！"

范玉一听傻了眼："怎么退呀？她已无父无母，退给谁呀？"

"送回桂阳，让她随便嫁人也行！"

"怎么回去？好几百里的路程，她一个弱女子……"

"叫高怀青来，还叫他给送回去！"辛弃疾气呼呼地朝外喊了一声。

高怀青还未传到，何梅却跪在地下哭了起来。她哽咽地央求道："大老爷，可怜可怜小女子吧。何家坪我死活也不回去了。若府上不收留我，小女情愿让大老爷随便把我嫁人也行。否则，小女子只有死路一条啦！"

辛弃疾一听，觉得十分奇怪。范玉这才把她家如何受灾，如何父母双亡，如何无家可归，一节一节地说了出来。辛弃疾顿时没了主意。

还是范玉来得快，忙说："嗨，有了。高怀青不是至今未婚吗？你让我留心为他说门亲事，一时没有合适的姑娘。干脆，把她许给高怀青吧。"

辛弃疾一听没有言语。

范玉抓过何梅的手，一边为她擦拭泪水，一边问："把你许配给高押司你可愿意？"

何梅不好意思地点点头。

正在这时，高怀青没头没脑地进了屋里，辛弃疾不容置疑地吩咐道："你赶紧收拾个房子，过两天就与何梅成亲。"

高怀青："这？"

范玉说："高押司，辛大人准备把何姑娘许配给你。"

"这，不合适吧？"高怀青像是听错了。

辛弃疾哈哈一笑说："你以为夫人真要买丫鬟吗？她是想为你找个媳妇。怎么！你不愿意？"

高怀青方才明白过来，他拿眼睛去看何梅，只见何梅正用期盼的目光看着自己，不禁脸上一红，不好意思地说："大人美意，小人感激不尽。"

范玉一听，霍地站了起来，扑讨何梅，把她往高怀青身边轻轻一推，何梅站立不稳，一下子撞到高怀青的怀里。

范玉咯咯一乐："多般配的一对新人！"

何梅羞得把脸扭了过去。

第十三章

创飞虎军

经过赈济的湖南灾民总算填饱了肚皮，又修复了大部分水毁坡塘堤堰。春二月，各地又都出现了忙于耕种的喜人景象。横行一时的盗贼也销声匿迹了。

但是，从年初派人勘察水灾情况看，各地还有不少武装乡社，给政令的推行带来很多阻力。辛弃疾还清楚地记得，自己刚到湖南接任时，前任安抚使王佐对他说的话：在湖南，最令官府头疼者即乡社也。谁能治好乡社，谁才能在湖南立住脚跟。当时辛弃疾很不服气，曾说："乡社无非乡野草民，有何难治？"王佐却笑道："湖南乡社，遍地皆是。好有一比，犹如一片无边烂泥，你若插进腿去，就休想拔出！"当时，辛弃疾真没把这事往心里去。

可是，半年下来，辛弃疾才慢慢地尝到了苦头。诸如：

在一条河溪里，上游的村寨要修水渠取水，下游村寨的乡社就会出来阻拦，说是抢了下游的水；要修筑一条穿过几个村镇的道路，必得与沿途所有乡社谈妥。不然的话，凭你有多大本事，这条路也修不成；州县要兴建学堂，征用必要徭役，偏偏有的乡社硬是阻挠不许派人；官府运粮的车队路经某乡镇时，时不时会有乡社武装人员截住要收"过路钱"……所以，辛弃疾到任湖南以来，便时常听到各州县官的抱怨，一呼声地要求他取消各地乡社。

与此同时，在湖南的其他官员，如提点刑狱、转运使、常平提举等也纷纷上奏朝廷，极言湖南乡社之害，请求朝廷下旨予以解散。

不久，朝中果然下了一道圣旨，要求辛弃疾妥议后上陈整顿乡社的办法。

辛弃疾粗略摸了一下全路乡社底细，结果令他大吃一惊。在湖南，几乎所有的大村寨都有乡社。其中，就连府城之郊的长沙县，以及连、英、道、邵、郴、永、衡诸州郡尤甚。这些乡社，即使发来十万大兵也无法扫平！原来，这些乡社的成员都是土生土长的乡民，他们平时为民，一有事情便聚集成军，并且还有为数不少的刀枪剑戟等武器。更有那强大的乡社，居然还有马队。如此看来，强行解散之法是断断行不通的。

如何处置乡社，使辛弃疾大伤脑筋。

夜里，辛弃疾辗转反侧不能入睡。夫人范玉却说了话："明天是三月三，寻常百姓人家都能出去踏青游玩，明天你就不行开开恩，也带我们几个出去走走？"

"上哪呀？"辛弃疾不耐烦地问。

"当然是岳麓山了。听说那里可美了。"

辛弃疾一想，干脆明天出去玩上一天再说。

第二天一大早，辛弃疾带了家眷，坐了轿子，出了潭州城。在湘江口岸边的渡口坐上了渡船，不一时便上了那江中长长的橘洲岛。

　　橘洲上此时正是芳草吐翠、百鸟齐鸣的时候，但辛弃疾转了一圈觉得没有什么兴致，于是他们又坐船上了湘江西岸。抬头望去，但见西边青山叠嶂，万树吐翠，雾霭青青，叫人心旷神怡。接着，辛弃疾带着家人首先上了岳麓山顶峰，饱览了湘江两岸风光。而后下到半山腰，在白鹤泉边欣赏了一回清清的泉水，听了一回啾啾的鸟鸣。步入了晋代所建的古庙麓山寺，品评了山门那"汉魏最初名胜，湖湘第一道场"的对联。

　　从山寺下来，忽见山中一处幽深的庭院，松柏掩映着粉墙青瓦，显得格外古朴庄严。辛弃疾知道，这就是岳麓书院了。他打发家人把已经走累了的妻妾儿女们送了回去，自己只带着幕僚杨济翁、侍从高怀青敲开了书院的大门。

　　岳麓书院的大门吱的一声开了，从里面走出一位老者来，长揖一拜，口称"知府大人光临书院，老朽在此恭候多时了。"

　　辛弃疾一看此人，约有六十岁年纪，长须飘在胸前，鹤发童颜，恍如神仙中人物，不禁惊问道："先生怎知下官来此？"

　　老者说道："早上大人进山之时，就有公人告知老朽了。老朽本想上山奉陪，怎奈大人前呼后拥，老朽无法得见大人容颜。大人屈身到此，书院不胜荣幸。请大人斋中用茶。"

　　辛弃疾听了这老者文绉绉的话语，微微一笑，便随他进了一间十分清雅的客厅。宾主刚刚坐定，便有两个青衣小童伺候，沏了一壶清香的山茶。辛弃疾品了一口，果然清爽无比，不禁开口赞道："好茶，好茶。"

　　然后又开口问道："敢问先生尊姓大名？"

老者回道："老朽姓戴名铭，字退思，人送静心先生，忝列书院山长。"

"下官久闻书院大名，如雷贯耳。只因俗事繁忙，到任半载有余未曾来访。今日有幸到此一游，多有打扰了。"

"哪里哪里，知府大人乃乡邦父母，戴某乃大人治下小民，平日里特地恭请恐怕都请不来呢！"

几句客套之后，辛弃疾便随着戴铭在书院里游览起来。从客厅出来，见正院中的影壁上刻着"忠孝廉节"四个大字，每个字足有一人多高，笔法遒劲。戴铭介绍说："此四字乃我朝大儒朱熹先生于乾道三年手书，用以勉诫书院生员，算起来已是十三个春秋过去了。"

"原来是他的手笔呀！"辛弃疾说。

"说起这四个字来不光是对儒生的劝勉之词，就是对世人，也是根本呢。臣民忠于君王，子孙孝敬父母，为官廉洁公正，做人讲究气节，哪一点不是要紧之处呢！"

辛弃疾听罢，不住地点着头。

戴铭引着辛弃疾等人游罢书院，又重新回到客厅坐了下来。他打开右壁厢的一个大书橱，从里面捧出一摞线装书递给辛弃疾，说："这几部书是来此讲学的先生留下的，为本院传世之宝。有前朝程颐、程颢的经文义解，也有我朝张敬夫、朱晦庵、陆九渊等大儒的文章。"

辛弃疾接过书来，略略浏览一番，无非都是些讲说四书五经，宣扬忠孝节义的讲稿。最后又有一薄卷，书面上题着《留题诗册》

吸引了他，不免引起了兴趣，认真看了一遍。原来，都是这些儒生们游书院的题诗。

辛弃疾把这些书都一一整理好，递给了戴老先生，然后笑着说道："此处果然是一个读书消遣的好所在！只是下官没有一点闲暇，否则的话，真想也学先生的样子在这里颐养天年。"

停了片刻，辛弃疾又说道："适才下官看那题诗中有朱晦庵先生的一首五言绝句写道：'藏书楼上头，读书楼下屋，怀哉千载心，俯仰数椽足。'既然躺在床上数着房上的椽子就心满意足了，那他何苦还千里迢迢地跑到临安去做官呢？"

一句话，把这位戴老先生问得无言以对。

辛弃疾自觉此话问得过于唐突，忙又换了话题，向戴铭说道："下官到此一游，也算与先生有缘。时下有一难题，想请教先生，望先生不吝赐教。"

"老朽乃迂腐之人，所知甚少。不知大人有何见教？"

"湖南一路乡社遍地，上扰官府，下扰黎民，不知如何处置方是上策？"辛弃疾直截了当地问道。

戴铭听罢，沉思了半天，方才慢条斯理地说道："大宋开国，惩五代藩镇之弊，偃武习文，由来已久。从而养成国兵不强，外侮迭至，以至于失去了半壁江山。南渡以来仍是旧习不改，致使盗贼一发，便无得力之兵剿灭。因此民自操戈以保家园，才有乡社出现。当教化不行，人心不古，不思孔孟之道，廉耻全无之时，则私欲之心横生，不免滋扰生事，尤其我湖南山岭纵横，蛮夷又多，乡社杂乱，此确为一方巨病呢。"

辛弃疾听了不禁失口叫道："先生所见，甚是高明，但不知何以教我？"

"大人不妨去衡山县看上一看。老朽有一侄儿名唤戴翊羽，字汉宗，童时即从老朽力学儒家经典，日记千言。成人后忠孝之声闻于乡里，用为衡山县尉。此侄行事正直无私，时时劝人向善，以故全县乡社无不听其政令，甚至连乡社中的刀枪都得经他注册方能配置，数年来地方安宁，盗不滋生，哪个还能为害乡里，抗拒官府呢？"

辛弃疾连连点头，自言自语道："看来学堂不兴，后患亦不小呢。"

"大人所见甚是。近年来，湖南之民向学之风日减。加之灾害频生，盗贼屡起。本来一县一学就少得可怜，如今又听说郴州、桂阳、永州一带不少县学学堂都废弃了，长此下去，着实令人忧虑呀！"

辛弃疾闻听此言，不免对这位戴老先生刮目相看。临别时，他向戴铭长揖一拜，说："下官愿尊先生为师，不时入院请教，望先生勿辞。"

戴铭还了一揖，笑道："山野之人，只会埋头书斋，岂敢为大人之师。闲暇时，恭迎大人常来书院坐坐，品品山茶亦是乐事。"

辛弃疾也应酬着，抬腿向山门走去。刚到山门口时，忽见由山上下来一老一少，两人也走到书院的山门，与辛弃疾打了个照面。辛弃疾一看，只见那老者六十多岁年纪，高高的身材，身体虽然单细，却是精力充沛。

戴铭首先开口对那老者说："德藻先生，请见过知府辛大人。"

那老者闻言，不慌不忙向辛弃疾一揖，口称："久仰大名，萧德藻这厢有礼了。"

辛弃疾急忙上前扶住了这位老者，满脸堆笑地问道："莫非是千岩老人吧？"

萧德藻一听，很是愕然地说："正是老朽。"想不到，辛弃疾竟会知道自己的名号。

辛弃疾却笑着说："先生以诗名天下，当年在乌程当知县时，因受那里的千岩山风光秀美，任满时居然连老家都不归，在千岩山下筑屋而居，自号千岩老人，此事谁人不晓呢？"

萧德藻闻言也笑了起来说："诗人狂态，徒使天下人取笑耳。"

辛弃疾说："怎么是狂态呢，正是诗人雅事也。弃疾也与老先生有相同之态，年已不惑，而未定居，实欲寻一处佳山胜水之区。先生这是专程来湖南吗？"

"哪里。此次是我在广东龙川任满归乡，路过此地，贪玩几日。今早游岳麓，听说大人也带家眷进山，衙役们封了道路，让闲人回避，我与尧章躲到后山待了一上午方才下来。"

辛弃疾忙说："罪过，罪过。早知先生也在山中，定当专程拜访。不知先生下榻何处？"

"就寄宿在书院里，辛大人若有兴趣，不妨到下处少叙片刻。"

辛弃疾听了，也不急着回府，就又携了这位萧老先生的手，重返书院。萧德藻将辛弃疾等人领进一处不显眼的小客房里。到了屋内一看，却是极其雅静清幽的好去处。那个萧老先生叫他"尧章"的青年快步如飞地为客人让座倒茶，很是勤快。辛弃疾见他举止打扮不像个书童仆从，而且长得眉清目秀，举止不凡，便开口问道："这位后生一定是先生的高徒了？"

萧德藻忙对那青年说："尧章，过来给辛大人见礼。"

于是那青年规规矩矩向辛弃疾拜了拜，然后立在萧德藻身后。

萧德藻介绍说："此生姓姜名夔字尧章，老家德兴，后寓沔阳，特寻老朽学诗至此。"

一听说这个叫姜夔的为了学诗，居然能千里迢迢寻师，辛弃疾不免来了兴趣，问道："那一定是很有根基和才华了。"

萧德藻回道："其九世祖乃唐谏议大夫同中书门下平章事姜公辅。其父是绍兴间进士。不过父母均早亡，此生十几岁时在沔阳姐姐家寄居。十九岁时出游各地，拜海内名家写诗填词。至今虽仅四载，却很得为诗奥秘。"

"如此说来，下官却要看看他的才气了。"辛弃疾饶有兴趣地说道。

萧德藻笑吟吟地从书案上拿过一卷诗稿递给辛弃疾。辛弃疾翻开那诗稿，从头至尾看了一遍，总共能有六七十首诗词的样子。见其中有许多长短句甚是眼生，都是他以前没有见过的。如《扬州慢》《长亭怨慢》《谈黄柳》等，均不见前人词牌。知道这些新词，乃这位青年独创，心中不免暗暗吃惊。于是问道："你能否自唱出来？"

那姜夔看着萧德藻，萧老先生于是说："你把那《扬州慢》唱给辛大人听来。"

姜夔于是走进里面一个小屋，捧出一架古琴来，稳稳当当摆放在卧榻的一个小几上，然后双腿一盘，伸出那如闺秀的细手，转拢慢挑，边弹边唱了起来。只听琴音铮铮，口里吐出了幽幽的之音。歌曰：

> 淮左名都，竹西佳处，解鞍少驻初程。过春风十里，尽荠麦青青。自胡马窥江去后，废池乔木，犹厌言兵。渐黄昏，清角吹寒，都在空城。
>
> 杜郎俊赏，算而今、重到须惊。纵豆蔻词工，青楼梦好，难赋深情。二十四桥仍在，波心荡、冷月无声。念桥边红药，年年知为谁生？

曲终歌罢，尚觉余音绕梁。辛弃疾于是向众人说道："他唱的是金兵劫掠扬州后的情景及他游扬州时的心情。真是字字幽怨，声声悲婉。尤其唱到曾吟过'十年一觉扬州梦，赢得青楼薄幸名'的杜牧时，见到扬州如此破败，也难于表达深情了。此生长短句可谓出神入化了！"

萧德藻说："这是他十九岁游扬州时所作，可谓是后生可畏也。"

几句话，反把那姜夔说得面色微红，站起来向辛弃疾说道：

"辛大人谬奖了。小生之作，乃里弄青楼低吟之曲，何敢与大人相
比。其实，大人之才名，小生久有耳闻。当年大人在建康赏心亭吟
了一阕《水龙吟》，有一句'落日楼头，断鸿声里，江南游子。把
吴钩看了，栏杆拍遍，无人会，登临意！'当时大人也不过二十多
岁年纪吧。那慷慨苍凉的意境，学生是怎么也学不来的。"

众人听了哈哈大笑了一回，又把辛弃疾的词赞了一番。看着到
了中午，戴铭急忙叫了书院里的厨子，收拾了一顿淡雅的午饭，众
宾客在书院里吃了一顿，辛弃疾方才告别戴、萧、姜诸人，坐轿回
了潭州府城。

第二天早晨起来，辛弃疾带了杨济翁、高怀青，骑上快马，直
奔衡山县而去。一百五十里路程，当天到了衡山。衡山县知县听说
安抚使大人突然驾到，慌忙出迎，口称"卑职不知大人要来，有失
远迎，望乞恕罪。"

辛弃疾说："吾是专程拜访戴县尉而来，不劳知县费心。"

知县听罢，慌忙叫人去传戴翊羽。戴翊羽听说知府大人亲临衡
山传见，心中不免吃惊，急急忙忙赶到县衙叩见辛大人。

辛弃疾一见此人年不过三十，中等身材，一副白面书生的样
子，心中十分纳闷：就这样一个人能统领全县乡社？

辛弃疾叫人为戴县尉赐座，然后说道："听说你在衡山治理乡
社有方，本府特来请教。"

戴翊羽一听方知辛弃疾来访的目的。于是振振有词地说了起
来，一点儿拘谨的样子也没有。他说："其实乡社并非都坏，只是
良莠不齐罢了。只要扶持好的，打击坏的，久而久之，人知向善，

便好治理了。"

"对啊!"辛弃疾叫了一声,"戴县尉之言,使辛某顿开茅塞。这样吧,从明日起,你随我去潭州,佐我整顿湖南乡社。"

戴翊羽不好推辞,只得答应下来。

回到潭州,经过周密商讨,分别乡社优劣,心中有了底。辛弃疾便向全路发出通令如下:

一、所有乡社一律到县衙办理登记造册手续。不经登记,即属违法。

二、所有乡社一律隶属各县巡尉管辖,一应武器俱应造册。

三、乡社最大者,不得超过五十户。现有的大乡社应划分小乡社。

四、作恶多端,危害乡里,对抗官府的乡社坚决取缔。

以上通令,如有违抗,按盗匪论处,官军随时可以讨伐。

此令一出,果然有效。有些大的乡社赶紧按要求划小。那些过去干了坏事的,见辛弃疾办事果断,也渐渐地收敛起来。湖南一路的政令才有些畅通起来。

戴翊羽因为整顿乡社有功,辛弃疾特向朝廷奏保,有旨以知县用。刚好衡山知县任满离去,辛弃疾就把他派到衡山当了知县。

临行时,戴翊羽对辛弃疾说:"以卑职所见,欲使湖南长治久安,还应别创一军,以作弹压之用。只今乡社收敛,乃畏大人虎威也。若无一举足轻重的军队,此威不足恃也。此外,各地废弛之县学,应逐渐兴办起来,用以劝人向善。"

辛弃疾听了连连点头称善。

正在这时，辛弃疾忽又接到数张状纸，状告桂阳知军赵善玉，说他"窠占军兵，丢失军械，贪占赋税"等情。

其实，当高怀青从桂阳归来时，他就知道了桂阳军丢失军械等情，没想到根子却在知军那里。当下辛弃疾派出得力干员赶到桂阳查核，得知果然这位叫赵善玉的知军因私自占用军兵为其贩运货物等实情。于是他向朝中奏了一本，将赵善玉撤职查办。

百忙之中，辛弃疾没有忘记在岳麓书院中与戴铭及萧德藻的谈话内容。正赶上查办桂阳知军的同时，又筹了一笔款项，在桂阳临武县、郴州宜章县这两个没有县学的县份，创办了两座县学。原来这两县多是峒民（穴居山洞的少数民族），不习教化。辛弃疾采纳了新任桂阳知军徐大观的建议，兴办了这两个县学以教习峒民子弟。此外，其他各县，凡是学堂不修的，也都兴工修缮，聘了县学先生，恢复了各地的县学，湖南一路的文风才渐渐有了起色。

接下来，辛弃疾便与僚属们开始谋划着，要在湖南建立一支得心应手的军队。他给这支军队起名叫"飞虎军"。

当时，南宋的军队分为多种。有朝廷直辖的禁军；有用于防范金人的马步军；有各地官府用以维持地方安全的乡军。但无论是哪种军队，都由于长时间和平环境的关系，纪律败坏，武备松弛，不堪一击。尤其是各地的乡军，几乎成了地方官私人的奴仆，专事营建私宅，贩运货物，早已不习武了，连小股盗贼都敌不过。出现大股盗贼，朝廷不得不动用边境上的正规军马步军。为了更好地维持地方秩序，少数边远府路有作为的帅臣不得不另创一军。像广东的摧锋军、福建的左翼军、荆南的神劲军等。

听说要创建一军，同僚们都直摇头。因为湖南穷，一文钱也没有。辛弃疾却乐观地说："事在人为嘛。现在就看朝廷批不批复。朝廷一批，马上就可以建起来。我想，从现在的六月开始，到十月底，四个多月时间，就可把飞虎军建起来！"

僚属们一听，不禁面面相觑。因为别说是军械马匹了，连士兵住的营房都没有。

辛弃疾却满怀信心，说干就干，立刻向朝廷写了一道创建飞虎军的奏折。提出湖南控带两广，峒民众多，盗贼一发，久难平息。调动大军，千里剿捕，又劳民伤财。因此拟创飞虎军定员一千五百人，以保地方安全。

奏疏刚刚发走，不待朝廷回音，辛弃疾就下令在湖南实行榷酒法，即酒类由官府专卖。过去，湖南造酒卖酒，均是私人经济，官府只收赋税。此令一出，私人造酒，官府专卖，所有利钱均为官府所有。虽然惹得一些酒业巨富不满，但官府却因此财源滚滚。

手中有了钱，辛弃疾拨出五万贯派人去广西买马五百匹。然后就是选择营地。选来选去，辛弃疾看中了府城外东北的一块高埠之地。一打听，原来这里曾是五代时期楚王马殷所建军营的旧址（即今日的长沙马王堆附近）。

且说辛弃疾创建飞虎军奏疏送达朝廷之后，朝中大臣未免争论不一，好半天委决不下。这几年，孝宗皇帝被湖南的事情弄得焦头烂额，每年除了搭上大批粮饷外，还得时时赈济。他觉得有支军队在地方上弹压会好得多，而且建军之钱又不需朝廷拨给，于是御笔一挥，让辛弃疾酌情去办。

御批还没有下到湖南，广西买的五百匹马已经运了回来。杨济翁看了看这满圈满厩的马匹，十分担心地问辛弃疾说："若是朝廷不批，这五百匹马当如何处置？"

辛弃疾一笑说："这还不好办，往湖北转手一卖，保证还能赚到钱。"

说着话就接到了朝廷允许创建飞虎军的旨意，辛弃疾马上张出招兵榜文。几天过后，第一批兵丁招了八百人。

杨济翁发愁地叹道："军营还没有，先招了这么多人，叮如何安置他们呀？"

"先有人后才有营。"辛弃疾哈哈一乐说，"先将这些人分成两伙，派员管理。一伙烧砖烧瓦，一伙挖土运木建房。至于住的地方嘛，暂时搭些帐篷居住俩月。"

此时，朝中又从湖北等马步营中差来数名通晓武略的统制将佐，辛弃疾又把高怀青编入飞虎军中任了差将。一时间，在马殷的军营旧址上，平地的平地，竖栅栏的竖栅栏，烧砖的烧砖，风风火火地干了起来。

进入七月，偏偏老天不作美，淅淅沥沥地下起雨来，一直到八月初也不见天气转晴。眼见得所有营房的墙壁都砌了起来，屋架也都搭好，可是建房用的瓦怎么也烧不出来，这一下可急坏了辛弃疾。

谁知火上浇油，几个过去靠卖酒发财的富户，恨辛弃疾的榷酒法断了他们的财路，联名向朝中奏了一本，说辛弃疾为办飞虎军在湖南聚敛钱财，所用巨万，引起民愤云云。宰相赵雄本来对创办飞虎军有意见，此次终于有了借口，于是向皇上奏道："湖南若要办军何必另招，现有各地乡兵，集中起来重加严训即可。况且新募兵丁，又要置办军械马匹，修建营舍，所费过多。是否容臣等妥议后再办。"

孝宗本是一个耳朵根子软的皇帝，一听此话有理，当然赞成："那么爱卿就去拟旨，叫辛弃疾缓办就是。"

支持赵雄的一位谏官王蔺出班奏道："陛下，据微臣所知，辛弃疾已经买了战马，并且招募了八百兵丁。倘若营房再建起来的话，那就缓办不成了。"

"有这么快？"孝宗很是惊讶，"朕准其创办军队，才只有一个月吧？"

"臣知此人性急如火，且又极倔强不过。陛下给他圣旨，把天捅个洞他都敢！"王蔺说道。

"是呀！"孝宗一听更是吃惊，"那么快降御前金字牌吧。"

八月十八这天，湖南正忙得热火朝天，辛弃疾废寝忘食地奔走于营房工地，忽有御前金字牌送达潭州，叫他立即停办飞虎军。眼见得所有房子的主体都已建好，一上瓦便大功告成。这可怎么办，能叫这项工程半途而废吗？况且，真要是废了，那可真是"所用巨万"而把钱白扔了。

怎么办？辛弃疾索性一不做二不休，他把金字牌藏了起来。除了杨济翁、高怀青外，谁也不知道皇上降了金字牌的事情。

他问主管军营的一个工匠统领："全营完工，需瓦几何？"

"二十万块。"

他转问杨济翁："从湖南到临安快马驿报需几日？"

"大约十日。"

"那好。"辛弃疾坚决地说，"给你们十日时间，把所有营房的瓦上完，否则以违抗军命论处！"

工匠统领顿时吓得不知所措，说："辛帅，您是不是搞错了？这二十万片瓦现在可是一片也没有哇。就是让窑工天天不停地烧。至少也得一个月的时间。还有往房上上瓦的时间呢，总得给个十天八天吧。"

"你明天就召集所有工匠在工地等瓦就是，到时候，保证有你的瓦用。"辛弃疾自信地说罢，就骑着马，同杨济翁回城了。那个工匠统领听了，如坠五里云雾之中。

进城之后，辛弃疾立刻叫杨济翁写了大量的告示，贴满潭州的大街小巷。贷城中居民每户房檐瓦二十片，给钱一百。待到秋后还给新瓦，仅收钱五十，限两日内以瓦换钱。

此令一出果然奏效。只见全城百姓都动起手来，把不影响房子遮雨的瓦摘了下来，络绎不绝地排着队送到马殷军营工地，这一下可把工匠统领惊呆了。两三天的时间，二十万片瓦便如山似岭地堆积起来。

辛弃疾以惊人的办法集瓦建营房，杨济翁却十分担心地问："这是圣上的金字牌？"

辛弃疾马上拿出一卷图纸来，这是他叫人绘制的军营图册，并有奏表一份，上面详陈了建军始末，奏报一切营房栅栏校场均已完工等。杨济翁看了十分不解。

辛弃疾说："我马上派人将奏表及图册以快马送报朝廷。待到十日后皇上见了奏表，这里的工程也全部完工，总不能说我是欺君之罪吧。到那时，木已成舟，皇上定会准许建军的。"

杨济翁听罢，方才恍然大悟。不过，他的心里仍然为辛弃疾捏了一把汗。

且说辛弃疾创办飞虎军已成的奏疏送达朝廷后，朝中大臣不免吃惊。连皇上也发出了"此人办事，精明果断"的慨叹。于是，只得收回成命。

诸事完备，辛弃疾亲自拣员，挑了几名精通武艺的将员，日夜操练兵马。不出两个月，一支训练有素，没有沾上任何恶习的新军建立起来了。

这年底，辛弃疾的妻兄范如山来到湖南，从背上包裹里拿出一卷诗文稿说："这是仪真教授周信道的遗稿，还有他临终时写给你的一封信，其子让我给你捎来。"辛弃疾一看，原来是周孚临终时，托他把自己一生的诗文集刻印成书，传于后世。辛弃疾想起，这是自己早年结拜的兄长，不免悲从中来，凄然地说："周兄毕生穷经，虽得进士第但为人却迂腐谨小，终不得做成大事。亡故之时，年仅四十有三，令人悲痛不已。刻书之事，小弟在所不辞。"于是他马上请了书匠，把亡友的文集刻印出来。书名为《蠹斋集》，今传于世，不在话下。

范如山问："听说你在湖南，创办了一支一千八百人的飞虎军，引得朝野上下议论纷纷。"

辛弃疾说："飞虎军是创办了，有兴趣的话，兄长可去看一看。不过我想知道，朝中大员们对此有什么议论？"

"多是些不该创办的话。他们说，湖南之盗，多是山野草民，何苦浪费大量钱财另置一军？"

"对了，这话倒真的让他们问对了。"辛弃疾出人意料地说，"其实就湖南一路的些许小寇，善治民者，盗贼必然不兴，何用刀兵。实不相瞒，弃疾创办此军，务求兵强马壮，武器精良，指望的却是有朝一日，朝中主战派当政，然后率师北伐，必成中坚！"

"啊！你至今还未忘北伐呀？"范如山十分吃惊。

"社稷陵寝，祖宗坟墓均在北方。北伐复国之心，恐怕到死也不会变呢。"辛弃疾怆然说道。

范如山听了，心中也着实感奋异常，不免也叹惜了一回。

回到后宅，范如山与范玉兄妹相见，自然又叙了一会儿家事。原来范如山当了两任知县，自父亲故去之后，觉得官场无聊，便退归还乡，又重操旧业，做起买卖来了。如今已是腰缠万贯了。

听说兄长发了财，妹妹不免心动，便打听如今做什么买卖赚钱。范如山告诉她，如今牛皮的生意不错。于是范玉便一个劲地嘀咕丈夫，叫他也做点生意，为将来选地建房准备钱。于是，辛弃疾又详细打听了何处收货，何处可卖，利有多少等等细节问题。末了，他又向范如山打听了一下旧友们的消息，特别是韩元吉的近况。

范如山说："此翁已告老还乡，听说在信州城南选了一块宝地定居下来了。"

"信州？"辛弃疾问道，"以前我走过几次，都因为匆忙，未及细看，不知到底如何？"

"说起信州，可是居家的好地方。它北靠玉山，南临武夷，中有饶江东西横贯，风光秀美，土地肥沃。又有官道东通临安西连赣湘。因此，不少人看中了那块地方。"

"是吗，如此说来，我得空去看一看，也选购一块地方筑室，是该有个家了。"

范如山在潭州待了数日，便告辞去江西贩运牛皮去了。辛弃疾一直把他送出了潭州城门外。

回来的路上，忽有数十个后生跪在轿子前拦路喊起冤来，辛弃疾传令，接过他们的状纸来。他打眼一看，方知道这些后生全是湖南的乡考生员，他们所告的事情，是这年湖南秋季乡考中，有人暗中作弊……

第十四章

八字救荒

辛弃疾把状告乡考舞弊的生员带回府堂，经过详问，众考生说是在乡考的"春秋卷"里，第十七名考生为考官所滥取。但让他们举出确凿证据来，这些生员却面面相觑，谁都说不出确凿的证据来。

辛弃疾听了众生员的述说也不多问，便坐了轿子直奔贡院。几名主考官及乡学教授见知府大人亲自驾到，不免惊异之余躬身相迎。

辛弃疾开门见山地问道："解试生员状告贡院有滥取者，不知可有此事？"

几个人听罢愣了半天，然后一个劲地诅咒发誓，矢口否认。

其实，辛弃疾早就知道当时科场上的弊端很多，已经到了防不胜防的程度。但要认真查起来却是难上加难。因为当时的试卷虽然采用糊名法（相当于今天的密封考卷），但考生说不定在卷子的什么地方做个记号。有时即使没有记号，那字体也是可以辨认出来的。所以考生常向考官、阅卷官暗通关节。凭你有天大的本事，也难保乡试这一关清清白白。

"拿'春秋卷'来。"辛弃疾吩咐道。

于是有人立刻捧了一大堆的试卷摆在辛弃疾面前。辛弃疾一下子翻到第十七份考卷上，有一个监考官当时吓白了脸。辛弃疾用两眼的余光一扫，心下明白。但他不动声色，随意翻了翻这份试卷。只见第二页上，好像不经意地滴落了一滴墨水。一看试卷内容，答得甚是平平，但评语却是上上，他知道，此份卷子，定是通了关节无疑。

辛弃疾面无表情，看了一下考生姓名，见是"赵鼎"两字，思忖片刻，突然将此卷扔到地上，怒道："佐国元勋，忠简一人，胡为又一赵鼎！"

原来，此考生之名，与南宋初年的著名大臣赵鼎重名。大臣赵鼎本山西闻喜人氏，字元镇，号得全居士，崇宁进士。随高宗南渡，累官侍御史、进尚书右仆射，同中书门下平章事，兼枢密使。他力主抗金，荐名将张浚，并为相。因与秦桧议论不合，罢官谪居岭南，移吉阳军，绝食而死。自题曰："身骑箕尾归天上，气作山河壮本朝。"孝宗继位后才得以平反昭雪，谥为忠简。

不明真相的人们一见辛弃疾仅凭着考生的名字与著名大臣一样就被剔除，不免暗中疑惑，但又不敢提出异议。过了好一会儿，终于有一个考官忍不住了，问："辛大人，若除了赵鼎，送解的生员怕要缺了一人。"

辛弃疾说："这有何难。拿'礼记卷'来。"

人们一听，赶紧又捧过另一大堆试卷。辛弃疾也翻到第十七份卷子上，仔细看了又看，只见评语虽然不高，但文章写得颇有气力，不同俗流。于是说："观其议论，必豪杰之士也，此不可失。"及启开封笺一看，此考生也姓赵，名叫赵方。"好，就把这个赵方补上。"辛弃疾一锤定音。

且说辛弃疾风风火火地在贡院中查了两份试卷，没头没脑地用赵方代替了赵鼎，然后也不多说，起身就走，使考院上下都摸不着头脑。后来才知道有人告状，说是第十七名考生有弊。及见到辛弃疾又用礼记卷第十七名考生换了春秋卷上第十七名考生，又都觉得此法着实可笑。可是一方帅守，权力最大，谁敢反对。不想后来辛弃疾所选之人在来春去京大考中一下子又中进士。之后历官青阳知县、湖北置制使兼襄阳知府，官至刑部尚书。其人任武官时一力主战，数败金兵，留意人才，诸名将多出其麾下。一度使南宋无北顾之忧，成为一代名臣。众人无不叹服辛弃疾识人，这是后话。

话说辛弃疾自淳熙六年春任湖南安抚使以来，在不足两年的时间里赈济灾民，兴修水利，整顿乡社，兴办学宫，惩办贪吏，创飞虎军，一时间地方大治，百姓感戴，朝野上下正直之士有口皆碑。与此同时，朝中和地方上的邪恶之辈却极力排挤他。

由于辛弃疾在湖南推行榷酒法，使一些过去经营酒生意的富户断了发财的路子，心中自是怨恨异常。有那手眼通天的人不免向朝中靠山诉起苦来，便有那替他们说话的人物不甘寂寞，一个个或是摇动三寸不烂之舌，或是提起舞文弄墨之笔，向孝宗皇帝进起谗言来了，众口一词地说辛弃疾在湖南不顾百姓死活，拼命聚敛钱财；又说他独断专行，处事霸道；不知什么人竟然把高怀青在桂阳收买何梅之事诬成辛弃疾趁灾强买民女……

初时，孝宗皇帝还不往心里去。可是说的人多了，他心里不免活动起来，就把几个宰臣叫来量议办法。偏是此时的枢密使王淮，向来不喜辛弃疾，对皇上奏道："聚敛钱财，处事专横，强买民女等情尚不足虑。臣以为可虑者乃其办飞虎军也。臣记得飞虎军初办之时，陛下曾降御前金字牌命其停办。然据传他私下里藏了金牌，以高价收取民宅之瓦，才得速成其事。近闻其一边阻挠朝廷向飞虎军派将，所有将士全是他一人指派，非亲信者不用。长此下去，甚可忧也，唐末藩镇之弊不可不防啊。"

孝宗听了这话不免动起疑来，坐在那里半晌无语。此时周必大出来奏道："陛下，臣亦觉得辛弃疾犹如一匹烈马难以驾驭。若任其在一地长期为帅，则骄横益大，不若早作打算才是。"

老于世故的右相赵雄，在大臣中位最高年岁也最大。他咳嗽了两声，似乎口中有痰半天才缓过一口气来，缓缓奏道："陛下，老臣以为，数年来辛弃疾平定茶商军，平息湖南盗患，赈济灾民，甚是有功。此人缓急之时尚是可用，听说隆兴等地今年受灾颇重，不妨将其迁官隆兴。"

孝宗于是说："那么就依卿所奏，加辛弃疾右文殿修撰，差知隆兴府兼江南西路安抚使吧。"

淳熙七年（1180年）底的腊月初，四十一岁的辛弃疾带着家小，乘着暖棚马车离开潭州去江西赴任。其僚属旧人杨济翁等亦随之去了江西。因军职不得脱身，高怀青含泪把辛弃疾送过十里长亭，方才依依惜别。

辛弃疾等人一路上顶着寒风，晓行夜宿，不几天就到了隆兴府的府城南昌，这是辛弃疾第三次到江西当官。

在此之前，因为湖南与江西为近邻，所以江西的事情常常也传到湖南为辛弃疾所闻。本来，在这年初的水灾当中，江西也遭了灾，但相比之下，照湖南却轻得多。只是江西的吏治一团糟，不但官官贪污，而且还官官相护。结果是天灾人祸，把江西搞得一塌糊涂。到了夏初四月，到处可见老百姓无衣无食，饿殍遍地的破败景象，担任南康（今江西星子县）知军的朱熹却受不住了。他不知从哪里来了一股子勇气，提起多年引经据典论述儒家学说的大笔，居然向皇上写了一道措辞尖锐弹劾贪官污吏的奏章：

天下之大务，莫大于恤民；恤民之本，又在人君正心术以立纪纲。

今宰相、台、省、师傅、宾友、谏诤之臣，皆失其职，而陛下所与亲密谋议者，不过一二近习之臣。

此一二小臣者，上则蛊惑陛下之心志，下则招集天下士大夫之嗜利无耻者。文武汇分，各入其门，所喜则阴为引援，擢置清显；所恶则密行訾毁，公肆挤排。如此，则民又安可得而恤，则又安可得而理，军政何自可复，宗庙之仇又何时而可雪耶！

朱熹这道奏章，不但把宰相以下的各级官僚政客说得一无是处，而且公然隐喻皇上心术不正。据说孝宗皇帝看了此章勃然大怒，气得连早朝都废了好几次。因为朱熹的名气很大，皇上才没有免了他的官，仍然让他在南康当一个小小的知军。

与朱熹同时在江西为官的，还有一位大名鼎鼎的诗人陆游。陆游在四川罢官后又辗转复了任，淳熙七年初迁为江西常平提举，职务是管理常平仓里的官粮。他见江西许多地方灾情严重，老百姓到处讨饭，心中实在不忍。又见当地官员全都是得贪就贪，得过且过，不但不把老百姓的疾苦放在眼里，而且整日里笙歌宴舞，胸中更是气愤不过。好容易忍耐多日，也不见地方官员向朝廷请旨救灾，他便坐不住板凳，一边向朝廷写了求赈的表文，一边就急着传檄江西各地的常平仓开仓放赈，谁知这一下可惹了大祸。

本来作为常平提举的陆游，是无权决定开仓放赈的。何况，他又是在朝中无旨的情况下私自放赈，这本身就是违抗圣命的。朝廷一怒之下，把陆游召至临安，免去一切职务算是了事。

朱熹、陆游碰壁，谁人还敢说话。于是人人缄口不言，个个装聋作哑。一些贪官借赈囤积粮米，哄抬粮价，使江西的灾情有增无减。待到年底辛弃疾到任江西时，连常平仓里的粮食都没有了几粒，饥民嗷嗷待哺。

辛弃疾带了幕僚家小入了江西境内，一路上西北寒风呼啸而过，野哭之声不绝于耳，举目一望四野萧条。到了南昌城中的隆兴府邸，见过了江西路各官同僚，听到的都是令人沮丧的灾荒，就这样别别扭扭过了一个新年。

早春二月，偏偏又遇旱情，江西隆兴府附近连着半月无雨。辛弃疾早就知道官仓无粮，于是暗中打发几个亲信去外地购粮，以防措手不及。

辛弃疾直接管辖的隆兴府下辖八个县。其中南昌、新建二县与府同城。听说新建县的知县汪义和办事干练，辛弃疾立刻派人传汪知县到府衙相见。

不一时，门人报"新建县知县汪义和到"，辛弃疾传令"有请"。门开处，只见一位身材矮小，瘦得皮包骨头的五十多岁的老头走了进来，躬身向辛弃疾行礼问安。不用说，这就是汪义和了。

辛弃疾见此公如此形象，心中不免疑惑：就这把骨头，也能号称"办事干练"？

二人就座，辛弃疾开口问道："本府初到隆兴，即闻人云旱情严重，不知汪知县有何主张？"

"访察民情，减免赋税，量灾救赈，安抚流民。"汪义和侃侃而谈。

"那好。本府就委派你代我巡视八县灾情，你可愿意？"

"大人如此信赖，下官自当遵命。但不知大人许以下官何等职权？"

"巡视灾情，核查仓储，估拟减免赋税数额。必要时可以便宜行事。"

"那好，下官告辞。"汪义和说罢，一些儿虚套寒暄之语全无，抬腿就出了府衙。

辛弃疾瞅着汪义和离去的身影不住点头。

且说汪知县骑了一匹瘦马，带了两名随从，自北向南，把武宁、分宁、靖安、奉新、进贤、丰城及南昌、新建八县全都走了一遍。各县知县总是叫苦不迭。查核仓储，多数都是颗粒全无。于是，汪义和当即向八县宣布，所有淳熙八年赋税减去十分之八。各县灾民听了此消息，无不欢欣。然后，汪义和会同其他七个知县来到府城，拜见新任知府辛弃疾。

府署衙门里，辛弃疾和这八位知县一一见礼。刚刚坐下，就见汪义和起身向辛弃疾禀道："卑职巡视完毕，特来复命。"说罢，便从怀里掏出一卷纸簿来递到辛弃疾的手里。接着说："这是各县受灾地亩数额及各县仓库存米数。"

辛弃疾接过账簿粗略一看，心中十分吃惊，原来各县的仓库里也都没了粮米。

汪义和又接着说："知府大人，下官还有一事禀报，卑职已代大人向八县灾民宣布，今年赋税十免其八了。"

辛弃疾初时没有听清，片刻之后一下子明白过来，不禁怒道："本府叫你巡视灾情，未叫你免赋，你如何擅自宣布免赋？"

"大人不是允许下官可以便宜行事吗？"

"减免赋税，就是本府也得申报朝廷。你一个小小知县，胆敢私自决定，该当何罪！"辛弃疾的声音立刻高了起来。

不料汪知县的声音更高："灾民困苦不堪，几成饿殍，赋税从何而出？我代大人明白宣布，让其安下心来从事农耕，不使其流落他乡，何罪之有？若必须禀报大人，请旨后再去通告，则百姓多已逃亡，将如之奈何？"

辛弃疾一拍桌子，厉声叫道："汪义和，本府现命你立即传檄各县，赋税暂不减免。待到朝廷准许后，再行宣布。"

汪义和斩钉截铁地说："汪某头可断，言不可食！"

"难道你就不怕本府？"

"要杀要剐，悉听尊便！"

众县令见这二位吵得不可开交，初时吓得不敢吱声，后来见二位都翻了脸，慌忙起来劝阻。几个人好容易才将汪知县劝出府衙，送回新建县，方才止住了这场上下级的冲突。

为此，辛弃疾气得三天没有缓过劲来。

这天，辛弃疾正在衙门里生闷气，忽有人报说司马总管大人到了隆兴。他这才穿戴齐整，急急忙忙去迎接。

原来上次辛弃疾在南昌认识的司马倬（字汉章）仍在江西西京湖北三路总领任上任职（俗称大监），是辛弃疾的顶头上司。

说起这位司马倬可是有些来历。他的祖先，就是三国时期的司马懿。据洪迈《夷坚志》上记载，北宋靖康年间，金人围汴京。司马倬之父司马朴曾作为宋廷使者至金营，金主问其家氏，知为西晋帝王后裔，待之颇有礼。后来金人劫掠徽、钦二帝，司马朴向金人抗言，请于汴京存立赵氏。金人一听十分害怕，索性下令将司马氏家族全部掠往北国。当时赵鼎刚中进士未久，知道消息后，偷偷将司马朴的长子司马倬带走逃往四川，方才保住司马氏的一线血脉。后来司马倬成人，果然崭露头角，曾先后任过知州、知府、户部员外郎、提点刑狱，直至总领等职。

司马倬的年纪和辛弃疾相仿，并且也是体格高大，一表人才。还能诗能文，尤健于谈吐。他平时驻节江州，此次听说辛弃疾又到隆兴当了知府，便借巡行公事之机前来探望。

辛弃疾和司马相倬相见，自然少不了喝酒。席间，辛弃疾不免气愤异常地把汪义和无礼的事情讲了出来。末了他大声地说："这些年来，辛某什么时候受过他人的顶撞呢？何况还是下属。"

司马倬一下乐了，说："老弟暂且息怒，听在下慢慢道来，须知人外有人，天外还有天。如此看来，这位汪知县倒是个有骨气的人呢。难道只许你一人倔强刚硬，就不许他人如此吗？据此可知，他与你倒是一路货色，只不过是一山藏了二虎而已。想当初你在湖南办飞虎军，不是偷藏了皇上的金牌，连皇上都敢顶。要比较起来，他还比你逊色呢。"

几句话，便把辛弃疾说得哑然失笑起来。席终之时，司马倬说："明天我把汪知县叫来，向你赔罪如何？"

"赔不赔罪倒无所谓，只是辛某还得赶紧向朝中奏请免赋免税，否则的话，江西地方上还有什么转运、提刑诸官，说不上谁捅上去，说我擅自免赋，那可就多了一层麻烦。"

不想第二天，司马倬真的领了汪义和来到辛弃疾的衙门赔罪来了。只见汪义和摘了官帽，扑通一下给辛弃疾跪下，口中称"卑职顶撞府台大人，有失上下之礼，请求裁处。"而那说话的声，却是硬邦邦的。

辛弃疾哈哈一笑，急忙将他扶了起来，诙谐地说道："想不到你这么一副小骨头架子，倒把辛某的倔脾气也学了去。"

汪义和见辛弃疾来扶，却不肯起来，继续说道："眼下灾民无粮，不知大人有何打算？"

辛弃疾说："此事辛某早有成竹在胸，你尽管起来说话就是。"

于是，汪知县方才站了起来，与辛弃疾和司马倬一起商量起救荒的事宜。

辛弃疾问汪义和："辛某有八字可以救荒，不知你能不能在八县境内严格推行？"

"只要是为民的正义之举，汪某定当极力施行。但不知是哪八个字？"

"闭籴者配，强籴者斩。"（有粮不卖要判刑发配，强行买粮囤积要杀头。）

"辛大人不是开玩笑吧，眼下粒米全无，何谈'籴''籴'呢？"

"实不相瞒，辛某到任不久，即打发人到淮西买粮去了。昨天有消息说，粮船已过了江州，不日即可运抵隆兴。为此，本府制定八字救荒方针。现委你自选能员，巡视各地，监督粮米交易。凡有强行大批购买囤积以图高价出售者，杀不赦。"

"汪某遵命。"

说来这位汪义和果然厉害。他在各县选了几个正直胆大的心腹干员，每个干员又配了数名差役，换了民装，把那些平时欺行霸市的人都暗中监视起来。

首批粮船到了隆兴，辛弃疾立刻派人出售给当地米商，并规定了米商的售价。一下子就使米价下降了一半。灾民手里立刻有了充饥的粮食。

但是，几船粮米，对于八县灾民只是杯水车薪。如何筹集更多的粮款，辛弃疾大伤了一番脑筋。后来他终于想出一法，即将一府八县中的所有官钱，连同金银器皿均按价抵钱，贷给米商，不收利息，让他们四出购粮。不长时间，运粮之船连樯而至，使隆兴的粮荒顿时缓解了。

且说在整个买粮的过程当中，汪知县一伙人明察暗访，着实抓了十几个不法商贩。这些不法商贩，多是强买囤积的不义之徒。属于哪个县，汪义和就把他们押赴哪个县去，在闹市斩首示众。各地米商一看，果然是照八字执行，无不服服帖帖，按照官府规定之价进行买卖。

只是辛弃疾在府里听说汪义和在下边杀了十几个人，吃了一惊，赶忙把他叫来，让他暂缓杀人。汪义和说："大人的八个字，汪某早已贴遍大街小巷，所杀之人，皆违八字救荒方针。如今无人再敢违犯，所以汪某也就无人可杀了。"

谁知在汪义和所杀的人里，却有一位是皇亲国戚，这一下可给他和辛弃疾惹了大祸。

这位皇亲姓郭名厚，本是当朝郭皇后的一个族侄，家住南昌县。此人广有田财，平时做些竹木布匹等生意。近年来见米价暴涨，便做起粮米的生意。他见救灾之米运来，便派出家丁，勾通关节，多方低价购买囤积，待到市上无米，又高价出售。此事被汪义和侦知，怎能放过他去，于是五花大绑，把郭厚抓了起来。

谁知这郭厚仗着势力，反把汪义和骂了一顿。汪义和大怒，不容分说，立刻令人将其绑赴市曹，斩首示众，并把他的所有粮米没收。

后来郭家之人哭哭啼啼上了临安，拐弯抹角求人进了皇宫，攀着亲族关系找到郭皇后诉起苦来。郭皇后又找到皇上，如此这般把江西杀人之事大肆渲染了一回，这是后话不提。

经过一段时间的忙碌，隆兴府的粮荒终于平息。这一天，忽有一人来访。原来是江南东路的信州也发生了粮荒，知州谢源明打发人来见辛弃疾，乞米救灾。

信州，即今天江西省的上饶市，南宋时归江南东路管辖。下辖上饶、铅山、弋阳、贵溪、玉山、永丰六县，与隆兴府虽不同路但却是近邻。

一些僚属见信州乞粮，颇不太情愿。辛弃疾说："普天之下皆大宋子民，如何看其饥馁。"于是，将所存之米十之三，转卖给了信州，叫来人运去。

那信州的来使见辛弃疾如此大度，不禁感动异常，一个劲地向辛弃疾致谢。辛弃疾方问其姓氏，原来此人竟是玉山县的知县陆翼言（字德隆）。

辛弃疾不禁埋怨道："陆知县亲自前来，怎么还隐姓埋名呢？"

陆翼言笑说："怕辛大人不允时，面子上难堪，所以才想出此法。谁想到大人会如此慷慨呢。"

"陆知县，"辛弃疾突然想起一事，"听说信州城近年迁去不少贤士名流，不知现今地价如何？"

"大人要买地产？"陆知县立刻明白了辛弃疾的意思，"也想去信州定居？"

"有此打算。"

"据说城内可买之地产已无，去年退归的尚书韩元吉还是在城南买了块产业，据说风光很美，称作'南岩别业'。不过下官看来，城北带湖附近地势也好，风景也好，风水也不错，倒是定居的好地方。辛大人若有意，不妨亲自去看一看，路程又不太远。"

"好，过几日得空，我一定去看一看。不怕你笑话，至今辛某还是携带家小，四处飘零呢。"

"不过大人可要有点准备，这两年，信州的地价正贵呢。"

刚刚打发走陆知县一伙人，在江西做生意的范如山又来看望妹妹一家。内兄来了，辛弃疾摆了家宴，自是无话不谈。辛弃疾就把自己打算在信州买地建宅的打算说了出来。末了又说出自己手头不太充足，到时候恐怕要求如山借钱。

范如山听了一拍胸脯，表示鼎力相助。不过他又说："时下有批买卖，马上就可以赚钱。"

"什么买卖？"辛弃疾好奇地问。

"牛皮，就是去年我在潭州对你说的牛皮生意。时下扬州做靴牛皮吃紧，江西的货又多又贱。贩去两船，保管发财。"

"可关卡太多，去了征税，所剩无几了。"

"这好办，你不妨在船上插上隆兴府的占牌，令兵丁押运，只说是送往淮东军用之物，哪个关卡敢拦呢？"

"这可不好，有失体统，我可不干这事。"

"有什么呀。"范如山一劲怂恿说，"现今哪一个官员不这么干。人们都说'大官赚大钱，小官赚小钱，傻官不赚钱'。我要是你呀，早发了。说句笑话你可能不信，去年我去浙东，有几条运大粪的船只，居然还插着皇宫里的德寿宫的旗帜。原来这些人用钱买通了太子的悍妃李凤娘，才讨了这面免税的挡箭牌。"

辛弃疾笑问道："李凤娘果然那么厉害吗？想她只是一个太子

妃，就不怕当今圣上吗？"

"这姑娘是个将门之女，据说孝宗皇上还让她几分呢。"

正扯着，范玉插上了嘴，说："牛皮的生意咱们做了。"

辛弃疾刚要说什么，范玉却把他挡了回去，自作主张地对兄长说："这事我做主，人员我去安排，你帮着领船去扬州卖了就行。"

辛弃疾一摊双手说："看看，咱们家又出了个李凤娘。"

于是，辛弃疾对家事不去过问，范玉从闺中冲了出来，指使家人在吉赣一带收起了牛皮，不几日便装了满满两船，用帐布盖得严严实实，船上插了江西安抚司占牌，叫几个家丁换了兵丁号服，随范如山顺赣江而下，顺水顺风便到了扬州。不久，两船牛皮在扬州脱手。范玉手里顿时有了大把的金钱，生意便越做越大，辛弃疾也只好睁只眼闭只眼，不予理睬，但他心里却想着买地建房需要钱。

淳熙八年三月初十，总领司马倬巡行吉州、赣州归来，又回到隆兴府城南昌，随他同来的还有一位洪迈。

说起洪迈，也是出身名门。其父洪皓，为北宋政和间进士。宋金交兵之时，曾出使北国，被扣金境十五年之久，不辱使命。宋金讲和方回到南宋。此人力主抗金，收复失地，与秦桧相忤，出为外官。后卜居鄱阳（今江西鄱阳县）。皓有三子皆一时才俊之士，人称三洪：长子洪适，字景伯，位至南宋枢密使，人称景伯丞相。次子洪遵，字景严，中博学宏词科进士。官至资政殿学士。三子洪迈，字景庐，自幼过目成诵，博览群书。绍兴间举进士，累迁左司员外郎。曾出使金国，亦是不辱君命。此前任吉州知州，迁赣州知州。这一次是随司马倬归朝转官,路经南昌来访辛弃疾(洪迈写的《容斋随笔》一书,是我国现存较早,影响较大的笔记小说之一)。

辛弃疾对洪氏三才子早有耳闻,这次有幸相会洪迈,自是热情招待。

选了一个天晴日朗的日子,辛弃疾和司马倬、洪迈,还有江西转运判官张坚(字仲固)等同僚,另外邀了南昌城中几个饱读诗书的硕儒也来凑趣,众人相拥相携,出了城西门,来到赣江边上,登上了号称江南三大名楼之一的滕王阁。

辛弃疾等人踏着阶梯上了滕王阁的最上层。俯瞰四周,东面是南昌城墙的西门楼,西面是烟波万顷的赣水和雾气迷蒙的西山。南面是压江亭,北面是挹翠亭。于是临着习习春风,看着点点白帆,伴着袅袅笙歌,摆上美酒佳肴,杯觥交错,领略了一回诗酒风骚的雅趣。

有酒有歌必有诗,众人都是学富五车的文人,一个个不免技痒,于是有人一提议笔墨伺候,便都动起笔来。其中也有那绝句短篇,也有那排律长韵,都想步一次唐初王勃的后尘,凑出几句能够传世的名篇。可惜写来写去,全都是老生常谈的平平之作。

还是洪迈打破了这一局面,举杯对辛弃疾说道:“久闻幼安先生善长短句,值此佳景良辰,何不填上一词,让诸位一饱眼福?”

辛弃疾起身叹道:“诸位有所不知,弃疾三次宦游南昌,都未敢踏上这滕王阁一步!”

张坚不解地问了一句“这是为何?”

"其原因就是王勃的序文和题诗，实在是无法超越。"

"幼安多虑了。今日有幸一聚，后会怕是不多了。你便不拘是律绝，还是长短句，题上几句聊作纪念又有何妨？"司马倬极力相劝。

辛弃疾无奈地提起笔来说道："那辛某就献丑了。只是无论如何去写，总是脱不了王郎的圈子。诸位不要见笑就是。"于是，他即景填了一阕《贺新郎·高阁临江渚》的词：

高阁临江渚，访层城，空余旧迹，黯然怀古。画栋珠帘当日事，不见朝云暮雨。但遗意、西山南浦。天宇修眉浮新绿，映悠悠潭影长如故。空有恨，奈何许。

王郎健笔夸翘楚，到如今、落霞孤鹜，竞传佳句。物换星移知几度，梦想珠歌翠舞。为徒倚栏杆凝伫。目断平芜苍波晚，快江风、一瞬澄襟暑。谁共饮，有诗侣。

众人见了，有说意境深远，有说笔力遒劲，有说虽步了王勃后尘，但余音绕梁，令人玩味无穷等等，赞不绝口，不一而足。

谁知正在这时，忽听楼下有人吵闹不休，众人不免吃了一惊，忙叫人去楼下打听，不知发生了什么事情。

第十五章

被劾罢职

  且说辛弃疾等人正在滕王阁上饮酒赋诗，忽听楼下有人吵闹。打发人一问，说是有一位游学的青年，自称是诗人，也要上楼赋诗。因为楼上都是江西的头脑大员，守门人岂能让一个穷酸秀才上楼。可是这青年性子很犟，非要上楼不可，于是和守门人吵了起来。

  辛弃疾一听来了兴致，吩咐门人让那青年上楼。不一会儿，随着一声声的楼梯响声，一个身穿粗布长衫，二十岁左右的青年走上楼来。那人见满座都是高官，却长揖不拜，只向诸人抱拳，算是见了礼。他自报家门说："湖州学生胡时可见过诸位大人。"

  辛弃疾见这位胡时可虽是一副穷书生的打扮，但眉清目秀，脸上一股英气，便知此人有些才气。

  众大员都是一时名士，此类游学之人见得多了，不免冷眼相待。又见此人如此高傲，居然长揖不拜，更是对他没有好脸色。

  辛弃疾首先开口对胡时可说："先生即云是诗人，何不赋上一诗叫在座诸位欣赏欣赏。"

  "是啊，既称诗人，何不赋诗？"有人蔑视地问。

胡时可听罢，见诸位大员都端座席上，几个浓妆艳抹的歌女抱着笙瑟在一边侍候，没有一个人肯为自己让座，不免微微一笑，背着双手踱到窗前，向着赣水西山，高声吟了一句"滕王高阁临江渚"，然后回过身来笑对众人。

众人一听，不免哈哈大笑起来。原来这句话是王勃《滕王阁序》后所题诗的第一句原话。

"这也叫赋诗？"

"能背唐人的诗句也算不错了。"

……

众人七嘴八舌地嘲讽起来。

待到嘲笑声停下来时，胡时可突然又张口吟了起来："帝子不来春已暮。"人们听了这一句，方觉得愕然，止住了唏嘘之声，顿时静了下来。

"莺啼红树柳吹风，犹讲当年旧歌舞。"

诸人都是懂诗的，听了这后两句，不免暗暗吃惊起来。洪迈首先起了身，开口赞道："好诗！先生果然有些才气。请就座共饮一杯。"

"诸位都是闻名天下的高官学者，学生乃一介布衣，岂敢与大人们同席！"胡时可说罢，双拳一抱就要下楼。

"且慢！"辛弃疾突然说了话，"既然有幸一会，岂可不饮而别？若是传了出去，人们不免要说我辛弃疾寡情。"

胡时可听了此言，才回过身，细细看了看辛弃疾，说了句，"原来大人就是辛帅。"

"正是下官。"辛弃疾说着，端过一杯酒来，递到胡时可面前。胡时可双手接过，一饮而尽。然后说了句："辛大人，幸会幸会！"

辛弃疾说道："既然先生路过此地，辛某作为一方知府，焉能不尽地主之谊？"说完，他向侍从吩咐道，"带胡先生下楼，取钱百贯相送，聊作川资。"

胡时可于是抱拳谢道："承蒙大人相赠川资，学生不胜谢意。"说罢，飘然下楼而去。

众人见此人领了辛弃疾的百贯相赠，只轻描淡写地说了声谢谢，就头也不回地走了，不禁连声说："狂生，真是狂生！"

这一天的诗酒歌舞，直到太阳压了西山方才散去。辛弃疾等人回城的时候，便听城内人人传说，说是下午有一位骑着白马的青年，驮着一个钱袋，从西门而入，北门而出，一路上凡遇到乞讨之人都以钱相送，引得全城百姓争着观看。辛弃疾听了吃了一惊，连说"怪人"。

过了两天，洪迈向辛弃疾告辞，要去福建的建宁上任。辛弃疾忙说："我要去信州一游，正好我们同路，权当相送，我们同行如何？"

"你要去信州，为了何事？"

"昨天接到妻兄范如山来书，说信州城北有一块好宅地。我去看看，准备买下来。"

洪迈听了心中大喜，于是二人坐了马车，一路上说说笑笑，不几日就到了信州。洪迈却被辛弃疾抓去当了参谋，去城北帮他选购房宅地。

走出城北一里许，辛弃疾和洪迈二人放眼望去，果然是风景如画。辛弃疾与洪迈选来选去，终于看中了一块地方。这地方东西长一千二百余步，南北宽八百余步。其前方又有一个长形小湖，当地人叫它带湖。左边是稻田，右边又有一高阜，确是一块建宅的好地方。于是辛弃疾喜不自胜，和洪迈踱步其间，还为未来的宅院起了一个文雅的宅名，叫作"稼轩"，意为种田之人住的宅子。辛弃疾笑说道："这一回我可又有了一个名号，就叫'稼轩居士'吧。"

洪迈笑说："吾见你官正当得来劲，而且刚过不惑，怎么就想当'居士'呢？"

辛弃疾却说："这可没准。说不定哪天背时，来了一道圣旨，罢官回家耕种去！"

二人正说着，忽见几个兵丁簇拥着一位官员，骑马从信州北门出来。这伙人走到辛弃疾、洪迈跟前，都下了马。那官员向辛弃疾深深一揖，自我介绍说："信州知州谢源明拜见辛大人。"

于是辛弃疾和洪迈举手回礼。原来辛、洪二人到了信州的消息，被他们的家人们泄露出去了。辛弃疾曾从江西拨粮，帮助过信州救灾，因此，谢知州才特地赶来拜见，并聊表谢意。

辛弃疾笑着对谢源明说："辛某为一私事而来，不想惊动地方。"于是就把他选地买地建宅之事说了一回。

谢源明听罢，自然极力帮忙。与此地的主人商量了地价，丈量了地亩四至，付了定钱。答应秋后将全部地钱交齐，辛弃疾终于在信州城北买了一块可以落脚的宅地。

与洪迈分手之时，辛弃疾问道："新居落成之日，我想请你这位大手笔为敝庐作一记文，不知可否？"

"怎么不行？这乃雅事一桩。我想幼安为官时，杀伐决断，甚是利落，新居也一定华丽无比了。"

"等着瞧吧，反正我不能像老杜那样，为草房漏雨而哭鼻涕。"

辛弃疾回到南昌，即着手筹划建宅钱。一问妻子，才知道贩卖牛皮很是顺手，居然赚了一大笔。辛弃疾不免心花怒放，而后又打发家人买了一船牛皮，顺赣江而下运往扬州。

说来也是幸运。这年夏季风调雨顺，隆兴府所辖八县都是丰收在望，人民也都安居乐业，交口称赞他们的知府。

谁知就在这时，有一位当朝大儒来了一封信，竟把这位心刚性烈的辛大帅数落得体无完肤，辛弃疾灰心丧气，几乎到了要立刻辞官归隐的地步。

说起此事的本末，却与那日滕王阁上赋诗时的不速之客胡时可有些瓜葛。那胡时可本是一位清高气傲的青年书生，他博览群书，尤其崇尚程朱理学，把儒家学说奉为神明，提倡以仁、义、礼、智、信作为人的行为规范。他对当时官僚们的任意挥霍、贪婪腐败、互相包庇、吹吹拍拍那一套横竖看不下去，对于贫苦困弱者则十分同情和怜悯。滕王阁上，他当着众多官员之面赋了一诗，诗中藏而不露地把辛弃疾所摆的宴席，比作唐代官僚吃喝玩乐的"旧歌舞"，加以讽喻。当他出了南昌，一路奔向江州，又见境内虽经救灾，但仍有不少要饭之人无家可归。又见各地官吏变着法地贪占，心里不免气愤异常。一次他坐在船上，又听艄公及行人说起，那个颇得民心的辛大帅，居然也打着官府的字号，贩卖牛皮赚钱，于是，在他心里对辛弃疾那一点好的印象全部破灭。由此，他又仇恨官场，决心放情山水，不去做什么鸟官。从赣江望去，有一抹山岭煞是青峻，一问才知是庐山。胡时可便下了船，他要到庐山游上一游。

说来也是凑巧，是时庐山的五老峰下，有一个白鹿洞书院，陆九渊等几位当代大儒，正集在书院里讲学，一时间学了云集，沸沸扬扬，把胡时可也吸引了去。

胡时可上了庐山，游览了三大名寺、五大丛林，以及大小天池仙人洞诸景，便来到了修葺一新的白鹿洞书院，去拜访住在那里的陆九渊。不想这二位一谈，顿觉十分投机，对世风日下，官吏贪求的弊端颇有同感。于是乎便把鞭挞丑恶，倡导德性修养作为共同的奋斗目标。自然，胡时可又把一路上的所见所闻，包括辛弃疾邀请一帮官僚滕王阁歌舞赋诗，草莽间讨荒要饭的人群，以及辛家人贩牛皮的事情告诉了他的儒师。陆九渊虽隐居高山，但不甘寂寞。听了胡时可之言，不免义愤填膺，提起笔来，刷刷点点地给辛弃疾写了一封长书，严厉地批评辛弃疾不顾人民疾苦，包庇贪官，挥霍钱财寻欢作乐等。在他的笔下，辛弃疾治下的官吏都是些"贪饕矫虔之吏，方且用吾君禁非惩恶之具以逞私济欲，置民于囹圄械系鞭棰之间，残其肢体，竭其膏血……田亩之民，劫于刑威，小吏下片纸，囚累累如驱羊，劫于庭芜械系之威，心悸股慄，棰楚之惨，号呼吁天，隳家破产，质妻鬻子，仅以自勉。"

陆九渊所说这些，虽有夸大地方，但多是事实。原来是辛弃疾在八字救荒的时候，吏胥惩治不法粮贩，不免有过激行为。再加上这些粮贩所交之人甚多，于是一传十，十传百，江西酷吏之治便传之甚远，辛弃疾跟着背了不可推却的恶名，不明真相的人很难弄清来龙去脉。

除此之外，陆九渊还给他的好友徐子宜写了一信，背地里大说辛弃疾的不是。信中说："某人（指辛弃疾）始至（江西），人甚望之。旧闻先生称其议论，意其必不碌碌，乃大不然。明不足以得事之实而奸黠得以肆其巧，公不足以遂其所而权势得以为之制。自用之果，反害正理，正士见疑，忠言不入。护吏而疾民，阳为不任吏而实阴为所卖。奸猾之谋无不得逞，贿赂所在无不如志……良民善士，疾首蹙额，饮恨吞声，而无所控诉。"

陆九渊的门徒众多，此公一有微词，便一传十，十传百地传开了。

最初，辛弃疾接到陆九渊的批评之书，仅以一笑付之。后来，听到议论他的人多了起来，他才觉得是回事情。但他本是一个胆大如牛的人物，岂惧一两个腐儒的闲言碎语，所以仍然不往心里去，照样我行我素。

自春末那次滕王阁游后，辛弃疾送走了司马倬和洪迈。他们相约，到这年秋后，再来南昌一会。只是南昌一城，除了滕王阁外，他处都很破败。于是他漫步城中，准备寻一处佳境。寻来寻去，发现东湖是个好地方，只要好好修建一番，定是个游乐的好所在。

南昌的东湖，即今天的八一公园、百花洲公园一带，湖水曲曲折折、洲岛错落有致。绍兴间曾建有"水木清华"等馆榭建筑。只是后来水旱之灾频频发生，淤泥堵塞，芦草丛生，旧有的堤岸无一完整，馆榭等无人修葺，仅剩几根柱子，横着几块残石。数株疯长无形的柳树，成了乌鸦栖身的好去处。

南昌城内有两个县衙：南昌县和新建县。于是辛弃疾把两位知县找来，让他们召集人役，修浚东湖。后来一算，得五十万工日方能毕事。新建知县汪义和问辛弃疾说："修浚东湖，需钱巨万，郡中公钱可有？"

辛弃疾说："府里哪有公钱。若修时，只能以工代赋了。"

"可今年赋税，已经十免其八。"

"今岁大丰，不能免税。"辛弃疾的话没有商量的余地。

"普通百姓尚且讲究君子一言，驷马难追，何况堂堂官府。今春治荒，府县已经请旨免税，朝廷亦已恩准，并公布于众，岂可出尔反尔？"

"修浚东湖，此事不移，本府意已决。先在新建县征夫，日用三千人，快去办来，别不多言。"辛弃疾大声地命令道。

"东湖乃城内水域，修之无益于农耕，而徒资游手好闲之辈，非今所急也。汪某至死不从大人之命！"汪义和又发了顶牛脾气。

这一句句的顶撞，使辛弃疾猝不及防，气得他噗地一下坐在太师椅上，半天说不出话来。

汪义和见状，向上一揖，说了句"下官告辞"，然后就挺着干瘦的小身躯，昂首阔步出了府堂。

过了两三天，辛弃疾才消了这口气。他转念一想，汪知县说的话也算在理，不修就不修吧。于是他打消了修东湖的念头。

谁知不如意的事情接踵而至，就好像专门与他找别扭一样。这一天辛弃疾正在衙署内心情不顺，忽有一个家人慌慌张张跑来，说是有一船牛皮，在星子县停泊时，为南康军扣押。辛弃疾怒问道："是谁如此大胆，敢扣压我的船只？"

"是知军朱熹下的命令。"

"什么？是朱熹！"辛弃疾吃惊不小。

本来以朱熹的名气才学，朝廷可以大用他。只因他那年上了一疏，把朝野上下说得一无是处，才把他胡乱地塞到鄱阳湖边当了一个小小的知军，一蹲便是三年。南康知军仅管着星子、建昌、都昌三县，对朱熹这样的人说来，这是一个小得可怜的官了。但他不以官小为低，办事却是认认真真，甚至到了不近人情的地步。特别是近年来吏治败坏，官员做买卖偷漏税现象十分严重。又有一些大官，居然打着官府的招牌贩卖货物，成为南宋时期的一大弊端。朱熹对这种丑陋之风十分痛恨，处理也绝不手软。他管的地盘又正是赣江经鄱阳湖通长江的水运要道，因此，责任更是重大。

话说这一天他刚刚坐上公堂，就有巡吏来报，说是江边停一货船，苫蔽甚严，插的却是"江西安抚"占牌。星子县的关防巡弁要登船查验，船上人死活不允，双方发生口角，几至动了拳脚。后来巡弁告到星子县大堂，星子县令派县尉带人强行登船，原来是一船牛皮。星子县见有江西安抚印信，说是送往淮东总所的军用牛皮，不敢擅自处理，特请知军定夺。

朱熹与辛弃疾在临安谋过一面，无甚深交。过去听说他治理地方，杀伐决断，很有治绩。近又有人传说他在江西恣意属吏，滥杀无辜。没想到此人也居然学会了私贩货物，还打着官府的招牌。于是他命令道："将船扣住，货物没收入官。"

第二天，就有一个穿着体面的人自称江西帅府干办的人找到知军府，求见朱熹。朱熹知道是辛弃疾贩运牛皮的人来了，立刻传见。

那人面见朱熹，跪地行了叩拜礼，然后站起身来，从怀中掏出公文一角，朱熹一看，上写"牛皮一船，发往淮东总所"。并盖有江西安抚的官印。

朱熹突然问道："淮东总所位于何处？"

那人本没去过淮东总所，如何回答出来，顿时语塞，直愣愣地站在那里发呆。

"这船牛皮在何处买来？"朱熹又紧追一句。

"吉州庐陵。"

"贩往何处？"

"扬州。"那人顺口说了一句，然后又突然加了一句"是送到军中的。"

朱熹一听，真相大白，于是下令，把所有牛皮全部入官，将那求见之人逐出大堂。结果，辛弃疾的几个家人灰溜溜地摇着空船回了南昌。

接到家人通报，辛弃疾气冲斗牛，愤然骂道："好一个道学先生，普天之下的官吏都在那里巧取豪夺视而不见，一双眼偏偏盯到我的头上来了！"说着，他扯过纸来，又写了一道便笺，再一次打发人去见朱熹。

谁知朱熹却是软硬不吃，任你有天大的火气他也毫不动摇，硬是不把牛皮还给辛弃疾。过后，他怕此事传扬出去，在朋友中传走了样，便将此事的来龙去脉详细地记录在案。他还给他的朋友黄伯商写了一信，信中云："辛帅之客舟，贩牛皮过此，挂江西安抚占牌，以苫幕蒙蔽舡窗甚密，而守卒仅三数辈。初不令搜检，既得此物，则持帅引来，云'发往淮东总所'，见其不成行径，已令收没入官。昨得辛书，却云'军中收买'势不为已甚，当给还之，然亦殊不便也。因笔及之，恐传闻又有过当耳。"（载《朱文公大全·别集卷六》）

只是辛弃疾被没收了一船牛皮，如哑子吃黄连，有苦说不出来。这南康军属江南东路管辖，又不归江西统领，因此对朱熹一点儿办法也没有。好在前两次赚了不少钱，再加上这几年的俸禄积蓄，买地建宅也够用了。过后，他赌咒发誓，再不干这买卖上的事情了，还是种田最为稳妥。

接下来，他便跑到信州，规划宅院，大兴土木，雇工造屋。这年秋天，正屋的八间房子就要上梁了。

按照当地的习俗，新屋上梁要举行一次隆重的仪式，不仅要置办供桌祭品，而且还要敲锣打鼓，工匠们还要一边舞蹈，一边念唱着类似诗歌一样的祝文。这些祝文的内容，多是当地通行的吉利话，什么"家门永兴""吉星高照""太平和睦"之类的俗词。辛弃疾不屑于这些俗词，他决定自己撰写上梁的祝词。在建房场地里走了几个来回，几句别开生面的祝词，伴随着木匠叮叮当当的斧凿声，让辛弃疾想了出来。

上梁那天，正房的脊檩上贴着用红纸画的八卦太极图形。抱柱上，贴着醒目的楹联，地上摆着祭桌供品。一群年轻人束着腰带，随着咚咚呛呛的锣鼓声跳起了舞蹈。一位老者左手擎着一只大海碗，右手向碗里抓一把酒，然后向东西南北上下地洒了六回。每洒一回酒，他便领着年轻人念上一句辛弃疾写的上梁文：

抛梁东，坐看朝暾万丈红。直使便为江海客，也应忧国愿年丰。

抛梁西，万里江湖路欲迷。家本秦人真将种，不妨卖剑买锄犁。

抛梁南，小山排闼送晴岚。绕林乌鹊栖枝稳，一枕熏风睡正酣。

抛梁北，京路尘昏断消息。人生直合住长沙，欲击单于老无力。

抛梁上，虎豹九关名莫向。且须天女散天花，时至维摩小方丈。

抛梁下，鸡酒何时入邻舍。只今居士有新巢，要辑寒窗看多稼。

祝文念完，房梁也就上完了。众民夫这才注意到，辛大人正站在那里一动不动地发呆，眼眶里噙着晶莹的泪水。人们不约而同地围了过去，关切地问："辛大人，您怎么了？"

过了好半天，辛弃疾这才缓过劲来，从眼睛里滴出两串豆大的泪珠。他用手揉了揉眼睛，苦笑着对民夫说："没什么，我的眼睛有些迷了。"民夫们见他无事，这才纷纷地散去干活。

原来，辛弃疾在撰写那几句上梁文时，还没怎么激动。可是在真正上梁时，听到那一声声发自内心的祝词，他激动的心就再也忍受不住了。他自二十一岁南归以来，始终怀着一颗富国强兵、收复失地的雄心，但始终得不到统治者的理解和支持。特别是近些年来，南宋朝廷只把他当作一头可以任意驱使的牛马，东跑西颠的不是剿匪就是救荒。而在朝中，他一个知心的靠山也没有。一些主和派的大员在朝中还时不时地找他的毛病。就连两位著名的大儒朱熹和陆九渊，都以传闻之言和他过不去，到处散布对他不利的言辞。他知道，自己的官当不长了。

他写的《上梁文》有"万里江湖路欲迷，家本秦人真将种，不妨卖剑买锄犁。"是说他的祖先本是汉代名将，可他自己却空有一腔报国之心，英雄无用武之地，只好去把宝剑卖了，去买锄犁耕种田地了。这是一种多么残酷的现实！而"京路尘昏断消息"、"欲击单于老无力"，更是哀叹他不为朝廷所用，屡遭猜忌的悲愤心情，并惋惜自己年岁渐老，只能像贾谊那样退隐起来了。

深秋九月，江西转运判官张坚升任兴元知府，不日就要启程，因此特地向辛弃疾辞行。

兴元即今天陕西省的汉中地区，距江西很远，而且地处宋金边境。为了送别同僚，辛弃疾设酒席为其钱行。

此时辛弃疾心情不好，所以没有邀请其他人相陪，只与张坚同席而饮。好在都是相处已久的朋友，有酒为媒，话语便多，无所顾忌。

酒过三巡，菜过五味，张坚关心地对辛弃疾说道："前日兄弟入京述职，听到朝中议论，颇对先生不利。"

"是吗？"辛弃疾故作惊讶地问道，"请贤弟略道其详。"

"一说是大帅在湖南办飞虎军时用钱如泥沙，二说是大帅举办江西荒政时杀人如草芥。"

辛弃疾淡淡一笑说："这倒是说对了。飞虎军是一千五六百人的队伍，没钱怎么办？至于说到办荒政杀人，试想，不杀几个人，就要饿死多少人？"

"不过，这些人的议论不得不防呀。"

"我早防着哪。大不了，我辞官种地去。"辛弃疾毫不在乎地说。

张坚饮了一口酒，长叹一声说："倒是可惜了你这一表人才了。要是朝中有那么一个月下追韩信的贤相，大帅得了重用，不怕失地不归！"

辛弃疾感慨万端，提笔为张坚写了一阕送别的词，名为《木兰花慢·席上送张仲固帅兴元》。上半阕写道：

汉中兴汉业，问此地、是非耶？想剑指三秦，君王得意，一战东归。追亡事，今不见，但山川满目泪沾衣。落日胡尘未断，西风塞马空肥。

辛弃疾以汉高祖刘邦在汉中开国的典故，抒发他壮志未酬的慨叹。"追亡事，今不见"慨叹当今萧何月下追韩信的往事再也没有了，只能让人怅望强金未灭，战马空肥的现状。

席终，张坚起身要走的时候，突然神秘地对辛弃疾说："听说新建知县汪义和杀了一个皇亲。"

"是吗？"辛弃疾有些吃惊，"是什么皇亲？"

"说是当朝郭皇后的一个侄子。人家正满京城告状呢。这下子汪义和可要吃官司了。"

"怎么杀的，我怎么没听说？"

"今年初你举办荒政时，那个姓郭的囤积粮米，就被汪知县抓去杀了。"

"是啊。"辛弃疾这才恍然大悟。但他又说，"汪义和乃朝廷命官，我朝向无杀官之例，他不至是死罪吧。"

"还用死罪呀？就他那干瘦的体格，发到边远州郡，军中编管就要了他的命！"张坚也替汪义和担心起来。

辛弃疾听罢心中像有十五个吊桶七上八下。

送别张坚的第二天，辛弃疾立派人把汪义和杀人的案卷调来，仔细一查，果然有一个姓郭的案犯被杀。辛弃疾索性大笔一挥，在所有处决犯人的案卷上都署了自己的大名，并把日期提前了两天，还加了知府和安抚使的印信。也不把案卷还给汪义和，只叫人传言，叫汪义和提出辞官的辞呈。

汪义和听到让他自提辞呈，有些摸不着头脑。一想自己的脾气如此倔强，几次与辛帅顶撞，不辞职何为。于是，他以身体有病为由，向辛弃疾递了一个辞呈。辛弃疾马上批了一个准字，又附了几句办荒政有功的好话，上报朝中。

南宋时期，知县以下的官员辞官是很简单的事情，不必宰相过目。不数日，吏部便准了汪义和辞归，还赠了他一个通议大夫的名衔，每年还可以领到养老的俸钱。

汪义和无官一身轻，收拾收拾行李就要走人。临走时，他想，无论如何也得与辛弃疾来告别，就骑了一头驴到知府衙门求见知府。不想等了半天，门里传出话来，辛弃疾拒不接见。气得汪义和一屁股歪在驴背上，向着府衙的大门骂了一句："呸！不能容物的东西！算我瞎了这双眼睛，跟着跑了一年龙套！"骂完，用手朝驴屁股就是一巴掌，那驴就抛开四蹄跑远了。

打发走了汪义和，辛弃疾的心情更加低沉。他清楚地知道，这几年来嫉妒他的人很多。为了集资办飞虎军，在江西举办荒政，他也得罪了不少地方上有钱士绅，而这些有钱人，又都是和地方的某些官员，乃至朝中官员们关系套着关系。三人成虎，到时候，自己浑身是嘴也说不清楚。尤其是为了买地建宅，贩卖牛皮，又被朱熹抓住了把柄。这要是凑到一块，自己可要声名狼藉了。

深秋时节，落叶纷纷，凉风习习，辛弃疾百无聊赖地出了府衙，向着要修又未修成的东湖走去。东湖就在城内的东南隅，那里虽没有著名古迹，但也是古貌森森，是一个闲人散步的好地方。倘若不是灾荒之年，倘若不是汪义和的阻谏，一准能把它修成一块让人赏心悦目的绿洲。

湖中的秋水清清净净，左一片右一片的败残荷叶无精打采地下垂在老气横秋的叶梗上，像是盔甲不整的斗败了的将军。数株垂柳悠然自得地随着微风拂动着那长长的丝条，大概还在留恋那昔日的繁华。

沿着曲折的洲岸缓缓走去，辛弃疾来到一堆残破的瓦砾跟前。岸边的一块青石上坐着一位老者，正聚精会神地盯着手里的钓竿。辛弃疾有些累了，就坐在老翁身边，也把目光盯在那根不见收获的鱼竿上。

过了一会儿，那老翁才回过头来看了一眼辛弃疾，不想他一下子就认出来了这位身穿民服的竟是知府辛大人，于是老翁急忙向知府大人叩头问安。

"这里过去像是住过人吧？"辛弃疾指着那堆瓦砾问。

"住过，这是苏云卿的隐居处。"

"苏云卿？"辛弃疾似乎从来也没听说过这个人。

"一个世外高人。"那老汉慢悠悠地打开了话匣子，"他本是四川广汉人氏，绍兴间迁到这里结庐独居。初来时不苟言笑，后来人们才发现他竟是一个天上地下无不知晓的学者，因此附近之人，不管良贱老幼，都非常敬重他，称他为苏翁。苏翁则终日短衣草履，自种蔬粮以自给。闲来无事则闭门高卧，或危坐终日，人莫知其底。突然有一天，江西帅臣收到宰相张浚来书并金钱布帛，说隐居东湖的苏翁是他的布衣交。帅臣急忙轻车简从赶到东湖，出张浚书函金帛请他出山为官，苏云卿力辞不受。后来朝廷下旨征他入京，朝使及帅臣再来寻他时，只有空房菜圃，苏翁早已不知去向。后人为了纪念他，便把这里叫作'苏翁圃'，那栋小屋因再无人住，久而久之就坍毁了。"

辛弃疾听罢，心里一震，叹道："避世高人，辛某不如也！"

"辛大人说哪里话，想这苏云卿只不过是一个自视清高的儒生而已，哪有半点大人的才能和胆识！"

又过了一会儿，辛弃疾怀着不可名状的心情告别了那个钓鱼的老翁，迈着沉重的步子回到了府衙。刚好在这时，他收到了洪迈在建宁寄来的信。信中，有他应辛弃疾之托，写的一篇文辞华美的《稼轩记》。在这篇记文中，洪迈叙述了辛弃疾卜宅信州的经过，又着力赞许了他的为人和功绩。文中说："侯（指辛弃疾）本以中州隽人，抱忠仗义，彰显闻于南邦。齐虏巧负国，赤手领五十骑，缚取于五万众中，如挟狡兔，束马衔枚，间关西奏淮，至通昼夜不粒食。壮声英概，儒士为之兴起，圣天子一见三叹息，用是简深知。入登九卿，出节使二道，四立连率幕府。顷赖氏寇作，自潭薄于江西，两地震惊，谈笑扫空之。"

辛弃疾读罢此文，苦笑了一声，然后向家人及僚属宣称，自此号为"稼轩居士"。

不几天，家人又从信州归来，送上带湖新居图一张，并禀报了建屋进程等情况，再有十天八天，新居就可住人了。辛弃疾打开新居图一看，都是按他原先绘好的格局所建。东面高阜上建有集山楼，中间是三进院落的主宅稼轩，西岗上建有植杖亭。就连那院宅围墙，东西小路，都画得仔仔细细，辛弃疾心里十分高兴。

辛弃疾建造新居大张旗鼓，并且造得又宏丽壮观，一时间成了信州一景。再加上洪迈又为他的新居写了这一文，更使带湖新居名声大噪。不久，已经告老还乡的枢密使洪适又特地为辛弃疾的新居赋了一诗，名为《题辛幼安稼轩诗》：

济时方略满心胸，卜筑山城乐事重。岂是求田谋万顷，聊因学圃问三农。高牙暂借藩维重，燕寝未须归兴浓。且为君王开再造，他年植仗得从容。

有洪适的诗句张扬，辛弃疾大造房屋的消息自然就传到了朱熹的耳朵里，这位老夫子心里想：怪道他贩牛皮赚钱，原来是为了造新房呀。这时，朝中降旨，改他为浙东常平茶盐提举，即管理浙东路各地的官茶官盐。信州正归浙东路管辖，于是，借着巡行公务的机会，朱熹来到信州，他要看一看辛弃疾的新宅。

出了信州城北门约一里，便是一泓碧水的带湖。带湖北岸的高岗上，房子早已盖完了。朱熹绕过带湖，信步进了稼轩大院，但见四周是高高的院墙，里面是三进院落，又带有东西跨院，总共有数十间房子。房子的格局也很讲究，真是雕梁画栋，影壁回廊，花畦鱼池，应有尽有。

朱熹看过辛弃疾的新居之后，给陈亮写了一信，信中直言不讳地说他偷看了辛弃疾的稼轩新居，并称"以耳目所未曾睹"。

辛弃疾在信州盖新居的消息也传到了临安朝廷。本来，朝廷对大臣们的享乐和腐化一直采取睁一只眼闭一只眼的政策。可是，辛弃疾的大肆建房未免过于显眼。于是就有人说他贪占公帑等等。偏巧朝中有个监察御史名叫王蔺，是一个说话似箭，用笔如刀的手。他整理了不少从湖南、江西人递上来的，弹劾辛弃疾的状子，也不分真假虚实，先指使一个叫崔敦诗的中书舍人上了一本，弹劾辛弃疾。弹章上说"肆厥贪求，指公财为囊橐；敢于诛艾，视赤子如草营。凭陵上司，缔待同类。愤形中外之士，怨积江湖之民。"居然把辛弃疾说成是一个贪婪成性、贿赂公行、残害乡民、拉帮结伙、对抗上宪的十分可憎的人物。

此时朝中赵雄、王淮为左右丞相，他二人对辛弃疾都没有好感，孝宗又是一个深居简出的皇帝，有事只问朝臣，于是王蔺又奏了一本，说辛弃疾"用钱如泥沙，杀人如草芥"。

于是，孝宗在二位丞相的促使下免了辛弃疾江西帅臣之职，降为浙江西路提点刑狱。

谁知刚刚过了两天，孝宗回宫，见皇后郭娘娘抹着眼泪，哭诉她的一个侄子在江西被杀，辛弃疾包庇知县。皇上听后大怒，降旨将辛弃疾削职为民。

此时，辛弃疾正在南昌帅任上，总算挨到了这年的十月底。这一天，忽有朝使到来，他急忙摆了香案跪接圣旨，朝使高声宣读诏书，他才知道，自己已被降为浙西提刑。

辛弃疾一家正在忙着捆东绑西，刚刚过了四天，正准备即将启行的时候，又有朝使到来，辛弃疾不免有些惊恐，急忙跪听诏命。

朝使一改温和面容，厉声厉色地念道："廷臣以辛弃疾奸贪凶暴，帅湖南时贪敛无度，帅江西时滥杀无辜，朝野上下交口弹劾。有旨罢其新除浙江西路提点刑狱之职，着即削职为民。钦此。"

辛弃疾一听，顿时呆住了。

"辛弃疾还不接旨谢恩！"朝使不耐烦地又高叫了一声。

辛弃疾马上叩头，叫道："臣辛弃疾接旨，谢主隆恩！"

辛弃疾刚想站立起来，不想朝使又说了一句"且慢！"然后又拿过一道圣旨，高声叫道："新建知县汪义和草菅人命，着辛弃疾将其缚送朝使，入京叙罪！"

听了这道朝命，辛弃疾这才着急起来，因为汪义和早已让他打发回老家了。怎么对朝使说呢？

第十六章

带湖风月

淳熙八年（1181年）底，辛弃疾被朝廷连卜两道圣旨削职为民，并追究知县汪义和的罪责。其实辛弃疾对此早有准备，忙对朝使说："处决囤粮不法米商郭某，乃辛某一人所为，与汪义和无关。况且汪义和已被免官许久了，不便追究。"说罢，他叫人取来府中案卷，让朝使亲自过目。朝使一看，果然是辛弃疾手批，一时无话可说，只得将一卷案卷携去京师复命。辛弃疾则带了家小，离了南昌，顶着凄冷的寒风，奔向新居。

路上，妻子范玉才知道辛弃疾把杀皇亲的事情担了过来，于是在埋怨的同时，又提心吊胆地说："无官为民，过个太平日子也无所谓。只是朝使回去，有人再追起杀人的事情可怎么办？"

辛弃疾说："管他呢！一路安抚使自有他的生杀大权，况且那是有案可查的犯法行为，顶多是个刑罚太重的过失。如今我已削职为民，还能把我怎样？"

朝使回去复命后，那姓郭的皇亲毕竟又是疏远一些的远支，无法掀起大浪。况且辛弃疾已经免了官，汪知县也早已辞职还乡，事情便不了了之。

　　转眼就是淳熙九年的新春，辛弃疾被罢官来到信州带湖新居生活的消息传进了信州城。城内那些久闻其名的官僚士绅，不管认识的或不认识的，都来拜望辛弃疾，连日来辛府都是车马盈门。

　　一天中午刚过，门口忽然来了一挂暖棚马车，两个仆从从车上扶下一位六十多岁的老者，向门里递进了他的拜帖。辛弃疾正在书房，打开拜帖一看，是韩元吉来了！他急急忙忙奔向大门迎接。

　　韩元吉本名韩无咎，平时以字行，人们都叫他元吉，比辛弃疾年长二十二岁。辛弃疾在建康府当通判时，韩元吉在建康任转运判官，说起来他们是老相识了。屈指一数，已经是十三年过去了。

　　宾主落座，辛弃疾首先问候道："韩老尚书年来可好？这几日弃疾就想去府上拜望，只是连日来待客脱不了身。十多年不见，您老的身子还是那么硬朗！"

　　韩元吉一捋胡须笑道："惭愧惭愧呀，幼安休叫老朽尚书，只是辞官时朝中给个虚名罢了。屈指算来，老夫二十几岁出仕，四十多年宦海风波，实指望联络一些志同道合的志士，佐君王抗金以收失地。不想数十年的风霜雪雨，花开花落，把那股雄心壮志都消磨得无影无踪了。如今告退，也起了一个别号，就叫我南涧先生吧。"

　　"南涧？这别号倒是典雅得很，怎么得来的？"

　　"和你一样，也是到信州才起的。三年前，我在城南买了一块宅地，因宅前有一水涧，十分清静幽雅，就胡乱起了这个名号。"

　　"想起我们在建康的时候，真是倏然如梦呀？"辛弃疾无限感慨地问道，"您还记得我们欢宴严子文家里的事情吗？"

"怎么不记得，他有个侍人唤作笑笑，就是那个很会开玩笑的姑娘，那时你还为她脸红呢。"

"严子文时下还在福建吗？"

"是啊。听说他也告退了，定居了泉州，年前还给我寄过一书，书中还问起过你呢。"韩元吉点数着他们的老相识一个一个地说道，"你还记得赵彦端字德庄吧，他已过世了，是七年前没的，死时五十有五。叶衡罢相以来，一直稳居不出。年前听说他病得不轻，年纪刚过花甲，真有些可惜呀！"

"说起叶相，对我可是有知遇之恩的人了。对了，史帅呢？就是接任建康留守的史正志，当初在建康，是史帅为我主婚呢。"辛弃疾急切地问道。

"他呀，自你去滁州后，朝廷不知哪位想出一个名目，叫作什么'均输'，让史正志去当什么均输的发运使。实际上是强行摊派，掠夺各府州县的财富。结果搞得远近骚然，老百姓怨声载道，士大夫又诤言其害。当时那很有名气的儒士谏官张栻上了一本，劾奏史正志，皇上就把史正志贬官，去了永州。实际上是抓了一个替罪羊。听说从此史正志郁闷异常，不久就死在湖南了，可惜了这么一个人才！想当初他在建康时，疏浚河道，创修青溪阁，修缮贡院，干什么都是雷厉风行，就如快刀斩乱麻一般，因此才为朝廷所用。如此看来，还不如平平庸庸当官，平平庸庸地过日子，倒是一生安稳。"

一听这话，辛弃疾的心里猛然震颤起来。是啊，史正志不就是自己的一面镜子吗？

"咳，对呀！"韩元吉突然又大叫起来，"你的娇妻呢？想当年你三十岁，娶了范南伯的十八岁的幼妹，还是请我当的大媒呢，怎么也不让她出来见我？"

"这你可错怪我了，听说您老来了，她亲自下厨，正安排家人为你做菜呢，一会儿酒桌上见。"

听说范玉亲自下厨，韩元吉有些过意不去。不一会儿，一桌丰盛的酒菜就摆了上来。范玉出来拜见当年的大媒，韩元吉眯着眼睛，把刚过三十的范玉打量了半天，见范玉还是那样苗条，不禁夸道："弟妹越活越年轻，多年不见，还是一副窈窕淑女的模样。"

范玉笑道："年轻什么呀，孩子都生了四个了。"

"是吗！"韩元吉吃惊地说，"真看不出来。"

辛弃疾接口道："头一个是女儿，在滁州生的。其余三个都是儿子，最小的是在江西生的，刚两岁，我给他取名叫铁柱。"

"算起来你也四十多了，生了四个孩子也不算多。"韩元吉对辛弃疾说。

"不怕您笑话，这些年是没机会生。我是东跑西跑地过了十多年，要不然的话，孩子也是一大群呢。有人给我算过，说我是九子的命。"说罢，辛弃疾又用笑脸对范玉说，"这回好了，安安稳稳地过田家翁日子，还怕生不出个七郎八虎来？"

一句话，把范玉说红了脸，急忙让客人入席吃酒。

从此，以韩元吉、辛弃疾为首，一个在信州城南，一个在信州城北，联络了几个告退隐居的失意官僚，便在信州形成了一股游山玩水、吟风弄月、醉酒欢歌的小群体，当地几个附庸风雅的士绅硕儒也被卷了进来。辛弃疾似乎把那一腔救国救民、收复失地的雄心壮志丢到了九霄云外，每日里除了指点家人照顾桑田上的事情外，便是在这些朋友之间吟诗作赋，互相唱和。凡婚丧嫁娶、生辰祝寿之类，他也都喜欢凑热闹。

只是当地真正懂诗词的朋友太少，在文章上又不是辛弃疾的对手，于是他又四处写信联络，远在泉州的严焕，浙东的陈亮，以及徐安国、赵文鼎、李正之、郑元英等都以书信与他唱和，这些吟风弄月的诗词唱和虽然远离朝政，但也不免引来一两句微词。辛弃疾知道后却理直气壮地说："老子做官比他们强，论起吃喝玩乐，也不照他们逊色！"

只是在这些互相唱和的人中，辛弃疾发现，多数都是平庸之辈。后来发现，他早年结识的陈宽，其长短句写得极有功力，具有一股金戈铁马、大气磅礴的气势，不免对他刮目相看。一来二去，二人的交情就越来越深，竟然互相交流起对天下大事及朝政的看法来了，而这一点是辛弃疾弃官以来所发誓不谈论的话题。再后来，他二人竟至以死相托，这是后话。

这一年的正月还没有过去，忽然有一个远来的青年前来拜访辛弃疾。此人二十左右年纪，中等身材，白净面皮，文文静静，一见辛弃疾纳头便拜，自云要投于门下为徒。辛弃疾急忙把他扶了起来，仔细一问，方知道此人姓范名开，字廓之，是辛弃疾岳丈家的一个同族远支。

范开对辛弃疾说道："学生随父南渡后居住淮上，置了薄田耕读度日。去年父母相继亡故，学生孑然一身，就变卖了家产，打算寻一名师攻读学业，以期博得个正途出身。久闻先生大名，经本家南伯先生指点，学生远涉千里，寻到南昌，才知道大人失官归了信上，于是又转道信州，前来投奔，望先生收于门下。"说罢，他打开包裹，拿出范如山写给辛弃疾的亲笔书信。辛弃疾看罢来书，才知道这是去年冬天的事情，那时他还没有被罢官。范如山是想让他在南昌的衙门里寻个差事，边做事边攻读。

辛弃疾说："既然如此，你就在我这里住下就是。只是辛某多年来浪迹官场，于儒家经典上多已生疏，当不了你的先生，你我就算互为师生吧。"

范开听了，急忙跪下叩头，又打开包裹，从里面拿出百贯铜钱作为拜师之仪奉上。辛弃疾一见，急忙站立起来，正色说道："快快收拾起来，免得我要生气。你尽管住在这里，生活起居吃住如家人一样。如若有时间，等我儿长大，当一个先生也算你尽了一份心了。"

范开不好再争，只得谢了。从此，他便如辛府的家里人一样在带湖新居生活，一直和辛弃疾相处了八年。在辛弃疾影响指导下，他后来又学会了写诗填词，作文作赋。闲来无事，他常和辛弃疾互相填词联句取乐，渐渐成了辛弃疾的关门弟子、贴身随从，又是诗文密友。

范开留心整理保管辛弃疾的词作，打算将来为他的恩师编一文集，这是后话不提。

新春二月，和辛弃疾有过一面之交的汤邦彦也到信州城内买了一宅居住。听说辛弃疾住在城北，他也登门造访来了。辛弃疾回忆起早年在临安时，有一次去拜见宰相虞允文，恰遇此君在座。二人初晤，汤氏口若悬河，振振有词，大有匡时济世的远大抱负，因此，很得虞允文的欣赏。谁知他出使金国，竟被金人的刀枪吓破了胆，才知道他原来只是草包一个。如今早被罢了官，又与辛弃疾凑到一块，辛弃疾来者不拒，同样热情相待，一来二去，他便成了辛府上的常客。不久，曾作为辛弃疾幕僚的杨济翁，自辛弃疾罢官后，在南昌不得志，也凑了足够的金钱，跑到信州的上饶城里买了一栋房子定居下来，自然也就成了辛弃疾的府上嘉宾。

三月初三到了，辛弃疾与汤邦彦、杨济翁等人相商，决定邀请信上名流，在带湖举行一次修禊雅集，古时候称为"上巳日修禊"，是一种带有春游性质的祭祀性活动。到了那天，辛弃疾打发人早把城南的韩元吉请来，此老便成了众星捧月的人物。

和煦的阳光，清平的春水。湖边垂柳依依，路边野草青青。韩元吉、辛弃疾、汤邦彦、杨济翁，还有范开及信州城内的几位文人士绅等齐聚带湖湖边，摆上了桌子果品，众人席地而坐，渐渐地把话题引到填词作赋上来。

杨济翁是最崇拜辛弃疾的人，他曾作为幕僚与辛弃疾同坐一船溯江而上，一路上辛弃疾慷慨高歌，并且还一同论诗填词。于是他首先开口问道："稼轩先生的长短句如今可是海内闻名了。不知近来可有什么佳作？"

辛弃疾摇头回道："实不相瞒，这两年忙得茫无头绪，不顺心的事接踵而来，哪有心思吟咏。"

韩元吉说："休要自谦了。听说你前不久就在这带湖边上填了一词，很有韵味，何不拿出来叫我们欣赏欣赏？"

辛弃疾笑道："有什么韵味可言？不过是我在这湖边上看见一些鸥鸟飞来飞去，便戏与鸥鸟订了一个盟约。词牌子用了《水调歌头》，题目就唤做'盟鸥'了。"

"'与鸥鸟盟约'有意思，有意思。快请先生歌来。"汤邦彦快言快语地说道。

于是，辛弃疾一字一句地吟了起来：

带湖吾甚爱，千丈翠奁开。先生杖履无事，一日走千回。凡我同盟鸥鹭，今日既盟之后，来往莫相猜。白鹤在何处，尝试与偕来。　破青萍，排翠藻，立苍苔。窥鱼笑汝痴计，不解举吾杯。废沼荒丘畴昔，明月清风此夜，人世几欢哀。东岸绿荫少，杨柳更须栽。

辛弃疾吟罢，汤邦彦又开了口，说："听了'盟鸥'一歌，我倒觉得稼轩先生与东坡居士可是不谋而合了。"

"此话怎讲？"韩元吉笑吟吟地问。

"苏东坡在《赤壁赋》中称他'侣鱼虾而友麋鹿'，而今稼轩先生与鸥鸟为伴还嫌不够，还要把白鹤招来。一个要与鱼虾麋鹿为友，一个要和鸥鹤为伴，这不是一脉相通吗？"

辛弃疾笑了笑说："那是我初居带湖时嫌友人太少，过于寂寞才呼鸥唤鹤地聊寄情怀而已。如今有了你们这些朋友，还担心寂寞吗？"

接着，众人坐在水滨，吃着果品，玩了一回限韵赋诗之后，便又登上东岗，上了集山楼。这集山楼是辛弃疾建宅时规划好了的。

此楼二层，南可以望见上饶城内的横街竖巷，北可以望见灵山的青山白雾。众人登楼凭栏远眺，都说这集山楼可是一个好去处。

说着话，辛家的仆人便挑着担子登上楼来。不一会儿，一桌丰盛的酒席就摆在了集山楼上。辛弃疾把韩元吉让到首席，然后请诸位一一入座，说着笑着就杯觥交错地喝起酒来。

酒到半酣，一个个都有些面红耳赤。辛弃疾举杯对众人说道："从古来有那么一种人，官场不顺就躲到山里，吃着野黍山菜，穿着芒鞋葛衣，称作'隐士'，其实是勒着肚皮自标清高罢了。辛某是俗人，明明白白地说，我是被免了官才退出官场的。我不想躲进深山里去饿肚皮，因此才在这红尘滚滚的上饶城外建宅居住。并且又是大兴土木，任情地活他一番，非叫有些人瞅着心惊眼热不可！"

城内的一个富绅接口说道："对，对！稼轩先生说得太对了！李太白不是有句'古来圣贤皆寂寞，惟有饮者留其名'吗，不吃不喝，留着钱干什么？"

不知谁突然叫了句："对了，今天怎么没有唱曲的姑娘？"

辛弃疾一听，忙叫家人："快去把田田和钱钱叫来。"

"谁是田田、钱钱？"汤邦彦小声地问韩元吉。

"是稼轩在杭州买的两个侍女。"

不一会儿，那家人只领着田田一个人上了楼，辛弃疾一脸愠怒，问："钱钱怎么没来？"

那家人向四座看了看欲言又止，辛弃疾怒问道："怎么回事？"

不想田田先开了口："老爷息怒。钱钱不知怎么地把肚子搞大了，不好意思来见诸位大人。"

辛弃疾突然想起来，钱钱已经怀孕了。于是略显尴尬地笑了笑。

不想满桌子的人听了田田的话都哄堂大笑起来，有的甚至喷了饭。

汤邦彦似嘲似笑地问辛弃疾："怎么，你家的姑娘竟有这种本事，你还不知道？"

辛弃疾一拍脑门儿说："瞧我这记性！算了，田田，你就一个人唱一曲为诸位劝酒吧。"

田田整了一下衣裙坐了下来，从跟来的丫鬟手里接过琴来，用手去调那琴弦。门口站着的家人对辛弃疾说："老爷，还有一事回禀。"

"有事快说，怎么吞吞吐吐地不一块说完？"

"家里来了一位客人，自称是老爷的湖南部曲，姓高名怀青要见老爷。"

"啊！是他。快去请他到集山楼来见我。"辛弃疾吩咐道。

那家人应一声，飞快地奔下楼去。

说着话田田就调好了琴，只见她伸出纤纤玉指，边弹着琴，边张口唱了一首《蝶恋花》：

点检笙歌多酿酒。蝴蝶西园，暖日明花柳。醉倒东风眠永昼，觉来小院重携手。　可惜春残风雨又，收拾情怀，闲把诗僝憔。杨柳见人离别后，腰肢近日和他瘦。

这是辛弃疾近时写的一首词，被田田唱得缠绵婉转，再加上琴声清幽，大有余音绕梁三日不绝的意境，众人都听得如醉如痴。

就在这时，只听楼梯响动，一个身穿军衣的年轻人奔到楼上，到了辛弃疾桌前，行了叩头大礼。辛弃疾急忙离座把他扶了起来，向众位介绍说："此位乃是辛某在湖南为帅时的部曲，是飞虎军的一名参将。"

众人都是知道飞虎军的，于是一个个站起身来，请高怀青入席。高怀青谦逊了半天，方才拣了个末席坐了下来。

席间，辛弃疾不免询问起了飞虎军的近况。听了高怀青的介绍，方知道如今的飞虎军可不如从前了。新来的帅守不怎么去抓武备，拨给的军饷也减了许多，有时还常常拖欠。没有办法，将士们便私下里找些买卖做，以补军饷的不足。后来，帅守及运使、刑狱等大吏们，有了什么大事小情，也常常抓飞虎军的人去办，多少给些小钱。

"那你这次出来是干什么呢？"

"去临安。今年五月初八是丞相王淮的生辰，我是奉了帅守之命，带了几个士兵护送生辰纲（即生日贺礼）的。车子和兵丁都在城里住着呢。"

一听"生辰纲"，大伙不约而同地想起了北宋年间蔡京当权时候，各地官员一个个争相送礼巴结的事情，于是心情都沉重起来，酒也喝得郁闷了。

看看到了日薄西山的时候，诸位客人一个个起身告辞。

临别时，杨济翁对辛弃疾说："他日请稼轩及诸位光临寒舍。"

辛弃疾把高怀青拉到家里住了一夜。他二人同宿书房，自是旧友重逢，无话不谈地过了一夜。

辛弃疾问道："记得那年我离潭州之前，为你保举一官，请旨册你为孝义郎，不知后来批复了没有？"

高怀青长叹一声："还说呢。自大人走后，潭州一些富户，尤其是原先开酒坊的那些人，到处说您的坏话，新来的帅守就一屁股坐在这些人一边，变更了许多成法。因此，府里边没了来钱道不说，我也跟着不得意，别说是转官了，就连这身军服差一点没脱下去。"

辛弃疾听了很不是滋味，只得安慰他几句。这一夜他没有睡好，由高怀青想到了自己，不免大发感慨，于辗转反侧之间吟了一首七律的诗。

第二天，当高怀青辞别他要走的时候，辛弃疾特地摆酒为他饯行。席终，辛弃疾怀着沉闷的心情，把昨夜所吟之诗写了出来，送给即将远去的高怀青，题作《送别湖南部曲》，诗云：

> 青衫匹马万人呼，
> 幕府当年急急符。
> 愧我明珠成薏苡，
> 负君赤手缚于菟。

观书到老眼如镜，

论事惊人胆满躯。

万里云霄送君去，

不妨风雨破吾庐。

高怀青珍惜地收藏了辛弃疾的赠诗，向他的恩人告别。辛弃疾叫范开代他为高怀青送行。

出了辛家大门不远，范开问高怀青："你知道辛大人诗中那句'明珠成薏苡'的典故吗？"

高怀青回道："知道哇，说的是后汉伏波将军马援的故事。他奉命率军征交趾时，正患有风湿病。南方有一种叫薏苡的草药可治风湿，所以，打完仗后，马援就买了两箱带回了家。不知此情的人见马援带回两只箱子，以为里面装的一定是明珠珍宝，便私下里议论纷纷。但当时马援正得天子信任，没有人敢把此事奏上去。不久，马援病故，有人就在此事上做了文章，向皇上奏了一本，诬陷马援征交趾时私藏了两箱珠宝。皇上听了大怒，也不分辨真假，立刻削去了马援的爵位和所有封号。马援之妻惊恐异常，甚至都不敢将马援的尸体归葬故里。"

"可是你未必知道大人何以用了这个典故？"范开又说了一句。

高怀青听后愣了半天，他确实不知道此典用意。

范开于是低沉地说："辛大人表面上宴饮笙歌，百般应酬，可内心却是凄苦得很。本来，大人在湖南之时殚精竭虑地创办飞虎军，一是为了地方平安，二是为了将来伐金。可是自从大人丢官以后，诬陷之词接踵而来。听说连朝中的宰相周必大都说他创办飞虎军是'竭一路民力，欲自为功，且有私心'呢。"

"是吗！"高怀青听了很是气愤，"不过我看大人的性情还是刚强的。他在诗后不是有'不妨风雨破吾庐'吗？"

范开说："话是这么说，但内心的苦楚是无处排遣，因此我时常劝他出去走走逛逛，聊开情怀，免得积郁成疾。"

送走高怀青后不几天，杨济翁就打发人来请辛弃疾和范开去城里聚饮。辛弃疾笑对范开说："三月三集山楼一饮惹了麻烦，从此你请我请，可不是没有闲日子了吗？"

范开一乐说："那还不好吗，先生又可以结识更多朋友，写出更多诗词嘛。"

说着，辛弃疾就吩咐家人备轿。好在路途不远，一里地就进了城里。在杨家家人的引领下，不一会儿就到了杨府。

杨济翁的宅子是一户破落官僚的旧房。宅子虽旧，但两进院落，错落地长着花草竹木，有一种古色古香的情调。进了正厅，只见韩元吉、汤邦彦等人也都到了。其中有一位瞅着眼生，经人介绍，才知道此人姓李名泳字子永，号兰泽，扬州人士，时任坑冶司干官分局信州，管着信州地方炼铜炼铁的事情。闲来无事，此公也爱舞文弄墨，写几首歪诗，填几句粗词。虽不入流，但在上饶城中还有些小名气，所以被杨济翁拉来陪客。

诸位都是熟人，落座后就东拉西扯起来。正扯到兴头上，就见四五个打扮得油头粉面的姑娘被人引进客厅，嬉笑着给韩元吉、辛弃疾等几个头面人物请安献茶。原来这是杨济翁特地叫人在城内寻的几位小有名气的歌妓。

众人品了一口茶，接着就摆上了酒菜。歌女们有的手持檀板，有的怀抱琵琶，轮番地唱了几支小曲俗谣。不过，在辛弃疾听来，都是些乡村俚曲，无非是些情歌爱妹，花前月下之类的东西，没有什么新玩意，觉得有些俗不可耐。因为筵席的主人是杨济翁，自己也就得宾随主便，耐着性子听下去。

待到席中时候，有几位便忘了形，一个个拽过那唱曲的姑娘来陪着喝酒。这几位姑娘都是见过这阵势的，没有过分的执拗，就半推半就地入了席，寻着主顾傍依着，说笑着，酒也就喝上了高潮。

唯有辛弃疾，不知为什么横竖瞅着这几个姑娘不顺眼，仍是独自持杯对客。韩元吉笑问道："稼轩先生什么时候学得不近粉黛了？"

辛弃疾嘿嘿一笑："不近粉黛那是和尚。"

"那你今天是怎么啦？"

"油头粉面得让人生腻。"

杨济翁二话没说，马上叫过一个侍女，低声说了几句什么。那侍女点头入内，不一时，就有两个素妆淡雅的姑娘走了出来，众人的目光立刻投了过去。但见这两个姑娘只有十四五岁的光景，长得却是唇红齿白，眉清目秀，青丝小髻。额前是整齐的刘海儿，鬓角却长垂到腮，齐整整地犹如两个玉女仙童。

杨济翁笑道："这里是我近来新得的两个得意侍女，一个叫月云，一个叫月露。"

于是众人都交口称赞起来。那两个姑娘却大大方方地向各位大人敛衽拜安。拜罢，她俩又踩着细步，一左一右地来到杨济翁身边。杨济翁顺手把月云揽了过去，然后用手指着辛弃疾对月露吩咐道："月露，你去伺候辛大人。"

那个叫月露的姑娘娇声细语地应了一声，然后就娉娉婷婷地来到辛弃疾身边坐下，满脸堆笑地问了一声辛大人万安。顿时，就有一股无名的幽香袭来，辛弃疾反倒有些不好意思起来。

月露抿嘴一笑，接过酒杯向辛弃疾劝酒，辛弃疾却不好意思抬手去接。

杨济翁在那边却笑了起来，一下子把月云搂在怀里。月云坐在杨济翁的腿上，一手揪着杨济翁的胡子，一手举着酒杯往他的嘴里倒酒。顿时，在座的人都鼓起掌来。杨济翁便对月露说："露儿，就照云儿的样子给辛大人劝酒。"

月露一听，马上立起身来就要往辛弃疾的怀里坐，辛弃疾吓得赶忙接过酒杯，连说："我喝，我喝！"

不知是谁说了句："稼轩先生当官时不知杀了多少人，不想反倒让一个小女子给吓住了。"

辛弃疾一听不是话，急忙张目去寻那说话的人。也许是喝多了酒，终没有看清是谁，不过听声音有些生，大概就是那个炼铜炼铁的李泳，于是他正色地说道："辛弃疾生平怕善人而不惧恶人，所以我杀的全是恶人。不信的话，哪位可以查一查，我杀了一个无辜的好人吗？"

韩元吉觉得话不对味，马上接过话头说："人家说的就是这个意思嘛，否则，像月露这样的美人你舍得下手吗？"

谁知月露也是极乖巧的姑娘，顺手用筷子夹起一片糖烹的嫩藕片，一下子塞到辛弃疾的嘴里，甜甜地说了句："给辛大人解酒净口。"

辛弃疾咀嚼了一下，觉得确实甜脆可口，笑道："不错，确实解酒。"

于是，席上的气氛才算又活跃起来。

吃酒唱歌，唱歌吃酒，渐渐地都有了醉意，席上也就不成了规矩。但见一个个不管是头上长着白发的还是像范开这样的年轻人，每个人都伴着一个姑娘调笑逗趣。直到最后，都是说话走了板，迈步错了脚，方欲告辞。唯这月露姑娘知道辛大人是好写诗填词的人，而且在这上饶城里，都以得到辛弃疾赐词为荣，所以，她非要辛弃疾为她留首词不可。辛弃疾乘着酒兴，就填了一阕《蝶恋花·席上赠杨济翁侍儿》：

> 小小年华才月半，罗幕春风，幸自无人见。刚道羞郎低粉面，旁人瞥见回娇盼。昨夜西池陪女伴。柳困花慵，见说归来晚。劝客持觞浑未惯，未歌先觉花枝颤。

月露得了此词如获至宝，把辛大人谢了又谢。辛弃疾这才昏头涨脑地离了杨府，坐轿出城回家去了。

甜甜地睡了一夜，次日早上日上三竿方才醒来。辛弃疾回想起昨天在杨济翁家里喝酒的情景，不禁懊悔起来，就对范开说："糟糕，昨日酒多了点，不免有些失态。杨济翁曾做过我的僚属，怎么能戏弄他的侍女呢？我还留了一阕有失检点的词给了月露，想起来真真地后悔不迭也。"

说罢，他抓过笔来，给杨济翁写了一书，道歉不已。并且，还请杨济翁把那阕送月露的词还回来。然后打发范开亲去杨宅说明一切。

谁知杨济翁看了此信，听了范开的解释，不禁大笑起来，说："文人无行古来皆然，岂不闻李太白六十岁时还收了个十几岁的少女金陵子。稼轩先生乃我朝一代词师，长短句的行家里手，放旷一点儿何妨。"

"可月露毕竟是你的贴身侍女……"

"这又迂腐了。唐明皇乃一国之君，尚且令其爱妃杨玉环为李太白敬酒捧砚，我辈何人，还拘那些礼节？烦你回去问辛大人，若稼轩见爱月露，济翁就是将其送到带湖，谁又会有微词？"

听了此话，范开惊愕不已，忙说："这可万万使不得。我素知稼轩先生的脾气，他这个人喝酒高兴时，能近一近粉黛，可不是专在女人身上用心的那种人，何况月露又是朋友的爱婢，死活他是不会张口的。"

"那么过后我为他物色一个与月露相似的姑娘好了。"

范开越听这话越坐不住，急急忙忙地告辞要走，突然他想起一事，就说："辛大人想要回昨天写给月露姑娘的那阕词。"

杨济翁一听乐了，顺手从一个专门装字画的瓷缸里拿出一轴字画来，打开一看，竟是辛弃疾昨天填的那首词，范开惊得睁大了眼睛。

"昨天席一散，月云月露就连夜动手装裱了此词。看这活做得多好，比市上的装裱匠还强呢。你看，能让你拿回去吗？"

范开无可奈何地摊开双手，只得说"算了，我回去空手交差吧。"

五月的一天，忽见韩元吉派了一个家人登门相请，说有一位大名鼎鼎的人物来访他家主人，定要辛弃疾去城南一会。问他是谁，此人又说不出来。

辛弃疾怀着好奇的心情，急急忙忙地坐了马车赶到城南的南涧别墅，谁知他下了马车，见韩元吉陪着那个人正站在大门外迎候他。辛弃疾一见此人，打招呼不是，不打招呼也不是，向前走不是，打道回府又不是，顿时僵在那里，不知如何是好。

第十七章

鹅湖之会

辛弃疾接受了韩元吉的邀请，坐着马车来到南涧韩府做客，见韩元吉陪着的人原来是扣了他一船牛皮的朱熹，顿时僵在那里老半天没了主意。

韩元吉以为他俩互不认识，连忙介绍说："稼轩，这就是大名鼎鼎的朱熹朱晦庵先生。我原以为你们早就相识呢。"

辛弃疾只得向朱熹一拱手说："幸会，幸会。"

朱熹也很不自然地还礼说："稼轩先生一向可好。"

待到他们三人入了客厅坐定，韩元吉才向辛弃疾说："晦庵辞官要归武夷，路过信上。信州知州钱象祖欲在鹅湖寺修一书院，欲请晦庵前去规划，因此在信上小住几日，我特将你邀来一会。过一会儿知州钱象祖就到。"

辛弃疾因为有牛皮的事儿与朱熹有些芥蒂，二人同觉尴尬。但逢着这种场合，只能装作初次相见的样子，虚应着故事，互相客套而已，不便深谈。不一会儿钱知州果然坐着大轿来了，于是三人同去门外迎接。这几个人，论资历数韩元吉最老，是得过尚书衔的。其次是辛弃疾，当过几任的帅守。但他二人如今都是辞了官的人，并且又都是当地的主人，便推了父母官钱知州为上座，客人朱熹次之。

钱象祖对朱熹说："朱先生乃当今大儒，难得到信上一游，钱某对朱先生的光临深表欢迎。钱某想在鹅湖建一书院，先生能亲临规划，钱某感激不尽。"

朱熹说："劝人向学乃兴国之举，朱某敢不从命。只怕修建书院，要花不少钱呢。"

钱知州说："用钱好说，州里还有一些。再说有韩尚书、辛大帅这样的人在敝邑住着，为难之时，谁不解囊相助呢？"

韩元吉和辛弃疾一听，知道这是知州向他们打秋风，就相视笑了笑，一口应承下来。于是，四个人订好，明早出发去鹅湖寺察看。在韩府用罢午饭，钱知州非要拉朱熹去衙门里住，朱熹推辞不过，只好同钱象祖进了城里。

送走了钱、朱二位，韩元吉突然直截了当地问辛弃疾："我见你与朱熹谈话极不自然，怎么回事？"

辛弃疾张了张嘴，不知道怎么说才好。

"你们不可能是初次见面吧？"韩元吉又追问了一句。

"算了，实话对你说吧。"辛弃疾觉得还是一吐为快，"年初为了建宅，弃疾也随了俗流，往淮上贩了几船牛皮。最后一船，就是这位朱夫子，在南康当知军给扣没入官了。为此我曾书了一信，求其给还，谁知此君就是不给，害得我赔了不少钱不说，面子上始终过不去，就这么回事。"

韩元吉一听，哈哈一笑说："要不说最迂腐的莫过于儒家呢。

你还不知道吧，朱熹这个人读儒家的书读多了，什么仁义礼智信这一套几乎都吃到骨子里去了。要不，他怎么敢给朝廷写奏章，几乎连皇帝老子都骂了呢。他要是认为不合礼的事，拧着头他也要顶到底！得了，你就不要怪罪他了。再说，他这也是秉公办事哩。"

"亏了他没当大官！这您是知道的，现今朝野上下大小官员，有几个干净的呢？有些人连牛马之类，甚至活人都敢贩卖，他能管得了吗？"

"是啊，要不他咋处处碰壁呢。这一次，就是因为他弹劾一个要人，才辞官的。"韩元吉仍是笑眯眯地说着。

"明天的鹅湖寺我就不去了。"辛弃疾怏怏地说。

"这就是你的不对了。"

辛弃疾说："我再想想吧。"然后坐了马车回了带湖。

第二天一大早，钱象祖和朱熹坐了马车来到韩府与韩元吉约会，同去鹅湖。令韩元吉失望的是，辛弃疾没有来。于是，他们三人取道铅山去了鹅湖。

铅山县距信州有六七十里地的样子，马车跑了不到两个时辰便到了。

鹅湖寺是一座古庙，起名于铅山县城东的鹅湖山。此山挺拔高峻，风景清幽。山之北麓有湖，相传古时有人在此养鹅成群，因名鹅湖。鹅湖寺位于湖岸的丛林中，为唐大历中所建，初名仁寿院。因此寺依山傍水，夏季清凉宜人，风光优美，所以文人雅士，有钱的官僚，往往都喜在夏季到此避暑。寺中和尚便在庙中修了不少房舍，借游人住宿，赚些钱用，渐渐地，鹅湖寺及山、湖，便成了远近闻名的游览胜地。逢着游人稀少的淡季，知名学者还带着生徒到此讲学。因此，知州钱象祖看中此地，决心在此名正言顺地建一书院。

三个人在古庙中住了一夜，选来选去，终于选中了寺庙偏东的一块地方，打算与鹅湖寺比肩修一座书院。朱熹匆匆画了草图，标明哪里建讲堂，哪里该建书楼，哪里该建生徒客舍，然后交给了钱知州。在寺中用了一顿斋饭，三人便坐了马车返回了信州。这天晚上，朱熹就留在了城南，在韩府住了下来。

次日，朱熹就要告别离去，韩元吉说："今日是九月初九，重阳节的日子。再忙也得在此陪我游一游南岩"。

"南岩？"朱熹还没听说过这个地方。

"离此仅二十里，有一滴泉、云洞等好去处。我原是约了城里一个叫徐安国的老先生同游的，这回你来了，又赶上重九的日子，岂有错过之理？"

朱熹听罢，就不好意思再走了，于是答应了他。韩元吉心中暗喜，急忙写了一个小笺，派一家人飞马奔向带湖给辛弃疾送去，原来，他是想让辛弃疾与朱熹二人和好。

且说辛弃疾在韩元吉家见到朱熹之后，因为心里不快，没有与他们一同去鹅湖，便在家里待了两天。这两天里，他干什么都觉得别别扭扭，细想又理不出个头绪来。

第三天一早，忽见韩府来了一个家人，送给他一纸小笺，辛弃疾打开一看，见上面是韩元吉的手笔，仅有五个字：君子坦荡荡。

辛弃疾看罢此笺，不禁问那韩府家人："你家老爷今天做什么？朱先生走了吗？"

"朱先生昨夜在我家住了一宿，今天早起，说是与老爷一起去游南岩。"

"走了吗？"辛弃疾接口问道。

"我来时正备车马呢，现在可能走了。"

"那好，你回去吧。"

待到韩府的家人走后，辛弃疾马上吩咐家人备车。车备好之后，他便拉了范开坐了上去。可是，还没等马车轮子转动，辛弃疾又突然跳下车来，飞步奔到厨房。

范开不知道发生何事，也跟着后面跑到厨房去看，只见辛弃疾正让人切肉的切肉，装酒的装酒，装碗筷的装碗筷。不一会儿，又有一个家人摘了不少果品鲜瓜，洗罢也装入筐里。范开一下子明白了，这是要到山里吃酒去。

上饶城南十余里的南岩，山不算高，但风景秀美。山中有一清溪，曲曲弯弯地绕林盘壑，淙淙而下。山中不少奇石奇洞，人迹罕至。韩元吉陪着朱熹、徐安国沿溪而上，欣赏着大自然的风光。

韩元吉故作不知内情地叹息道："不知为什么，辛稼轩没有来？此君来了就好了，又能填出几阕好词来。"

"我料此君不会来了。"朱熹说。

"何以见得？"韩元吉明知故问。

"算了，别说他了。"朱熹懊丧地说，"怕是今后此君再也不会理我了。"

谁知话音刚落，就听山下有马嘶声。过了一会儿，就见辛弃疾和范开追了上来，并且还大呼小叫地请韩元吉和朱熹等他们上来同游南岩。

韩元吉乐了，说："朱先生未免失算了。"

辛弃疾来到之后，居然照前三天像换了一个人一样。他有说有笑，顿时打破了山中的寂静。

宾主五人，加上韩、辛府上的几个家人一行，徐徐攀枝牵藤，先游览了有名的一滴泉。这一滴泉是信州闻名的一处绝景，位于南岩山顶不远处，一石中裂，中有一泉水涌出，然后顺石缝滴下如线，落到几丈之下的一个小潭里。一年四季，不管春夏秋冬，此泉不干不涸，一直是一滴一滴地成串而下，故称一滴泉。

在一滴泉洗洗手脸，据说能洗去手上抓钱的脏气，能洗去脸上的晦气。众人一一洗罢，齐喊清爽。接着就拨开草丛左行，前面现出一个石洞，洞口一石，上刻"云洞"二字，不知何代何人手笔。

云洞虽然不大，但向外望去云烟缭绕，洞内则滴水咚咚，有一种烂柯仙境的野趣。洞内还有石桌石凳，不知是谁人所造。辛弃疾呼唤家人，叫将酒菜搬入洞内，摆在石桌上，竟然是丰盛的一席。

韩元吉笑道："果然是稼轩想得周到，作为东道主，我怎么就没想到这一层呢。"说罢，便拉着不太自然的朱熹坐了下来。于是，众人就在这座山洞中喝起酒来。

韩元吉先问了问朱熹为何辞官，朱熹说："不提此事犹可，一提此事，就觉得恼人。"于是他便把他近年来的不快道了出来。

原来自去年让他署理两浙盐茶公事以来，朱熹就马不停蹄，在东西两浙各府州转来转去。行到台州时，全州的百姓乡绅属吏知道是犯颜敢谏的朱熹来了，就争着诉讼知州唐仲友贪污暴虐，偷盗官钱，伪造官会（即会子，相当于支票），蓄养亡命等恶行。朱熹本来是管着盐茶的事情，与地方官吏无涉。但他听后十分气愤，便来了一股勇气，连上了三道奏章弹劾唐仲友。偏是这位唐知州是当朝宰相王淮的儿女亲家，王淮有意回护，不将朱熹的弹章上闻，只将唐仲友改为江西提刑，想调走了事。谁知朱熹疾恶如仇，硬是不买他的账，又连上三道弹章。王淮一见此事捂不住，便挑了朱熹六道奏章中言辞最轻缓的一道进呈给皇帝，同时，又递了一道唐仲友的辩章。孝宗不明真相，征求王淮意见，王淮出了一个主意，罢了唐仲友新任江西提刑的职，而让朱熹去顶替。这明明是一种赌气和结怨的做法，凭朱熹的脾气，怎么好去当这个官。所以朱熹接到诏命，即上疏力辞，甚至上了七道辞呈。皇上有些烦了，去问王淮这是为何，王淮说，这都是自视清高人的通病，不如准其辞官。于是皇上降职，准予朱熹辞官，令其奉祠。朱熹便急急出了这是非之地，打算到武夷山中寻个地方隐居起来。

辛弃疾听了这话，心中不免为朱熹的耿直有所赞许。但心中一直存着牛皮的事情，不好意思把话说出来。

韩元吉一见这场面，就倒满了两大杯酒，一杯递给朱熹，一杯递给辛弃疾，要他二人干了杯中酒，然后他有话要说。

谁知这样一来，朱、辛二人都不好意思去干那酒，倒是韩元吉爽快，大声说道："不喝也行。那我就先说话了，你们两位，不就是一船牛皮的事吗？有什么大不了的！"

这一句话，犹如一把尖利的锥子，一下子捅破了一层纸，二人顿时哑口无言，互相望着对方，相持了好一会儿，二人同时笑了起来，接着三人同时大笑不止，顿时把个拘禁的气氛笑了个精光。

辛弃疾首先举起了杯中酒，一扬脖子全部倒入口中，说："晦庵先生不要介意了，我早不把那事放在心上了。算起来，我那船牛皮，总也能抵上前两趟的官税了。所以，我这清白一身，还得益于你扣的一船牛皮呢。"

朱熹忙说："只要稼轩先生不记恨我，我心里才有了底。向闻官员越货，某初不信，这几年看得清清楚楚了。稼轩的几船牛皮与之相比，可是小巫见大巫了。况且先生让我拘没了一船，恐怕比正税还要多收了呢。"朱熹说完，也端起酒来一饮而尽。然后把手伸过去，说："稼轩，我们握手言和吧！"

辛弃疾一下子把自己宽厚的大手伸了过去，牢牢地握住了朱熹那双瘦弱的手，老半天没有松开。

辛弃疾与朱熹一经和好，便无话不谈，他问朱熹道："浙西有一位陈亮字同甫者，想必晦庵也认识吧？"

"当然认识了，上个月初秋时节，我在婺州，此君特地从永康到我任上求见，我见此人较年轻时沉稳了许多。只是倡导抗金，以收复失地自任，雄心仍是不小。"

辛弃疾笑说："春天时他来信说，你曾偷看过我的带湖新居，有这事吧？"

朱熹笑道："有这事。一是好奇，听说你建宅信州，十分华丽，又有洪迈之文，岂有不看之理。二是吾也想建一宅，聊作借鉴。不过看后就泄了气，我哪有你那本事去建那么个大宅园呀？"

酒阑席散之时，辛弃疾问朱熹："吾闻当今生徒对先生顶礼膜拜者成千上万，然终不详先生之学为何，能用一句话而言之吗？"

朱熹说："简言之，天地之间，一理而已。"

"那么稍详之呢？"

"天地万物之间，在天地言，则天地有太极；在万物言，则万物中各有太极；太极之运行则阴阳二气存，气存则理亦行也。"

"其理太玄，弃疾一时尚不能明了，敢烦先生举一实例言之。"

"阴阳二气行则春夏秋冬交替，则金木水火土五行生。若把阴阳二气比作性，金木水火土为质，则质性相存。犹如一勺水，非有物盛之，则水无所归也。"

辛弃疾听罢，摇头道："算了，我还是学些齐家治国、修身养性、写诗填词的学问吧。"

"齐家治国、修身养性、写诗填词，诸道亦在理之中也。"

"说了半天，总脱不了你的理。"辛弃疾故作无奈地说。

"要不怎么说'天地之间一理而已'呢。"韩元吉接过了话头，他担心二人因为学问的话题再争论起来，便把话题一转说："时候不早了，我们该下山了。"

南岩一游，众人分手，辛弃疾便在带湖新居过起了耕织的田园生活。过了不久，其侍妾钱钱又生了一个男孩，自是子女绕膝，得天伦之乐，且也安居乐业。

朱熹辞官南去，行到福建的建阳，那里正是秀丽的武夷山区，如画的美景一下子把他的魂勾了去。说起武夷山，可是江南有名的风景区了。山中最有名的为九曲溪。朱熹在给陈亮的信中曾这样描写九曲风光："溪山回合，云烟开敛，旦暮万状，信非人境也。"转来转去，他看中了五曲岸边的一处山隈，于是便在那里兴起土木，粗粗建起了数间房舍住了下来，取名为"武夷精舍"。平时，他埋头书斋，去撰写他那有关四书五经的文章。他一生当中写了六七十部著作，其中大部分都是在武夷山中写出的。师从他的门生们闻说他隐居建阳，又都不远千里前去求教。后来，因为生徒众多，便由有钱的生徒及官府出资建了一些生员馆舍，渐渐地居然成了一处书院。因为地处建阳的考亭镇，后人便称之为"考亭书院"。从此，朱熹的大名更是远播海内，妇孺皆知，不知不觉中，他便成了经学巨子，文章魁首。他说的话，往往还被人奉为金科玉律，甚至连朝中的帝王大臣都敬他三分。

辛弃疾过着士大夫的优游生活，农忙时也照顾一下田园桑麻，闲适时则游山玩水，吟诗作赋，且也自有几分乐趣。

十月初，范如山从镇江家里赶来探望，郎舅之亲本是家里人，自是无拘无束，范玉便领着几个蹦蹦跳跳的孩子出来看他们的舅舅。

辛弃疾的小儿子铁柱五六岁了，活泼好动，辛弃疾与范如山闲谈时他也不肯离去。

范如山拉住铁柱的小手，端详了半天，说："这孩子目光有神，天庭饱满，聪明伶俐，好生教养吧，长大定成大器。"

辛弃疾却说："别，可千万别聪明伶俐，别成什么大器，还是愚笨点儿好。"

"这为什么？"范如山不解地问。

"还记得苏东坡有一首《洗儿歌》吗？是他给孩子洗澡时顺口唱出来的。数年前我还不理解他为什么写了那么一首诗，现在想起来，可是至理名言了。"

"是什么诗让你这么信服？"

"好吧，我就把那首诗读给你听：'人皆养子望聪明，我被聪明误一生。唯愿吾儿愚且鲁，无灾无难到公卿。'怎么样，有意思吧？"

范如山听后愣了半天，方说："有点道理！"

辛弃疾问："如山兄，如今你也是子孙满堂了吧？"

范如山笑说："惭愧得很，你嫂嫂只会生女，不会生男，一连生了四个都是女的，只在我五十岁才生了一子，如今才四五岁。"

"那你的女儿有的都出嫁了吧？"

"嗯，头三个都出阁了。就连那老四都已订婚了。说起这门亲事，还是你们辛家的人呢。"

"是吗？"辛弃疾很是吃惊，因为他是只身南来的，南方没有亲族，于是急问道："我们辛家人，不可能吧？"

"怎么不可能。"范如山说，"在北方时，莱州有位辛次膺，登了政和二年进士，后来官一直做到宰相，不是你们同族吗？"

辛弃疾一听恍然大悟，说："记得记得，论辈分我得称他祖父呢。记得我刚南归时，有人向我提起他，本想去拜望拜望，但一想总觉得有攀龙附凤的嫌疑，就没有去找他。"

"辛次膺去世多年了。如今我招为婿的是他的长孙，名叫辛助，字祐之。这后生与你当初南归时的情形相仿佛，也是高高的魁梧身材，如今游学于江淮及临安各地。我见其有才华，器宇不凡，才把四女许给了他。他家世居浮梁，婚期定在来春。"

"啊！辛次膺的孙子都这么大了，看来我们也要老了。"辛弃疾叹息道，"对了，你回去见了他，让他到我这来一趟，我多想见见这个本家呀。"

范如山笑说："不谋而合，他说，今年底就要来拜见你呢。"

转眼就到了这年的年底，辛家上上下下正忙着过年，刚满二十岁的辛助便来到带湖探望辛弃疾。辛弃疾见了这位族弟心情十分激动，一直把他留在家里住了半个多月，直到过了元宵节方才让他离去。

半个多月的朝夕相处，辛弃疾才明了辛助的家境。原来莱州辛氏与历城辛氏本通谱一族，都是从陇上迁到山东的。当年辛次膺中进士，任了浮梁知县，然后就举家迁到浮梁（今江西景德镇市附近）。如今浮梁辛氏一族人丁兴旺，分了三个支脉，合起已有四五十口人了。只是辛助的父亲去世较早，现今他守着寡母王氏及两个弟弟过活，生活略显清苦。

因为没有亲生兄弟，辛弃疾待辛助便亲如同胞。在辛助走后，辛弃疾四处写信求友，不久，就在湖南为他谋了一个幕僚的差事。此后，二人书信来往不断，辛弃疾又常常接济浮梁寡居的族婶，他们这种亲密的同族关系一直保持到辛弃疾去世以后。

这时已是宋孝宗淳熙十年（公元1183年），四十四岁的辛弃疾仍在带湖居住。二月，陈亮从永康家中来了一信，信中云："亮空闲无事可做时，每念临安相聚之适，而一别遽如许，云泥异路又如许。前岁秋杪，闻先生造宅甚宏丽。又传到《上梁文》可想而知也。去年亮亦起房数间，但与君相比，鹪鹩肖鹍鹏之意，较短论长，未堪比也。四海所寄望者，东席唯元晦（指朱熹），西席唯公耳。今秋若有暇，亮欲携所作诗文若干，去信上会公。"

听说陈亮要来相会，辛弃疾甚喜，于是眉飞色舞地向范开介绍了陈亮的轶事，把他变名上书，皇上欲见，又将越墙而逃的事情说了一遍。范开说："听先生介绍，学生想见一见此人呢。"

花开花谢，转眼到了秋天，辛弃疾左等右等，不见陈亮来访。一直过了新年，还不见陈亮的踪影，辛弃疾不禁望眼欲穿。好容易盼到来年的春三月，方才接到陈亮的一封来书。打开信来一看，辛弃疾吃惊不小，这封信竟是在临安大理寺的监狱里写来的。陈亮被关进了监狱！

说起陈亮被投进监狱，却是一个无中生有的冤案。原来陈亮这个人自小放荡不羁。青少年时他意气风发，喜谈兵，尝慷慨言，拟将十万兵登封狼居胥，以收复失地为己任。后来他被用为幕僚，亦不改谈论时政、讥讽权贵、抨击弊政的毛病，因此为很多权贵所忌恨。为文则下笔千言，提倡事功主义，即不虚谈古今经学，而重于济世之实效，在当时的"浙东学派"中自成体系。他曾自负地称自己的文章"堂堂之阵，正正之旗。推倒一世之智勇，开拓万古之心胸。"在他的影响下，形成了他的永康学派，十分引人注目。

说是这年三月初，永康乡里一位豪绅组织了一次宴会，邀请当地乡宦名流吃酒。酒席当中有一道肉羹的菜，为主人特地照顾陈亮及与陈亮同席的一位乡宦（退休的官僚），在他们的肉羹里撒上了调味用的胡椒粉。不想吃罢这顿酒宴，那乡宦回家后就得了一场暴病，垂危之时，说出肉羹有异味，之后便一命归天。其家人于是就怀疑是陈亮下了毒药，害死了那位乡宦。乡宦子女便写了状子，呼天抢地跑到婺州大堂喊起冤来。

州府的官员们平时本来就对陈亮议论不满，这回正好施以报复。因此，哪管事实如何，就先派了差人赶到永康，将陈亮五花大绑地捆了起来，投进了大牢。

陈亮总归是一个有影响的文人，还当过官，又是被冤，哪里肯服，便上诉到临安的大理寺。不几天，陈亮一案便被大理寺接手，一干人犯被押到临安审理。

偏巧此时被罢了官的原台州知州唐仲友住在临安，此人是宰相王淮的亲家翁，去年被朱熹连上六章劾罢，正窝着一肚子气没处发泄。台州与婺州既是近邻，又都属浙江东路管辖，他不知从哪里知道，朱熹提点浙东茶盐时，刚入婺州，陈亮就去拜访他，并且他二人流连十余天之久，接着朱熹便与自己过不去，连上劾章。因此，唐仲友认定，是陈亮在背后告了他的状，说不定陈亮早就与自己作对而搜集了罪证。所以，他对陈亮由疑到恨。这回陈亮下了大理寺，岂能叫他活着出去。于是他暗地里托人打通关节，使上了金钱，定要置陈亮于死地不可。

这一下可苦了陈亮，他被囚狱中，亲属中又没有高官显贵搭救。狱卒们非打即骂，大理寺又施以酷刑，横加拷问，定要逼他招认不可。陈亮本是被冤枉的，岂能屈打成招。他受了不少皮肉之苦，好容易买通了一个狱卒，才与探望他的妻弟何少嘉见了面。陈亮把自己在狱中写给辛弃疾和朱熹的信交给了少嘉，让他赶快邮寄出去，求辛、朱二人帮助他辩白冤狱，脱离苦海。

辛弃疾、朱熹都是讲义气的人，哪有不鼎力相助的道理。只是二人都是辞官闲居之人，哪里能够找到特别得力的人帮忙呢。尤其是朱熹，因为弹劾唐仲友的事情得罪了宰相王淮，又因为前年的一道奏疏得罪了天下官吏，谁还肯帮他的忙呢。于是，这副担子便落在了辛弃疾的肩上。

辛弃疾毕竟在官场上混了多年，知道官场上的利害关系和各种关节。他绞尽脑汁，冥思苦想，好容易想起了两个能帮忙的朋友：一个叫罗点，一个叫赵汝愚。

罗点字春伯，江西崇仁人。登淳熙三年进士，以才授校书郎、国史院编修。年初，又被孝宗授为太子教授，给皇太子当老师。

赵汝愚字子直，皇族出身，是恭献王赵元佐七世孙。他少有大志，孝宗初年擢进士第一成为状元。曾任信州、台州知州。辛弃疾求他搭救陈亮时，他正任着吏部郎兼太子侍讲。后来，此人位至宰相。

罗、赵二人正得到孝宗皇帝的信任，并且都当着皇太子的老师。而在当时，能当太子老师的人，将来太子当了皇帝，一般都可能成为宰相的人选，所以说的话很是好使。

辛弃疾是一个广交朋友的人，他也记不清自己是在什么时候，什么地方与罗、赵二人相识的，反正是急来抱佛脚，也就管不了许多了。他拿起了惯于写诗填词的妙笔，把陈亮的冤屈及狱中遭遇详

尽陈述，就是铁石心肠的人也得为之涕泪交流。罗赵二人果然被辛
弃疾说得侠肝义胆萌发，寻门觅户地为陈亮说项。大理寺的官员虽
然护着宰相的亲家，但太子师的关节不能不使他权衡利弊得失。因
为罗、赵二人成天在皇宫中转来转去，万一跟皇上说了什么坏话，
就会毁了他的前程。可是，现任宰相正握着实权，又不好立刻翻案
将陈亮开释。为了此事，大理寺卿急得抓耳挠腮，几天来茶饭不
思，拧眉揪须地终于想出了一个办法-拖。拖的时候，大理寺派出
干员去永康勘察案情等，最后得出一个查无实据的结论，丁五月
二十五这天放了陈亮。陈亮在狱中总计待了七八十天之久，使他蒙
了奇耻大辱。后来，他在给朱熹的信中，称自己的这次羞辱犹如汉
代司马迁的遭遇。

　　谁知一波未平，一波又起。陈亮出狱犹如虎口余生，匆匆与妻
弟何少嘉踏上归途。六月初二到同郡义乌县岳父家里，总算庆幸脱
了苦海。

　　在岳家休养三日，他又急着回家与家人团聚。义乌到永康本不
太远，骑马当天即到。谁知陈亮刚刚走了一半的路程，半路上突然
闯出一伙强人拦住去路。陈亮一见，急忙说自己刚出监狱，身无分
文。那盗魁狞笑道："谁要你的钱，老子要你的狗命！"

　　一听这话，陈亮顿时傻了眼，他心里明白，准是仇人害他，这
人一定就是唐仲友。于是他暗叫：此回吾命休矣！

　　那伙强人将陈亮绑着，推到山中的一个僻静处，绑在一棵大树
上就要下手。无巧不成书，刚好此时天空乌云翻滚，一声声雷鸣震
得山摇地动，把强人们吓得面无血色。陈亮仰天高呼："苍天有

眼，忍看陈亮被杀乎！"

正在这时，只听一声炸雷如山崩地裂一般，火光一闪，不远处的一株枯树被击倒，燃烧起来。强盗们顿时吓得魂飞魄散，扔掉手里的刀枪棍棒拼命逃跑，边跑还边喊着"上天饶命！"不一会儿就没了踪影。

凑巧又来了一位樵夫，解开了陈亮的绳索，他才算捡了一条命。回到家里，过了十余天，陈亮才定下神来。经过这次惨痛教训，陈亮不免心灰意冷起来。他分别给辛弃疾、朱熹、罗点、赵汝愚写信，千恩万谢地感激他们的搭救之恩。同时，他又把这世道黑暗、仕途险恶看得真真切切，诅咒发誓再也不议论与朝政国家有关的事情。

他给朱熹的信中写道："自六月二日归家，方欲一切息形休影，而一富盗乘亮祸患之余，因亮自妻家归，聚众欲答杀之。其幸免者，天也。不知今年是何运数，自是虽门亦不当出矣。若是有缘，尚愿少林面壁以休余生。"

朱老夫子接到陈亮此书，反复看了数遍，微微笑了起来。然后他顺手抓过一张纸，给陈亮回了一书，书中写道："少林面壁，老兄绝做不得。名教中自有安乐处。区区所愿，言者已具见前书矣。大率世间议论，不是太过，即是不及，中间自有一条平稳正当大路，却无人向上头立脚，殆不可晓老兄聪明非他人所及，试一思愚言，不可以为平平之论而忽之也。"朱熹是用一条中庸之道为陈亮解脱思想包袱。

出狱后的陈亮发誓不参与朝政，但读书撰文赋诗填词则是文人免不了的事情。所以他蛰居家中，过着乡间士绅生活。平常手捧一卷，一有所得，便撰成一己之见的文章，远寄朋友互相讨论古今得失，或填词与友互相唱和，且也自得其乐。他还发誓，要学大家闺秀足不出户，就连朋友相邀，数十里之内的地方他都不去。本来要去信州与辛弃疾相会的计划，自他入狱出狱，也一样取消了，使辛弃疾备感思念。

春华秋实，草枯草荣，就这样过了二年的时间，到淳熙十四年（1187年）十月，从临安传来消息，畏敌如虎，把皇位让给孝宗的宋高宗赵构驾崩，终年八十一岁。

宋高宗之死，给南宋的政局带来了不少变化。赵构活着的时候，朝中一有抗战派人物提出北伐，孝宗就以影响太上皇为借口搪塞过去。此回高宗去世，那个得过且过，惯于玩弄阴谋诡计的宰相王淮，再也不能独揽朝政。而倾向于抗战的周必大担任了宰相，年轻有为的罗点任了枢密使。于是海内一些雄心勃勃之士翘首临安，希望看到朝政清明，希望皇上锐意更新，希望收复失地。

此时，已经四十八岁的辛弃疾被罢官六年，始终在家闲居。一些有识之士纷纷议论，为他抱打不平。孝宗皇帝权衡得失利弊，欲起复辛弃疾的官职，让大臣们拿主意。议论的结果是：辛弃疾以往确有功绩，但人言其难以驾驭，不过缓急之时，此人可用。然后，将此模棱两可之语上奏孝宗。孝宗思忖半天，方才下了一道圣旨，给了辛弃疾一个祠禄官的名号——主管武夷山冲佑观。

恢复了辛弃疾的祠禄官，就是告诉人们，他还有东山再起的可能。

　　这样一来，过去一些打击过辛弃疾的人不免心虚，于是就在临安四下里散布谣言，说辛弃疾当年落职，是因为得了疾病的原因。言外之意就是说没有人诬陷他。此言一出，街巷议论倒也无妨，谁知邸报（宋代进奏院的官方报纸）也如此说，辛弃疾知道后未免来了气，就嬉笑怒骂地填了一阕《沁园春》的词，词中云：

　　老子平生，笑尽人间，儿女怨恩。况白头能几，定应独往；青云得意，见说长存。抖擞衣冠，怜渠无恙，合挂当年神武门。都如梦；算能争几许，鸡晓钟昏。

　　辛弃疾的这首词寄到永康陈亮手中，沉默三年多的陈亮也跃跃欲试起来。第二年，与他作对的宰相王淮老病罢归，他终于打开了家门，骑马奔到临安，给孝宗皇帝上了一疏，鼓励皇上要奋发有为，积蓄力量准备北上伐金。谁知朝野上下多年不闻抗战之声，听了陈亮的奏疏，都以为其人狂怪，陈亮也不与计较，又打马北上镇江、金陵，观看长江形势。他登上镇江北固山的多景楼，回想汉魏六朝兴亡旧事，抚今追昔，感慨万千，挥笔写下了一篇气壮山河的词篇《念奴娇·登多景楼》，词云：

　　危楼还望，叹此意今古几人曾会？鬼设神施，浑认作天限南疆北界。一水横陈，连岗三面，作出争雄势。六朝何事，只成门户私计！　因笑王谢诸人，登高怀远，也学英雄涕！凭却江山，管不到河洛腥膻无际。正好长驱，不须反顾，寻取中流誓。小儿破贼，势成宁问强对！

词中表达了他希望朝廷不要学六朝偏安江南的懦弱习气，要像晋代大将祖逖那样，率部曲渡长江击贼，在中流击船发誓"祖逖不能清中原而复济者，有如大江！"

陈亮把此词寄给辛弃疾，辛弃疾连读数遍，不禁心血沸腾起来。此词犹如一把火，把他多年灭金复仇之火点燃起来。他立刻给陈亮去了一信，希望他能到上饶一会。陈亮接到信后又给辛弃疾复了一书，提出要把那位名满天下的朱老夫子也约到上饶，地点就选在铅山的鹅湖寺。他的主意是，以文人雅会的形式，号召天下有识之士共商伐金大计。陈亮和辛弃疾估计，以他们三人的影响及当时国内的形势，一定会得到更多的人响应。那样的话，就会坚定朝野上下抗战派的信心，并能影响到皇上。

如此信来书往，朱熹也答应下来，他们三人要在这年的十月会于铅山的鹅湖寺。

淳熙十五年（1188年）十月初五，初冬的寒气虽然来了，但上饶一带仍是草木未凋，还带着晚秋的成熟。陈亮不远千里骑马来到带湖与辛弃疾相会了。他们相别十年，互相端详半天，都添了几许白发，不禁发出时不我待的慨叹。

半个月前，朱熹有信来，说是要于初十之日会于鹅湖寺。眼看初十快到了，辛弃疾便同陈亮赶到鹅湖，去等这位老夫子。谁知到了初十这天，一向说话算数的老夫子却违了约。无奈，辛弃疾只得遗憾地陪陈亮在鹅湖寺闲游了五天，二人都怅然不快。

总计陈亮与辛弃疾在一起盘桓了十天，他们共同探讨了宋金形势，本打算朱熹来时，共同起草一道奏疏呈给皇上。无奈朱子爽约，奏章一事成了泡影，二人不胜叹惋。

十月十五，陈亮在鹅湖寺告别辛弃疾东归，辛弃疾执手相送至十里长亭，直到山路崎岖时才分手。当辛弃疾往回返的时候，天空突然暗了起来，不一会儿，北风吹来，便纷纷扬扬地下起了大雪。辛弃疾突然想到，陈亮单身匹马，衣裳单薄，恐天寒得病，于是急忙掉转马头，又向前追去。

一路上飘飘扬扬的雪花，迷乱地落在辛弃疾的身上和脸上，曲曲折折的山路似乎又没有尽头。令辛弃疾十分遗憾的是，他一直追出二十多里，到了鹭鹚林，雪深路滑马不得前，仍是没有追上陈亮。看看天色渐晚，他便无奈地进了附近的一个叫方村的村庄，独自寻了一处酒店喝起了闷酒。夜里，他投宿方村吴氏的四望楼，老半天无法入睡。偏巧这时邻家有人吹起了夜笛，其声呜呜咽咽，不忍卒听，令独宿的辛弃疾无限伤感，不免动了诗情，填了一阕《贺新郎》的词寄给了陈亮。陈亮收到辛词后，也勃然心动，马上依着辛弃疾的词韵和了一阕寄去。不想辛弃疾收到陈亮的和词后余兴未尽，再以原韵又填一词……如此，他二人信来信往，用了同一个词牌，同一韵脚，共同创作了五首《贺新郎》的词，来抒发他们之间的友谊及收复失地的雄心壮志，成为我国古代文坛上的一段佳话。其中，有不少激动人心的名句传诵至今，读之催人泪下。如：

"道男儿到死心如铁。看试手，补天裂。"

"据地一呼吾往矣，万里摇肢动股。这话霸、只成痴绝！天地洪炉谁扇柄，算于中、安得长坚铁？汨水破，关东裂。"

"天下适安耕且老，看买犁卖剑平家铁。壮士泪，肝胆裂。"

第十八章

东山再起

　　且说陈亮与辛弃疾鹅湖之会，因为朱熹未到，心中甚是不快。大雪天与辛弃疾分手后，一路打马东归。回到永康家中，时隔不久，方接到朱熹的一纸来书。朱熹在书中解释他未去鹅湖的原因时说："奉告老兄，且莫相撺掇，留闲汉在山里咬菜根。古往今来多少圣贤豪杰，韫经纶事业做不得，只凭么死了底何限；顾此腐儒，又何足为轻重。"意思是说，古来有多少英雄豪杰想成就一番事业，到头来都是人死事业空，何况我这一介腐儒，还是留条老命让我在山中嚼菜根吧。陈亮没有看完朱熹的信，就把它抛到了一边，气呼呼地说："胆小如鼠的腐儒！说话不算数的腐儒！似此何能成就大事业！"

　　其实，陈亮和辛弃疾都不了解朱熹当时的处境。

　　鹅湖之会那年的年初，周必大升了宰相。他一上任，就打算起用几个知名的贤者来为自己增光。一想满天下旧人，武属辛弃疾，文便属朱熹了。于是就先恢复了辛弃疾的祠禄官，留待起用。而朱熹没有罢祠，他就竭力向孝宗皇帝举荐朱熹，孝宗于是下诏，征朱熹入朝。偏是这位老夫子患了脚气病，走路一瘸一拐。再加上他久知官场险恶，不愿为官，就连连上本推辞。谁知朱熹越是推辞，皇上越是降旨令他速速来朝。想这朱熹名气再大，也只是一介大宋子民，怎敢抗旨不遵。不得已，他只得告别了武夷山九曲溪那迷人的风光，坐上车子，北上临安，又走向那混沌不堪的世道中来。

车子行到半路，正是严州地界（今浙江建德市），忽然想起有一位诗人陆游，正在严州当知州，朱熹便生了一个顺路拜望的念头。

陆游听说朱老夫子来访，自是异常高兴，盛情款待。临别时，陆游语重心长地劝朱熹说："正心诚意，上所厌闻。君此去幸勿再言，免生祸患。"

朱熹向来把陆游当作一个正直的诗人看待，听了此话，不禁直愣愣地看了他半天，然后慨然说道："吾平生所学，只此四字，奈何入白大廷，反好隐默呢？"

陆游怔了一怔，分手时只说了句："那就愿先生好自为之吧。"

朱熹别了陆游，顺建德江而下，不几日就进了临安。入朝奏对之时，极言天理人欲不能并存。大力宣扬"存天理、灭人欲"的主张，劝导孝宗以此整肃朝纲，选贤任能等等，孝宗也不置可否。

此时孝宗左右的宠臣曾觌已死，还有一个内侍宠臣甘升尚在，也是一个靠着常在皇帝左右而弄权的奸臣。朱熹竟不知好歹，力劝孝宗不要任用此人。孝宗说："甘升曾侍奉过上皇，颇有才识。"朱熹却说："小人无才，怎得皇上欢心？昔日秦桧便是一例。"

孝宗听了此言十分不悦，只说了一声"朕知道了"，然后退朝。

过了两天，朝中降旨，授朱熹为兵部郎官。朱熹急忙上疏力辞，说自己足疾甚重，不堪驱使云云。凑巧有个兵部侍郎叫林栗，素与甘升等奸臣们打得火热，他怕朱熹到了兵部与自己争权，便上了一道奏章弹劾朱熹，说他托名道学，屡次辞官，无视皇恩，自高身价，应予罢斥等等，孝宗看了却也心动，此时周必大正在殿上，急忙向皇上奏道："朱熹足疾甚重，确是实情，臣见他勉强上殿召对，非敢托词欺瞒皇上。"

孝宗听罢，马上传旨，召朱熹上朝。不一刻，只见朱熹一瘸一拐地走到丹墀下，然后大礼参拜，以为皇上又要他召对什么。不想他刚刚爬起来站稳，就听内侍传谕，叫他退了出去，搞得他丈二和尚摸不着头脑。

殿内，孝宗笑对周必大说："卿所言是实，就命他主管西京嵩山崇福宫吧。"

朱熹得了个宫观名号，心中喜不自胜，正打算收拾行装再回武夷山，谁知没过几天，又有旨召他为崇正殿说书。朱熹心想，自己正是因为讲书论道，才引得一些人的猜忌和不满，哪里还敢接旨。于是他硬着头皮不肯受职，孝宗皇帝且也不强求，命他回武夷山去了。

就在朱熹回武夷山没待上几个月，陈亮和辛弃疾就写信约他去鹅湖寺一会。初时他以为只是朋友相聚无甚妨碍，后来信来信往，方知道这两个人雄心不改，依旧想鼓动人们兴什么恢复大业。想到自己树大招风，仕途险恶，于是他半道打了退堂鼓，没有去鹅湖相会，躲在武夷山中去啃他的书本。

辛弃疾和陈亮鹅湖相会，又挥手而别，二人壮志未酬，只留下五六首慷慨激昂的唱和之词传诵至今，引得后人无限慨叹。此时上饶的诗酒朋友韩元吉、汤邦彦也相继去世，使他越觉凄凉和孤独。好在有个门生范开，虽然两次入京参加进士考试，但都没有考中，仍在带湖与辛弃疾互相唱和，有时又陪他把附近的灵山、博山诸山水古庙古寺都游了个遍，也算聊有寄托。

转过年为淳熙十六年（1189年）。这年二月，突然从临安传来消息，说是年事已高的孝宗皇帝厌倦了整天批阅奏章和那群臣争辩的帝王生活，也仿照高宗赵构的做法，把皇位禅让给了他的儿子赵惇。于是新皇登基，改朝换了庙号，称为宋光宗，从此朝政有了一番大的变动。

这一年，辛弃疾五十岁。五月十一是他的生日，五十庆寿是一件隆重的事情。只是这一年朋友少了，除了家里的妻妾子女，就是门人范开为他举杯祝寿。这一年，范开在带湖与辛弃疾相处已有八年了，祝寿罢，范开说道："学生听说新皇继位之后，诏命勋臣子孙无见仕者，准备视才录用，所以就打算到建康去一趟，然后转去临安，谋得个一官半职也好成家立业。"

辛弃疾惊问道："不知你祖上是哪一位勋臣？"

"曾祖父范仲淹，祖父范纯仁，都曾当过尚书、仆射、参知政事等大官。"

辛弃疾一听大吃一惊，原来这位追随自己八年之久的青年，居然是一代名臣范仲淹的后人，于是忙问道："你家可有谱牒传世？"

范开不好意思地说有，然后回到自己住处，小心翼翼地捧出一个匣子来，打开匣子，从里面取出一卷谱牒来，辛弃疾小心地打开一看，果然不差，正是名门范氏之谱，因说道："你怎么不早说呢？"

"学生家道中落，学业和仕进又两无成就，无颜提起先人名讳！"

辛弃疾听罢，觉得这世道沧桑、人事变迁就如那草木枯荣一样，不免发出了几声慨叹。

三天以后，范开收拾了行囊准备长行，辛弃疾恋恋不舍地为他摆酒饯行。八年来，范开与辛弃疾朝夕相处，从一个刚满二十的青年，到如今已近而立。其间他们在一起吟诗作赋，互相唱和，建立了既是师生，又是朋友的深厚感情。几天来，为了范开的离去，辛弃疾填了好几阕离别的词，其中的《定风波》尤具悲凉之气：

听我尊前醉后歌，人生无奈别离何。但使情亲千里近；须信。无情对面是山河。寄语石头城下水。居士，而今浑不怕风波。借使未成鸥鸟伴；经惯，也应学得老渔蓑。

执手长亭，范开突然想起一事，从马背的行囊里取出一卷书来对辛弃疾说："学生随先生左右八年之久，凡先生所作诗词，学生都细心收藏，积有数百篇之多，汇为一册，并为作一序文。学生存有一副本，将常随身携带。此本留给先生作一纪念吧。"

辛弃疾接过来一看，只见那字迹工工整整，一丝不苟，而所收之者，都是他这些年所写的词章，有些词，他自己写后都不知留没留底稿。可以看出，范开确是一个有心之人，心中不免热乎乎的。

范开在序言中写道："器大者声必闳，志高者意必远。知夫声与意之本原，则知歌词之所自出……世言稼轩居士辛公之词似东坡，非有意于学坡也，自其发于所蓄者言之，则不能不坡若也。"这是有文字记载的，评论辛词与苏词同属豪放风格，又自有所出的最早文章。

送走了范开，辛弃疾更觉得寂寞难捱。他忽然想起了族弟辛助，已经在湖南谋了一个差事，不知近况如何，何不写信问他一问。信发出不久，辛弃疾便收到回书，知道辛助在潭州府任了干办，并且娶妻生子等等。末了，辛助提到他有一堂弟年方弱冠，器宇却是不凡，想出来阅历阅历，打算让他随辛弃疾学些诗书文章，熟悉一下人情世故。辛弃疾此时正是没有陪伴的时候，一听此信更是求之不得，马上回了一书，叫辛助打发他的堂弟速来信州。

不久辛助的堂弟就从浮梁的家乡来了，辛弃疾一看满心欢喜。原来这年轻人岁数虽小，长得却酷似自己，身材高大，并且谈吐不俗，还有一股豪爽气概。一问才知道他是辛次膺族弟的孙子，单名辛如，字茂嘉，族里排行十二，因此，辛弃疾称他为茂嘉十二弟。

令辛弃疾惊讶的是，这位茂嘉十二弟自小读书甚少，居然连一些蒙学之书都没有读完。喜欢的却是舞刀弄棒，崇尚的是行侠仗义。辛弃疾一教他诗书，他便喊着头疼，而一教他刀剑，他便乐不可支。于是辛弃疾也不勉强，平时便教他一些武功，再就是一起游山玩水。茂嘉却因此乐得手舞足蹈，自称愿当兄长的一个保镖。

这年秋天，辛弃疾想起来，去年去博山时正值初春，听山里人言，博山景色以秋色为最佳。于是他来了兴致，带着茂嘉，骑马去游博山。

博山属武夷山脉的北部支脉，山不算高险，但却清幽无比。山中有一寺庙，原名能仁寺，为五代时期天台宗的和尚韶国师所建。后来因为地处博山中的关系，人们都叫它博山寺了。辛弃疾与辛茂嘉这一老一少兄弟俩骑马南行，一路上有看不尽的秋水长天、茂林修竹、野叟牧童。谁知刚过午后，天上便慢慢地布上了乌云，不一会儿就阴了起来，接着就淅淅沥沥地下起了秋雨。辛弃疾以为这阵小雨下一会儿也就过去了，没想到雨点不大，却下个不停。此时他二人正行在山间，举目四望，只见竹树，不见人烟。因没带雨具，他二人早已是淋湿了头巾，淋湿了长衫。好容易又行了一段路，才见到一山坳里露出一脊草房来。走近一看，却是一家竹篱围着的家舍。辛茂嘉拍打了数十下柴门，方才有一个农夫出来，把淋得浑身上下没有一块干地方的两个游人让进屋去。

屋里面的一切让人一览无余：四壁是斑驳的土墙；几根横竖粗细不一的木头，支起的用竹子编成的床铺，床上的土布被还带着补丁；矮墙边上是一口久被烟火熏黑了的土灶；一个看不清多大年岁的女人坐在灶边烧火，身边还依靠着一个五六岁的娃娃；灶边的柴草堆里，不时有一两只老鼠在那里探头探脑，看着屋里来的两位不速之客……

辛茂嘉从行囊里取出腊肉和酒来，求主人帮助切好热了，又赏了那农夫一串铜钱，说出要在他家借宿一夜，于是，这对夫妇就如接待皇帝一样毕恭毕敬地侍候他俩。夜晚，那夫妇俩带着孩子躲到耳房的仓子里挤了一宿，把竹编的床让给了两位高贵的客人。

夜里的雨声时大时小，因为有两只蝙蝠不时地飞来飞去为客人巡逻，辛弃疾老半天睡不着觉。待到雨声小了的时候，又能听到一声声饥鼠的鸣叫还夹着风吹破窗纸的伴奏声。大约过了三更天的时候，辛弃疾方在茂嘉那均匀的鼾声诱惑下睡了一觉。不过这一觉睡得好香，醒来时已是满天霞光。

辛弃疾下地伸了伸懒腰，打开柴门来到屋外一看，好清丽的山林美景！感触万端，不禁张口吟了一首《清平乐》：

> 绕床饥鼠，蝙蝠翻灯舞。屋上秋风吹急雨，破纸窗前自语。　平生塞北江南，归来华发苍颜。布被秋宵梦觉，眼前万里江山。

谢过了殷勤无比的农舍夫妇，辛弃疾和茂嘉又打马登程。峰回路转，不久便进了一座古寺的山门，这就是山中的古刹博山寺。他俩游览了寺内的几处佛殿，但见香客稀少，几个小和尚或是焚香击磬念佛，或是悠闲地打扫庭院，却也有一种出尘脱俗的意境。

偏殿是一座小阁，只听里面传出一声声清脆的木鱼声和低沉的诵经声。辛弃疾便来到这小阁门前，但见门楣上写着观音阁的字样，两边抱柱，却是一副对联。上联是：暮鼓晨钟惊醒世间名利客；下联是：梵声佛语唤回苦海迷梦人。

辛弃疾拾阶进了阁内，一位瘦小的老僧正坐在蒲团之上，微闭双目，左手莲花掌放在膝上，右手敲着木鱼，口中念念有词。待到细看此僧面孔，辛弃疾顿时惊呆了，此人竟是自己在江西任隆兴知府时的新建知县汪义和!

辛弃疾立在门口不知是进是退,刚好这时汪义和诵经结束,睁开了双眼,一下子发现站在他面前的人竟是辛弃疾,也愣住了不知如何是好。

辛弃疾见状,赶忙低下头去,装作不认识的样子双手合十,说:"俗家弟子打扰师傅诵经,万勿见怪,在下这就告辞。"说完转身就要离去。

不想背后传来汪义和的声音:"辛大人留步!"

辛弃疾顿时止住了脚步,他没有想到,在这座古庙会碰上汪义和,更没有想到这个对他误会很深的倔人会称他"辛大人"。

待到辛弃疾转过身来的时候,汪义和已经站起来了。他伸出颤抖的双手,一把把辛弃疾抱住,然后强摁到一把椅子上坐下,双手合十,深深一揖,口中念道:"阿弥陀佛!许是上天安排,让你我在此处相见,终于了却我的一桩心愿。"

辛弃疾问道:"不知你有何心愿?"

汪义和说:"说起来真是惭愧!那年我辞归之时,对大人误会至深,多有不敬。等到回乡后我才知道事情的真相,原来是大人把天大的事情都揽了过去,使得汪某保住一条小命平安归乡,不禁后悔异常。听说大人罢官归了上饶,本想登门谢罪,一想又无颜去见。今日大人到此,义和在这里向大人赔罪了。"说罢他一撩僧衣,双膝跪了下去。辛弃疾一见鼻子一酸,急忙把他扶了起来,朗声说道:"汪知县不记恨辛某,辛某已是感激不尽了。不知你何以出家当了僧人?"

汪义和说："八年前我辞官不久，贱内就过世了。膝下两子，虽已成家，但因家无余资，生计清苦，常常怨我当官时不积些钱财留给他们。一气之下，我便入了佛门。最初是在九华山落发，去年此庙住持圆寂，我就被指派来此当了住持，法名青岩。"

辛弃疾问道："你今年春秋多少？"

"虚度五十有八。"

"如此说来还好。"辛弃疾笑道，"时下孝宗皇帝退位，那个权倾一时的王淮也已去世，新继位的光宗皇帝正在录用勋臣子弟及贤良旧官。你还俗吧，凭你的能力，还能做出一番事业来，否则，可惜了你这敢作敢为的一身本事！"

"辛公差矣，"汪义和说，"我好容易才寻了这么一个清静的所在，岂能再回到那污浊不堪的尘世间。"

辛弃疾突然觉得汪义和像变了一个人一样，知道此人认准了的事是怎么也劝不转来的，于是把话题岔开，漫无边际地与他谈了一回佛理佛法。

汪义和问："想来你是不打算长久隐居下去了？"

辛弃疾叹道："若不是为了将来的恢复大业，辛某也要步你的后尘呢。前年春，朝廷恢复了我的奉祠，看起来想长久隐居也不可能了。不过人生在世，不求留名青史，也该干一点儿对得起子孙后代的事情来！失地未复，辛某之心何以能安？"

汪义和听了，忙念了声"阿弥陀佛"，又说了几句赞许的话来。

辛弃疾在庙中住了一夜，第二天临别时，他填了一阕《鹧鸪天》的词送给汪义和，词曰：

> 不向长安路上行，却教山寺厌逢迎。味无味处求吾乐，材
> 不材间过此生。　宁作我，岂其卿。人间走遍却归耕。一松一
> 竹真朋友，山鸟山花好弟兄。

辛弃疾刚刚回到带湖家中，忽有消息传来，说是好友陈亮又被投进了监狱，原因不明，辛弃疾喟然叹道："同甫可真奇了，莫不是他与监狱结了什么缘分。"

不久他就收到了陈亮的来书，原来还是与前几年的案子有些瓜葛。有一个本乡的无赖曾经侮辱过陈亮的父亲，后来，那无赖外出，在邻县境内巧遇陈亮家的一个青年仆从，二人又发生口角，械斗起来，那无赖被陈家仆从打死，一干人犯被收入州衙。仇家于是大肆望风捕影，硬将此事说成是陈亮指使家人为其报仇，杀死人命，并找出一人来作伪证。而前一次乡饮暴亡之家人又出头奔走，贿赂当道，致使州县衙门一词，统诬陈亮有罪，于光宗绍熙二年八月十九再一次将陈亮投入监狱，并百般拷打，企图屈打成招。

朋友遇难岂能不救。辛弃疾忽然想起，前几年有个来守信州的知州叫郑汝谐（字厚卿），与辛弃疾游从几回，也曾有过诗酒唱和。如今听说此人当了大理寺的少卿，正管着刑狱的事情，于是辛弃疾急来抱佛脚，给郑汝谐去了一书，请他帮忙洗清陈亮的冤狱。

恰恰就在这时，朝中降下一旨，命辛弃疾署理福建刑狱，退居十年的辛弃疾终于复出了。

　　这样一来，郑汝谐一是看在朋友的交情上，二是看在辛疾又当了官，说不定哪一天还要求到他，于是他四处奔走鼎力帮忙，最后总算救出了陈亮。

　　宋光宗绍熙三年（1192年），五十三岁的辛弃疾安顿好带湖的家小，带着茂嘉十二弟及两个仆从离开上饶，取道铅山南下福建上任。走到铅山县境内的期思渡时，那里的风光一下子把辛弃疾给迷住了。只见一条清澈透明的溪水自女城山流出，在石门山附近打了个弯儿。溪弯的不远处又有一湖，形状如"瓢"人称"瓢泉"。这里山水清幽，人烟稀少，比上饶城外的带湖更具魅力。辛弃疾叹道："当初要是把家建在这里多好哇！"

　　穿过武夷山口便是福建境内了，辛弃疾晓行夜宿，直奔福州。一路上，不管是认识的也好，不认识的也好，几乎所有的官员都异口同声地对辛弃疾说："闽风强悍，顽民难治。"

　　辛弃疾一到福州，便有那鸣冤的状子如雪片一样飞来。辛弃疾粗略一看，几乎所有的案子都是有关田产纠纷的。

　　辛弃疾问手下一个叫傅大声的主簿："为何闽地多地亩纠纷案？"

　　傅大声说："这是此地积习已久的弊端，即很多州县的土地都未曾经界。"

　　"未经界？"辛弃疾十分吃惊，"那赋税如何收取？"

　　"仅凭漕宪手里的一簿陈年老账。"

　　辛弃疾一听，不免大吃一惊。心想，闽地不愧是隔山阻岭，山高皇帝远的地方，经界未行，居然官能治民，真乃奇事也。

辛弃疾的职务是提点刑狱，即巡行福建所辖二府四州两军四十三县，按察案狱，裁定囚徒罪刑诸事务。因为手里的案子多与田地有关，他就不能不过问经界的事宜。走了几处地方之后，辛弃疾觉得不彻底解决经界问题，就如永远扯不清的乱线一样，总也断不了田地纠纷的案子。于是他调转马头，带着随从幕僚又奔回福州去见安抚使。

夜里，他匆匆地草拟了一套经界的办法，自认可行。第二天一早，便让茂嘉陪同，专门拜访了福州知府兼福建安抚使林枅。

林枅是个七十多岁的老头儿，他是绍兴间进士，也是辗转任了许多地方的老地方官了。辛弃疾去见他的时候，此老正犯着哮喘的病。一听刑狱大员来访他不能不见，于是好不容易拖着一身肥肉站了起来，向前挪了两步算是最隆重的接待礼节了。坐下后他又一个劲地喘息了好半天，若不是身后的侍女一个劲地为他捶着后背，他嘴里那"请坐、看茶"四个字恐怕都挤不出来。

辛弃疾拿出了足够的耐心，终于等他平静下来，方把自己草拟的关于经界的办法递到他的手里让他过目，然后说道："据下官粗查，福建一路，几乎有一半地亩未曾经界，其中，泉、漳、汀三州几乎所有田地都未经界，因此，田亩纠纷之案时有发生。依下官之见，应速派干员查核历年旧档，逐县逐州进行重新经界，并将新经之地造出砧基簿。下官乃刑狱之职，无权过问经界之事，仅草拟一法，请帅守斟酌而行。估计用时一年，即可将经界之事办完。到那时，福建一路刑狱之案可以大减，民间也就安宁了。"

林枅好容易听完了辛弃疾的话，然后看也不看辛弃疾给他的东西，便喘着大气好容易说出了"容本帅考虑考虑再说"。然后就端起了茶杯。

辛弃疾一看这是送客的架势，心里顿时起了一股无名之火，暗想：我也是当过几任帅守的人，不看阅历，也得看政事之轻重缓急呀！可是怒气归怒气，他还是忍住了，说了一声"多有打扰"，然后抬腿走了。

没想到三四天过去，林枅一点儿动静也没有，一问左右僚属，方知道事关当地许多豪门富户的利益。因为没有经界，豪富们常掠夺小户土地，因为没有经界，不少大户偷漏赋税。眼看着平民百姓受欺，朝廷赋税减少，田地之案纷起，辛弃疾又是一个办事干脆认真的人，岂能让此事糊里糊涂。于是，他再一次拜访林枅，商议经界事宜。

不想这一次辛弃疾却吃了闭门羹，衙门里传出话来，说是林大人身体不适，一律谢客。这事过后，林枅对漕臣及其他官员说："人皆云辛弃疾为官不能屈居人下，初时吾还不信，今日看来果然不谬，他才上任几天，居然管起我的事情来了。"

不久，此话传到辛弃疾的耳朵里，他不但没生气，反而笑道："早知此公如此度量，我连他的门槛都不会迈进一步！"

刚好在这时，长溪县（今福建霞浦）报上一桩案子，事关五十多人。辛弃疾一看案卷，又是事关田亩的。他便打发主簿傅大声前去处理，并以坚决的口气说："你要不畏强暴，该如何处置自可处置，有我为你做主就是。"

站在一边的茂嘉说："让我陪同傅主簿前去如何？"辛弃疾立

刻答应了他，吩咐"有急事速来禀报"。

傅大声与辛茂嘉到了长溪提审一干人犯。才知道这里有一位姓方的大富户，因为海潮侵袭，冲没了他家的数十亩土地，他就凭着县里的陈年旧档，向四外扩张丈量，直到补足了他家的田亩数，从而侵夺了他人的田产。因为没有石砧界标，就发生了口角。先是方家的两个家奴动手打伤了相邻的乡民，乡民便忍无可忍，一下子聚了五十多人与方家发生了械斗，最后把方家那两个打人的家奴打死了。

因为事关人命，县令调动了衙役捕快，一卜子把那五十多个乡民全数抓进了监狱。

傅大声知道事情起自田亩经界，于是便从经界入手，亲自走访乡间父老，查找旧有档册，终于查清了那方家的田地经界，一下子放了四十多个无辜乡民，只把打死人的几名案犯关在狱中，准备上报辛弃疾处罪。之后，他将重新经界的方家土地埋了石砧，并登记造簿。

方家本是当地富户，与县里官吏素有来往，岂能善罢甘休。于是走通关节，县令就处处偏袒方家，而处处刁难傅大声。按规定，傅大声来县里按查刑狱，县里应提供食宿，这一回长溪不知犯了什么邪，硬是不给傅大声和辛茂嘉安排食宿，他二人只好寄身客馆。到后来手中的钱用光，竟至靠典当衣服度日。一气之下，辛茂嘉骑上快马跑到福州去请辛弃疾定夺。

辛弃疾听了禀报气愤异常，带着随从人马等不停蹄直奔长溪。长溪县令不知辛弃疾的脾气秉性，以为仍是一个好蒙混的长官。谁知辛弃疾引经据典，把宋朝开国以来经界地亩的条文讲解得明明白白，又厉声质问那个知县，身为一县父母官，何以不谙民情，不谙法度，把那知县问得张口结舌，满头大汗，一个劲地请罪不止。最后，除了打死人的两个乡民法办外，其余人犯全部开释，于是全县百姓无不拍手称快。紧接着，辛弃疾每处理完一桩案子，便按章经界一番田地，从而在根本上解决了潜在的民事纠纷。

辛弃疾经界土地的举动传到福州，安抚使林枅却来了气。这原本是他管辖的事情，辛弃疾却硬要插上一手，他岂能舒服。可是细一想来辛弃疾处理的又都与刑狱的事情相关，林枅又找不出什么毛病来，只得私下里发些脾气而已。此人又是度量小的人，不久，竟得了急病，入秋便一命呜呼了。

林枅一死，闽帅乏人，朝廷急急下了一旨，使辛弃疾摄帅事仍兼提刑。于是，辛弃疾由一个提点刑狱的官员升为一路帅守，恢复了他罢官以前的职位。

辛弃疾接任闽帅的消息一传出，就被隐居福建境内武夷山中啃书本的朱老夫子闻知了，他于是提起笔来写了一书，寄给了辛弃疾。书中仅问了四个字："何以为政？"

辛弃疾看了来书嘿嘿一笑，也回了一书，只写了几个字：

"临民以宽，待士以礼，驭吏以严。"

辛弃疾的十二个字确是切中时弊。当时南宋的吏治十分败坏，官官相护、上下贿赂、互相欺瞒、贪赃枉法、欺压百姓，到了非治理不可的程度了。

于是辛弃疾本着他的十二个字，向治下的各府州县条陈法令，申以厉害，众官吏才稍稍收敛了一些。接着，他就着手办理全境的土地经界事宜。他十分认真地给皇上写了一道奏章，名为《论经界钞盐札子》。

辛弃疾是一个说干就干的性格，他一边给朝廷上奏章，一边就着手整顿经界，大张旗鼓地在各州县办起了经界的事情。

谁料辛弃疾此举犹如把一块巨石抛进了一潭死水当中，激起了一层一层的波澜。到后来，这波澜竟越涌越大，几至成了狂涛，终于把到任不到一载的辛弃疾掀出了福建，还差一点儿丢了头上的乌纱帽。

第十九章

帅闽之梦

　　且说辛弃疾在福建大张旗鼓地整顿吏治，核查田地，办理田产经界，直接触动了一些豪门富户的利益。一些官吏又都是养尊处优，贪图富贵惯了的，哪能受得了如此严厉的约束，于是不少人叫苦连天。开始时这些人只是背地里窃窃私语，到后来就有那手眼通天的人物编排辛弃疾的坏话到京城散布，诬蔑辛弃疾把福建当成了独立王国，自己要当"闽王"。

　　南宋朝廷的光宗皇帝也是一个天下无事即平安得过且过的主子，听了臣下们的议论，他的心里也活动起来。偏是他的妻子，皇后李凤娘又十分悍妒，时常干预朝政。这回听说辛弃疾在福建为所欲为，要当"闽王"，她如何能坐得住，于是催着光宗下旨，夺去辛弃疾的闽帅之职，于绍熙三年年底召他回京面君。

　　辛弃疾治理地方的心情犹如一团炽热的烈火，此时烧得正旺。朝中的一纸召还诏书，犹如一盆冰冷的凉水劈头盖脑地给他泼了下来，一时令他手足无措。好容易平静下来之后，只得垂头丧气地收拾行囊，带着族弟茂嘉离开福建北归。临行时，他的心情特别低沉，一连写了好几首词来抒发自己心中的不平之气。他在一阕《满江红·老子当年》的词中写道：

"嗟往事，空萧索。怀新恨，又漂泊。但年来何待，许多幽独。海水连天凝远望，山风吹雨征衫薄。"

他甚至向往辞官的隐居生活。他在一阕《瑞鹤仙·南剑双溪楼》的词中写道：

> "问谁怜旧日，南楼老子，最爱明月以笛？到而今、扑面黄尘，欲归未得。"

腊月里的寒风在武夷山中的官道上肆虐，昔日清风松涛的韵律，如今却随着寒流响着催人泪下的怨曲。回临安的路上，正好经过带湖的家里，辛弃疾就在家中过了一个新年。这时辛弃疾的膝下，正出庶出一共有七八个子女了。长子辛稹是一个二十岁的高个子的小伙子了。除夕之夜，妻子儿女及爱妾侍女等欢聚一堂。辛弃疾突然对妻子范玉说道："吾今年已是五十四岁的人了，自知性情刚烈，与俗世不相容，因此，这次入京面君，我打算弃官归隐，不再当这个倒霉的官了。"

范玉刚想说什么，不想一边的长子辛稹先开了口，说："孩儿以为田产未置，父亲大人不宜辞官。"

"这是为何？"辛弃疾本来对儿子插话不满，又听他说出这种话来，更是心里不快。

"儿子只是觉得，当官时应置些田产才是。别处且不论，只今信州一带退居的官员们，哪一家不是把田产置办足了才辞官的？"

辛弃疾一听，把手中的酒杯使劲往桌子上一放，正色说道：
"你小小年纪，不思上进，却想到田产上去了！靠着老子为你置家
业，你就心安吗？"

一句话，说得儿子羞愧满面，惭愧地退了出去。妻子一见急忙
劝慰，辛弃疾气呼呼地把筷子一掷，连年夜饭也不吃了，转身进了
自己的书房。

在母亲的劝说下，儿子辛稹小心翼翼地打开书房的门向父亲认
错。辛弃疾瞪了儿子两眼，把自己刚刚写成的词送给了儿子，说
道："吾赋了一词，拿去看看吧，个中自有道理让你理会。"

儿子双手捧过父亲写的东西，原来是一阕《最高楼》的词，词
云：

> 吾衰矣，须富贵何时。富贵是危机。暂忘设醴抽身去，未
> 曾得米弃官归。穆先生，陶县令，是吾师。
>
> 待葺个、园儿名佚老，更作个、亭儿名亦好，闲饮酒，醉
> 吟诗。千年田换八百主，一人口插几张匙。便休休，更说甚，
> 是和非。

词后，辛弃疾又题了数字："吾拟乞归，犬子以田产未置止
我，赋此骂之。"

绍熙四年（1193年）正月初，辛弃疾到达临安，宋光宗在皇宫
里召见了他，然后降下谕旨，迁他当了太府寺的少卿。

太府寺最早只是执掌皇宫内的祭祀香币、神席及校造斗、升、

衡尺等衡量器具的衙门。后来又增加了制定发布国家财货之政令、库藏之出纳、商税之平准等文书告示等事宜。总之，是一个清闲的京官。辛弃疾对这种清闲的京官生活向来不感兴趣，无聊时常与朋友应酬唱和。他很关心好友陈亮的近况，一打听，原来自他求人为其洗清冤狱之后，陈亮终于出了监牢，携了男女二仆跑到京口住去了。不几天，陈亮知道辛弃疾回了京城，就从京口来了一书，告诉辛弃疾说他经过几场官司，厌倦在家乡永康居住，匆忙间在镇江买了一处别业，埋头攻读，准备开春入京大考云云。

到了这年的春三月，来临安应试的举子云集，陈亮则以五十一岁的年龄前来入试。三场考毕，考官将他列为第三名呈入内廷，到廷试时，光宗问以礼乐政刑之要，陈亮以君道师道相对，于是光宗大悦。原来此时孝宗皇帝退位后居于重华宫，按照古礼，作为儿子的光宗皇帝应该定时朝拜太上皇。只是皇后李凤娘性格悍烈，不许光宗朝拜，为了此事皇上心中不快。自得了陈亮了这篇"君道师道"的策文，光宗觉得他所言实是善处君臣父子之礼，于是御笔一挥，擢陈亮为进士第一名，即中了状元。

陈亮以五十一岁高龄考中状元，在当时确属少有。为此，辛弃疾特地为他写了一首《破阵子·为陈同甫赋壮词以寄之》的词，鼓励陈亮奋发自强。此词慷慨激昂，且苍凉悲壮，被后人推为绝唱，词曰：

醉里挑灯看剑，梦回吹角连营。八百里分麾下炙，五十弦翻塞外声。沙场秋点兵。　　马作的卢飞快，弓如霹雳弦惊。了

却君王天下事，赢得生前身后名。可怜白发生！

其实，陈亮的一生也是极其悲壮的。据明人李贽《陈亮传》说，陈亮生而目光有芒，为人才气超迈，喜谈兵，议论风生，下笔数千言立就。青年时作《酌古论》，郡守周葵阅后曰："他日国士也！"隆兴初，金完颜亮死于扬州，宋金议和，士大夫多言幸得苏息，独陈亮言不可恃也，因此上《中兴五论》给高宗，主张收复失地，但却无人奏报。陈亮还绕都城临安走一遭，喟然叹曰："此城可灌尔！"原来是说西湖之水面高于临安城内之地，不宜作都城。言外之意是，南宋的统治者们应该把收复汴梁作为都城当作一个远大目标——即统一中国。可惜他一生屡遭磨难，三次入狱。中了进士后人们以为他定可大显身手，谁知第二年就病死了，死时年仅五十二岁。他死后，辛弃疾还为他写了一篇催人泪下的祭文，此是后话。

时光飞逝，转眼入秋。朝廷忽又接到奏报，说是福建地方又不安宁，原来还是因为田亩未经界的事情，百姓屡屡发生争执。特别是入秋以来，因为秋收在望，争执更加激烈。这时，宋光宗才明白辛弃疾有关经界的建议十分重要。一直反对经界的宰相留正也没了主意，枢密使赵汝愚深知只有辛弃疾重回福建，才能把地方安抚好，于是上了一本，奏荐辛弃疾重任闽帅。光宗似乎觉得前次罢了辛弃疾的闽帅之举有些不妥，此次重新启用，下旨加辛弃疾为集英殿修撰，然后任其为福建安抚使兼福州知府。

辛茂嘉生气地对辛弃疾说："朝廷用人出尔反尔，兄长何必再去福建呢？不如辞掉算了。"

辛弃疾说："我偏要在哪里跌倒，再在哪里爬起来！这不光是争口气，试想，不从根本上解决福建的经界问题，那地方还能指望安宁吗？"

听了这话，辛茂嘉不再说什么了。

时隔半载，辛弃疾重到福建。这一次他没有急躁，而是稳步地推行经界计划，又整顿了盐政，不久地方大治。

一次，他去闽北巡视，忽然想起了武夷山中的朱熹已是几年不见了，于是特地赶到建阳的九曲溪，去拜访这位闭门著书的老夫子。

辛弃疾只带了茂嘉出了建阳城，沿着九曲溪而上。一路上，美丽的武夷山风光让他赞不绝口。前面不远就是考亭镇，但见清溪畔，山崖下，一幢草房在竹林掩映中给人一种出尘脱俗的感觉，这就是朱熹新筑的考亭别业。走到近前，只见竹篱上爬满了花果豆类，柴门内外青石板铺成的小径分外齐整。池塘里鸭鹅鸣叫，处处是一派恬静的田园风光。

朱熹闻听家人来报，说辛弃疾亲自登门造访，赶忙出门相迎。他二人携手进了草庵，促膝而坐，品了一壶山中新茶，别有一番清香韵味，辛弃疾不禁忘情地感叹道："先生当真好眼力，你选的地方，可比我的带湖强多了。"

"那怎么能相比？"朱熹笑道，"你的稼轩别业是堂宏宇阔，画栋雕梁，左有亭，右有楼，你看，我这竹篱茅舍不是太寒酸了？"

"如此一说，我真想把那些房子拆了，重新寻一个地方建宅院了。"辛弃疾不无赞美地说道"从你这里回去，再去看我的稼轩，就好像从仙山回到了尘世一样。"朱熹听了笑说道："其实景色好坏均是乡土一块，茫茫尘世你我都无法脱俗。"

"但我在官场奔走，你埋头书斋研经，这可是俗与不俗之分呀。"

"不过要没有你这样的'俗人'，国家这个大厦怎么能撑得住呢？"朱熹感慨地说道，"其实我也不是一个能脱俗的人。我在这里苦心研经撰文，无非也是为了撑住这个大厦呢。"

一听这话，辛弃疾有些默然了。

"算了吧，我们不谈这些了。"朱熹打住了话头，"还是看看我这几间草屋吧。"于是，朱熹领着辛弃疾参观了他的别墅。

朱熹的别墅是一处草庵结构的农家院落，外貌古朴但室内极其讲究，各种古玩字画书帖充满其间。尤其是书屋，其经卷真是汗牛充栋。他把辛弃疾领到靠溪边的一座房子前，见其柴门有匾，题着"守拙"二字，说："请你住在这里，我们共玩两天吧。要不，我一走，又说不定哪年还能相见呢！"

"怎么，你要走？上哪去？"辛弃疾吃惊地问，"这地方像仙境，难道还有比这更美的地方吗？"

朱熹笑了，说："昨天刚刚接到的圣旨，差我去潭州任知府兼湖南安抚使。我虽上表力辞，但却无济于事，这回怕是躲不过去了。"

"啊，是这样啊。"辛弃疾恍然大悟，"怪道你说自己不能脱俗呢。"

第二天，朱熹陪着辛弃疾、辛茂嘉，带了两个小童，坐了一个竹排，游览了九曲溪风光。

这次九曲溪一游，给辛弃疾留下了深刻的印象。他一连写了十首七绝诗，名为《九曲棹歌》，来赞美武夷山区的风光。其中有一首是《咏幔亭峰》，尤为脍炙人口：

山上风吹笙鹤声，

山前人望翠云屏。

蓬莱觅见瑶池路，

不道人间有幔亭。

辛弃疾对朱熹说："弃疾去年在铅山看中了一个地方，虽比不上你这五溪风光，但也自有天然野趣。我打算在那里筑几间草屋，将来无官时，也像你一样徜徉于山水之间，不亦乐乎。"

"什么地方又让你动情了呢？"

"铅山境内的期思渡。那里有山有水，山水清幽，人迹罕至，想来你也会知道的。"

"期思渡？想起来了，果真是个好地方，过去为官时不止走过一次呢，不过都是匆匆而过，只记得是一个没有几户人家的渡口，确是隐居的好地方。不过我可知道你，只要朝廷一用你，你就闲不住，还有心思徜徉山水呢！"

辛弃疾在武夷山中游览了四天，告别朱熹后又回到福州，继续他的治闽大业，说起来老天也是照应，这一年风调雨顺，粮食丰收，辛弃疾急令各州县增修了几个大仓库囤粮，以备荒年。福建靠海，长溪、福清等地还有晒盐的盐场，过去走私严重，失去赋税较多。此次辛弃疾派出得力干员，严加稽查，堵塞漏洞，仅此一项，就积钱十几万缗。钱足粮丰，官也好当了，辛弃疾不禁又起了勃勃雄心，他要再创建一支军队，以备收复失地之用。不过，在朝廷未准许之前，他把这种想法深深地埋在心里。平时政事之暇，他仍是喜欢游览名胜古迹。

福州城内有于山、乌山和廉山，因此，人们俗称福州为"三山"。这三座山虽然矮小，但却都有古迹可寻，文人雅士常去光顾。

这一天，辛弃疾带着辛茂嘉登上了离府衙不远的于山。此山说来亦是一奇，其形似巨鳌，鳌背最高，登上可以俯瞰全城。顺山而下有揽鳌亭、倚鳌轩、步鳌坡、接鳌门等建筑，这些建筑虽不华丽宏阔，且也别具一格。

也许是有些累了，也许是年岁大了，在倚鳌轩内坐了一会儿，辛弃疾就觉得发困。他让茂嘉摆上棋枰，在轩内下了一盘象棋，觉得没有什么兴致，然后把棋子一推，卧在轩内的藤椅上就睡了过去。茂嘉见了，脱下自己身上的长衫为他盖上，然后就在门外守候。

正在这时，从山下上来一位游人，三十多岁年纪，一身行者打扮，非农非商的模样，来到轩前就要入内，茂嘉急忙把他拦住。那人一笑说："我知道，稼轩先生就在轩内。本想到府中去拜，但衙门似海，不好一见，没想到在这儿碰上了，只想见辛公一面足矣。"

辛茂嘉把此人打量了半天，才问道："先生是……"

"学生姓彭名止，字应期，崇安人氏。一生专喜漫游吟诗，不愿为官。人送别号漫者。"

"失敬失敬。"茂嘉一拱手说，"可惜大人此时在轩内睡得正香，烦先生稍候，待他醒来再见不迟。"

彭止听罢，似信不信，从窗子往里一望，果然见辛弃疾在藤椅中睡得正甜，桌子上还杂乱地摆着棋子。于是说道："如此，学生就敬候了。"

谁知辛弃疾的午觉睡得很长，好半天没有醒来的意思。彭止有些不耐烦了，从行囊里掏出纸笔，题诗一首交给茂嘉，然后告辞下山而去。

辛弃疾一觉醒来，茂嘉才把有人要见的事说了，然后，又把彭止的留诗拿给他看。辛弃疾举目一看，但见写的是一首七绝诗："棋子声干案接尘，午窗诗梦暖于春。清风不动阶前竹，谁道今朝有故人？"

辛弃疾一惊："故人？此人何名？"

"自称姓彭名止，崇安人氏。"

"彭止？"辛弃疾绞尽脑汁也没想起这个故人是谁，接口叹道："好诗，好诗！此人现在何处？"

"他见你一直睡着不醒，等得不耐烦就走了。"

"走多长时间了？"

"有一会儿了。"

"快去追！无论如何也要把他追回来。"辛弃疾吩咐辛茂嘉，"骑马追去，估计不会太远。"

辛茂嘉不敢怠慢，急忙下山骑了一匹快马而去。好在此时正值中午，街道上行人很少，不一会儿便在北城门内追上了彭止，连请带拉把他领到了府衙。

彭止拜见了辛弃疾，辛弃疾把此人上上下下打量了半天也没认出是谁，彭止却先说了话："看来大人真是忘了，十二年前，在南昌的滕王阁上，学生曾跟随洪大人左右，那时我还不满二十。"

"对，是有那么一个后生跟在洪迈身边，是他的一个弟子，原来就是你呀。"

"那一天，半路上又杀出一个诗人叫胡时可的来。"

"是有那么一回事。"辛弃疾笑道，"今日我昼眠，半路上你又杀了出来。"

一句话把彭止说笑了，于是说："学生久仰先生大名，今日游行到此，能见先生一面，也算三生有幸。"

辛弃疾是一个极爱文才的人，与彭止论说一番，发觉此人谈吐不俗，为诗也下笔立成，文辞华美，不禁喜不自胜，将他留住一月有余。这一个月里，公余之时，多是与彭止饮酒赋诗。

福州的府衙坐落在城西北隅，除了公厅衙门之外，还有归隐庵、千乐堂、归忘亭、柏悦亭等建筑，这些多是以前知府所建。城西门外还有西湖，湖中也是洲岛错落，是游玩的好去处。

府衙中的怀隐庵，是南宋绍兴十二年的福州知府、诗人叶梦得

所建。辛弃疾入主此庵时，壁间还有叶梦得的自题诗："春风的的
为谁来，绕舍香花亦谩栽。庵内不知庵外事，夜来微雨小桃开。"
彭止一来，辛弃疾常带他在此谈诗论文，他对彭止说"达观之人，
做官便想到罢官之时。叶氏当年以观文殿大学士任知府，与奸相秦
桧不协，便时刻想着归隐，这才把此屋取了个怀隐庵的名字，不知
情者，还以为此屋是他归隐时建的呢。"

说着说着，二人便踱步吟咏起来，彭止张口吟了一首《步叶梦
得原韵》的诗，诗云：

　　三山美景待君来，
　　竹树葱茏贤辈栽。
　　若把辛公比靖节，
　　红尘能否尽抛开？

诗中的"靖节"，是晋代隐士陶渊明的字号。辛弃疾微微一
笑，知道彭止在诗中讽他不如陶渊明斩断尘缘而隐退，笑道："弃
疾喜词不喜诗，总觉得七言五言整整齐齐过于呆板，不若长短句信
手即来，聊填一阕《浣溪沙》相答吧。"于是张口吟道：

记得瓢泉快活时，长年耽酒更吟诗。蓦地捉将来断送，老头
皮。

刚吟了这上半阕，彭止便笑了起来，说："辛公好幽默，出来
做官，原来是有人把你'捉'来的呀，并且还要断送你的老头皮，
如此说来，是当今圣上的罪过了。"

辛弃疾接着笑吟了下半阕：

绕屋人扶行不得，闲窗学得鹧鸪啼。却有杜鹃能劝道：不如归！

辛弃疾吟罢笑说道："陶靖节的洒脱吾是学不来了，但一到体弱生病之时，也想归去却是真。怎么样，你留下来吧，帮我办些笔墨信札上的事。弃疾虽无大能，但自信给朝中写封举荐之信，委你个署吏之类的官还是不在话下。"

彭止一听，连忙摆手说："多谢辛公一片美意，岂知学生乃是一块不可雕的朽木，生平只会行吟漫游，不会当官。"

辛弃疾听了知道不能强求，只得无可奈何地表示叹惜。

彭止说："辛公还不知道吧，时下如学生之辈者，天下多矣。如大人所知的胡时可，此外有名的如姜夔、刘过、杨济生诸人，他们有的是游学拜师，想奔上仕途做官，结果几次碰壁就灰心丧气，便走上四处游荡吟咏，靠卖些词曲度日，却也逍遥自在。还有的人凭着祖上积下的钱财，以游览吟唱为乐，把名利禄位当成粪土。"

辛弃疾听罢十分惊讶，问道："那么那位胡时可是哪一类人？如今怎样？你见过他吗？"

"说来天下也是太小了，我们游来游去，说不定在什么地方就碰上。说起此君来也着实可惜，四年前，就在辛公您管辖的福建路建宁府辖下有个浦城县，胡氏吟咏游到那里，结识了一位叫王海的县民。这王海也是读书出身，好行侠仗义，打抱不平。因那两年官府横征暴敛，民不聊生，王海竟以胡时可为谋士率众举义，初时声势大震，杀了几个贪官，可不久便被官府平息，胡时可与王海同时被官军抓获，斩于市曹了。"

"啊！有这等事？"辛弃疾万分吃惊。

"看起来还是当个顺民好，不当官也不反官府，说不定还能捞点儿好处呢。有位姜夔您听说过吧。"

"何止听说过，在潭州还曾见过一面，那时他二十几岁，腼腆得不爱吱声，却工于长短句。此人现在如何？"

"此君一直这么漫游着过活。听说他在临安时，歌楼都争着要他写的词曲。一支好曲，何止十贯八贯呢。前几年，他漫游到苏州拜见石湖居士范成大，这位退休的宰相极爱其才，居然赏了他一个美貌的歌女小红，你说他造化不造化！"

辛弃疾听罢也笑了起来："真是有趣。我想不是范成大，别人也做不出如此雅事来。"

彭止在福州附近又盘桓游玩了几天，然后与辛弃疾告别，辛弃疾恋恋不舍地把这位年轻人送出很远，望着彭止远去的背影，辛弃疾慨然叹道："可惜了这些有才气的后生，若能收为朝廷所用该多好呀！"

绍熙五年福建一带又是夏粮大熟，加上辛弃疾治理有方，所以官仓丰满。这一年夏初，辛弃疾管理的府库积钱至五十万缗。辛弃疾把这些钱粮之库起名叫"备安库"。

辛茂嘉不解地问："寻常官仓都叫常平仓，何以又叫备安库呢？"

辛弃疾深沉地说："吾今年已五十有五，南归三十载有余。三十余年所时刻记望者，收复失地也。今各地府库空竭，兵不习武，休说恢复，若金人打来，不败而何。吾积钱粮，拟造铠甲万领，然后招募强壮，别创一军，严加训练，急时可用也。"

"别创一军？"辛茂嘉听了十分吃惊，想不到这位族兄如此年龄，仍不忘收复失地。

正说着，门人来报，说有一位府学生员求见。此时辛弃疾正锐意治理福建，曾下书府县求言。见有人来访，自是高兴，忙说有请。就见一位身材不高的青年进来参拜，递了名帖，问了几句，方知此人姓陈名成父，字汝玉，其父乃朱熹门生。

陈成父除客套几句之外，又说了一些经书典籍之类的言辞，便大谈了修甲兵、备武库、积粮储、复失地的远大抱负。听了这通议论，辛弃疾顿时双眼发光，心跳加快，双手发抖，两股战战，似乎要冲向战场，多少年没有人说这样的话了！他惊奇地把这个二十来岁的青年从头到脚看了个仔细，只见他广额浓眉，目如朗月，鼻直口方，眉宇间有一股英气，不禁心中大喜，急急忙忙上前拉那青年，直把他领入自己的书房，让他坐好后，自己才在这青年对面坐下，开口说："你是怎么想到武备的？"

陈成父说："忘记国耻家仇者，非炎黄子孙也。学生虽生在南宋的和平年月里，但祖、父辈背井离乡，惨遭强虏蹂躏之苦的亡国之痛却永在心中。至今中原一带祖上陵寝、美好田园仍被金人霸占着，人非草木，岂能无情！而作为大宋臣民，二帝蒙尘北国，皇陵为铁蹄践踏，半壁江山被强虏侵占，不管是哪一代人，焉可忘却。因此，学生每读诸葛武侯《出师表》、岳武穆《满江红》都涕泪满面。恨不能奋长缨、驰烈马、控强弩，奔赴疆场，为国杀贼，收复我大宋河山！"

说着说着，陈成父竟流出了热泪。

辛弃疾立刻抓住这年轻人的双手，激动地说："想不到在这苟且偷安、笙歌曼舞的今天，还有你这样的年轻人！如此看来，复我大宋江山有望啊！"

从此，陈成父便成了辛弃疾的座上客。

接着，陈成父又被辛弃疾聘为幕僚。

接着，辛弃疾采纳了陈成父的建议，在福州首先大兴学堂，拨款大修了破败不堪的学宫。按照辛弃疾与陈成父的计划，他们打算从抓学堂入手，启迪青年们的耻辱心和爱国热情，然后让这些学子们造舆论、修武备、建军队。

诸事大致有了头绪，辛弃疾不免对陈成父刮目相看。跟着，他便请了一个同僚作媒，要把女儿许给陈成父。这个作伐的同僚见辛帅要将女儿下嫁给一个幕僚小吏甚是吃惊，但一见辛弃疾的态度又十分坚决，而且又是极爱陈成父之才，哪有不帮忙的道理。于是他两下里奔走不迭，极力促成此事。经过双方撮合，算了一回生辰八字，就这样，陈成父便成了辛弃疾的快婿。

福建的辛弃疾正紧锣密鼓地修学宫，筹武备，而宋都皇宫内却进行着紧张的权力之争。

宋光宗赵惇于淳熙十六年受其父禅位当了南宋皇帝，但皇后却立了一位十分骄横的李凤娘。

李凤娘出身武门，其父是庆远军节度使李道。据说她出生时，有黑色凤凰飞落在她父亲的军营前，因此，其父为她取名叫"凤娘"。后来，有一个叫皇甫坦的道士自称善相术，李道请他为凤娘看相。其时凤娘方六七岁，皇甫坦一见便惊呼道："此女将来当母仪天下。"

说来也是凑巧，十年之后，高宗皇帝为已经成年的皇孙选妃，不知为什么一下子看中了李凤娘，便把她册为已经封了恭王的孙子赵惇当妃子，称作恭王妃。

李凤娘生得貌虽超群，性却悍妒。自从当了王妃，赵惇便被她调理得百依百顺。婚后不久，她又生了一子，取名赵扩。俗话说，母以子贵，此时的李凤娘就更加骄悍无比了。

待到赵惇当了皇帝，李凤娘自然就成了皇后。一当上皇后，她便大权在握，勾结内外朝臣，左右起朝政来，不但不把软弱的夫君放在眼里，甚至连退居重华宫的太上皇她也不叫光宗去拜谒，从而造成两宫关系紧张。

此外，李凤娘又十分妒忌。一次，一个宫女端着水盆侍候光宗洗脸，光宗见此女手白如玉，不禁脱口说了句"好手"，不想此事叫李凤娘闻知。第二天，光宗进膳时，李凤娘叫内侍奉上食盒，光宗问道是什么美味佳肴，亲自打开一看，里面装的却是被剁下来的一双宫女的手！光宗经此一吓，便得了一个心悸之症。不久，光宗的一个宠妃黄贵妃又被李凤娘害死了。从此，这位刚刚继位两三年的皇帝就萎靡不振起来，而政事多出自悍后李凤娘。

此时李凤娘所生之子赵扩年近三十。为了巩固地位，她硬叫光宗下诏立赵扩为太子。此时太上皇仍活着，所以光宗说："立太子之事，须经太上皇同意方可。"李凤娘一听这话，立即乘了凤辇直奔重华宫，求太上皇同意让自己的儿子当太子。太上皇只说了句：
"我儿刚继位未久就立太子，岂非太早？"

李凤娘听了这话十分不悦，从此就不按规定朝拜重华宫，并且变着法地离间光宗与太上皇之间的父子关系。

好容易到了绍熙五年六月，六十八岁的太上皇驾崩，光宗皇帝因为有病，再加上李凤娘从中作梗，不能为太上皇举行祭奠大礼，一时间群情汹汹，人心骚动。

宰相留正为了安定人心，上奏一本，请光宗速立太子。没想到第二天宫中传出御笔，留正一看，见上面写着"历事岁久，念欲退闲"八个字。莫非刚继位五年的光宗也要退位？留正越看越觉得御批措辞含糊。他想，一旦出了问题，自己难逃干系。于是，他诈称有病，连夜挂冠出了京城归乡而去。

此时宋高宗赵构的妻子，太皇太后吴氏还活着。在皇宫中，又数这位老太太辈分大，又最有权威。于是，身为皇族的大臣赵汝愚想出一法，与几位大臣一商量不谋而合，即请吴太皇太后出来主持丧事，并让她下诏，叫光宗禅位给太子赵扩，太子一定，天下安心。但是这位老太太年已八旬，一般人很难说进话去。

众大臣想来想去，突然想起一个人来，此人就是太皇太后妹妹的儿子，姓韩名侂胄，现任阁门使事（执掌皇宫门卫事）。韩侂胄性格豪爽，听赵汝愚一说，却也爽快，马上入宫，去见自己的亲姨母。太皇太后听了大臣们的建议，却也深明大义，于是口拟诏书，又亲自斡旋，光宗皇帝以病宣布退位，太子赵扩继位当了皇帝，史称宋宁宗。这是这年七月的事情。

宁宗继位时年已三十，坐殿即可听政，李凤娘作为太后只得退居深宫，不能再去左右朝政了，这便是赵汝愚等大臣们想出来的，逼迫李凤娘退居深宫的最佳办法。李凤娘自知干了许多亏心之事，退入后宫后竟穿了道服，悉心事佛，六年后死去不提。

只是这个宁宗正在年富力强的时候当了皇帝，不禁心花怒放，大封佐命功臣。吏部尚书兼枢密使赵汝愚升为宰相，其他各官有功者都有加封。唯有要加封韩侂胄时，赵汝愚进了一言，以为他是皇室外戚，不得封为枢密要职。宁宗一想也对，便只为其转了一个闲官。从此，韩侂胄对赵汝愚就有了积怨，后来矛盾日见加深，又生出一桩桩冤案来。

朝中大变故之日，也正是辛弃疾在福建大力兴革、筹办军队之时。由于新帝继位，大臣变动，谏官趁机捕风捉影以求进身，结果，辛弃疾的抗金大略又成为泡影。

第二十章

挚友真情

绍熙五年七月，宋宁宗在一片吵吵闹闹之中受禅继位当了皇帝，坐了金銮宝殿。他的第一件事，就是册封一批帮助他登上皇位的佐命功臣。第二件事就是急急忙忙地下了一道诏书，要求大臣们进言。一时间摆出一副言论大开，求治心切的样子来。左司谏官黄艾便串通几个嫉贤妒能的朝臣上了一本，弹劾福建安抚使辛弃疾"残酷贪饕，奸赃狼藉"，应予罢斥云云。

原来辛弃疾第二次去福建进行的经济和盐政治理，处处都侵犯大地主大豪绅们的利益。这些人不从国家的长远利益考虑，见辛弃疾积存了那么多的钱粮，便一个个瞅着眼红，以为辛弃疾要占为己有。俗话说三人成虎，此言一开，就有人议论纷纷，甚至传入了京城。一纸弹章，辛弃疾如何辩白得了。

宁宗皇帝见众口一词，便下了一道圣旨，打发朝使去福州宣读诏书，免去辛弃疾福州知府兼福建安抚使的职务，只给了一个"主管武夷山冲佑观"的虚名。

八月初，福州衙署的怀隐庵内。辛弃疾正和几个僚属商量着打制铠甲的事情。几天前，已经聘请了几个远方工匠，并在索子甲的基础上进行了改进，设计好了图样。眼下正准备少许铜铁炭等物，并选择了作坊地址搭炉，先造出数领新甲看看，众人正忙得兴致勃勃。

辛弃疾看着他选用的几个年轻人都朝气勃勃，不禁心花怒放。又因为一个月前，从临安传来消息，说是懦弱的光宗皇帝和专权的皇后李凤娘都已退位，三十岁的宁宗皇帝登基坐殿。接着，又听说朱熹从湖南被召回朝，当了侍讲（为皇帝讲书的老师），正该是南宋励精图治的好时机呀！所以，已经五十五岁的辛弃疾好像又年轻了许多，浑身上下焕发着一股青春朝气。两天前，他原原本本地，把自己想要创办军队，为收复失地做准备的打算写了一道奏章，准备在诸事有了一些眉目之时再上奏朝廷。想到将来举国上下政令一新，上下齐心，国富兵强，收复失地的前景，他的心里激动不已。

未来的女婿陈成父对辛弃疾说："府学里有几个身强力壮的生员听说大人欲别创一军，都想要弃文从武。"

"好呀！"辛弃疾大声地说，"不过即使进了军旅，也不要弃了习文，要文武兼备才是。告诉他们，我同意了。等到朝旨一批下来，就叫他们进军营受训，说不上将来这几个读书人能成大器，出一个岳飞似的文武全才的人物呢。"

一句话，说得连制铠甲的匠人们都乐了起来。

众人正说着，忽见辛茂嘉慌慌张张地进来禀报，说是朝廷下了一道圣旨，请他赶快到厅堂去接。辛弃疾一听惊疑不止，急忙穿戴整齐地跑到前厅，摆上香案，跪听诏书。

传旨太监操着男不男女不女的嗓音宣读了罢免辛弃疾的圣旨，

那尖厉的声音犹如一支支利箭刺痛着辛弃疾和所有僚属的心。待到诏书宣读完毕，辛弃疾还得忍痛高呼"谢主隆恩"。站在一边的茂嘉和几个青年早已是气得三魂走了七窍。

接着，朝使带人查封了所有库府及账簿。辛弃疾交出印信移出府衙。

这一切来得十分突然，福州府顿时像开了锅一样。当辛弃疾离开府衙，最后看一眼怀隐庵时，不禁油然佩服他的前辈叶梦得。是啊，时刻想着退隐才是一个官员的达观态度。

辛弃疾没有怨言，没有悲伤，他收拾收拾行李车辆，装着几卷诗书便和茂嘉离开了福州。当陈成父含着热泪为他送行时，他竟乐呵呵地说："明年新正十六是你和小女的吉日，回去收拾新房，等着到时成亲吧。"

秋八月，闽山苍苍，闽水茫茫，沿着闽江边的官道，辛弃疾坐车沿闽江而上，渐渐地他又看到了那连绵不断的武夷山。中秋节的前一天，辛弃疾进了南剑州的州城剑浦（今福建南平市），这里是建溪和邵武溪汇合的地方，两水合流南去就是闽江。

登上剑浦城墙向北望去，一座高山拔地而起，山上九峰连嶂，因称"九峰山"。辛弃疾巡行州县时曾几次路过这里，但都没有机会游览此地，这次被罢了官，又值秋高气爽，岂能错过了机会，他决定在剑浦住上几天再走。

中秋佳节之日，辛弃疾在南剑州王知州的陪同下，登上了位于两溪合流处的双溪楼。此楼高耸于剑浦的城墙上，登楼一望，双溪汇流处的山水田园尽收眼底。王知州指着清澈碧蓝的溪水，向他讲述了有关两条溪水的古老掌故与传说：

西晋初年，东吴占据江东未灭，晋大臣张华等仰观天象，见斗牛之间常有紫气。后来灭了东吴，大臣们见紫气仍在，而且愈明。张华请了一个叫雷焕的术士经过认真推算，说："此乃宝剑之气上冲于天所致。"张华问道："此剑在何郡？"雷焕说："在豫章之丰城。"于是，张华奏补雷焕为丰城令，让他去寻找宝剑的下落。雷焕到了丰城，不久，便在一监狱地下掘土四丈余，得一石函，启之，中有双剑寒光袭人。一剑上题"龙泉"，一剑上题"太阿"。其夕，斗牛之间紫气不复见。后来，双剑传于雷焕之子，其子携剑南行，坐船过延平津（即二溪汇流处），双剑忽从腰间跃出坠入水中。急使人入水去寻时，却怎么也寻不见宝剑的踪影，唯见两条龙，各长数丈，跃于水中。从此，人们就把此地的两条溪水称为剑溪，把渡口称为剑津，甚至把这座城也称为剑浦。

这一古老的传说听得众人入了迷。辛弃疾不免兴发了一缕思古之幽情，发出了"千古兴亡"的慨叹，即事填了一阕《水龙吟·过南剑双溪楼》的词：

举头西北浮云，倚天万里须长剑。人言此地，夜深长见，斗牛光焰。我觉山高，潭空水冷，月明星淡。待燃犀下看，凭栏却怕，风雷怒，鱼龙惨。　峡束苍江对起，过危楼，欲飞还敛。元龙老矣，不妨高卧，冰壶凉簟。千古兴亡，百年悲笑，一时登览。问何人又卸，片帆沙岸，系斜阳缆。

那位王知州听了辛弃疾此词，不禁怆然而叹道："'千古兴亡，百年悲笑，一时登览'，此三句叫人不忍卒读！我朝词人当中，怕是谁也没有辛公这样的笔力了！"

辛弃疾仰天叹道："亦怕是谁也没有我此时之心境了。苍天在上，谁人知我心耶！"

城内城外游罢，这一日，辛弃疾又出了此城，上了九峰山。九峰山上有九峰月朗、猿洞秋风、三寺云深诸景，山间又有亭台碑塔数处，在路上连缀着山间诸景，还有野店茅舍供游人食宿。

辛弃疾与茂嘉在山间走得有些口渴，于是就钻进路旁一处小店去寻酒喝。但见这小店茅棚竹窗，几把破藤椅子围着一块巨大的青石板就是餐桌了。辛弃疾把自己硕大的身躯强塞进藤椅里时，那椅子就不堪重负地吱吱叫了几声，吓得店主急忙搬过一截又粗又旧的木礅子来，辛弃疾方才坐得安稳。茂嘉在一边笑说："我生平还没见过这么粗陋的酒店呢。"

待到酒菜上来之时，辛弃疾才发现全是些野味十足的东西。不仅有山里的蛇、蛙之类的野味，还有十分少见的山鸟和山野菜，香气扑鼻，令人馋涎欲滴。喝了几口山村野酿之后，那酒味却也不同凡响，辛弃疾喝得高兴，才又四处看了看这小店，发觉它却有着城里酒楼所不具备的自然之趣。且莫说那山间溪水、竹林清风，就是那深谷中的鸟鸣之声，听起来也足以叫人忘忧忘返。后来，辛弃疾又在小店的山墙上发现了一幅字画，居然写的是范仲淹《岳阳楼记》里的八个字"迁客骚人多会于此"。那字体写得十分厚重，一看就不是凡人手笔。辛弃疾凑上前去仔细一瞅，那边款处的几个小字却写着"朱子闲笔"四字。

辛弃疾笑了笑，心里道："真让这位夫子说对了，迁客骚人的心情，只在此地就越发显得真切了！"原来迁客一词，泛指那些被贬罢官之人，骚人指的是爱写诗填词的文人墨客。

这一顿酒喝得辛弃疾畅快淋漓。酒罢，他顿觉身轻似燕，一步一步登上去清凉院的山路石阶。四五里的山路，不一会儿便到了山门，山门上题着"清凉境界"四字，原来这是一座道观。

这清凉院位于一座山顶，一阵秋风吹来，辛弃疾顿觉酒气上涌，话也说得多了起来。茂嘉不管他说什么，都一个劲地胡乱答应着他。

进了这座不大的道观，辛弃疾在院中走了几步，就见有一堵白色粉墙十分干净，于是他对茂嘉喊道："拿笔墨来，我要题诗。"

"我们上山时未携笔墨呀。"

"去找这里的道士要去！"辛弃疾大声地说。

茂嘉无奈，只得走到后院。不一会儿，果然捧来了笔墨，还跟来一个小道童。

笔墨来了，辛弃疾抄笔在手，就在粉墙上题诗两首：

> 颇觉参禅近有功，
> 因空成色色成空。
> 色空静处如何说？
> 且坐清凉境界中。
> 去年冠盖长安道，

客里因循过了梅。

今岁花开转多事，

簿书丛里两三杯。

末题"辛弃疾醉题清凉境界壁"。

辛弃疾刚把笔递给身边的茂嘉，就见一个三四十岁的道长从后殿转了过来，他看了一眼辛弃疾，双方顿时愣住了，原来，这位道长竟是诗人胡时可！

不久前，辛弃疾听人说胡时可参与造反，已被官府处决，怎么会在这里出现了呢？他以为自己喝多了酒看花了眼，就使劲睁了睁眼睛，又仔细辨认了一下，确是胡时可无疑。于是张口就问："这位道长……"

不想那道长抢过了话头，说："贫道了凡，俗名赵宾，请施主方丈用茶。"

听了这话，辛弃疾一怔，以为听错了，刚想再问，后来脑袋一转，心想算了，干脆装糊涂吧，就跟着胡时可走向后面的方丈。

原来这了凡果然就是胡时可，那年在处决人犯的时候，偏巧来了一个文人出身的监斩官。这人酷爱诗词，久闻胡时可之名，很珍惜他的人才，就暗中换了一个死刑犯，将胡时可偷偷放走。胡时可看破红尘，便改换名姓，进了深山当了一名道士。

进了方丈坐定，了凡向辛弃疾问道："适才见施主所题之诗，似有厌弃官场，有意修禅之念？"

辛弃疾说："是啊，但不知怎么个修法？"

了凡听罢，也没说什么，转过身去，从身后的一个书箱子里翻出一本发黄的经书来，双手递给辛弃疾，说："吾观施主一定是要在家修行了，那么就诵此经吧。日诵数句，必有所得。"

辛弃疾接过经书一看，上面写着《般若波罗蜜多心经》，连忙谢了，然后叫辛茂嘉把随身所带的铜钱给了凡留下几贯。了凡说："此经书乃是院中流通法物，不必给钱。"

辛弃疾说："这我知道，此钱是我舍于贵院的总可以吧。"

"那就谢过施主了。"

于是，辛弃疾从九峰山上怀揣经书下来，不日就启程归家。闲来无事，他的生活里又多了一件事，就是观看经书，有心向佛，他还在自己的词作里歌颂了修道的好处。只是日子一久，朋友一多，再喝起酒来，修道之心就渐渐地松了下来。忽一日，他想起铅山的期思渡是个好地方，就又打马去了铅山，他还决定，要在期思渡修建一处宅院，作为别墅常来走走住住，以消磨时光。

且说此时朝廷当中，以佐命功而得宠的新贵韩侂胄与宰相赵汝愚的矛盾日益尖锐。由于韩侂胄既是皇戚，又是内阁旧臣，再加上惯会钻营，不久，就被宁宗任为枢密院都承旨，几乎与宰相比肩。于是，朝中就形成了以赵汝愚和韩侂胄为首的两大势力。

由于朱熹入朝任了侍讲学士是赵汝愚所荐，所以韩侂胄对朱熹也视若仇敌。而偏偏这位老夫子是一个直肠子的人，不但不随波逐流，反倒屡屡向宁宗进言，劝他远小人，重正士，这就更加结怨了韩侂胄。韩侂胄于是下了决心，要先除掉朱熹。

偏巧这时，朝中有一个中书舍人叫陈傅良，与朱熹、辛弃疾相友善，向朝中奏了一本，请求为辛弃疾复官。在奏章中，他举出朱熹的例子，说了些人才难得的话。这时，朝班当中又站出一个人来，众人一看，原来是韩侂胄的党羽谢御史。只见这位谢御史也掏出一本，向宁宗高声而奏，说陈傅良依托朱熹，庇护辛弃疾云云，于是，就辛弃疾该不该罢官，在朝中展开了一场争论。争论来争论去，宁宗偏偏听信了韩侂胄一类人的话，于庆元二年秋下了一道圣旨，夺去了辛弃疾祠禄官的待遇，也就是没有了朝廷俸禄。

朱熹见朝政日非，小人得势，于是连上数本，要求辞官。韩侂胄巴不得要把朱熹挤出朝去，就趁机向宁宗奏道，说朱熹自视清高，以辞官相要挟，蔑视圣躬等等。宁宗一听，心中生疑，于是降旨，准朱熹所奏。朱熹得了圣命，急急忙忙卷起经卷，坐上马车又回了武夷山，钻到他的草屋里去研经著书。

朱熹一走，朝中正士不敢抬头。不长时间，赵汝愚也被罢免，降为观文殿大学士。十一月，韩侂胄又上了一本，说赵汝愚结党营私，诽谤朝政，宁宗皇帝且也言听计从，当即降旨，把赵汝愚远放湖南永州。

只是朱熹多年来讲书授徒，门生故吏几遍天下，有一些人还当了地位不小的官员。这些人都是专崇儒家思想的学者，把正统的匡扶正义，维护皇权，存天理、灭人欲的观念看得比什么都重要。当他们看到良臣被逐，小人当权，便一个个拿出仗义执言的勇气，连连上疏弹劾韩侂胄。

韩侂胄一看形势不妙，连忙奏请皇上，下了一道禁止道学的诏书，把朱熹的学说斥为"伪学"，并诏诫百官不许结党。一些趋炎附势的人一见韩侂胄势大，马上倒向一边，极力贬低朱熹，一时间大有黑云压城城欲摧之态，朱熹的心情非常沉痛。

这年腊月底，眼看快过新年的时候，突然传来消息，说是被放逐到永州的宰相赵汝愚，行到衡州时得了暴疾而卒，更让这位年已六十六岁的朱老夫子伤痛不已。他举起了颤抖的手，提笔写了"遁翁"两个字挂在室中，这是他晚年为自己起的别号，希望自己能逃出这个面目全非的世道。

但是，现实社会犹如一个巨大的笼子，凭你躲在什么地方，都逃不出去。在韩侂胄的谋划和叫嚷下，南宋朝野上下掀起了一股禁伪学的浪潮。尤其是一些不学无术的人，更是变本加厉地陷害朱熹。有一个叫沈继祖的人见这是一个钻营的机会，便摇唇鼓舌，居然把死了多年的程颐也论为伪学，这一"发现"使他赢得了一顶御史的官帽。接着，尝到甜头的沈御史马上又动起笔来，指责朱熹"无非是继承和剽窃张载、程颐的伪学余论"，"以伪学纠集党羽"等等罪行，并列出了朱熹的"十大罪状"，从此，朱熹等人多年潜心研究的儒学经学就成了人人喊打的"伪学"。

有了这种理论，韩侂胄一伙又罗织罪名，把倡导儒学，反对自己的一派人统统称为"伪学之党"，并且东拉西扯，列了伪学之党的党人名单，共列有五十九人之多。其中包括已经当过宰相的周必大、留正、赵汝愚等，朱熹等大儒便当然成了伪学之党的魁首。好在辛弃疾一生不与儒学沾边，虽与伪学之党有谊，但无法归入其党，因此幸免党人之列。

伪学之党一兴，《大学》《中庸》《论语》《孟子》等四书五经也同遭厄运，成为禁书。朝中上下即使有几位正士也噤若寒蝉，仅能在私下里替孔孟之道担忧，而在表面上不得不曲意逢迎。至此，朝野上下无一正士，多成了韩侂胄的亲信。其中有一个"狗窦尚书屈膝执政"的故事尤其引人发笑。

身为吏部尚书的许及之谄事韩侂胄无所不至。此人当了尚书，还想跻身枢要，巧值韩侂胄生日，开筵庆寿，群臣各敬寿礼。许及之见这是一个千载难逢的巴结机会，便花了千金，备了一份厚礼，先　日送到韩府。到了次日庆寿正期，快到中午时分，他早早来到韩府，以为尚早，谁知其他人都先他而到，门人把正门紧紧关闭禁他入内。许及之无奈，只得叩了两下大门，门人在内问他是谁，他以"吏部尚书"回答。门人呵斥道："什么'里部''外部'，若来祝寿，也须早早恭候，现在都什么时候了？"许及之听罢，赶紧道歉，并答应多给赏钱，令他进去。百般央求，门人方指他一条门路，令他从侧面的一个小门入内。许及之喜出望外，赶忙寻了那小门，伛偻着身子方才钻了进去。进去后一问才知，这是一个狗洞。许及之也顾不了许多，反正人内万事大吉，给了门人赏钱，门人方将他引入客厅拜见韩侂胄。此时，但见厅内名公巨卿，统已入座，许及之方觉自己来迟，深感惭愧。庆完寿，酒阑人散之时，许及之方开了口，求韩侂胄为其进阶加官，韩侂胄且也慷慨，当即应允。一听此话，这位尚书立刻跪了下来，恭恭敬敬地给韩侂胄磕了个响头。过了几天，朝中果然传出旨意，令许及之同知枢密院事。后来，他的这一丑闻传了出去，人们在讪笑之余，都背地里称他为"狗窦尚书"或"屈膝执政"。

就在这种严酷的形势下，身居武夷山中的朱熹却我行我素，仍在那里埋头经卷。临终前的这几年里，他在一片叫骂声中，竟写出《礼书》《韩文考异》《书传》《楚辞集注》等十余部书。他的一些忠贞不贰的门徒们也不改初衷，仍然把他奉若神明，不理睬任何人的指骂与责难，坚信大道会永存世间。

就在朱熹避世著书之时，罢职归乡的辛弃疾也对朝政心灰意冷，他放情于山水间，还想去铅山期思选地，准备建造一处别墅。

早在辛弃疾第一次去福建做官路过此地之时，他就看中了这块美丽的地方。时隔数载，罢官归来，他有了机会和时间，要在这里建一处住宅作为别业，这也是南宋时期士大夫间的流行风气。

庆元元年，仅用了一年时间，瓢泉新居就建成了。此宅虽不及带湖的稼轩宽大富丽，但却地处风景优美的女城山下，很得辛弃疾的喜爱。他又在瓢泉之滨建了秋水观，于宅后山岗上建了停云堂。这样，辛弃疾就有了带湖、瓢泉两处住宅了。平时，辛弃疾带了仆从在瓢泉居住，吟诗作赋，且也其乐无穷。

谁知到了庆元二年的春天，辛弃疾正在瓢泉居住的时候，突然从带湖传来噩耗，一场大火，把带湖的房子化为灰烬。除了集山楼和植杖亭外，正宅的大院里数进院落，几十间房子全都葬身火海。

为了这一劫难，辛弃疾悲痛欲绝。好在又建了新宅，只得把家小迁到瓢泉居住。经此一难，他一度信佛了。从武夷山中带回来的经书，他时常翻看几遍。

特别是当他知道朝中党禁一兴，正人去位，更觉前途暗淡。一天，铅山城中的傅为栋（字岩叟）老先生来访，这是他来铅山结识的第一个文字朋友，多次在一起唱和。一天，他与傅老先生登上停云堂，又一块对景吟咏起来。他提起笔来，在粉壁上题了一首诗，诗云："万事随缘无所为，万法皆空无所思。唯有一条生死路，古今来往更何疑！"

傅岩叟笑道："想不到稼轩先生也学起佛来了。"

辛弃疾说："我是半路学佛的人，有许多地方不甚明白。《圆觉罗经》我读了数遍，却有一事，凡人甚是难度。我佛教众徒修行之目的，本欲到达空虚清静之境界，可此经书中却规定了唯取极净、唯观如幻、唯灭诸幻等二十五轮清静观，又须经上中下期净居斋戒，程序烦琐，至有如此众多烦恼缠绕。真是叫人不解也。"

傅岩叟回道："其实俗人学佛，也就是一种寄托罢了，比不了真正出家修行的人。"

辛弃疾嘿嘿一笑："出家修行，穿了袈裟道袍，也不一定就是真心学佛了。世道不好，什么人都可以摇身一变成为和尚道士！想当年我在山东时，还曾亲手杀了一个和尚呢。"

傅岩叟听罢吃了一惊。

辛弃疾笑着就把杀义端和尚的经过略述了一回，他才明白原来是这么回事。

中午，辛弃疾留傅岩叟在家里用饭，饭罢，二人在书斋中休息，傅岩叟一眼看见墙壁上挂了两口宝剑，不禁来了兴趣，说："吾少年时亦曾有挥剑杀敌的壮志，只是后来见秦桧一伙一力主和，许多人弃武从文，我也就随了大众，钻到书堆里去了。而今到了花甲之年，不知怎么地，却想起学剑来了，权当是强身健体吧。"

一听傅岩叟要学剑，辛弃疾顿时慷慨起来，他走上前去，把那口装饰漂亮的宝剑摘了下来，说："先生老来学剑，令弃疾肃然起敬，谨以此剑相赠，聊表微意。"

傅岩叟急忙推辞道："如此厚礼，傅某如何敢要？"

辛弃疾说："此剑别看如今闲挂书斋，但也是我随身二十多年的兵器了，并且还在平定湖北茶寇时立过功，只是未杀过一个金兵。送给先生，做个纪念吧！"

傅岩叟把此剑拿在手中，见剑鞘上嵌着金色铜饰闪闪发光，心想，这一定是一口好剑。忙说："如此贵重之物，傅某不敢收下，稼轩要赠剑的话，只墙上那一口旧的就行。"说罢，他指了指墙上挂的另一口发旧的木鞘宝剑。

辛弃疾迟疑片刻，把那口剑摘了下来，把两口剑并排摆在桌子上。然后，他把两口剑同时从剑鞘里抽出，顿时让傅岩叟大开了眼界。

只见那口发旧的宝剑抽出之后，一道耀眼的蓝光顿使书房生辉，相比之下，那口装饰华美的剑却黯然无光。

辛弃疾一笑说："非是辛某小气，这口剑外表发旧，内里却是出奇，乃是世间少有的奇剑，能削铁如泥。此剑为辛某师父所传，曾随我在山东义军中杀过敌人。南归以来，辛某还从未舍得再用此剑。有朝一日，辛某还要携它北伐杀敌呢！"

傅岩叟赞道："果然是口好剑！看来宝物不能仅看其表呀。如此，我还是收下先前那口吧！"

辛弃疾送剑给傅岩叟的同时，又写了一首七言绝句的诗《送剑与傅岩叟》：

> 镆铘三尺照人寒，
>
> 试与挑灯仔细看。
>
> 且挂书斋作琴伴，
>
> 未须携去斩楼兰！

字里行间，道出了辛弃疾多年以来壮志难酬的无限悲哀。他的人也如他的剑一样，只能闲在书斋里消磨年华，而不能到边关为国杀敌立功。

庆元四年（1198年），权臣韩侂胄在朝中排除异己，任用亲信，地位更加巩固。他为了更进一步赢得人心，又陆续地起用了一些有名望的人士，并且，他又打出了要收复失地的旗号，来争取那些抗战派人物的支持。这年春三月，朝中降旨，恢复了已经五十九岁的辛弃疾的祠禄官的地位，这无疑是表明，辛弃疾又要复出了。

铅山有个县尉叫吴绍古，字子似。此人地位虽低，但却能文能武，常与辛弃疾互相唱和，过从甚密。他与辛弃疾初识时，就大谈马革裹尸，收复失地的远大抱负。当时，辛弃疾曾填了一阕《鹧鸪天》的词送给他，词云："壮岁旌旗拥万夫，锦襜突骑渡江初。燕兵夜捉银胡，汉箭朝飞金仆姑。

追往事，叹今吾，春风不染白髭须。却将万字平戎策，换得东家种树书。"词中以他的亲身经历劝他务实。可是又过了不久，朝中恢复了他的奉祠，并且又听到了朝廷有北伐的打算，辛弃疾顿时雄心勃勃起来。再加上年轻的吴绍古经常到他这里唱和，二人不免跃跃欲试起来。

第二年春天，铅山大旱，饥民嗷嗷待哺。辛弃疾的好友傅岩叟是境内富户之一，出于义举，捐出大量粮钱赈济灾民。辛弃疾大为感动，就以自己的名望和地位，向朝廷写一荐表，建议朝中为傅岩叟转一官。然而傅岩叟执意不肯，宁可终老田园也不愿出来为官，辛弃疾终不能移其志。

谁知辛弃疾的一举一动，都被隐居武夷山中的朱熹听说了，此公便误认为辛弃疾钻营官场，与韩侂胄同流合污。因此向人叹道："韩侂胄弄权，辛稼轩出山，士大夫大节何在？"

过了几天，卧在病榻上的朱熹实在憋不住了，竟勉强支撑着身子，捉过大笔，蘸了浓墨，写了一个条幅，给辛弃疾寄了去。

这一天，辛弃疾、傅岩叟及吴绍古等几个朋友正一起品着山茶，谈论着朝中有意北伐的事情，个个不免口若悬河，期望着有朝一日王师北上，收复失地。忽有信使到来，送给辛弃疾一个硕大的信封。辛弃疾拿过来一看，是朱熹的亲笔。打开信封，从里面抽出一个条幅来，他便当着众人的面把条幅打开，但见上面写了八个大字：

克己复礼，夙兴夜寐。

辛弃疾心下明白，这是朱熹借送条幅的机会，讽劝他不要出山与韩侂胄合作。

许是吴绍古年轻，说话直爽，就愤然道："这位朱老夫子也太不自量力了！好像普天之下，就他一个人是正人君子，别人的行为都不合礼。难道朝中出了一个韩侂胄，别人都得辞官不成！如此说来，我这个小县尉也是不干净的了！"

经他一说，在座的人立刻明白了朱熹条幅的用意，于是众人又说了一回朱熹的是非曲直，最后居然众口一词，一面替辛弃疾鸣不平，一面骂朱熹是腐儒。吴绍古气愤不过，竟然抓过那条幅要把它撕掉。

辛弃疾一见，急忙奔了过去，夺过那条幅，劝说道："有则改之，无则加勉。朋友之言，多是善意，岂可横加挑剔。"

过后，辛弃疾还叫人把那条幅仔细裱糊，端端正正地挂在自己的客厅里。

随着南宋朝廷以打击朱熹为主的"伪学党禁"的加剧，辱骂朱熹的各种谰言也铺天盖地而来。有人说他是假道学，有人说他是为官不做，沽名钓誉。更有甚者还望风捕影，对他进行人身攻击。因此，朱熹的身体状况就一天不如一天。有一些朱熹的弟子见形势不妙，又偷偷地离开了朱熹，使病榻前的弟子讲坛日见冷清。昔日武夷山高徒满堂，如今已是人去屋空。就连那些早年的大弟子们，也一个个销声匿迹，不敢再与朱熹来往。

庆元六年（1200年）春三月初九，七十一岁的朱熹满怀悲愤地在武夷山考亭精舍病逝。朱熹的儿孙们操办着为他搭了灵棚，准备在十一月与早亡的母亲举行合葬。这时，朝廷下了一纸诏令，禁止人们为朱熹吊唁和送葬。几天来，冷冷清清的灵堂前，只有亲生的儿孙及亲近好友守灵，一些旧友高徒却没有人敢冒朝廷的禁令前来吊丧，朱熹的儿孙们显得无比沮丧和失望。

突然有一天，山道上马嘶车响，从山下来了一挂马车，朱氏子孙急忙相迎，一看，是辛弃疾来了。

原来朱熹病逝的消息传到铅山，辛弃疾心里十分悲痛。他回忆起自己与朱熹近二十年的交往与友谊，其间虽然有牛皮一事的不快、鹅湖之会的失约以及晚年的误会，但朱熹那精于治学、清正廉洁、刚直不阿的性格，却给辛弃疾留下了深刻的印象。辛弃疾决定，不管朝廷有什么禁令，自己都要亲自去为朱熹吊丧。

妻儿老小反对辛弃疾去，他们异口同声地说，你也是六十多岁的人了，朝廷又下旨禁止吊丧，何苦要奔波那么远的山路呢？

铅山的朋友们也反对他去，他们说，去年，朝中恢复了你的祠禄官，朱熹在那里说咸道淡，还写什么条幅来讽刺你，这些你都忘了吗？

辛弃疾听了这些话朗然笑道："大丈夫处世当光明磊落，坦坦荡荡！吾与朱子虽学不同道，但心息相通久矣。朝中禁令虽严，然吾拼了这身官禄，作为一介草民又有何妨！吾意已决，诸位不要相劝了。"

于是，辛弃疾在儿子的陪伴下，坐上马车，直奔武夷山的考亭而去。路上，他还填了一阕《感皇恩》词来吊唁朱熹，词中有："一壑一丘，轻衫短帽。白发多时故人少。子云何在，应有玄经遗草。江河流日夜，何时了。"在短短的词句里，辛弃疾叹惋了一回老年的朱熹，因为"伪学党禁"而白发渐多，故人渐少的凄凉晚境，嘲讽了那些自认为朱熹门人的虚伪表现。同时，又以西汉时的扬雄为例子，歌颂了其人虽亡，其文章将与世长存的高风亮节，并用唐杜甫诗的典故"尔曹身与名俱灭，不废江河万古流"的化意，抨击当权者们无论怎样打击迫害朱熹，都将无损于朱子学说的光辉。

来到朱熹灵柩跟前，辛弃疾怀着悲痛的心情焚香祷拜于地。他挥洒着苍凉的泪水，高声念了一回他为朱熹写的祷词。那苍老高亢的声音在武夷山间回荡着，显得分外悠长：

所不朽者，垂万世名。孰谓公死，凛凛犹生。

第二十一章

临终之憾

宋宁宗嘉泰三年（公元1203年），六十四岁的辛弃疾被朝廷任为绍兴知府兼浙东路安抚使，这是辛弃疾在铅山瓢泉闲居八年之后，第三次被朝廷起用。他在去浙东上任的时候，又把在家闲居的族弟茂嘉招来聘为幕僚。

此时朝中的宰相虽是陈自强和谢深甫，但秉政者仍是太师韩侂胄。此时韩侂胄职掌天下兵马，一力主张兴兵北伐收复失地，却也招徕不少爱国志士，仿佛有一种中兴的气象。

然而，辛弃疾的头脑却是冷静的，他认为以当时宋金两国的形势，北伐的时机尚未成熟。他极力主张首先要富国强兵，摸清金国情况，然后再议北伐。

来到绍兴之后，辛弃疾看到的仍是官吏贪污，民不聊生的现实。为了治理好地方，他给朝中写了一道《州县害民六事疏》的奏章，揭露地方官吏巧立名目，搜刮民脂民膏的罪行，并请求朝廷委内外刑台察劾，予以严惩。宋宁宗阅罢奏章，当即批复"准其所奏"，然后交监察御史和提点刑狱共同访察劾奏。

内外刑台接了圣旨，初时也是轰轰烈烈，东察西访，谁知查来查去，只是抓了几个通判县吏之类的小官，便雷声大、雨点小地草草收兵。而几个职位高的抚臣漕臣等却一个个调离的调离，退归的退归，连根毫毛也未动一根。不过经此一番察劾，浙东路的吏治清明了许多，辛弃疾也聊感欣慰了。

绍兴府是一座古城，远在春秋战国时期，这里就是越国的国都。城内的府山有越王宫遗址，城外还有晋王羲之等人曲水流觞的兰亭和兰溪。东南会稽山麓的禹王陵更是历史悠久。这一切，都让辛弃疾流连忘返。

一天，辛弃疾突然想起来，天下闻名的大诗人陆游家乡就在绍兴，稍一问，才知道退隐后的陆游果然就在绍兴城外不远处的鉴湖居住。于是，这位六十多岁的知府仅带了茂嘉十二弟坐了马车前去拜访。

出了绍兴城门迤逦西南行约九里，但见一泓碧水，便是鉴湖了。鉴湖之南为一处山丘，人称"三山"。临山傍水，一处灰旧的庭院，就是陆氏老宅了。辛弃疾叫开了宅院之门，家人通报进去，不一会儿，便见年近八旬的陆游在童仆的搀扶下出来相迎。

陆游一生仕途坎坷，绍兴中他考中进士时，本应列为第一，但因位居秦桧儿子之上，竟被黜免，直到秦桧死后，他才恢复了功名，当了主簿一类的小官。后来历任大理司直、镇江、隆兴、夔州通判等地方官吏，职位一直很低。乾道二年、淳熙七年，又因主张抗金和私自开仓放赈救灾而触怒朝廷，两次被罢官还乡。看到他那步履蹒跚地向前挪动着老而无力的双脚，就知道他走过了多少人生坎坷之路；苍老的脸上，那深一道浅一道的皱纹，刻下了永远抹不掉的人生印迹；已经发白的眉毛下，一双眼睛却很明亮，似乎看透了人间丑恶、宦海沉浮和世态炎凉。

辛弃疾伸出双手，急忙走了过去，扶住了这位比他大十五岁的老人，一同走进了屋子。

古朴的书房里，黑漆漆的笨重的家具、一函函的古书，是老年陆游的全部生活天地。两盏山茶一喝，两个老人就长谈起来。

陆游问道："闻道朝廷欲兴兵北伐，不知稼轩先生有何主见？"

"兴兵北伐，收复失地乃我大宋臣民的共同夙愿，弃疾自南归以来心心念念，未敢忘却。"

"不过，以韩侂胄之为人，颇失人望。北伐能否成功，尚难预料啊。"陆游语重心长地说。

辛弃疾迟疑片刻回道："先生所言确是实情。但朝中能有人倡导抗金，总比秦桧之流一味卖国求荣强了许多。弃疾不才，自料筋骨尚健，若能有机会驰骋疆场，收复失地，也不枉我盼了这四十多年的时光了！"

"稼轩先生此言，确是感人肺腑！"陆游叹道，"可惜韩侂胄抗战之举，乃是出于为己树名之私，未必能坚持到底。"

辛弃疾使劲捶了一下拳头，坚定地说道："此公为人，辛某心下亦是明明白白，但天下之士未必都是韩氏门人。弃疾准备入都面君，陈奏抗金之策。然后先遣人深入金国境内，多搜集敌国军情国情。国内则广招谋臣武将，厉兵秣马，待时机成熟，一鼓作气，驱兵直捣河朔，不怕大功不成也。"

"稼轩先生爱国之情实是可嘉。如此，吾荐一后生到先生幕府。此人胸有大志，如若北伐，定可建立大功。"

"不知先生所荐何人？"

"说起此人年纪虽小，却是名人之后。乃抗金名将岳飞之孙岳珂是也。"

"原来是岳武穆之孙，现在何处？"

"去岁曾从我学诗，时下正游学于江淮，说是年底归来。"

"太好了，归来后我一定要见一见这位名将之后。"辛弃疾高兴地说。

"还有一位饱学先生，姓刘名过字改之，吉州人士。虽是六十岁的人了却不脱孩子气。去岁访我时，称慕你的大名。其词格调高雅，多抒发山河沦、落愁肠满怀及杀敌报国的雄心。"

"刘改之呀。"辛弃疾叫道："我早知此人。记得那年在江西为帅时晤过一面。听说光宗继位之初，他上疏宰相，陈说恢复大计，未被采纳，便流落江湖，不屑为官。不知他现在去了哪里？"

陆游笑道："此人湖海为家，我想他无非是在山水间游荡呢，说不定哪天他就会冒出来。"

二人谈了多时，话题就说到诗书上来了。陆游信手打开一个油漆斑驳的书橱，里面装了许多诗稿。辛弃疾问道："久闻先生吟诗不辍，想不到竟写出这许多诗篇来！不知共积了多少首诗？"

"大约有一万篇吧。我打算在今后的余年里，将这些诗编为二十卷。若百年之后，刻印出来，也不负我一生的心血了。"

听说陆游写了万首诗篇，辛弃疾心里暗暗吃惊，叹道："先生为诗之多，恐怕是前无古人了！"

说着说着时候就到了中午，两位老人共用了一桌素淡的午餐，喝了几口淡酒。辛弃疾打量了一下陆游的旧房子叹惜道："像先生这样的大诗人，老来却住着如此破旧的房子，这可是我朝的耻辱呀，尤其是我绍兴府的一耻。你应该重新建一个宅子。"

"官小位卑，积蓄甚少，谈何容易呀。这几间草房，虽然破旧，但是能遮风挡雨，比起那些饥寒冻馁者来说，吾心足矣，不敢奢求富贵了。"

临别时，辛弃疾说："你先请个风水先生，选个好宅基，我为你筹钱，重新建处宅院吧。"

陆游一听，马上连连摆手，说："无功受禄，吾不欲为。此事万万做不得！"

过了几天，辛弃疾专门打发一个人来到鉴湖，催促陆游选地建宅，陆游又坚决地谢绝了。他还给辛弃疾写了一信，表示自己甘守清贫，不愿用公费的坚定决心，辛弃疾只得作罢。

一天，府里有公文要送往京城临安，辛弃疾遣茂嘉前去。忽然他想起，陆游所提到的刘过目前正在临安，便嘱咐茂嘉到临安去访一访此人，并请他来绍兴府当个幕僚。

茂嘉领命，不几日就骑马到了临安，办完公事，他就打听刘过的消息，好在刘过名气很大，当日就寻到了他的踪迹，原来此人正在灵隐寺里帮助和尚抄写经文呢。

茂嘉递上辛弃疾招他当僚属的书信，刘过挽了几下破衣服，把信看了几眼，笑对茂嘉说："我暂时不得闲，有几句话写出来，回去呈予辛帅便可。"说罢，他就用那抄写经文的纸，随随便便地写了一书，封好后交给了辛茂嘉。

茂嘉回到绍兴，辛弃疾忙问刘过的事情，茂嘉说："此人正在灵隐寺里抄经，一时来不了，特意写了一书给你。"

辛弃疾打开来书，认真看了一遍，不禁大笑起来，原来此信除了一首《沁园春》的词外，别无一字。但见此词写的是：

> 斗酒彘肩，醉渡浙江，岂不快哉！被香山居士，约林和靖，与坡仙老，驾勒吾回。坡谓：西湖，正如西子，浓抹淡妆临照台。诸公者，皆掉头不顾，只管传杯。　白云；天竺，去来图画里，峥嵘楼观开。看纵横一涧，东西水绕；两山南北，高下云堆。逋曰：不然，暗香浮动，争似孤山先探梅。须晴去，访稼轩未晚，且此徘徊。

茂嘉见辛弃疾自顾大笑不止，不解地问："此书都写了什么，兄长如此发笑？"

"怪才奇才！"辛弃疾叹道，"这是他写的一首诗，说他有一个雨天想来绍兴访我，不期被白居易（香山居士）、林逋（字和靖）、苏轼（坡仙老）婉言留住了。"

"白居易、林逋和苏轼这几个人不都早死了吗？"

"是啊。但他化用了这几个人的诗句，巧妙地说出西湖之美把他留住而不能访我，真是奇妙之笔，风趣至极了。"于是辛弃疾便把词中所涉及的几首名诗都讲了一遍，茂嘉听了，也觉有趣。

　　辛弃疾接着说："说起我们初次见面也很有趣。那是我在江西为帅时，四十多岁的刘过来访我，当时正同几个朋友欢宴。门人报有人自称能诗来访，吾令其入内。时宴上正食羊肾羹，吾命其赋诗，刘过曰：'寒甚，请饮卮酒。'酒罢，又请赐韵。当时吾见其饮酒时手有些发抖，酒滴流于其怀，因令其以'流'字为韵。他即席吟道：'拔毫已付管城子，烂首曾封关内侯。死后不知身外物，也随尊酒伴风流。'在座之人听了无不大笑，原来他所咏的乃是杀羊、煮羊、食羊肾全过程。"

　　茂嘉听了，觉得此人确是倜傥不群。

　　大约过了十天，刘过果然骑马来到绍兴拜访辛弃疾。他与辛弃疾酬唱月余，不愿当幕僚，辛弃疾只得作罢。这一个月的时间里，除了诗词歌赋，他们谈论的多是北伐收复失地的事情。刘过说："倘若有北伐的一天，我定当驰至麾下。"临别时，刘过还写了数首诗送给辛弃疾。其中一首写道：

> 精神此老健于虎，
>
> 红颊白须双眼青。
>
> 未可瓢泉便归去，
>
> 要将九鼎重朝廷。

　　在诗中，他极力赞扬辛弃疾至老不改抗战杀敌的雄心壮志。

　　第二年春正月，宋宁宗在皇宫召见了六十五岁高龄的辛弃疾，白发苍颜的辛弃疾向皇上陈述了自己的抗金主张。他建议朝廷应加紧备战，抓住一切有利时机筹粮筹款，训练军队，为北伐作准备。皇上听了龙颜大悦，加封他为宝谟阁待制、提举神佑观，奉朝请。

　　韩侂胄闻听辛弃疾来朝，急忙请他到府中相见，共商军国大事。辛弃疾虽然对此人有看法，但为了军国大事不能不去。二人相见，自然就对宋金形势展开了讨论。辛弃疾分析了金国国内矛盾重重的现状，预言金国必乱，请求朝廷一些元老大臣，务为应变计，伺机收复失地。但他不主张在敌情不明的情况下贸然进兵。

　　这次会见以后，韩侂胄向宁宗奏了一本，改辛弃疾为镇江知府，叫他谋划伐金大事。三月，宋宁宗赐辛弃疾金带，正式下诏任他为镇江知府。

　　镇江位于京杭大运河与长江的交汇处，隔长江与瓜洲古渡相望，俗称京口，拱卫南京，是一处十分重要的军事要塞，历史上，这里曾发生过无数次激烈的战争。朝廷把这么一个重要的地方交给辛弃疾去镇守，辛弃疾不免激动万分。

　　巡视罢城垣堡垒，翻阅完行文公事，几天之后，辛弃疾穿了盔甲，腰挎传世宝剑，胸前白须飘然，犹如老将廉颇再生。他带着茂嘉和几个青年僚属，健步登上了长江边上的北固山。

　　这一天正是天清气朗，隔江望去，长江上烟波浩渺，瓜洲古渡依稀可见。辛弃疾指着北方对手下人说道："四十三年前，金主完颜亮犯我大宋，渡过淮河，占据扬州，杀我两淮之民无数，至今想起来痛犹在心。那时，我南归就是从瓜洲渡江的。渡江时，吾曾发誓，总有一天，我要从此打回北方去！现如今圣上有北伐之意，辛某虽然六十有五，自料尚可上阵杀敌。大丈夫只有马革裹尸，献身疆场，才不枉生了一回！"

几句话，把几个年轻人说得摩拳擦掌，一个个都表示要跟随辛弃疾杀敌立功。

辛弃疾说道："自古用兵，都讲究'知己知彼，百战不殆'，吾多年闲休在家，或从事地方官吏，埋头于文书案牍之中，对北国之情多有不知。本拟亲自潜入金国，但年事已高，又有官位在身，不能远行。所以，吾想在近几天内挑选一些胆大心细的壮士，扮作打鱼人或买卖人，偷偷潜入金国，侦察金人兵骑之数、屯戍之所、将帅之姓名、仓储之位置，为将来北伐做准备。"

几个青年听了异口同声地表示赞同。

回到镇江府衙，辛弃疾叫人秘密地在军营里选人，并亲自与选来的壮士交谈，许以重金。不几天，就有五十多名壮士应征，表示愿意潜入金国。看看人已选齐，又集中训练了数日，众壮士都做好了北上的准备。忽然有一天，族弟辛茂嘉对辛弃疾说道："兄长，你看小弟去金国可否？"

此话一出，辛弃疾吃了一惊。原来辛茂嘉乃是一根独苗。其父早亡，只有老母在堂。并且婚后数年，膝下只有两女，连子嗣都未有呢，辛弃疾压根没打算让他去金国。

茂嘉慨然说道："为国捐躯，大宋臣民义不容辞，我辛氏族人理应在前，然后全军上下方能出力。茂嘉不才，愿为前躯，直至金都，侦看敌情，望兄长准许。"

辛弃疾激动万分的双手抓住辛茂嘉的手，半天也说不出话来。

三月末的一天，准备渡江的壮士们装束停当，辛弃疾设酒为他们送行。这些壮士或三人或两人，分成数路，从不同地方潜入金国。宴席上，辛弃疾举起酒来对众位壮士说："古时燕太子丹为荆轲送行，颇具慷慨悲凉的情调。而今为了复我大宋江山，诸位甘愿冒死北去金国侦察敌情，吾代圣天子感谢诸位了。望诸位为国为民，多立大功，期于今秋七月，最迟于八月十五，全数归来，我们再会于此。来，干了杯中酒！"

众壮士起立，把杯中酒一饮而尽。

辛弃疾又走到装束停当的茂嘉十二弟跟前，深情地看了看这位高大的族弟。辛茂嘉睁着明亮的大眼睛说道："兄长放心，小弟定功成而归。"

辛弃疾的心情久久不能平静，他即席赋了一词《贺新郎·别茂嘉十二弟》：

　　将军百战身名裂。向河梁回头万里，故人长绝。易水萧萧西风冷，满座衣冠似雪。　　正壮士，悲歌未彻。啼鸟还知如许恨，料不啼、清泪长啼血。谁共我，醉明月。

吟罢此词，辛弃疾、辛茂嘉及所有壮士的眼睛都开始湿润了。正在这时，忽有一位二十多岁的青年闯了进来，在辛弃疾面前双膝跪倒，说道："闻听辛大帅选人北去金国，学生急忙赶来，也愿应召北去，望大人准许。"

辛弃疾急忙把那青年扶起，问道："壮士何名？"

那青年一字一句地回道："学生姓岳名珂，是河南河北诸路招讨使岳武穆之孙也。今举国上下，有收复失地之意，岳珂愿继祖辈遗志，驰骋沙场，杀敌立功。"

一席话，说得众位壮士肃然起敬，一呼啦地都围了过来，那岳珂反显得不好意思起来。

辛弃疾听闻此人便是岳飞的孙子岳珂，不禁想起在陆游那里，听说过此人素有大节，顿时也爱惜其英武。但转念一想，岳飞当年为国杀敌，立了多少大功，后来却冤死狱中。而今存了这一线后裔，再派去北国，若出了不测，丧了性命，岂不是自己的过失，无法向天下人交代吗？于是他沉思片刻说道："果然是英雄之后，器宇不凡，弃疾甚是钦佩。但此次遣人，已经训练数日，明日就要启程。若你有此志，过几日还有一批北去者，请稍候时日再去不迟。"

岳珂听了，高兴地答应下来。

辛弃疾说："近日你若无事，暂时屈尊幕府，帮我属梳理案牍如何？"

岳珂当即表示愿意效劳。

可是，半个月过去了，岳珂也没见辛弃疾往北国派人，不禁憋不住问了一回，辛弃疾方才告知他，不再往北国遣人了，还把那照顾先贤之后的想法一一说了出来，岳珂只得惋惜了一回。

又过了几天，岳珂手捧一卷书对辛弃疾说道："此文是已故老相国陈康伯为高宗皇帝所写的《亲征诏草》。陈氏后人托我求大人为此文作跋，以传于后世，望大人念陈老相国在世时力主抗金，挫败完颜亮南犯之兵的功绩，惠赠跋文。"

辛弃疾接书在手，打开一看，原来是当年金主完颜亮南犯，宰相陈康伯劝高宗亲征时，于绍兴三十一年十月初四代皇上起草的诏书原稿，不禁怦然心动。他捧书在手，以其雄浑沉厚的声调，抑扬顿挫地把此诏读了一遍。由于此文多为骈体文，读起来朗朗上口；又由于此文言辞华美，很具感染力，辛弃疾读得声情并茂。"惟天惟祖宗，方共扶于基绪；有民有社稷，敢自佚于宴安。""岁星临于吴分，定成淝水之勋；斗士倍于晋师，可决韩原之胜。"等等，辛弃疾读罢，尚觉余音绕梁。

读罢此义，辛弃疾凝思片刻，提起笔来，在此诏后面写出了一行文字：

使此诏出于绍兴之初，可以无事仇之大耻；使此诏行于隆兴之后，可以卒不世之大功。今此诏与此扂俱存也，悲夫。嘉泰四年三月门生辛弃疾拜手谨书。

短短的几句话，辛弃疾以其真知灼见，概述了南宋王朝的两次历史性失误。第一次是高宗南渡之后，如果当时皇上能有这道诏书的坚决态度，不召回眼看大获全胜的岳家军，就可无后来多少代的事仇之大耻。第二次是完颜亮兵败被杀之时，若能坚决实行诏书的目标，就可以统一祖国，收回失地。

进入七月，辛弃疾便急切地盼望去北国的壮士们归来。隔三岔五，他便登上北固山向北远眺，心里装着的，都是那些去北国探察敌情的健儿们。北固山上有个望江亭，相传是三国时期孙权的妹妹孙尚香，站在亭子上西望巴蜀，思念夫君刘备的地方。后来她听说刘备死于白帝城，悲痛万分，投江而死。从此，此亭便出了名，代代重修，越修越大，越修越华丽，因此，便成了北固山上一处游人经常憩息流连、饮酒赋诗的地方。辛弃疾每次登上北固山，都要在此亭中坐上一个时辰。

一天，词人刘过陪了一位五十多岁的先生来访辛弃疾，辛弃疾与其一照面，那人便急忙施礼，说道："辛大人还记得我吗？学生二十多岁时在潭州见过大人一面。"

辛弃疾于是脱口而出："姜夔，字尧章，听说你最近又起了个白石道人的雅号。"

"大人真好记性！那时学生还未敢与大人说上一句话呢。"

"转眼三十年，我想你再也不是那个腼腆的书生了。"

刘过笑说："是啊，他如今取了个道人的雅号，却也像道人一样四处云游，什么人不交往呢？"

辛弃疾面向姜夔说道："不过你这个道人却是徒有虚名。听说你去拜访范成大，收了他一份厚礼——一位俊俏的姑娘叫小红，这哪里是出家人的行径？"

"辛大人真是一个诙谐的人，说得尧章无地自容了。"姜夔乐了起来。

刘过和姜夔都是一时的名士，在词坛上都独领风骚。此二人来访，辛弃疾欢喜异常，自是热情相待。

在一个清风徐来，水波不兴，阳光明媚的日子里，辛弃疾带了刘、姜、岳珂及府中僚属等人，又上北固山游览。

众人走到北固山下，看到路边一块巨石，中间裂了一个十字形的裂缝，似刀劈斧砍一般。辛弃疾对众人介绍说："此石名为很石，古时"很"与"恨"同字。相传是刘备东吴招亲之时，与孙权游于此地此石前，刘备持剑暗祝曰："若占得荆州，成了霸业，此石当开。说罢一剑下去，石被劈为两瓣。孙权见了，也暗祝曰："若能破了曹操，日后取回荆州，此石当开。'也一剑下去，横着将那石劈开。所以此石就有了个十字裂缝。"

众人听了，都来看那石头，果然有一个十字形裂缝，不免叹息了一回。

朝山上走的时候，辛弃疾叹道："孙权、刘备，皆当世之豪杰也。只是吴蜀两国分治，又不相睦，才被司马氏得了天下。当今我朝兼有吴蜀的江南巴蜀之地，中原之民又翘首以待王师，圣上有志北伐，臣子当中又不乏孔明及关张赵等忠勇之士，不怕河山不复！"

姜夔说道："尧章虽身在草莽，但家国之事都常系心中。辛大人南归以来，治滁州，平茶寇，清湘匪，筹军队，谋略不在诸葛孔明之下，勇力还可与关张赵辈相敌。今日须发皆白，但雄心犹在，与古之廉颇相比更胜一筹。若朝中委大人以北伐大任，大功唾手可得也。"

"先生这可是言重了，辛某怎可与先贤相比？"

说着走着就到了甘露寺。据说这座古寺，是三国时刘备招亲的地方，众人进了寺庙游览了一回。从甘露寺朝南望去，镇江城尽收眼底。但见那远处的黄鹄山郁郁葱葱，大运河犹如一条银带曲曲弯弯顺城南而来，沿着西城墙至北固山西麓入江。山水清幽，分外壮丽。

姜夔止不住地叹道："怪不得此地有那么多英雄豪杰，原来是有这么壮美的江山！三十年前，我从扬州而来，渡江上北固山，记得在甘露寺内，见过梁武帝萧衍手书的"天下第一江山"匾额，听说而今木朽字废，无法可见了，实在可惜。"

辛弃疾说："这有何难，我这里有现成的书法名家，再临写一匾即可。"说罢，他指着身边的一位官员向众人介绍说："此位先生是通判吴琚，可称得上今日书家之冠了。"

姜夔听罢，忙上前一揖道："原来此老就是吴云壑先生。久仰大名，如雷贯耳。"

原来，这位吴琚自小聪颖好学，入过太学，把宋代蔡京、秦桧的字体摸了个透彻。有时写出的字来，让人真假莫辨，常和孝宗皇帝在一起研究诗书翰墨，曾作过荆襄鄂三帅。只是后来与韩侂胄不和，老来却被贬为镇江府的通判，与辛弃疾成为同僚。

说着就有好事的甘露寺僧人伺候了笔墨。鹤发童颜的吴琚凝神静气，蘸了饱笔，挥笔写下了"天下第一江山"六个大字。姜夔不禁叫道："云壑先生真好笔力，果然与梁武帝所书十分相似！"众人见了，也赞不绝口。

吴琚说："孝武帝的手书，在下早年也亲睹过数次呢，至今家里还有临写之本，因此写来颇能相似。"

辛弃疾马上吩咐下人："将此字刻石，就镶在通往山顶路边的那道影壁上。"

过了甘露寺就到了北固山顶，众人都进了望江亭，于是摆上酒席，辛弃疾在这里宴请诸位名流。

　　酒过三巡，菜过五味，一个个便诗兴大发，都叫着要吟唱。推来推去，就众星捧月地首推辛弃疾吟咏。辛弃疾推辞不过，便站起了高大身躯，面向浩瀚的大江，以他浑厚的山东口音，吟了一阕《永遇乐·京口北固亭怀古》：

　　　　千古江山，英雄无觅，孙仲谋处。舞榭歌台，风流总被，雨打风吹去。斜阳草树，寻常苍陌，人道寄奴曾住。想当年：金戈铁马，气吞万里如虎。
　　　　元嘉草草，封狼居胥，赢得仓皇北顾。四十三年，望中犹记，烽火扬州路。可堪回首，佛狸祠下，一片神鸦社鼓。凭谁问：廉颇老矣，尚能饭否。

　　辛弃疾吟罢此词，在座诸人都鸦雀无声，人们都被此词的意境和气魄给迷住了。在他们每个人的胸中，似乎都有一股激情澎湃。只见刘过站立起来，慷慨说道："好一句'金戈铁马，气吞万里如虎'！我大宋子民，就忍看中原千百万生灵任金人蹂躏吗？"
　　在座的其他人听了此话，也对辛弃疾此词赞叹不已。只是词中有许多典故，有个别人尚不甚明了，不好发表言论。据岳珂《程史》记载，辛弃疾作此词尚有一段佚闻：说是辛弃疾在酒宴上吟罢此词，见刘过与姜夔等几个文坛老手都能解其意境，而余人却有些茫然。过后他征求岳珂的意见，岳珂说："微觉用事多"（即用典太多）。辛弃疾听罢，深表赞同，于是他对此词修改了一个月之久，最后竟未能动一字。因此，后世论此词者，皆认为用事多而不滥，灵活自如，贴切自然，恰是此词长处。

且说酒宴上诸人，见辛弃疾吟罢，便有人推出姜夔，让他当筵而歌。姜夔推辞道："辛公之词，可称得上是千古绝唱了，尧章怎敢班门弄斧。"

刘过说："白石先生休要过谦了。想当年，你的一曲《扬州慢》，倾倒了多少才子歌女。你那句'淮左名都，竹西佳处，解鞍少驻初程。过春风十里，尽荠麦青青。自胡马窥江去后，废池乔木，犹厌言兵。'把扬州之美和金人践踏后的残破，写得连水和树都怕听到打仗的消息，可谓是写绝了。"

刘过话音刚落，又有几个人请姜夔吟咏。姜夔见不好推辞，只得站起来说道："那么我且步稼轩先生《永遇乐》之韵，好歹也填上一阕吧。"于是，他张口吟道：

> 云隔迷楼，苔封很石，人向何处？数骑秋烟，一篙寒汐，千古空来去。使君心在，苍崖绿嶂，苦被此门留住。有尊中、酒差可饮，大旗尽绣熊虎。
>
> 前身诸葛，来游此地，数语便酬三顾。楼外冥冥，江皋隐隐，认得征西路。中原生聚，神京耆老，南望长淮金鼓。问当时，依依种柳，至今在否？

辛弃疾幽幽地赞道："白石先生的'数骑秋烟，一篙寒汐，千古空来去'，'中原生聚，神京耆志，南望长淮金鼓。'这两句，可把我辈的惆怅之情写得淋漓尽致了。只是他把我比作前身诸葛，否则可愧杀我了。"

正说着，有人往山后长江岸上一指，说："江上有船靠岸来了，船上之人好像正向山上招手。"众人于是向山下望去，果然有十余人乘小船靠了江边。

约莫过了半个时辰，从北固山北坡登上一伙人来。辛弃疾一看，是十二弟茂嘉带了十几名壮士从北国回来了！他急步奔上前去，一一与众壮士握手相见。三四个月的时间过去了，这十几个壮士个个都晒黑了脸膛，他们一定是经历了不少磨难。

在座的文人们听说这些人是辛弃疾派往金国刺探军情的壮士，无不对这些壮士交口称赞，于是重新设座添酒，酒宴便成了为壮士们接风洗尘的仪式。

待到众壮士及诸名士都坐了下来，辛弃疾突然怆然地对大家说："诸位是否注意了辛某词中那句'元嘉草草，封狼居胥，赢得仓皇北顾'？说的是元嘉年间，南朝宋文帝刘义隆听信大将军王玄谟的鼓动，意欲北向伐魏，像汉大将军霍去病那样击败匈奴封狼居胥山而立功。结果，因准备不充分，被北魏打得大败而归。今日我朝也有人犯了当年刘义隆和王玄谟的毛病，只顾空喊北伐而不认真准备。有鉴于此，辛某才选了五十壮士潜入金国摸清敌情，好预为准备。并且，还拟造甲万领，以为军用。只是造甲之事朝廷未拨钱饷，至今未办罢了。辛某待众壮士全数归来之后，还将所侦敌情详陈圣上，然后才能决议北伐之事。恐怕伐金之举，非三五年就可兴师呢。"

谈到这些内情，众人心中又好像蒙上了一层阴影。因为人人都知道，当时南宋官僚贪鄙腐朽，军队毫无斗志，更没有几个像辛弃疾这样智勇双全的将领，这一切确是叫人担忧。

辛弃疾见众人脸色低沉，又站起来大声地说道："可喜的是，我朝有一批像这五十名壮士的青年，敢于为国捐躯！曹孟德曾说：'生子当如孙仲谋（孙权），子升（刘表）父子皆豚犬耳！'只要我朝上下一心，同仇敌忾，不愁大功不成！今天，借着杯中酒，我再为大家歌一曲《南乡子》：

何处望神州？满眼风光北固楼。千古兴亡多少事，悠悠，不尽长江滚滚流。年少万兜鍪，坐断东南战未休。天下英雄谁敌手？曹刘。生子当如孙仲谋。"

辛弃疾歌罢，众人都眼含热泪，同时站了起来，向着滚滚的长江举起了酒杯，一饮而尽。

进入八月，所有壮士都从北国陆续返回了镇江。他们搜集了远到燕京以北的金军驻军情况、粮草囤积地、主要将帅姓名及武艺谋略情况、武器车辆之数额，还有金国各主要都市的防御情况，使辛弃疾吃惊的是，金人仍然拥有大批的马队，且善于调遣，确是北伐的一股顽敌。于是他坐在书斋里，昼夜疾书，把金国之情详细地条陈给朝廷，他建议朝廷在没有准备好的情形下不要轻易进兵。此外，他又写了一表，奏请朝廷为那些冒死去金国侦察敌情的壮士补官。

此时朝廷中，韩侂胄又兼了宰相之职，居然兼文武于一身。辛弃疾写给朝廷的缓用兵的奏表，犹如一盆冷水，泼在了韩侂胄的头上，使他十分愤懑。韩侂胄是个好大喜功的人，本来起用辛弃疾的目的，是为了给自己的脸上贴金，如今金还没贴上，却成了碍手碍脚的一块石头，他心里怎能不气。他又看了辛弃疾以前关于打造铠甲万领的奏文以及表奏五十名壮士的名单，不禁紧锁了眉头。

偏是有几个善于揣摩韩侂胄心思的人，一见有机可乘，便变着法地钻营起来，立刻向皇上递了一道表文，说辛弃疾荐举过滥，恐有结党营私之弊。皇上一看，马上叫韩侂胄妥议。韩侂胄借机弄权，于是，朝中批复，辛弃疾所保之人一律作为军中小校官阶，分遣沿边各州县效力。明是准其所请，实是把辛弃疾精心挑选的壮士拆散。就连辛弃疾的族弟辛茂嘉，也被遣往遥远的桂林去当一名县尉。

此时，辛弃疾正在镇江府中悉心谋划。他打算以金国归来的五十名壮士做骨干，奏请朝廷，在镇江别创一军，作为像岳家军一样的主力，北伐时直捣河朔。谁知一道圣旨，把他的美梦打得粉碎——五十名壮士全部被派遣走了。

深秋风雨凄凄的一天，辛弃疾、姜夔、刘过、岳珂等人，摆酒为远去桂林赴任的辛茂嘉送行，人们怀着悲痛的心情举酒。辛弃疾对众人说道："茂嘉十二弟是已故次庸相国之孙，随我多年，未得一官。今冒死如北，有了军功，实指望北伐之日，成一栋梁，不期朝命下来，令他去桂林。吾生平不信鬼神，岂吾家'辛'姓之故吗？因此，戏以'辛'字赋《永遇乐》一阕，诸君为我听之：

> 烈日秋霜，忠肝义胆，千载家谱。得姓何年，细参辛字，
> 一笑君听取。艰辛做就，悲辛滋味，总是辛酸辛苦。更十分、

向人辛辣，椒桂捣残堪吐。

世间应有，芳甘浓美，不到吾家门户。比着儿曹，累累却有，金印光垂组。付君此事，从今至上，休忆对床风雨。但赢得、毕纹绉面，记余戏语。"

众人听了这诙谐中略带辛酸的词句，不免心中叹惋。席上，刘过也赋了一词，名为《沁园春》，为辛茂嘉送行。

转过年本应是嘉泰五年（1205年），可突然接到诏书改元，称为开禧元年，天下莫辨何故。后来逐渐露出内幕，原来这是韩侂胄的主意，取宋太祖赵匡胤开宝年号和宋真宗天禧年号合并而成。因为这两个年号里，北宋两次用兵两次取胜。是一种祥瑞的征兆。

接着，韩侂胄鼓动宋宁宗，创国有司总核全国内外财赋，调为军用。又创中义、保捷各军，实则是用几个边军的将领，编练一些农夫民兵充作军队，又不严加训练，其战斗力可想而知。

朝廷一动，天下响应，便有那好事者或借机钻营者，投韩侂胄所好，极力鼓吹北伐，于是乎战争气氛布满两淮前线。

唯有金国形势，辛弃疾最为清楚。他连连给韩侂胄上书，劝其暂缓用兵。最后一书，甚至骂他误国，但韩侂胄正是头脑发热的时候，哪里能听下他的意见。

这时，朝中有一个叫华岳的武学生，颇知内情外事，急忙上奏宁宗皇上，谓"朝廷不宜用兵，轻启外衅。"并乞斩韩侂胄以谢天下。

韩侂胄听说后大怒，立刻将华岳收入大理寺，然后发配建宁编管。一人碰壁，众人缄口。有一韩氏亲党，秉承韩侂胄旨意，劾奏辛弃疾为官谬举，降其两级官阶。原来当时有一个通直郎叫张漠不法，此前作为去北国的五十名壮士之一得到辛弃疾保举。辛弃疾明知这是有人借题发挥，但也是哑子吃黄连，有苦说不出来。

辛弃疾虽被降了官阶，但仍心系国家命运，死不肯与韩侂胄串通一气拿国家命运冒险。因此，他凭着一腔正气跑到临安，亲自面君陈奏，并与韩侂胄就宋金形势辩论起来，力主伐金之举应缓行。不想韩侂胄恼羞成怒，指使人弹劾辛弃疾为官"好色贪财，淫刑聚敛"等，革去了他镇江知府的职务。

这年秋天，辛弃疾气愤地告别了临安诸友，长叹曰："吾已是六十六岁高龄，居然赢得了个'好色'的罪名，不归而何？"于是，这位心力交瘁的老英雄一路叹息，一路清泪地奔回老家铅山去了。

开禧二年春三月，韩侂胄以为诸路兵马准备就绪，打算对金发兵。突然想起来辛弃疾有勇有谋，还是个难得的将才，于是奏起他为浙东安抚使，必要时，好将他遣往前线与敌对阵。辛弃疾知道此时兴兵必败无疑，因此力辞诏命，不愿出山。

五月，韩侂胄终于按捺不住，以宁宗亲诏发布命令伐金。分淮东、淮西两路和唐州（今河南泌阳县）、邓州（今河南邓县）等地出师北进。初时还算顺利，拿下了几座城池。谁知不到一个月，便全线败退下来。那些新编的民兵统是一些没有战斗经验的农民，又没有足智多谋的将领统帅，一与金兵开战，便如散沙一样落荒而逃。好在江淮兵马使邱崈尚是一位知兵的人物，仍在江淮一带与金兵抗拒着，但也只是固守而已。

这年秋季，眼看战事吃紧，江淮危在旦夕，朝中降下一旨，征辛弃疾为江陵知府，同时晋升他为龙图阁待制，并不许他辞免，立即赴临安面君。

六十七岁的辛弃疾万般无奈，只得拖着老病的身体坐车奔向临安。在面君时，辛弃疾又上了一疏，再一次抨击韩侂胄贪功误国，并说自己年迈，不堪远任，请求皇上收回成命。好在宁宗尚念他旧勋，叫他留在朝中，任了兵部侍郎，不再让他去江陵了。

然而，作为一个小小的兵部侍郎，辛弃疾是无法参与军国大计的。一天，有位在京的旧友访问他，辛弃疾喟然叹曰："可叹辛某纵有千万条良策，可韩侂胄却不能用。稼轩又怎肯违心相从以取不义之富贵呢！"后来，他又以老病为由，一再上表辞归。朝廷最后终于答应他告老还乡，回铅山养病，这次出山仅半年。

转眼到了开禧三年夏，六十八岁的辛弃疾卧病铅山瓢泉。宋金两国仍在淮上鏖战，眼见得宋军支撑不住了。淮守邱崈上书宁宗，要求与金人讲和。金人却提出第一个条件——索要韩侂胄的人头。

韩侂胄一听说金人要他的脑袋吓破了胆，马上又想起了辛弃疾之才可用，于是又鼓动宁宗下了一道圣旨，任命辛弃疾为枢密院都承旨，职位相当于副宰相，把希望寄托在辛弃疾复出上。然而为时已晚，辛弃疾已是卧床不起了。

关于开禧兵败的原因，当时有位叫程珌的人后来升了礼部尚书，他在八年后写的《丙子轮对札子》中说得十分准确，说"所集之兵皆锄犁之人""禁旅民兵混而不分""兵数单寡，分布不敷""军势不张""谍候不明",而这一切,"无一而非辛弃疾预言于二年之先者。"

开禧三年（1207年）秋九月,铅山卧病的辛弃疾已经不能起床了,妻子范玉及一大群子孙们轮流在病榻前侍候。

九月初十,辛弃疾已经昏过数次了。忽听门外马嘶之声,是朝使来了,送来了任命辛弃疾为枢密院都承旨的诰命。人们把圣旨拿到辛弃疾的病榻前,呼喊他好半天,他才勉强地睁开混沌不清的眼睛,看了看那黄色的诰命,把头使劲地摇了摇,然后又昏厥过去。

妻儿老小们哭成一团,不时喊着他。不一会儿,辛弃疾的眼睛又睁开了。范玉奇异地发现,他的目光是那么有光辉,似乎比以往任何时候都更加明亮。她知道这是回光返照的不祥之兆,便失声地哭了起来,儿孙们跪了一地,都盼着他为后辈们留下什么遗嘱。可是,等了好半天,他也没有说什么,却挺直身子要坐起来。范玉一见,急忙过去扶他,他竟使劲地伸出了青筋暴突的手和手臂,直指前方,嘴里面嘶哑地喊了三声"杀贼,杀贼,杀贼!"

喊罢这三声,辛弃疾就像一块石头直挺挺地斜倚在病榻上不动了。他的呼吸停止了,心脏也停止了跳动,可是,他那双眼睛,却仍然睁着……

2023年5月15日初稿

2023年5月29日第二稿

2023年10月13日第三稿